集刊

集人文社科之思 刊专业学术之声

集 刊 名：文学理论前沿
主办单位：上海交通大学人文学院

FRONTIERS OF LITERARY THEORY

第二十八辑

集刊序列号：PIJ-2019-379
中国集刊网：www.jikan.com.cn/ 文学理论前沿
集刊投约稿平台：www.iedol.cn

国际文学理论学会
中国中外文艺理论学会
北京语言大学外语学部
清华大学外文系、比较文学与文化研究中心
南京大学全球人文研究院

中文社会科学引文索引（CSSCI）来源集刊
AMI（集刊）核心集刊
集刊全文数据库（www.jikan.com.cn）收录

Frontiers of Literary Theory

文学理论前沿

（第二十八辑）

王 宁 何成洲 / 主编

社会科学文献出版社
SOCIAL SCIENCES ACADEMIC PRESS (CHINA)

编者前言

经过数月时间的选稿、审稿和编辑加工，《文学理论前沿》第二十八辑很快就要与专业文学理论工作者和广大读者见面了。我像以往一样在此重申，本集刊作为中国中外文艺理论学会的会刊，由学会委托清华大学外文系和比较文学与文化研究中心负责编辑，开始几年一直由北京大学出版社出版，后来改由清华大学出版社出版，自第二十辑开始改由社会科学文献出版社出版。由于目前国际文学理论学会尚无一种学术刊物，而且该学会秘书处又设在中国清华大学（王宁任该学会秘书长），经过与学会领导成员商量，决定本集刊实际上承担国际文学理论学会的中文刊物之角色；另外，本集刊也是2023年6月新成立的中国比较文学学会世界文学与文艺理论专业委员会的会刊。自2019年起，由于本集刊主编王宁被北京语言大学外语学部聘为特聘教授，本集刊由北京语言大学和清华大学两大名校联合主办。自2024年起，南京大学全球人文研究院也加盟本集刊。这应该说是一种卓有成效的强强联合。值得我们欣慰的是，本集刊自创刊以来在国内外产生了较大的反响，不仅读者队伍日益壮大，而且影响也在逐步扩大。可以说，本集刊立足中国、面向世界的第一步已经实现。尤其值得在此一提的是，从2008年起，本集刊已连续多次被中国社会科学引文索引（CSSCI）列为来源集刊，2023年初，中国社会科学评价研究院发布了中国人文社会科学学术集刊AMI综合评价报告（2022年），本集刊入选核心集刊。这些无疑是对本集刊的极大鼓励和鞭策，我想我们今后不仅要继续推出高质量的优秀论文，还要争取在国际学术界发出中国学者的强劲声音。

正如我在第一辑编者前言中指出的，我们办刊的立足点是这样两个：一是站在国际文学理论和文化研究的前沿，对当今学术界普遍关注的热点话题推出我们的研究成果，同时也从今天的视角对曾在文学理论史上产生过重要影响但现已被忽视的一些老话题进行新的阐释；二是着眼于国际性，也即我们所发表的文章并非仅出自国内学者之手，而是在整个国际学术界物色优秀的文稿。鉴于目前国际文学理论界尚无一家专门发表高质量的反映当今文学理论前沿课题的最新研究成果的大型集刊，本集刊的出版无疑填补了这一空白。本集刊本着质量第一的原则，现在改为每年出版两辑。与国内所有集刊或期刊不同的是，本集刊专门刊发 20000~30000 字的既体现扎实的理论功力同时又有独特理论创新的长篇学术论文，每辑刊文 10 篇左右，最长的论文一般不超过 35000 字。所以对于广大作者的热心投稿，我们表示衷心的感谢。但同时也不得不告诉他们，希望他们在仔细研究本集刊的办刊方针和研读各辑所发论文之后再寄来稿件。此外，本集刊除特殊情况外一般不发表合作的稿件，因为我们都知道，人文学者的论文大多是作者独立思考的结晶，而且体现了作者本人的行文风格，因此一篇独具个性的优秀论文是不可能由多人合作写成的。本集刊特别提醒一些博士生导师，希望你们不要在主要由学生撰写的论文上署自己的名字，以便提携青年学者茁壮成长。如果确实系本人所著，就干脆署本人名字，不必挂学生的名字，因为这并不是对学生真正的爱护和帮助。本集刊每一辑尽量发表 1~2 篇境外学者论文，视其来稿是否与该辑主题相符，或者直接向国外学者约稿。国内及海外学者用中文撰写的论文需经过评审后决定是否刊用。现在每一辑的字数为 200000~250000 字。

读者也许已经注意到，本辑与第二十七辑的栏目设置有很大不同。第一个栏目依然是过去沿袭下来的主打栏目“前沿理论思潮探讨”。这一栏目的四篇文章讨论的都是当下处于国际学术理论前沿的一些课题。第一篇文章探讨了毛泽东文艺思想的英译与接受，这应该体现了马克思主义从中国化到全球化的双向理论旅行之结果，也是中国化马克思主义理论的全球化走向的典范。作者指出，翻译文本、翻译策略和译者介入等为毛泽东文艺思想的全球化提供物质前提、人力基础和思想动力。尤其值得称道的是，作者经过广泛阅读和资料搜集，得出了令人信服的结论，也即毛泽东文艺思想在英语世界的传播主要是所在国主动发起的译介工作，而且有着广大的市场。这无疑是对我们今后在海外推广中国文化和文学作品的一个重要启示。当然，其中的误读和错误的解释也是在所难免的，对此，作者也在文章中做了批判性讨论。第二篇文章主要讨论了国际学界的福柯研究转向，作者认为，福柯研究长期以来集中于对原著的解释，其中以对福柯著述中的概念和论点的分析和阐释最具代表性。由于福柯本人的视野主要限于欧陆内部，现有的福柯研究著作都很自然地主要表现为以西释西。但是作者通过仔细研究发现，福柯研究的一些相关论点在古代中国思想中也有可供参照的论述，因此完全可以将二者打通并开辟福柯研究的新方向。今后如何将中国思想接入福柯研究，迈向真正的以中释西应该是值得福柯研究学者认真思考的问题。第三篇文章探讨了小说叙事中的仪式思维，作者认为这是仪式行为的先导，反过来也受到仪式行为的制约。对仪式的反映和描述是小说叙事素材中的重要部分，因此对仪式进行书写的关键就在于仪式思维在小说创作行为中发挥作用的方式。作者由此得出结论，小说叙事研究，需要开拓更广阔的思路和视野，从这个意义来看，仪式思维为这一研究提供了有益的路径。众所周知，西方学界长期以来对中国人有着某种偏见。本栏目的第四篇文章通过分析世界华文文学中的一些描写瘟疫的作品批判了这一偏见。作者认为，欧美华人作家借由瘟疫书写，展现了当瘟疫被过度政治化、病毒成为党同伐异的手段时，华人身处西方社会的困境。随着新冠疫情在海外的逐渐稳定，新时代的世界华文文学书写呈现出“向内转”的趋势，作家更加关注个体的精神样态。因此新时代的华文书写，不仅作为记录见证历史，同时也在大胆地进行想象和虚构，以寓言的方式思考未来。

本辑第二个栏目为“世界文学大家研究”，所发表的四篇文章分别讨论了四位在世界文学史上占有一席位置的作家。第一篇文章讨论的是当今十分有名的非洲左翼作家恩古吉·瓦·提安哥的创作，作者将他的以多元化为表象、以民族中心主义与文化单一性为内核的世界文学话语归结为后殖民时代之下殖民性的继承与延续，并且以恩古吉对世界文学话语的矛盾性之批评为切入点，评析恩古吉的另一种世界文学思想及其文学实践。这无疑打破了世界文学研究中的欧美中心主义模式，把研究的触角指向长期受到忽视的非洲文学。第二篇文章探讨了近年刚去世的英国著名戏剧导演彼得 · 布鲁克的导演艺术。作者从彼得 · 布鲁克导演艺术中的跨文化“现象”入手，研究布鲁克导演艺术中的“跨文化”创作现象及其存在的意义。作者认为，布鲁克在跨文化美学历程中，跨越了语言，跨越了学科，跨越了语境，跨越了种族，跨越了文化，最终形成新的戏剧样式。他的这种跨文化戏剧的成功实践也使世界戏剧成为可能。第三篇文章考察的是小说家格非——一位严重被低估的中国小说家。作者认为格非集作家、教师、学者于一身，其小说创作、知识教育与文学研究堪称三位一体。与当代众多小说家不同的是，格非的创作也有自己的理论指导。他的理论观点主要集中在《塞壬的歌声》《文学的邀约》《文明的边界》《小说叙事研究》内，散见于学术讲座、散文随笔和访谈之中，这些基于创作经验得出的理论洞见给中国当代文学批评带来了可资借鉴的范式。第四篇文章比较研究了诺瓦利斯与冯至的关系，认为学界对这一关系的研究甚少。作者认为，冯至虽以诺瓦利斯为题撰写了博士学位论文，但对其的喜爱远不及对里尔克和荷尔德林的，只是因时局所迫，不得不换题，再加之种种原因，冯至早就远离了诺瓦利斯。总体来说，冯至在自己为人为文的方方面面，终未渗透多少来自诺瓦利斯的气息和影响。

本辑第三个栏目“世界文论研究”所刊发的两篇文章分别探讨了东西方文学理论批评。沈若然的文章讨论的是英国著名的黑人族裔理论家保罗 · 吉尔罗伊的后殖民理论，认为他的后殖民理论因对种族问题的关注而独树一帜。作者认为，吉尔罗伊一方面对英国的殖民历史及其对当下的影响进行了反思，用“后殖民忧郁症”的概念描述大英帝国解体后英国人病态的心理状态；另一方面他坚定地捍卫了多元文化社会的理念，用“共生文化”的概念指代后殖民都市中日常的、草根的多元文化。另一篇文章则考察了日本的生态批评和环境文学研究。作者认为日本是最早接受生态批评理论的国家，并且继美国之后，于 1994 年成立了世界上第二个文学与环境研究会。如今，日本的环境文学研究走过了近 30 年的历程，经历了四个发展阶段，既在某些方面与西方的生态批评基本同步，同时又具有自己的特色。该文通过考察日本环境文学研究各个阶段的历史发展过程以及理论特色，对未来的研究做出了展望，并为中国当代的生态批评发展和生态文明建设提供了借鉴。

本辑的编定正值寒假之后，在此谨向为本辑的出版投入大量时间和精力的社会科学文献出版社编辑人员致以深切的谢意。我们始终期待着广大读者的支持和鼓励。

王　宁

2024年2月

目　录

前沿理论思潮探讨

世界文学大家研究

世界文论研究

Contents

Exploring Frontiers of Literary Theory and Cultural Trends

Studies on World Literature Masters

Studies of Literary Theory

前沿理论思潮探讨

全球化视野下毛泽东文艺思想英译与接受的文本考察*

邓海丽

（深圳大学外国语学院 深圳，广东 518060）

【内容提要】毛泽东文艺思想的英译与接受是马克思主义从中国化到全球化的双向理论旅行的结果，也是中国化马克思主义理论的全球化走向的典范。本文通过文本考察，历时梳理毛泽东文艺思想在英语世界的译介与接受，呈现其全球化路径和发展进程。文章指出，翻译文本、翻译策略和译者介入等为毛泽东文艺思想的全球化提供物质前提、人力基础和思想动力。70年来，西方学界在不同时代语境和阐释框架中以发展变化的研究目的、研究内容和研究视角实现了毛泽东文艺思想研究的范式转换，复调多元地解读言说《在延安文艺座谈会上的讲话》《新民主主义论》等经典文本，持续深化对人民性文艺、马克思主义中国化、审美意识形态、民族形式和现代性等思想内涵和理论价值的阐释，进行毛泽东文艺思想的异域重构，充分证明其深远的世界性影响和普遍意义上的文学审美价值。同时，文章通过辨析西方汉学和英美马克思主义文化批评界的误读误解与强制阐释，强调必须以中国立场辩证地看待西方多元化的理解接受，旨在呈现洞见，批判谬见，彰显毛泽东文艺思想的价值内涵。

【关 键 词】毛泽东文艺思想　全球化　英译　价值内涵　正读和误读

* 本文系国家社科基金重大项目“人类命运共同体视域下的21世纪西方激进左翼文论批判研究”（20&ZD290）、广东省哲学社会科学规划项目“全媒体时代国际传播人才思辨能力培养实践研究”（GD23WZXC02-16）的阶段性成果。

引　言

1942年毛泽东发表《在延安文艺座谈会上的讲话》（以下简称《讲话》），历经80年的历史积淀和时代抒写，《讲话》已成为马克思主义中国化的重要理论成果，经过翻译的中介走出国门，产生了广泛深远、持续至今的世界性影响，为全球马克思主义文艺理论做出了中国贡献。就此，王宁教授不无洞见地指出，这一中国化到全球化的路径正是马克思主义的双向理论旅行缩影，而翻译是其中的必经途径。[①] 一方面，毛泽东首先是在阅读"翻译过来"的马克思主义之后，将之与中国本土革命实践相结合而构建"中国化"马克思主义，促成"毛泽东思想的诞生"。另一方面，也是通过翻译，以毛泽东思想为代表的中国化马克思主义理论在世界广为传播，实现了马克思主义从"本土化"到"全球化"的发展。

当下，面临百年未有之大变局加速演进，俄乌冲突、反全球化逆流肆虐等加剧地域国家之间的冲突和国际社会的撕裂，动荡变革的世界格局呈现出新的特点与趋势。而毛泽东文艺思想对于如何正确对待民族文化与外来文化、如何正确处理文明冲突从而构建人类命运共同体等问题愈发彰显出强大的生命力和解释力。[②] 鉴于此，本文透过翻译的视角，将毛泽东文艺思想——一个具有历史穿透力的中国共产党意识形态载体和中国化马克思主义文艺理论体系，置于国际学术场域，探讨其基于译介、接受的全球化路径和发展进程，评述毛泽东文艺思想在不同历史时空的思想重构和理论移植，辨析西方的正读误读，旨在彰显毛泽东文艺思想的深刻内涵与时代价值。

---

① 这方面可参阅他的下列文章：王宁《翻译与马克思主义中国化：文学和文化的维度》，《上海翻译》2021年第6期，第1~6、95页；王宁《马克思主义与中国的世界文学研究——从毛泽东到习近平的世界文学观》，《上海师范大学学报》（哲学社会科学版）2021年第2期，第56~65页；Ning Wang, "Maoism in Culture: A 'Glocalized' or 'Sinicized' Marxist Literary Theory," *CLC Web: Comparative Literature and Culture* 20.3(2018)。

② 杜艳华：《二十世纪中国思想转变的缩影——毛泽东文化思想的演变及其影响》，吉林大学出版社，2004，第278页。

一　翻译：毛泽东文艺思想全球化的桥梁

按照《共产党宣言》，全球化肇始于资本主义扩张形成的“世界市场”①，广泛涉及各社会领域的结构、系统、过程和学科，从时间上指20世纪70年代初以来的社会、文化和经济变化。翻译即全球化。② 借助翻译，人类得以跨越语言和文化疆界，实现政治、社会、文化和技术等层面的沟通交流。同样，翻译为毛泽东文艺思想的全球化奠定了物质前提、人力基础，注入了思想资源。

（一）翻译文本：全球化的文献基础

中国共产党和中华人民共和国的主要缔造者——毛泽东，深刻地影响了现当代中国历史和世界政治格局。从亚非拉第三世界到众多欧美发达国家，处处有他的追随者和思想的印迹。其中固然离不开毛泽东的领袖魅力和他丰富深刻的思想内涵，但也离不开毛泽东论著的译介。由于中西天然的语言障碍，国外民众和学者大多通过阅读毛泽东著作的译本来了解和学习毛泽东及其思想。1927年共产国际先后刊发《湖南农民运动考察报告》俄文版、英文版，毛泽东对文化运动与农民革命之间关系的独特见解引起广泛关注，这也是毛泽东的著述最早的国外传播。据统计，从新中国成立到1967年，世界各国以65种文字翻译出版毛泽东著作共853种，其中《毛泽东选集》（以下简称《毛选》）48种，单行本、文集、汇编本和语录等805种。除了中国，全世界还有54个国家与地区也翻译出版毛泽东著作，有39个国家与地区在报刊上发表毛泽东著作和毛泽东诗词，有20种文字、35个版本的《毛主席语录》（以下简称《语录》）。③ 毛泽东文艺论著的国内外译本大多辑录于相关的《毛选》翻译合集本，除中国政府主导翻译的

---

① 马克思、恩格斯：《共产党宣言》，人民出版社，2018，第29页。

② Michael Cronin, *Translation and Globalization*, London: Routledge, 2013, p. 34.

③ 方厚枢：《毛泽东著作出版纪事（1949—1982年）》，《出版史料》2001年第1期，第70~86页。

伦敦版和外文社版《毛选》之外，还有哈佛版10卷本“毛选”、印度版5卷本“毛选”，以及各历史时期国外众多研究机构自发翻译的大量合集本和单行本，这些译本成为毛泽东文艺思想国外传播的主要载体。

从译介品质来看，高品位的英语译文为毛泽东文艺思想的全球化铺平了道路。英语是语言文化的帝国主义。[①] 全球化确立并巩固了英语的语言霸权地位，正所谓走向世界就必须首先走向英语世界，走向全球化更离不开英语。英语人群占据绝对的数量优势，除大家熟悉的英、美、加、澳、新等传统英语国家，在全球200个左右的国家与地区中，还有大约60个国家以英语为官方或半官方语言。作为全球主要语言，英语在自然科学、人文社科等领域的使用更是遥遥领先于其他任何语种，这种状况在相当长的时期内难有根本性转变。而毛泽东文艺论著的高品位英文翻译，恰恰高度契合于以英语为主导语言的全球化要求。

20世纪五六十年代，毛泽东著作借助翻译在国外大规模传播，成为中国历史上最大范围的一场思想传播，在全世界产生了持续至今的深远影响。以《语录》为例，其言简意赅，译文精当，曾是“世界上印刷数量最多的书”[②]。毛泽东文艺思想的大部分经典表述都被辑录其中，内容涵盖文艺与革命的关系、文艺的人民性、文艺批评的政治标准与艺术标准，以及“百花齐放、百家争鸣”文艺方针等核心观点，因此，《语录》其实也是毛泽东文艺思想的传播载体，它在20世纪60年代一经问世，即风靡全球，遍及世界150多个国家和地区，各语种版本的《语录》总印数50余亿册，全世界男女老幼人均1.5册。[③] 从开始对外发行，《语录》的读者就完全突破了地缘政治局限和相对狭隘的受众群体，从亚非拉殖民地国家、地区到欧美发达国家，广泛渗入世界各阶层民众，上至高官政要、思想精英，下至普通草根百姓，《语录》的传播成为历史性的全球现象。[④] 狂热的60年代欧美政

---

① 杨卫东：《全球化时代的语言文化帝国主义》，《国际论坛》2013年第4期，第33~38、80页。

② Alexander Cook, ed., *Mao's Little Red Book: A Global History*, Cambridge: Cambridge University Press, 2014, p. xiii.

③ 方厚枢：《中国当代出版史料文丛》，中国书籍出版社，2007，第351页。

④ 见 Alexander Cook, ed., *Mao's Little Red Book: A Global History*, Cambridge: Cambridge University Press, 2014, p. xiv。

治民主运动风起云涌，知识分子以毛泽东为精神领袖，而凝聚反抗压迫、追求民主平等等思想精髓的《语录》，天然地与当时欧美先进知识分子、广大受压迫的第三世界人民有着精神上的默契。有研究指出，在许多国家，毛主席是一个跨越文化障碍的亲切助推器，《语录》的内容已成为世界各地家喻户晓的用语，60年代《语录》的读者和语种之多，令《圣经》也黯然失色。[①] 当下，《语录》仍然经久不衰，在西方随身携带、随时朗诵《语录》的大有人在，在《语录》外文版发行的半个世纪后，美国麦格纳（Parvus Magna）出版社分别在2017年、2019年再次出版、重印《语录》，可谓意味深长。颇值一提的还有《讲话》的译介。1950年纽约国际出版社推出首个全英译本后，《讲话》历经多次重印、再版；1980年澳大利亚汉学家杜博妮出版的《讲话》英译单行本引起广泛关注，后分别在1992年、2020年两度重版。同时，译本还收录于哈佛版"毛选"。凡此种种，充分说明国外对毛泽东文艺著述的译介经久不衰。

（二）翻译策略：全球化的人力资源

经济全球化打破了各国之间的贸易壁垒，接踵而至的是文化的全球传播，而翻译则在其中发挥桥梁和重新定位文化的关键作用，"随着全球化进程的加快，翻译的中介和协调作用也将越来越凸显"[②]。翻译为毛泽东文艺思想的全球化搭桥铺路，汇集了最广泛多元的读者群体，产生世界性影响。就翻译策略、译文风格而言，国内外译本都注重保留毛泽东著述明白晓畅的行文风格和寓大道理于大白话的言说方式，故而通俗易懂、雅俗共赏，人人都爱读、都能读毛著，正如杜博妮在其《讲话》英译单行本的长篇"导读"中所强调的，"希望以浅显易懂的英文传达原文信息，再现原文朗朗上口、通俗晓畅的表述风格"，译文的"目标读者并不仅限于专业研究人

---

① 〔美〕R. 特里尔：《毛泽东的肖像》，载萧延中主编《外国学者评毛泽东》第2卷，中国工人出版社，1997，第40页。

② 王宁：《全球化时代的翻译及翻译研究：定义、功能及未来走向》，《外语教学》2016年第3期，第88~93页。

员，而是面向更多没有中文背景的普通读者”①。

新中国成立初期启动的《毛选》翻译工程，是在新中国政府组织下进行的，以严密的工作规范和分工组织，荟萃了钱锺书、金岳霖、袁可嘉等顶级学者的智慧和心血。以原语为旨归，“以我为准”的原则强调翻译的充分性，尽量完整呈现原文的形貌和内核，精准传达毛泽东思想，追求译文“在文字和精神上均完全忠实于原文”②。精湛高品位的译文向全世界成功传播中国思想、中国价值，在国内外赢得极高声誉，成为我国翻译史的经典。《毛选》的翻译“为20世纪最大的中国思想输出做出重要贡献，影响了世界无产阶级革命运动，扩大了中国文化在世界的影响”③，“使以毛泽东为代表的共产党人走上国际化的道路”“形塑了国际形象”④，成为解读中国共产党政治思想和意识形态的权威文本。⑤

毛泽东思想的世界传播深深影响了大批国外毛泽东的追随者，他们不满足于中国官方版译本，渴望读到更多的著作。20世纪50年代以来，国外学术团体、出版机构自发组织翻译、出版、重印毛泽东论著，规模更大，持续至今。研究表明，国外大部分译者态度严谨、译文接受性强，很多译本的影响范围和程度堪比中国官方版，客观上为毛泽东文艺思想的全球化提供了重要的文献资源。⑥ 无论是国家主导、出于意识形态斗争需要还是出于学术研究目的的翻译项目或个体译介行为，无论是出于对毛泽东作为世界伟人的尊重还是由于研究毛泽东及其思想的客观要求，毛泽东文艺论著

① Bonnie McDougall, *Mao Zedong's "Talks at the Yan'an Conference on Literature and Art": A Translation of the 1943 Text with Commentary*, Ann Arbor: Center for Chinese Studies, the University of Michigan, 1980, p. 109.

② 程镇球：《翻译论文集》，外语教学与研究出版社，2002，第214页。

③ 潘卫民、卜海丽：《〈毛泽东选集〉英译过程与价值研究》，《湘潭大学学报》（哲学社会科学版）2013年第6期，第17~19页。

④ 岳峰、朱汉雄：《红色翻译史的研究架构》，《外国语言文学》2021年第3期，第228~236、334页。

⑤ Stuart Schram & Timothy Cheek, *Mao's Road to Power: Revolutionary Writings, 1912–1949*, vol. 8, London: Routledge, 2015, p. lxiii.

⑥ 参见巫和雄《〈毛泽东选集〉英译研究》，中国社会科学出版社，2013；侯萍萍《意识形态，权力与翻译——对〈毛泽东选集〉英译的批评性分析》，博士学位论文，山东大学，2008；朱蕾《中美两翻译机构英译毛泽东著作之多维度比较研究》，博士学位论文，天津外国语大学，2018。

的国内外译本都强调以忠实通顺的高质量译文传达原文意义，努力保留毛泽东文艺思想的内涵和精髓。

随着新中国成立，中国共产党转变为主权国家的执政党，包括《讲话》在内的系列著述也成为党的重要经典文献或政策纲领性文件，而新中国成立前后国内主要矛盾和局势也发生了根本性转变，因此对这些著述进行修改以适应新形势就显得非常必要。再者，毛泽东的很多著述写于烽火连天的特殊革命年代，鉴于当时战争条件不方便查阅参考文献，在新中国成立后对其中的注释、术语表达等进行补充修订同样也很有必要。[①] 由此，毛泽东著述出现一源多版的现象，而国外研究机构和译者特别注重文本的原初样貌，他们的共同翻译策略，就是特别强调文本前后的变化和改动，以某种似乎更加符合西方口味的原初稿样貌来呈现毛泽东的论著。因此国外译者往往参照中国官方版译文标注改动内容，比如哈佛大学费正清中国研究中心编译的《毛泽东革命著作：1912—1949》（*Mao's Road to Power: Revolutionary Writings 1912-1949*），只要原文有任何改动（标点符号除外），都在译本正文用斜体字标注，同时加以翔实的注释，该10卷本广为国际学界认可接受，享有哈佛版“毛选”之誉。在版本选择上，出于求本真的西方诗学传统，国外翻译机构采信的原文大多是未经修改的原初版。他们认为未修改的文献对毛泽东思想研究更重要，更能直接体现毛泽东的真实意图和思想。哈佛版“毛选”英译本最具代表性，采信的原文就是日本学者竹内实编著的《毛泽东集》，该文集的最大特色是只收录毛泽东文稿的原初版。有的“毛选”英译擅长详细标注文献出处，甚至完整呈现不同版本的译文，以方便读者比对、还原历史语境，不同程度地提升毛泽东文艺思想的国外传播效果。[②] 另外，编排体例上，国外译本大多附有详细的出版说明、致谢、译序、导读、参考文献和索引等，借助这些密集丰厚的副文本进行深度翻译，为读者提供理解接受所必需而正文又无法直接表达的各类

---

① Bonnie McDougall, *Mao Zedong's "Talks at the Yan'an Conference on Literature and Art": A Translation of the 1943 Text with Commentary*, Ann Arbor: Center for Chinese Studies, the University of Michigan, 1980, pp. 7-8.

② 邓海丽：《杜博妮英译〈在延安文艺座谈会上的讲话〉的副文本研究》，《文学评论》2021年第3期，第71~77页。

信息，如毛泽东个人和时代背景的评述，以及毛著的主旨要义、核心概念与特殊用语的介绍和综述。可见，国外译本在追求忠实通顺的同时，还注重译语读者的理解接受，赋予译本更多的参考价值和学术研究功能。总之，各历史时空的译本以其不同的翻译策略传播毛泽东及其思想，建构庞大多元的世界读者群，奠定毛泽东文艺思想全球化的重要人力资源基础。

（三）翻译介入：全球化的推手

“翻译问题对于正确理解毛泽东思想关系极大。”① 经过翻译，毛泽东文艺著述实现了中外语言转换的“全球化启动”，随之而至的是通过译本内外的言说、评述和研读，进行观念、思想、话语等方面的“全球化推进”，突出表现为借助译本内外因素不同程度介入甚至操控译语读者对毛泽东文艺思想的接受。

翻译其实是一种文本和理念的跨界旅行。② 一方面，全球化语境下，翻译使不同文化的人们在生活、交往和工作中全面接触和交流。毛泽东文艺思想经翻译跨出国门，成为译语世界的“他者”，无论是译者的文本翻译还是读者的理解接受，都具有鲜明的跨文化、跨语言特征和独特的意识形态属性，因而不可能产生与原语语境完全一致的接受效果。译语读者的理解首先受到来自原语世界与译语世界两种社会文化交融碰撞的影响，同时，出版机构、译者、原文选择、翻译规范和译文风格也不同程度地介入读者的解读接受。

另一方面，在翻译过程中，译者和阐释者自然不可避免地加入能动理解与创造性建构意识。无论多么忠实的译文，一旦到了译语语境，必然产生迥异于原语语境的解读。关于这一点，竹内实编辑的中文版《毛泽东集》即是明证。20 世纪 60 年代日本学界的毛泽东研究曾因《矛盾论》的翻译引发激烈的学术论争，竹内实作为中文造诣精深的日本学者，又是国际知名的毛泽东研究专家，意识到翻译直接影响毛泽东思想的理解接受，为了避

① 李君如：《国外毛泽东研究的若干问题》，见萧延中主编《外国学者评毛泽东》第 1 卷，中国工人出版社，1997，第 22~63 页。

② 〔美〕劳伦斯·韦努蒂：《翻译研究与世界文学》，见〔美〕达姆罗什编《世界文学理论读本》，刘洪涛、尹星译，北京大学出版社，2013，第 200~204 页。

免因翻译而改变毛泽东思想，他坚持用简体中文编辑《毛泽东集》。[①] 该文集已成为国外毛泽东研究的重要资料和必备工具书，[②] 被誉为“毛泽东著作版本学研究方面的一个里程碑”[③]。

借助副文本“在译文中对原作内容直接加以阐释”[④]，进行深度翻译是国外毛著翻译的普遍策略，也是国内外译本的一个重要区别。国外译者非常清楚，毛泽东著述是集中体现毛泽东思想的经典文献，又是中国共产党的意识形态载体，其翻译标准与普通文本显著不同，突出表现为总是以思想内涵的忠实传达和语言表述的晓畅流利为基本前提。如此一来，正文本留给译者的操控空间就极其有限。然而，对于众多国外翻译机构和译者而言，毛泽东著述又是典型的他者文化和意识形态，翻译操控是无可撼动的刚需。由此他们把目光投向副文本——通过序跋、前言、注释等评述、介绍毛泽东著述的思想内涵、历史背景和毛泽东个人，进行文化过滤和意识形态渗透，在译语世界实现思想内涵的异质同构和理论体系的移植重塑，客观上将毛泽东思想从全球化进程的初始阶段——翻译，推进到接受与影响的纵深层面。

翻译直接干扰读者理解接受的经典案例则是前文提到的杜博妮英译《讲话》单行本。杜博妮在“导读”中开门见山地指出，“既往研究局限于政治和历史视角，忽略了《讲话》内在的重要文学价值”[⑤]。为了彰显《讲话》的“文学性”，她在正文中斟词酌句，尤其是对体现思想内涵的关键概念“立场”“大众”，以及核心范畴“普及与提高”“大众化”的翻译，采用中性化和显化翻译，明显不同于中国官方版“政治第一、忠实第一”的

---

① 李君如：《国外毛泽东研究的若干问题》，见萧延中主编《外国学者评毛泽东》第1卷，中国工人出版社，1997，第22~63页。

② 参见尚庆飞《文献学视域中的毛泽东研究——从日本版〈毛泽东集〉的编辑原则谈起》，《南京大学学报》（哲学·人文科学·社会科学版）2006年第2期，第31~39页；萧延中主编《外国学者评毛泽东》第4卷，中国工人出版社，1997，第24页。

③ 曹景文：《竹内实和他的毛泽东研究》，《江西师范大学学报》（哲学社会科学版）2000年第6期，第40~44页。

④ 黄忠廉：《翻译变体研究》，中国对外翻译出版公司，2000，第307页。

⑤ Bonnie McDougall, *Mao Zedong's "Talks at the Yan'an Conference on Literature and Art": A Translation of the 1943 Text with Commentary*, Ann Arbor: Center for Chinese Studies, the University of Michigan, 1980, p. 3.

译文风格,[1] 淡化了原文厚重的历史氛围和深刻的政治内涵。而且，杜博妮以“喧宾夺主”的副文本创造了理想的中西文论比较场域，实现毛泽东文艺思想在译语世界的重构。针对一源多版的《讲话》版本变迁，杜博妮以多达数百条注释逐一翻译、标注版本改动内容。杜克大学著名华裔学者刘康对此评价甚高，认为杜译“恰如其分地再现了未经编辑的初稿，并附上了编辑过的修订稿以便比较”[2]。更重要的是，杜博妮译本以长篇“导读”《作为文学理论的〈讲话〉》深刻论证了《讲话》的审美价值，以比较客观、学术化的方式向译语读者展示曾被西方“反华”政客、学者所歪曲误读的毛泽东文艺思想。首先，“导读”通过剥离历史语境使关键概念、核心范畴抽象化，进而提升《讲话》与西方文论的通约性；其次，通过对毛泽东文艺美学思想的理论溯源，巧妙构建译文正、副文本之间的互文互释关系，帮助译语读者在熟悉的西方文论场域中认知《讲话》与马克思主义文艺美学之间一脉相承的关系。[3] 杜博妮对《讲话》文学价值的追认，引起国际学界的广泛关注和认同。国际知名文化研究学者李欧梵，在受邀为费正清等编著的《剑桥中国史》撰写的《延安讲话》中评价杜博妮的译文更具学术性，并提醒读者查阅杜译本,[4] 刘康充分肯定杜博妮对《讲话》蕴含的读者意识的高度评价。他不仅原文引证杜博妮的评述——“毛泽东对读者需求和读者对作家的影响分析是《讲话》最重要和最具创新性的内容”[5]，而且，刘康还进一步阐发，指出毛泽东要求艺术家深入生活、与工农兵群众结合，实现文艺的普及与提高，其实是审美的再现与接受过程，与西方的接受美学异曲同工。显然，杜博妮的译者介入策略为译语读者理解接受

---

① 朱蕾:《中美两翻译机构英译毛泽东著作之多维度比较研究》，博士学位论文，天津外国语大学，2018，第145页。

② Kang Liu, *Aesthetics and Marxism Chinese Aesthetic Marxists and Their Western Contemporaries*, Durham and London: Duke University Press, 2000, p. 202.

③ 参见邓海丽《杜博妮英译〈在延安文艺座谈会上的讲话〉的副文本研究》，《文学评论》2021年第3期，第71~77页；李红满《汉学家杜博妮对〈在延安文艺座谈会上的讲话〉的英译与阐释》，《中国社会科学报》2020年9月11日。

④ Leo Ou-fan Lee, “Literary Trends,” in John Fairbank & A. Feuerwerker, *The Cambridge History of China* (volume 13, part 2), Cambridge: Cambridge University Press, 1986, p. 477.

⑤ Kang Liu, *Aesthetics and Marxism Chinese Aesthetic Marxists and Their Western Contemporaries*, Durham and London: Duke University Press, 2000, pp. 202, 89.

《讲话》提供了重要的思想指引和参考文献，开启了20世纪80年代英语世界《讲话》研究的文艺审美转向，而杜博妮的英译单行本也因此成为《讲话》第二次接受高潮的重要推手。[①]

毛泽东著述译介已是全球普遍的文化现象。从翻译的文本选择、翻译策略到编排体例、发表出版，处处体现域外思想文化的主体诉求和全球化的叙事改写。经过翻译，毛泽东文艺思想被同构进域外文化体系中，成为他者理论构建、文学研究的思想资源。总体而言，国外对毛泽东文艺思想的译介与接受，采取的往往是功利化主导的本土化策略，而这也是宏观时代语境、本土诉求与各种权力话语博弈的选择性建构结果。

二　接受：毛泽东文艺思想全球化的实现过程

如果说毛泽东著述的规模化译介、传播奠定和积累了毛泽东文艺思想全球化的文献基础和人力资源，那么，在深层次上，对《讲话》《新民主主义论》等经典文本的接受研读才是比语言转换、文本翻译更具实质意义的“全球化”深化过程。毛泽东文艺思想是马克思主义基本原理同中国具体实际相结合、同中华优秀传统文化相结合的典范，是以毛泽东为代表的中国共产党人长期探索中国式现代化道路的理论结晶，国外学者往往冠之以“另类现代性”（alternative modernity）。[②] 就此而言，毛泽东文艺思想跨世纪的域外解读接受，其实也是域外认知中国式现代化的特性与共性的过程，体现了中华文化、马克思主义中国化所蕴含的人类共同价值。20世纪50年代以来，国外学界围绕马克思主义中国化、历史价值、意识形态和文艺审美等议题，以不断更新的研究目的、动态切换的研究视角和发展变化的研

① 参见邓海丽《杜博妮英译〈在延安文艺座谈会上的讲话〉的副文本研究》，《文学评论》2021年第3期，第71~77页；傅其林、张宇维《毛泽东〈在延安文艺座谈会上的讲话〉在英语世界的传播与接受》，《上海大学学报》（社会科学版）2018年第2期，第66~78页。

② 见 Kang Liu, *Aesthetics and Marxism: Chinese Aesthetic Marxists and Their Western Contemporaries*, Durham and London: Duke University Press, 2000, pp. 1 - 35; Arif Dirlik, "Modernism and Antimodernism in Mao Zedong's Marxism," in Arif Dirlik, Paul Healy & Nick Knight, eds., *Critical Perspectives on Mao Zedong Thought*, New Jersey: Humanities Press, 1997, pp. 59-83。

究内容，实现研究范式的转换，多元解读毛泽东文艺思想，在不同时代语境和阐释框架中立体呈现其国际化、全球化发展图景。

（一）为政治到为学术的研究目标

国外对毛泽东文艺思想的译介、接受和评价，与国际政治格局演绎、经济权力资本运作和国外毛泽东学的学科建设亦步亦趋，形成某种内在的“契合度”与“同构性”。以西方对《新民主主义论》的译介与接受为例，其研究目的经历了从最初服务美国“遏华”政策的政治动机，到更加客观、理性地认识毛泽东，了解中国、了解世界等相对学术化的更新过程。

《新民主主义论》在20世纪四五十年代的译介具有鲜明的政治动机。20世纪40年代初首个全英译本的“导读”由时任美国共产党总书记的白劳德（Earl Browder）撰写，出于同属共产主义阵营的国际主义精神，“导读”旗帜鲜明地表达了对中国抗战的高度关切、对中国共产党的坚决支持和对中国人民的深切同情。白劳德指出，正是在错综复杂的国内外形势下，《新民主主义论》明确定位了中国共产党的奋斗目标，阐明了以毛泽东为代表的中国马克思主义者，为带领中国人民投入世界民主战场而做好的种种准备。[①] 白劳德向当时不了解中国共产党、不了解中国抗日战争的国际社会发出呼吁，要求他们支持抗战、支持中国共产党。在那个战火纷飞、东西方交流困难的年代，译本对西方世界了解中国共产党和抗战的真实情况发挥了重要作用。毛泽东在1945年给美共中央的信中也充分肯定了白劳德对中国共产党和中国人民的帮助。[②]

20世纪50年代费正清等深受冷战思维影响，其译介以窥探中苏关系、服务美国对华政策为主要目的。针对当时美国“丢失中国”的外交败局，费正清等提出只有站在“中国的角度”而不是“美国的角度”才能理解中国共产党的独特思想。[③] 译本的“述评”高度评价《新民主主义论》对马

① Earl Browder, "Introduction," in Mao Tse-tung, *China's New Democracy*, Toronto: Progress Publishing Co, 1944, p. 5.

② 丁金光：《重评白劳德》，《江西社会科学》2004年第2期，第127页。

③ Conrad Brandt, et al., *A Documentary History of Chinese Communism*, Cambridge: Harvard University Press, 1952, p. 13.

克思列宁主义理论的独创性贡献，将毛泽东置于伟大的马克思主义者之列。[①] 但是，“述评”通过连接某些核心范畴、关键概念与苏联政党、共产国际之间的关系，以《新民主主义论》与马克思、列宁和斯大林的思想有诸多相似之处为由，片面质疑其原创性。[②] 这种互相矛盾的解读充分体现了“麦卡锡”事件后，反华势力、美国利益等政治因素对国外毛泽东学的渗透与操控。

20 世纪 60 年代末出版的《毛泽东的智慧》收录《新民主主义论》英译全文，编者在“译序”中以泾渭分明的客观态度，高度评价毛泽东二十几年来为抵御外敌侵略、建立新中国所做出的伟大贡献，积极肯定毛泽东领导中国共产党取得的政治和社会主义革命胜利。[③] 这一评价在一定程度上有助于西方开启历史化认知毛泽东及其思想的研究转向。

启动于 20 世纪 90 年代，由施拉姆担任主编的哈佛版“毛选”跨世纪翻译工程，则进一步明确研究的学术化目标。“序言”将毛泽东及其思想发展历程置于宏阔的国际国内政治历史语境中，凸显 20 世纪 80 年代以来国外毛泽东研究的历史化转向。施拉姆从学理层面历史化、理性化地评述毛泽东及其思想，高度评价《新民主主义论》的持久影响力和重要价值。[④]

21 世纪以降，齐慕实编译的《毛泽东与中国革命：一个简要的文献史》（以下简称《文献史》）收录《新民主主义论》全译本。该书于 2002 年首次出版后，分别在 2008 年、2014 年再版，编者齐慕实教授是继施拉姆之后国际上另一资深的毛泽东研究专家。《文献史》的译文还包括毛泽东诗词，以毛泽东生平为时间段的中国历史大事年谱、索引，毛泽东生活照、国外

① Benjamin Schwartz, “The Significance of Mao’s New Democracy,” in Conrad Brandt, Benjamin Schwartz & John Fairbank, eds., *A Documentary History of Chinese Communism*, Cambridge: Harvard University Press, 1952, p. 260.

② Benjamin Schwartz, “The Significance of Mao’s New Democracy,” in Conrad Brandt, Benjamin Schwartz & John Fairbank, eds., *A Documentary History of Chinese Communism*, Cambridge: Harvard University Press, 1952, p. 261.

③ Mao Zedong, “Forword, ” in *The Wisdom of Mao Tse-Tung*, New York: Philosophical Library Inc., 1968.

④ Stuart Schram & Nancy Hodes, *Mao’s Road to Power: Revolutionary Writings, 1912–1949*, vol. 7, New York: M. E. Sharpe, 2005, p. xli.

毛泽东学代表性著述和供师生参考的阅读书单等，方便教学之用，故有“教材版”之称。该文集以浅显易懂、丰富多元的译介内容实现译本的普及化，持续推进国外毛泽东学的学术化发展，回应世界了解中国的时代诉求。

从目标读者来看，20 世纪 40 年代的国际社会硝烟弥漫、动荡不安，真正能接触到译作的只有小部分进步人士。50 年代的译本为了服务美国的内政外交，其目标读者以美国政客、中国学领域的专家为主。在 60 年代，没有明确界定读者群体，但根据该出版社专注权威学术著作的出版传统，其受众也是限于少数学者精英。90 年代的“哈佛版”明确提出其读者以中国学领域的研究者和对毛泽东感兴趣的人士为主。[①] 21 世纪的“教材版”以其通俗易懂的编写风格和多元化信息架构，将读者圈进一步扩展到高等院校的普通师生群体，以及所有对毛泽东感兴趣的民众，满足了 21 世纪全球化语境下世界了解毛泽东、学习中国的普遍需求。

（二）众声喧哗的研究内容

70 多年来，英美学界聚焦《讲话》，围绕人民性文艺观、意识形态审美等书写中国现当代文学史，进行他者化的解读评述，在众声喧哗中复调叙事、展现不同向度的中国文学状况、性质和发展概貌，持续推进毛泽东文艺思想的全球化发展。

1. 人民性文艺观的解读

据现有资料，最早注意到《讲话》中文艺为人民服务这一核心思想的是施拉姆。作为西方最具影响力的毛泽东研究专家，施拉姆精通中文，其出版于 20 世纪 60 年代初的早期代表作《毛泽东的政治思想》摘译了《讲话》的“结论”，涉及人民的构成、文艺的普及与提高、文艺与生活等核心内容。[②] 他敏锐洞察到《讲话》的核心思想——人民性文艺观，为摘译文另起标题“文艺为人民服务”。其实，该论著主要考察毛泽东的政治思想发展与中国革命进程之间的共振与互动，对《讲话》的编译主要是将之作为考

---

① Stuart Schram & Nancy Hodes, *Mao's Road to Power: Revolutionary Writings, 1912–1949*, vol. 7, New York: M. E. Sharpe, 2005, p. lxxvii.

② Stuart Schram, *The Political Thought of Mao Tse-tung*, New York: Praeger Publisher, 1963, pp. 359–363.

察毛泽东政治思想发展的一个历史文献，从统一思想、团结抗战的意识形态功能来进行评说。客观地说，施拉姆不是马克思主义者，他对毛泽东的研究在很大程度上受西方文化价值观影响，有不少误读误解。[①] 但是，在60年代，他能够尊重历史，透过笼罩欧美学界的重重意识形态对峙迷雾，相对客观地把握到文艺为人民服务这一核心思想，传递了公正评价《讲话》的先声。

20世纪70年代，毛泽东的人民性文艺观深刻影响了大批西方左翼。深受启发的威廉斯（Raymond Williams），在其“理论丰碑”——《马克思主义与文学》中，独辟专章“立场与党性”，通过借鉴、化用毛泽东的“人民性”文艺思想，论证文学服务政治的历史合理性、“党性”（commitment）与审美的辩证统一关系。毛泽东号召作家“要和群众结合”[②]，思想上自觉抛开远离群众、远离生活的精英意识，行动上“必须长期地无条件地全心全意地到工农兵群众中去，到火热的斗争中去”[③]，威廉斯将之提炼为“结合”（integration）理论，高度评价：

> 强调作家和人民之间社会关系的变迁……毛泽东的选择是从理论和实践上强调“结合”：作家不仅要融入大众生活中，而且要从思想上摒弃职业作家意识，投入新型的大众化、集体化写作活动中。[④]

而且，威廉斯非常认可毛泽东主张的“以民族形式和革命内容”实现作家的自主性创作立场向“党性”立场的转变和统一，他强调“毛泽东的另一重要贡献在于，非常重视通过加强使用某些特殊的创作内容、形式和风格来改善作家和人民之间的关系”[⑤]。据此，他以毛泽东的“结合”为理论路径，阐述在现代资本主义社会如何重塑作家的阶级关系、重构文学创

① 曹景文：《浅析施拉姆的毛泽东研究》，《江西师范大学学报》（哲学社会科学版）2011年第1期，第74~80页。

② 毛泽东：《毛泽东选集》第3卷，人民出版社，1991，第877页。

③ 毛泽东：《毛泽东选集》第3卷，人民出版社，1991，第861页。

④ Raymond Williams, *Marxism and Literature*, Oxford: Oxford University Press, 1977, p. 203.

⑤ Raymond Williams, *Marxism and Literature*, Oxford: Oxford University Press, 1977, p. 203.

作与接受路径等核心议题，构建了西方现代资本主义社会以工人阶级为价值取向的文学审美再现模式。

20 世纪 80 年代，杜博妮对人民性文艺观的正本清源和学理合法性进行论述。在《讲话》译本的“导读”中，杜博妮紧扣人民性文艺观与西方文论的读者意识、接受美学等问题域之间的关联性，纵向追溯马克思主义文论中文艺为人民服务的理论探索过程，指出《讲话》关于文艺为人民和如何为人民的探讨与马克思主义经典作家的无产阶级文艺思想是一脉相承的。虽然马克思、恩格斯提到无产阶级要有自己的文艺，但他们并未展开论述，① 到了列宁才正式提出无产阶级文艺为人民，而只有毛泽东才真正系统论述文艺为人民和如何为人民的问题。② 横向上，杜博妮以西方接受美学和文学社会学为参照，依次比较《讲话》和韦勒克、沃伦的《文学理论》，利维斯的《小说与阅读大众》，布斯的《小说修辞学》，成功地将《讲话》置于更加宏阔的 20 世纪西方文学理论格局中加以审视和比较。她把文艺为人民和如何为人民的论述抽象化为毛泽东的读者意识，使之与西方接受美学对接，构建彼此的互文互释关系。她高度评价：“只有毛泽东才将读者问题置于文学讨论的前沿，《讲话》最重要、最富创见的内容之一是分析读者需求、读者对作者的影响。”③ 杜博妮的评述代表西方学者开始从作为文学理论的学理层面深入客观认知《讲话》，为西方正确解读《讲话》提供重要的文献指引，推进了毛泽东文艺思想的全球化发展。

2.《讲话》的意识形态审美解读

《讲话》的意识形态功能是各历史时期国外中国现当代文学研究持续关注的热点，他们的阐释往往大相径庭但意味深长。新中国成立后，东西方

---

① Bonnie McDougall, *Mao Zedong's "Talks at the Yan'an Conference on Literature and Art": A Translation of the 1943 Text with Commentary*, Ann Arbor: Center for Chinese Studies, the University of Michigan, 1980, p. 47.

② Bonnie McDougall, *Mao Zedong's "Talks at the Yan'an Conference on Literature and Art": A Translation of the 1943 Text with Commentary*, Ann Arbor: Center for Chinese Studies, the University of Michigan, 1980, pp. 15-17.

③ Bonnie McDougall, *Mao Zedong's "Talks at the Yan'an Conference on Literature and Art": a Translation of the 1943 Text with Commentary*, Ann Arbor: Center for Chinese Studies, the University of Michigan, 1980, pp. 15-17.

意识形态还严重对峙，以冷战思维、阵营对抗为特征的解读模式长期主导欧美学界的《讲话》研究。夏志清出版于1961年的《中国现代小说史》（以下简称《小说史》）正式开启了西方对毛泽东文艺思想的抹黑化解读，其对《讲话》一边倒的排斥否定迎合了当时西方国家仇视中国的政治和舆论需求。但是，夏志清的攻击污蔑激起了普实克等西方学者的强烈反对，引发了20世纪国际学界著名的“普夏之争”。站在共产主义阵营的普实克在所撰写的长篇书评——《中国现代文学的根本问题——评夏志清的〈中国现代小说史〉》中，严厉谴责其对《讲话》“做了完全歪曲的描述”①。普实克以社会历史为观照，从中华民族生死攸关的抗战现实出发，强调如果没有一种能为人民提供娱乐和教育功能的、真正的大众文艺，抗战就不可能坚持到底，就不可能开创随后高度民主化的、全新的政治生活，更不可能有后来延安文艺运动的巨大成就。普实克充分肯定《讲话》对延安文艺创作的重要作用，认为人民群众的创作力在解放区得到了空前的发展，“发生在解放区生活各个方面的种种变迁也许是中国人民历史上最光辉的一页”②。这场论争发生于东西方交流不畅的国际冷战年代，结果是夏志清的歪曲解读以所谓的“名家定论”长期主导西方对《讲话》的理解接受。直到20世纪70年代末，西方对毛泽东文艺著述的研读与评价，仍大多与上述背景、与夏志清的影响有关。

70年代末中美建交，西方与中国的关系取得突破性进展，国际冷战局势渐趋缓和。80年代，随着互联网信息技术的发展，物质生产的跨国流动加速，全球意识崛起。国外学界开始理性客观地重新解读毛泽东文艺思想，反思以往意识形态对峙主宰的研究模式。杜博妮首先批评欧美学界对《讲话》一边倒的政治化解读，强调《讲话》“蕴含重要的文学元素”，具有“深入研究的特殊价值”③。施拉姆郑重提出要摒弃既往的政治化研究套路，

① 〔捷〕普实克：《中国现代文学的根本问题——评夏志清的〈中国现代小说史〉》，《普实克中国现代文学论文集》，李燕乔等译，湖南文艺出版社，1987，第222页。

② 〔捷〕普实克：《中国现代文学的根本问题——评夏志清的〈中国现代小说史〉》，《普实克中国现代文学论文集》，李燕乔等译，湖南文艺出版社，1987，第223页。

③ Bonnie McDougall, *Mao Zedong's "Talks at the Yan'an Conference on Literature and Art": A Translation of the 1943 Text with Commentary*, Ann Arbor: Center for Chinese Studies, the University of Michigan, 1980, pp. 3, 6.

代之以在真实的历史语境中重新评价毛泽东及其思想。[①] 由此，80 年代出现了正面与负面，政治、历史与审美相互交融的多声部解读。李欧梵在《剑桥中国文学史》中积极评价毛泽东从马克思主义文艺理论视角对普及与提高、动机与效果、政治与艺术、内容与形式之间关系的辩证分析，以及《讲话》的历史贡献。他指出，虽然毛泽东的阐述“只着重于政治意义，并未涉及文艺的审美讨论”[②]，但因此为马克思主义美学理论的发展留下了更宏阔的阐释空间；《讲话》启动了从“五四”精英文学传统到文艺大众化的“第二次文学革命”[③]。李欧梵同时是夏志清和普实克的学生，他没有延续前者的彻底否定论调，也没有对接后者的高度评价，其解读在一定程度上代表西方开始了从政治化的否定质疑到相对客观理性的研究转向。

东欧剧变、柏林墙倒塌、苏联解体宣告持续半个世纪的国际“冷战”结束，世界进入了真正意义上的全球化发展时期。德里克不无洞见地指出，“毛泽东思想研究的一个重要变化是他已超出中国国界，广泛影响世界各地的政治运动”[④]。其编著的论文集《毛泽东思想的批评性透视》紧扣毛泽东的“现代性”命题，从理论内部正式吹响毛泽东研究的全球化号角。他指出：“毛泽东面临的现代性问题与其所处的历史时代密不可分，这个历史时代不只是中国的，还包括 20 世纪的全球化历史语境。”刘康在该文集中强调，《讲话》作为集中体现毛泽东文艺思想的经典著作，充分体现毛泽东以理论为指导、积极主动的“实践”观，旨在促成结构性变革和自身存在条件的转变。毛泽东高度重视文化、意识形态和革命理论对争取民族独立统一、最终实现“生产关系的变革”发挥的重要政治作用。[⑤]

---

① Stuart Schram, “Mao Studies: Retrospect and Prospect,” *The China Quarterly* 97 (1984): 95-125.

② Leo Ou-fan Lee, “Literary Trends,” in John Fairbank, et al., *The Cambridge History of China: Republic China, 1912-1949*, Cambridge: Cambridge University Press, 1983, pp. 451-464.

③ Leo Ou-fan Lee, “Literary Trends,” in John Fairbank, et al., *The Cambridge History of China: Republic China, 1912-1949*, Cambridge: Cambridge University Press, 1983, pp. 451-464.

④ Arif Dirlik, “Modernism and Antimodernism in Mao Zedong's Marxism,” in Arif Dirlik, P. Healy & N. Knight, eds., *Critical Perspectives on Mao Zedong Thought*, New Jersey: Humanities Press, 1997, pp. 59, 5.

⑤ Kang Liu, “The Legacy of Mao and Althuser: Problematics of Dialectics, Alternative Modernity, and Cultural Revolution,” pp. 234-263, in Arif Dirlik, P. Healy & N. Knight, eds., *Critical Perspectives on Mao Zedong Thought*, New Jersey: Humanities Press, 1997, p. 252.

2000 年，另一华裔学者王德威在其编写的中国现代文学史“序言”中，积极肯定《讲话》继承了“五四”革命诗学传统，实现了革命诗学到共产主义文学的激进演绎；同时，王德威也认为，1949 年之后《讲话》所开创的革命诗学传统随着创作内涵的稀释、作品内容的单一化，文学性不断被削弱。[①]

3. 国外中国现当代文学史的《讲话》评述

最近十年，国外编著的各类中国现代文学史不断认同、积极评价《讲话》。中国问题研究重镇哈佛大学、牛津大学和哥伦比亚大学等知名大学的出版社重磅推出各自编写的中国现当代文学史，聚焦《讲话》，分析视角复杂多元，但都不约而同地以更加客观、理性的态度肯定《讲话》的重要价值。邓腾克（Kirk Denton）在《延安讲话与中国共产党的整风》中指出，虽然毛泽东强调文艺为政治服务，但他融会贯通中西文论的能力最让人敬佩，譬如对文艺的歌颂与暴露问题，毛泽东从未彻底排除西方的观点，也未否定文学的批评功能。[②] 毛泽东对党和文学之间关系的定位，反映了中国固有的以文学为政治生活中心的悠久传统，从实用主义出发，为了团结知识分子支持中国共产党的革命，毛泽东赋予文学重要的革命与建设功能，称“文学是革命事业不可分割的一部分”[③]。

华裔学者张英进主编的《中国现代文学指南》高度评价《讲话》是中国文学现代化进程的里程碑，从中可清晰追溯现当代文学的发展脉络。[④] 首先，《讲话》奠定了中国马克思主义文艺理论基础，在立场、态度和世界观诸方面构建了革命文学的理论框架。革命文学与“五四”新文学的最大区别在于，前者要求文艺家放弃资产阶级启蒙思想所倡导的个人主义立场，

---

① David Wang, “Introduction,” in Pang-Yuan Chi & David Der-wei Wang, eds., *Chinese Literature in the Second Half of a Modern Century: A Critical Survey*, Bloomington: Indiana University Press, 2000, pp. xiv-xv.

② Kirk Denton, “Literature and Politics: Mao Zedong's ‘Yan'an Talks’ and Party Rectification,” in Kirk Denton, *The Columbia Companion to Modern Chinese Literature*, New York: Columbia University Press, 2016, pp. 224-230.

③ Kirk Denton, “Literature and Politics: Mao Zedong's ‘Yan'an Talks’ and Party Rectification,” in Kirk Denton, *The Columbia Companion to Modern Chinese Literature*, New York: Columbia University Press, 2016, pp. 224-230.

④ Yingjin Zhang, *A Companion to Modern Chinese Literature*, London: Wiley-Blackwell, 2016, p. 81.

代之以社会主义文学的工农兵立场。针对当时文学界的宗派主义倾向和自由主义苗头，《讲话》批评两者是资产阶级现代性的堡垒，是建立文学统一领导权的最大障碍。论著最后总结《讲话》建构了中国文学宏大而艰辛的历史，引领革命文学成为中国文学的主流，书写了中国革命历程和革命理想的筚路蓝缕。王德威编著的《现代中国新文学史》指出，作为延安整风运动的首要文献，《讲话》对加强中国共产党在思想上的团结统一、巩固毛泽东的领导发挥了重要作用，确立了中国共产党对文艺的绝对领导权，描绘了建立新中国的宏大蓝图。毛泽东非常重视知识分子的教育启蒙，希望构建一个新的文艺时代，用自己的思想去重构、净化千千万万中国人民的灵魂。① 文艺家和知识分子对《讲话》的遵循并非迫于毛泽东的权力和威慑，而是因为他们读懂了《讲话》的内在政治历史逻辑。② "五四"以来知识分子的反帝、反封建运动，马克思主义的革命启蒙思想，加上帝国主义深重压迫之下内心生发的民族意识和个体抗争诉求，最终汇合成反抗西方现代性的洪流。毛泽东在《讲话》中，把马克思主义与中国革命实践相结合，构建以民族形式、大众语言和共产主义思想为内核的中国马克思主义文艺理论，创立一套全新的、独特的、反西化的意识形态体系和经济文化体系，成为实现民族独立和现代化的另类选择，其对20世纪中国所面临的两个伟大而又互相矛盾的历史使命所做的承诺和憧憬，正是《讲话》能够在广大知识分子群体中产生如此神奇号召力和深远影响的根本原因所在。③

正所谓文学史确实不仅是学术方法，而且是意识形态。④ 文学史、文学批评和文学理论是融于一体、难以明确区分的整体性概念。文学史的书写

① Liqun Qian, "The Cultural and Political Significance of Mao Zedong's Talks at the Yanan Forum," in David Der-wei Wang, *A New Literary History of Modern China*, Cambridge: Harvard University Press, 2017, pp. 495-500.

② Liqun Qian, "The Cultural and Political Significance of Mao Zedong's Talks at the Yanan Forum," in David Der-wei Wang, *A New Literary History of Modern China*, Cambridge: Harvard University Press, 2017, pp. 495-500.

③ Liqun Qian, "The Cultural and Political Significance of Mao Zedong's Talks at the Yanan Forum," in David Der-wei Wang, *A New Literary History of Modern China*, Cambridge: Harvard University Press, 2017, pp. 495-500.

④ 苏和：《目不见睫：论哈佛"新编中国现代文学史"的哈佛特色》，《汉语言文学研究》2018年第2期，第22~27页。

背后往往是编者、出版机构特定意识形态和诗学的综合反映，对同样的文艺现象或文学事实，在不同历史时空，编者有不同的定位和评价。以此为观照，英美国家近年频频推出的系列中国现代文学史，不谋而合地重新审视《讲话》，从根本上解构、颠覆此前长期主导欧美学界的庸俗化解读，这种“拨乱反正”式的自我解构和重构释放了西方重新阐释《讲话》、反省以往歪曲解读的重磅信号。毋庸置疑，在全球化深入推进的当下，无论西方思想界和反华政客承认与否，他们都无法遮蔽《讲话》历久弥新的思想光芒、丰富深刻的理论内涵和普遍性的真理价值，更无法阻挡摒弃意识形态偏见，公正评价、理性认知毛泽东文艺思想的全球化研究大潮。

（三）多元切换的研究视角

70 多年来，西方学界以多元切换的视角，与时俱进地重新评价毛泽东文艺思想的价值内涵，充分肯定其对中国文艺和全球马克思主义所做出的重要贡献。西方的解读接受呈现从意识形态化的排斥到对马克思主义中国化的认知、从宏阔的西方文学审美观照到全球化语境下左翼美学再出发等动态变化的解读面相。

20 世纪 60 年代，紧随夏志清的《小说史》，白芝、包华德和夏济安等发表在《中国季刊》的论文专辑“中国的共产主义文学”[①]，以及戈德曼的专著《共产主义中国文学异见》，都以极端化的政治视角质疑、否定《讲话》。20 世纪 70 年代，英美学者开始摆脱意识形态对峙模式，尝试历史化认知《讲话》。以威廉斯为代表的西方左翼理论家高度评价毛泽东对文艺立场、文艺与革命、文艺的批评标准的论述，充分认同《讲话》基于救亡图存的民族诉求而提出的文艺审美思想，认为其中有深刻的内生性和历史合理性。[②] 就此，荷兰比较文学学者佛克马等一针见血地指出，“如果忽略了历史环境，我们就不能充分理解毛泽东文艺理论中有关的概念和价值观”[③]。

---

① 这些论文以论文集出版，参见 Cyril Birch, ed., *Chinese Communist Literature*, New York: Frederick A. Praeger Publisher, 1963。

② Raymond Williams, *Marxism and Literature*, Oxford: Oxford University Press, 1977, p. 200.

③ 〔荷〕佛克马、易布斯：《二十世纪文学理论》，林书武等译，生活·读书·新知三联书店，1988，第 126 页。

1980年，杜博妮开始从文本内部追认《讲话》的文学价值，掀起了《讲话》在英语世界的第二次研究高潮。[①] 杜博妮认为，毛泽东提出的“政治标准第一、艺术标准第二”的文艺批评标准与布斯强调文艺的道德伦理价值殊途同归，毛泽东对创作动机与作品效果之间关系的论证，与英美新批评的“意图谬误”不谋而合；毛泽东的读者意识，在时间上比西方接受美学提早了二十几年，在理论品格上更独具批判性和革命性，而后者充其量，也不过如伊格尔顿所指出的，“既不是纯粹的马克思主义，也不是纯粹的文学批评。在很大程度上，这只是一种经过适当驯服的，丧失了马克思主义批评的精神，以符合西方的口味”[②]。关于毛泽东对文学创作的源与流的认知，杜博妮强调，与其说是毛泽东受东西方正统文学理论的影响，毋宁说是其作为诗人创作诗歌的亲身经历和中国传统文化的长期熏陶所致。

20世纪90年代，在西方先后崛起的后殖民主义思潮、建构性后现代主义影响下，西方学者重审毛泽东文艺思想的理论价值，马克思主义中国化和民族形式的探讨成为热点。德里克的研究最具代表性，贯穿其研究始终的观点是，“毛泽东思想是马克思主义在中国的具体体现”[③]。作为一名研究毛泽东的西方学者，德里克深刻洞察到毛泽东思想的马克思主义中国化特征，在受邀为亚洲哲学百科全书撰写的词条“毛泽东和中国马克思主义”中，德里克引证《新民主主义论》，集中阐释毛泽东如何把马克思主义基本原理与中国具体革命实践相结合，即马克思主义中国化问题，高度评价毛泽东这一创举对马克思主义全球化的卓越贡献和深刻启迪。[④] 德里克还特别引述毛泽东的《论新阶段》作深入阐发，指出马克思主义中国化不是为了解决“国际主义的内容和民族的形式”之间的矛盾，而是为了创造一种以

---

① 傅其林、张宇维：《毛泽东〈在延安文艺座谈会上的讲话〉在英语世界的传播与接受》，《上海大学学报》（社会科学版）2018年第2期，第66~78页。

② Bonnie McDougall, *Mao Zedong's "Talks at the Yan'an Conference on Literature and Art": A Translation of the 1943 Text with Commentary*, Ann Arbor: Center for Chinese Studies, the University of Michigan, 1980, p. 15.

③ Arif Dirlik, *Culture & History in Post-revolutionary China: the Perspective of Global Modernity*, Hong Kong: Chinese University Press, 2011, pp. 88, 216-217.

④ Arif Dirlik, "Mao Zedong and 'Chinese Marxism'," in Brian Carr & Indira Mahalingam, *Companion Encyclopedia of Asian Philosophy*, London: Routledge, 1997, pp. 536-561.

马克思主义为主导的、用民族话语表述的意识形态审美体系。①

21世纪的西方左翼美学视角。刘康的专著《马克思主义与美学：中国马克思主义美学家和他们的西方同行》以跨学科视角，将毛泽东文艺思想置于中西左翼美学比较互渗的动态场域，阐述毛泽东文艺思想的深刻性、普遍性。刘康首先质疑西方左翼美学和欧洲中心主义对《讲话》的现代性批判，强调以《讲话》为代表的毛泽东文艺思想，作为马克思主义中国化的重要内容，是独特的马克思主义现代性美学。其次，他比较《讲话》与西方左翼美学的异同，剖析毛泽东与葛兰西、阿尔都塞、威廉斯等的相似度和亲缘性，论证赛义德、斯皮瓦克等美国后殖民主义学者与毛泽东思想的密切关联和对接延续。刘康紧扣"民族形式"和"现代性"，在全球化视域下阐释《讲话》蕴含的深刻内涵："民族形式"是毛泽东进行马克思主义中国化的具体运作模式，通过马克思主义同中国革命实践相结合，借助民族形式，毛泽东成功缓解了现代都市知识分子与乡村农民的紧张关系。而且，毛泽东以民族形式为纽带和驱动力，构建动态有机的"生产"、"再现"和"接受"一体化审美过程。②《讲话》高度重视大众读者的审美需求，认为艺术生产和接受的审美体验取决于受众的期待视野，他们的实际反应决定了审美效果。最后，刘康指出，《讲话》的接受美学立场与毛泽东对艺术生产和审美再现之间关系的认知密切关联。在毛泽东看来，艺术不是简单直观地再现现实，而是通过民族形式转换和美学加工，将原生态的、未经加工的日常生活文本形式，提炼、抽象化为意识形态的样貌。③ 由此，刘康通过"民族形式""中国的现代性"等概念重构毛泽东文艺思想，辨析其与西方左翼理论之间的联系和区别。

21世纪以来，国外学界积极肯定《讲话》的审美功能，高度评价《讲话》在中国革命与建设、现代化进程中的贡献，折射出全球化语境下国外

① 〔美〕阿瑞夫·德里克：《现代主义和反现代主义——毛泽东的马克思主义》，见萧延中主编《外国学者评毛泽东》第1卷，中国工人出版社，1997，第199~232页。

② Kang Liu, *Aesthetics and Marxism: Chinese Aesthetic Marxists and Their Western Contemporaries*, Durham and London: Duke University Press, 2000, p. 90.

③ Kang Liu, *Aesthetics and Marxism: Chinese Aesthetic Marxists and Their Western Contemporaries*, Durham and London: Duke University Press, 2000, pp. 91-92.

思想界在阐释性认知建构中，逐渐走向以历史、政治和审美交融碰撞为特征的价值认同，辩证客观的理性认知超越主观好恶的感性臆断已成为国际学界的研究主流。当然，必须指出，上述梳理只是以某个时代最具代表性的解读接受为关注点，并不意味着只有唯一解读或其他解读的失声。真实的情况是，基于不同研究视角、研究内容和研究目的的阐释在每个时代的语境中表现为众声喧哗、交叠起伏的多声部合奏，而非单声部齐唱。

（四）研究范式的转换

根据库恩的定义，范式“既是整个信念、价值、技术以及某个共同体所拥有的东西的集合，又表示共同体集合中的某种元素，某个特定的解谜方式”①。范式代表某个群体共同遵循的理论、规范、模式和方法等。国外近百年的毛泽东文艺著述译介与研究，在政治淡出、学术彰显的呼声中，以复调多元的解读，不断更新研究目的和研究视角，持续深化研究内容，实现研究的范式转换，全面推进毛泽东文艺思想的全球化发展。

从知识的接受与输出角度看，西方学界的研究范式呈现出知识消费与知识生产两种发展样态，前者主要指国外汉学基于中国现当代文学文本、文学现象对毛泽东文艺思想内涵与时代价值的解读，强调本体论层面的理解接受，后者主要指西方思想家以毛泽东文艺思想为方法路径和理论资源，进行资本主义社会文化批判理论的构建和知识再生产，注重方法论意义上的输出性阐发和思想创新。前者历经20世纪50年代服务意识形态的质疑否定，七八十年代学术研究驱动下的历史化解读，21世纪全球化视域下的理性认知和积极评价，西方以此不断刷新对毛泽东文艺思想及其理论价值的理解接受。同时，毛泽东文艺思想“启迪了许多东西方马克思主义者和左翼知识分子，因而实现了中国马克思主义的国际化和全球化”②。世界左翼、西方马克思主义学者以毛泽东文艺思想为理论资源，加以创造性改造、挪用，实现理论构建和思想创新。除了前文提到的威廉斯，另一重要代表是

① Thomas Kuhn, *The Structure of Scientific Revolutions*, London: The University of Chicago Press, 1970, p. 175.

② 王宁：《马克思主义与中国的世界文学研究——从毛泽东到习近平的世界文学观》，《上海师范大学学报》（哲学社会科学版）2021年第2期，第4~15页。

当代最有影响力的马克思主义文化批评家——詹姆逊（Frederic Jameson）。他敏锐洞察到毛泽东文艺思想中的革命力量和抗争元素，从话语形态的表述、理论结构的延续，到方法论的创新，多维度借鉴毛泽东文艺思想，建构其影响广泛的晚期资本主义文化批判理论。就此，加拿大华裔学者谢少波早有论述，其博士学位论文探讨毛泽东对詹姆逊的深刻影响，剖析詹姆逊理论构建中的毛元素。① 随后刘康继续深化，提出詹姆逊的文化批判理论是毛泽东思想的“影子般但又核心的问题所在”，既跟中国发展直接关联，又与当下全球化的世界知识与思想创新一脉相承。② 从阿尔都塞、威廉斯、福柯，到巴迪欧、德里达、布尔迪厄、詹姆逊、朗西埃、齐泽克等西方思想精英，以毛泽东思想为资源进行卓有成效的理论创新和知识再生产，对西方乃至整个世界的影响至深至远，延续至今，甚至引领着当下的欧美文化批评、社会运动、教育文化乃至民众的社区生活。③

无论是汉学界的文本解读、现象阐释，还是马克思主义文化批评界的理论构建、创造性转化，无不彰显全球化视域下毛泽东文艺思想丰富深刻的思想内涵和普遍意义上的人类共同价值。英美学界以动态发展的研究目的、研究视角和研究内容实现研究范式的转换，立体综合地解读毛泽东文艺思想，取得众多可观成果。他们积极肯定毛泽东对马克思主义中国化、全球马克思主义文艺理论的重要贡献，高度评价毛泽东文艺思想的世界性影响。凡此种种，充分印证了王宁教授的卓识，以及毛泽东文艺思想的深远影响，从“中国化”的马克思主义到“全球化”的毛泽东思想，是马克思主义的双向理论旅行的结果。④

---

① 〔加拿大〕谢少波：《抵抗的文化政治学》，陈永国、汪民安译，中国社会科学出版社，1999。

② 〔美〕刘康：《西方理论在中国的命运——詹姆逊与詹姆逊主义》，《文艺理论研究》2018年第1期，第184~201页。

③ 〔美〕安德鲁·罗斯：《毛泽东对西方文化政治的影响》，吴一庆译，《湖南科技大学学报》（社会科学版）2008年第4期，第20~26页。

④ 参见王宁《翻译与马克思主义中国化：文学和文化的维度》，《上海翻译》2021年第6期，第1~6、95页；王宁《马克思主义与中国的世界文学研究——从毛泽东到习近平的世界文学观》，《上海师范大学学报》（哲学社会科学版）2021年第2期，第56~65页；Ning Wang, “Maoism in Culture: a ‘Glocalized’ or ‘Sinicized’ Marxist Literary Theory,” *CLC Web: Comparative Literature and Culture* 20.3（2018）。

三 全球化进程中的误读误解与强制阐释

前文的梳理和论述表明，70 多年来毛泽东文艺思想在英美国家的译介与接受其实就是中国化马克思主义的国际化和全球化发展历程。然而，全球化的另一面强化了基于西方中心主义的文化霸权，作为“他者”文化的毛泽东文艺思想，同样遭遇了异域的改写与异化，不可避免地被误读误解或“强制阐释”，其原有的“本真性”和“原著精神”受到不同程度的减损、改造，甚至异化，并发生变异。

（一）汉学界的讹谬与误读

西方汉学家从各自的政治、文化立场出发，“近取远观”式地解读毛泽东文艺思想，虽则洞见迭出，但其研究范式、视角植根于西方资本主义意识形态、西方价值观和文艺审美观，而且囿于时代视域和个体认知，因而必然裹挟西方文化霸权意识，甚至沦为阵营对抗、政治绑架学术的产物，作为中国学者必须以中国立场保持高度的批判自觉。以下通过批判夏志清的讹谬，剖析杜博妮、刘康等的过度阐释，呈现毛泽东文艺思想全球化过程中面临的复杂因素及多层面的接受图景。

1. 夏志清的政治化歪曲

此处姑且不论《小说史》对中国现代文学书写言说的得失是非，仅仅就夏志清对《讲话》的政治化歪曲而言，回眸域外 70 余载的多元化解读历程和日趋理性客观的主流研究范式，夏志清的歪曲讹谬不攻自破。首先，他的错误认知有时代的原因。从成书的背景来看，当时朝鲜战争正酣，耶鲁大学政治系教授饶大卫拿到美国政府出资的项目，要求编写一份专供美国军官参阅的《中国手册》。当时夏志清面临毕业急需找工作，他欣然接受资助，负责编写“文学”部分，这也是后来《小说史》的主要内容。显然，其编写从一开始就笼罩在意识形态对峙的迷雾中，是东西方冷战的政治产品和文化附庸。

其次，《小说史》也是阐释者的政治立场和个体认知共同选择的产物。

"政治意识形态的立场影响着研究者的理论研究立场，理论研究者的研究立场往往是政治意识形态立场的反映。"① 正如夏志清在不同场合，包括该书的"序言"所毫不讳言的，资助他写作的饶大卫和其本人在立场上高度一致。② 因此，夏志清的写作立场、个人好恶等前见必然渗透于他对《讲话》的评价，导致学者应有的严谨、理性缺失——"不能以足够的客观来从事评论工作"③。最具打脸意味却又切中要害的是，夏志清本人在书中信誓旦旦："一部文学史，如果要写得有价值，得有其独到之处，不能因政治或宗教的立场而有任何偏差。"④

最后，抛开夏志清先在的政治立场，就该书内在的学理逻辑、研究范式而言，也有明显的缺憾。夏志清从自己的英美文学研究背景出发，站在所谓的"以文学价值为尺度"的批评立场，一味指责《讲话》所主张的大众文艺毫无审美价值。其潜在的文学批评逻辑就是，世界上仅有一种值得探讨、认同的文艺，那就是精英主义的艺术，甚至更狭义的界定——西方精英文化的艺术。在当今的全球化时代，文化多元、平等包容的价值观早已深入人心，成为国际共识，夏志清的讹谬有目共睹，此不赘述。另外，夏志清为了颠覆当时中国大陆文学史书写传统，以西方文学主流批评理论"大传统"和"新批评"为标准和理论参照，试图重构中国现代小说经典，这种植根西方中心主义、削足适履式的"以西释中"的学理逻辑有待商榷。早在20世纪80年代前后，大陆和港台学者在探讨中国比较文学的理论构建时，"以西释中"就在学界的激烈论辩中成为众矢之的。⑤

诚然，正如理解毛泽东文艺思想首先必须联系他独特的政治家身份一样，对《讲话》的阐释也首先要从作为我党文艺政策纲领性文献的角度来

① 尚庆飞：《国外毛泽东学研究》，江苏人民出版社，2008，第252页。

② 〔美〕夏志清：《作者中译本序》，《中国现代小说史》，刘绍铭等译，复旦大学出版社，2005，第xxi、xxvii页。

③ 〔捷〕普实克：《中国现代文学的根本问题——评夏志清的〈中国现代小说史〉》，《普实克中国现代文学论文集》，李燕乔等译，湖南文艺出版社，1987，第223页。

④ 〔美〕夏志清：《中国现代小说史》，刘绍铭等译，复旦大学出版社，2005，第376页。

⑤ 相关论述很多，主要有孙景尧《简明比较文学》，中国青年出版社，1988，第111页；季羡林《比较文学与民间文学》，北京大学出版社，1991，第313页；曹顺庆《建构比较文学的中国话语》，《当代文坛》2018年第6期，第4~11页。

看待。毛泽东与普通的文艺理论家不同，他的《讲话》是站在革命领袖的立场，以中国革命的具体实践为出发点，为解决中国革命进程中的现实问题而思考文艺问题的。[①] 因此，《讲话》对文艺的探讨也不同于一般的从语言、修辞和结构等内部因素展开的文学研究，而是从文学与人民、文学与革命、文学与生活等外部层面探讨文艺的本质和现象，《讲话》有其内在的意识形态属性。因此，我们不反对对《讲话》展开意识形态方面的解读，但是坚决批判意识形态对峙/偏见主宰下的强制阐释和全盘否定。

2. 杜博妮、刘康的审美化误读

杜博妮和刘康对《讲话》的审美化解读，没有落入西方所谓“名家定论”的窠臼，而是为国外毛泽东文艺思想研究打开新视域，体现研究的范式转换。双方分别以西方文论场域、左翼美学视角剖析《讲话》的文艺内涵和审美价值，有力地批判此前西方学界关于《讲话》缺乏文艺价值的种种偏见与讹谬，尤其是刘康的研究，以全球化为观照，基于《讲话》的意识形态审美价值阐释中国马克思主义美学的现代性命题，从学理层面深化对毛泽东文艺思想的普遍性价值的论证，这是非常值得肯定的。如果说杜博妮的思考是以宏阔的西方文论（包括马克思主义文论）为观照，那么刘康的论述则是全球化语境下马克思主义中国化与世界左翼美学的交融、镜鉴。前者的阐释视野开阔而创新，但欠聚焦，而后者的论证恰恰凭借高度的理论聚焦和深入肌理的剖析更具穿透力和解释力，弥补了前者的不足。

但是，杜博妮和刘康的审美化解读又存在不同程度的过度阐释，[②] 不能充分洞烛《讲话》的核心要义，或多或少减损其神圣权威性和原著精神。双方忽视的重要一点是，毛泽东文艺思想首先源于苏俄马克思主义文论，是马克思主义基本原理同中国革命和文艺实践相结合、同中华优秀传统文化相结合的理论结晶。此外，我们必须清楚，以《讲话》为代表的毛泽东文艺思想有其内在的立场和逻辑独立性，是自成体系的。如前所述，毕竟毛泽东本人不是专业的文艺理论家，他更多时候是以我党领袖身份，以要求文艺为革命事业和社会主义建设目标服务的政治功利态度思考文艺问题，

① 高建平：《当代中国文学批评观念史》，中国社会科学出版社，2019，第5页。

② 严格意义上说，刘康教授不是汉学家，此处为方便比较，将之与杜博妮放在一起探讨。

“这必然使他在文艺问题上的许多结论带有很大的局限性”①，譬如对体裁、风格与创作心理等具体文艺问题的阐释，在今天看来，比较“缺乏学术性的论述与探讨”。② 更何况，囿于《讲话》产生的特殊时期和战争环境，其中的提法颇具时效性和历史性，正如毛泽东本人也非常认可的说法，《讲话》“有经有权”③。所以，国外学者为了体现《讲话》的审美价值，出现一些误读误解甚至相对生硬牵强的过度阐释，而中国学者也必须实事求是地辩证对待，保持清醒的认识，才能准确把握《讲话》的主旨内涵，永葆其旺盛的生命力和解释力。

（二）英美马克思主义文化批评界的强制阐释

毛泽东文艺思想在全球化进程中被嫁接移植，在西方文化土壤落地生根、开花结果，为全球文化研究提供了新的理论批评工具，产生了持久性、世界性的影响，体现了西方对中国化马克思主义文论的某种时代回应和价值认同。但是，必须看到，西方思想家引证借鉴的出发点和落脚点都是西方世界，其理论动机是解决西方的问题，即便是与毛泽东文艺思想有着千丝万缕“亲缘”关系的英美马克思主义文化批评，也在借鉴挪用中因脱离中国实践和特定历史语境而出现不同程度的强制阐释。

1. 威廉斯的理论错位

威廉斯早在20世纪六七十年代就阅读1960年版《毛泽东论文艺》的英译本，深受启迪，通过吸收内化，将之融入英国马克思主义和文化唯物主义理论构建中，以凸显文学文化生产的物质属性，强化文学参与社会变革的实践力量，推进二战后英国文化批评的重塑和发展。然而，由于忽略毛泽东论述文艺与革命、文艺与政治之间关系的特定历史语境，忽略毛泽东一贯奉行的理论联系实际的原则，威廉斯过分倚重文化的政治功能，将社会革命的希望完全寄托于“书斋革命”式的口诛笔伐，甚至以文化审美取代政治实践，自此逐渐脱离现实中的革命斗争、工人运动和革命政党的

① 高建平：《当代中国文学批评观念史》，中国社会科学出版社，2019，第17页。
② 高建平：《当代中国文学批评观念史》，中国社会科学出版社，2019，第17页。
③ 胡乔木：《胡乔木回忆毛泽东》，人民出版社，1994，第60页。

实质性联系，最终不可避免地与社会主义革命、推翻资本主义制度的使命渐行渐远，犯了理论错位、实践脱节的错误。

2. 詹姆逊的强制阐释

无论是对中国“文化大革命”的浪漫想象，还是对毛泽东文艺思想的创造性阐发，詹姆逊的论述都充斥着强制阐释和一厢情愿。首先，他断章取义《新民主主义论》中文化对政治经济的反作用观点，通过理论改造和抽离历史语境的话语套用，建构自己的文化革命理论。其次，他通过偷换概念，将《新民主主义论》中代表先进文化、破旧立新的文化革命思想与六七十年代的“文化大革命”混为一谈。更荒谬的是，詹姆逊根据自己的研究需要，为了重建资本主义文化批判视域下的集体身份、更新社会关系，夸张地臆断“文化大革命”堪比西方的启蒙运动，比法国大革命和西方工业革命都更胜一筹，更具推动历史前进的意义。①

显然，包括毛泽东文艺思想在内的毛泽东思想，在20世纪七八十年代国际社会语境下的理论旅行中已发生嬗变，无论是脱离历史语境和革命实践的理论嫁接，还是核心范畴的抽象化同构，抑或基于强制阐释的思想重构，域外的解读接受早已脱离了中国语境框架内的核心精神和思想内涵，这种镜像化、模糊化的“毛主义”（Maoism）与真实的、本土的毛泽东文艺思想大相径庭。经过翻译而被全球化加工、重构的“毛主义”，经历了六七十年代的高潮、八九十年代的低谷、21世纪后重燃“毛泽东热”等历史时代潮流的激荡更迭，概念不断演进，成为负载意识形态、革命诗学和学术话语构建等多重功能的西方毛泽东研究的符号系统。

结　语

以《讲话》为代表的毛泽东文艺著述，既是毛泽东作为革命领袖和浪漫主义诗人对于文艺问题的思考和看法，又是体现中国共产党文艺政策的

① Fredric Jameson, *The Political Unconscious: Narrative as a Socially Symbolic Act*, London: Routledge, 1981, p. 81. Fredric Jameson, “Marxism and Historicism, ” in Fredric Jameson, *The Ideology of Theories*, London: Verso Books, 2008, pp. 477-478.

纲领性文件，因而国外学者的理解接受具有某种意义上的时代“晴雨表”功能，铭刻鲜明的历史变迁烙印和国际政治格局演绎路径。70年来的解读呈现出逐渐摆脱意识形态偏见、摆脱“强制阐释”，朝向更加客观、深入认知的趋势。全球化进程的不断推进，将进一步释放《新民主主义论》《讲话》等论著的文化理论意涵，进而在一个更为科学的坐标系中观照毛泽东文艺思想的精髓。

毛泽东文艺思想在英美国家的译介和接受是中国化马克思主义理论的全球化典范。翻译作为必经途径，为毛泽东思想的全球化提供必不可少的物质前提、人力基础和思想动力。西方学界跨世纪的研究经久不衰，通过研究范式的转换，复调多元地解读毛泽东文艺思想，不断深化对毛泽东文艺思想内涵和理论价值的认知。无论是汉学界的文本阐释，还是马克思主义文化批评界的创造性阐发和理论移植，在充分证明毛泽东文艺思想的世界性影响的同时，也持续深入地推进中国化马克思主义理论的全球化发展。同时，作为典型的“全球本土化”过程，毛泽东文艺思想的跨文化理论旅行不可避免地遭遇误读误解和强制阐释。域外学界的阐释带有不同程度的西方中心主义色彩和意识形态偏见视域下的他者元素，对此，中国学者必须秉持中国立场辩证地看待，以高度自觉的批判意识吸纳洞见、批判谬见。唯其如此，才能在当下全球化语境下，文化多元浪潮的冲击、淘洗和历练中，真正地传承毛泽东文艺思想的精髓要义，弘扬其核心精神。

【**Abstract**】 The English translation and reception of Mao Zedong's literary thought（MLT）embody the two-fold theoretical journey of Marxism, transitioning from Sinicization to globalization. It serves as a prominent illustration of the global dissemination of Sinicized Marxist theory. This article employs a textual examination to chronicle the sequential introduction and reception of MLT within the English-speaking world, thereby presenting its worldwide trajectory and developmental evolution. The article emphasizes the collective contribution of translated texts, translation strategies, and the participation of translators in furnishing the essential foundations, human framework, and intellectual impetus for the global diffusion of MLT. Over the span of seven decades, Western academia has undergone a pivotal shift in studying MLT, recalibrating research objectives, content, and viewpoints in line with varying temporal contexts and interpretive frameworks. Their multifaceted interpretation of seminal works such as "Yan'an Talks" and "On New Democracy" continually delves into the intricate ideological implications and theoretical merits encompassing literature and art centered on people, Sinicized Marxism, aesthetic ideology, national expressions, and modernity. This intricate process entails the cross-cultural reconstruction of MLT, effectively showcasing its profound global impact and its encompassing literary and aesthetic worth. In parallel, the article critically scrutinizes the instances of misinterpretation and imposed interpretations by Sinologists and Western Marxist cultural critics. It underlines the necessity for Chinese scholars to critically evaluate these diverse interpretations and receptions.

【Keywords】 Mao Zedong's literary thought; globalization; English translation; value connotation; correct reading and misreading

东西思想汇通的可能：论当下福柯研究的新转向*

王　柱**

（四川大学外国语学院 成都 610207）

【内容提要】福柯研究长期以来集中于对原著的解释说明，其中以对福柯著述中的概念和论点的分析与阐释最具代表性。在西方学界，将福柯与其他欧美思想家进行对比也成为一个较为常见的路径。由于福柯本人的视野无例外地限于欧陆内部，现有的福柯研究著作都很自然地主要表现为以西释西。从福柯著作内有的逻辑出发，读者会发现他想要解决的问题为西方近代以来的主体哲学困局，且其主要采取的路径为重建个人变为主体的历史过程。正因为如此，福柯的关怀始终在西方内部，学界对其的阐释也以借助西方思想为主流。这一倾向在近年来的一些汉学家的著述中开始有所改变：由于福柯晚期的思想聚焦于对古代以来自我修养的关注，而相关论点在古代中国思想中多有可供参照的论述，将二者打通成为部分学者的努力方向。然而，就目前所见，相关研究的主流仍限于以西释中，且存在理解尚未透彻或空泛等问题。如何将中国思想接入福柯研究，迈向真正的以中释西成为值得认真思考的问题。

* 本文系国家社科基金重大项目“美国族裔文学中的文化共同体思想研究”（21&ZD281）、北京市社科基金重点项目“后殖民主义、世界主义与中国文学的世界性研究”（18WXA002）的阶段性研究成果。

** 王柱，四川大学外国语学院助理研究员，主要研究方向为20世纪西方文学理论及比较文学等。近年来在《文学理论前沿》、《文艺理论研究》、*Arcadia*：*International Journal of Literary Culture* 等国内外核心期刊上发表多篇文章。

【关 键 词】自我修养　主体哲学　晚期福柯

引　言

1. 福柯研究的视角问题

作为20世纪最有影响力的思想家之一，米歇尔·福柯（Michel Foucault）长久以来获得的关注很难限于一个具体空间或学科的范围。从法国到欧洲，再扩张到美洲直至亚洲，福柯在学界乃至一般大众传媒的领地内都是一个似乎不需要过多介绍的名字。从学科来看，不管是社会科学、历史学还是文学、哲学，福柯的理论都是颇受关注的焦点之一。众多学者对福柯的引用之频繁，也会给一般读者这样的印象，即福柯的理论仿佛能用到我们所能想象的所有人文与社会科学学科。自上述两个角度视之，我们自然有理由期待福柯研究的多样性。具体来说，这应当既包括研究方法的多样性，也包括研究视角的多样性。毕竟，不管是因为受自身文化的影响，还是为自身学科的特性所决定，研究者在探究福柯著述时都应表现出一定的差异。然而，就目前所见的福柯研究论著而言，研究方法固然多种多样，其采取的视角却表现出令人惊讶的一致性：从西方内部出发已然成为占统治地位的主流研究路径，研究者自身的文化思想资源极少被运用到相关论述中。这不得不说是一种遗憾，然而却也并非难以理解。福柯本人的关注点即表现出一种十分明显的投向西方内部的内视的特点，而他对于西方以外的问题则一直处于“存而不论”的状态之中。因此，我们要解读福柯研究为什么长期以来一直都局限于“以西释西”的取径，首先需要从福柯著述的内部出发，去探究其研究聚焦于西方的动因及详细表现。

作为当时国际学界耀眼明星的福柯，曾在1978年访问日本时与禅僧展开过对话。这场对话并没有完全精准的记录，而是以法文、日文两个不同版本问世，而日文版本更仅是译自法文版而已。[1] 尽管如此，我们仍能从被记录下来的内容当中获知当时他们谈及的种种话题。在对谈当中，福柯被

① 见苏哲安《未来的哲学：论福柯的西方主义与翻译问题》，黄瑞祺主编《再见福柯：福柯晚期思想研究》，浙江大学出版社，2008，第299页。

问及对日本的兴趣究竟是深刻还是肤浅，他选择了这样的回答："坦白说，我对日本的兴趣并非一直持续的。我感兴趣的是西方理性（rationality）的历史及其局限。"[①] 在面对另一文化时，福柯表现出了令人惊愕的天真。[②] 然而，仔细想来，这恐怕与其长期将学术视野限于西方不无关系。关于福柯的视角问题，格尔多夫（Koenraad Geldof）有过较为准确的论述："《词与物》《规训与惩罚》《认知的意志》从内部来思考现代社会。"[③] 这里需要对格尔多夫的论述稍作说明：从视角来看，福柯与深受其影响的格林布拉特（Stephen Greenblatt）有着根本的差异，前者是从欧洲内部出发去探究个人怎样被塑造为主体，后者则是关注欧洲与新世界的文化相遇中主体身份的产生。

2. 文学理论中的福柯

就文学界对福柯的关注而言，福柯对文学理论的发展所造成的影响应为最主要的命题。在早期，文学研究者对福柯的印象主要来自新历史主义的借用，其中权力观成为受关注的焦点。在20世纪80年代，新历史主义开始在学界受瞩目，福柯本身的影响力也开始在文学研究者中得到承认。由此，福柯的相关概念和观点逐渐为学界所了解，且在文学研究这一领域也得到相当多的讨论。其中固然有独立探讨福柯的著述，也有许多通过新历史主义回溯到福柯理论的论著出现。由于新历史主义的关注度日渐提高，而且其对福柯的挪用最为明显，文学理论界关于福柯的论述也自然地经常与新历史主义捆绑到一起。从早期的权力观，到之后历史中的虚构以及新

---

① Michel Foucault, *Religion and Culture*, Jeremy R. Carrette, ed., London and New York: Routledge, 2000, p. 111.

② 详见 François Jullien & Thierry Marchaisse, *Penser d' un dehors (La Chine)*, Paris : Édition du seuil, 2000, pp. 16-33。

③ Koenraad Geldof, "Modernité, excès, littérature: une lecture contrastive de Michel Foucault et de Stephen Greenblatt, " *Littérature* 3. 151(2008): 106. 在于尔根·皮特斯主编的《批评的自我塑造》（*Critical Self-Fashioning*）一书中，收录有格尔多夫的一篇文章（"The Dialectic of Modernity and Beyond: Adorno, Foucault, Certeau, and Greenblatt in Comparison"），内容与此处所引的文章大致一致而略有补充，可参看 Koenraad Geldof, "The Dialectic of Modernity and Beyond: Adorno, Foucault, Certeau, and Greenblatt in Comparison," in Jürgen Pieters, ed., *Critical Self-Fashioning: Stephen Greenblatt and the New Historicism*, Frankfurt am Main: Peter Lang, 1999, pp. 196-219。

历史主义对历史的文本化等诸问题，新历史主义对福柯观点的借用与发挥一直都至为明显。作为新历史主义中坚力量的格林布拉特就曾明确承认，自己将文化视作文本的观点乃是来自人类学家格尔兹（Clifford Geertz）与结构主义者。[①] 另外，新历史主义主张非文学性文本也应与文学文本一样得到详细分析，这一做法的依据是：在特定时期，社会实践、文学文本以及文档记录等都会表现出一个共同的逻辑。

格林布拉特的著作表现出的“叙事论的历史主义”（narrativist historicism），倾向于将“历史理念”（historical idea；historische Idee）[②] 置于史家著述而非事实的本体层面上，这与福柯在《词与物》（*Les mots et les choses*）等著作中运用的方法在指导原则上明显相通。此外，格林布拉特在《莎士比亚协商》中阐述的“分区”（zone）一说与福柯所说的“话语的分区”（des régions de discours）也十分相近。[③] 就历史中的真实、文学与历史（现实）间绝对分界的取消这两大问题来看，福柯对新历史主义的影响与启迪都表现得甚为清晰，这也可称为福柯对文学理论界的一大贡献。

一　西方主义：从福柯本身的视野局限出发

福柯多次提及，其全部工作的主旨为回溯出个人如何被构建为主体的历史。[④] 非常明显，其着眼点是在西方内部，即格尔多夫所谓“现代社会”。福柯对于现代性的考察，并没有包括非西方的文明。在《疯癫史》的序言中，福柯列举了几组具有支配我们思维的作用的对立，如理性与非理性、疯癫与正常、西方与东方。对福柯而言，这些划分的意义在于人为地创造

① Catherine Gallagher & Stephen Greenblatt, *Practicing New Historicism*, Chicago and London: The University of Chicago Press, 2000, p. 8.

② 安克施密特在论文中对历史理念一说有着详细的定义。Cf. F. R. Ankersmit, “Historicism: An Attempt at Synthesis,” *History and Theory* 34. 3（1995）：143-161，154。

③ Jürgen Pieters, “New Historicism: Postmodern Historiography between Narrativism and Heterology,” *History and Theory* 39. 1(2000): 28.

④ 参见 Michel Foucault, “The Subject and Power,” in Hubert L. Dreyfus & Paul Rabinow, *Michel Foucault: Beyond Structuralism and Hermeneutics*, Chicago: The University of Chicago Press, 1982, p. 208。

出一个可供操纵的他者，以对其进行规训和统治。相比于主流，福柯显然对这些居于边缘的他者更有兴趣，这或许也和他自身作为性别认同少数者的童年经历相关。疯癫长期以来都被摒弃于历史之外，作为沉默的他者在历史的边缘存在，我们在历史中无法找寻到疯癫的声音。[①] 然而，在西方与非西方这二者间，福柯却毅然选择了作为殖民者的西方，而对作为被操纵者的东方没有进行过专门的探索。在陈述《疯癫史》的写作动机时，福柯提出"局限史"（a history of limits）的概念：一种文化通过拒绝一切被其视为"外部"（the Exterior）的元素，获得自身的稳固。[②] 虽然在此福柯明显看到了外部对于了解内部的必要，但其在回溯西方主体建构史时，并没有任何对作为外部的非西方的思考。也就是说，福柯并不是按照往常的逻辑，从非西方是如何被建构为一个他者出发，以探讨西方理性的界限的。相反地，福柯仅是直接由西方（欧洲）现代社会出发，回溯到古希腊与古罗马时期，这的确有些令人费解。

如果我们想要对福柯的这一异常做出一个令人满意的解释，或许我们首先需要考虑其思想发展的内在逻辑。如前所述，福柯坦言自己的全部工作都是为了探讨个人在西方社会是如何被建构为主体的历史。其工作的出发点乃是主体，而并非权力。在讲课中，福柯透露了他选择主体作为毕生探究主题的背景是为了超越二战前后在欧洲哲学占统治地位的主体哲学。[③] 如福柯所述，在战后的欧陆思想体系中，存在不同的超越主体哲学的尝试，如逻辑实证论及结构主义等。然而，福柯想做的则是另辟蹊径，开辟一条新的道路以完成对主体哲学的超越。概而言之，福柯的取径一以贯之，是以谱系学回溯现代主体如何在历史过程中得以形成，以此取消主体被赋予的超越性。在探究主体形成历史的过程中，福柯发现了权力对于主体建构的重要意义。从早期聚焦于作为说话者的主体，到随后探索作为知识和治

① 参见 Vincent Descombes, *Modern French Philosophy*, L. Scott-Fox & J. M. Harding, trans., Cambridge: Cambridge University Press, 1980, pp. 111-112。

② Michel Foucault, *History of Madness*, Jonanthan Murphy & Jean Kahlfa, trans., London and New York: Routledge, 2006, p. xxix.

③ 参见 Michel Foucault, "About the Beginning of the Hermeneutics of Self," in Michel Foucault, *Religion and Culture*, New York: Routledge, 1999, pp. 159-160。

理对象的主体，福柯的关注点由生产、表意行为转换到了权力关系："当人类主体被置于生产和表意关系的同时，他也同样被置于颇为复杂的权力关系中。"① 在理解权力的运作时，福柯提出应用"治理"（government）来代替"统治"（domination），因为前者更能准确指代权力的真正本质。主体与权力绝非相互敌对，主体应是权力的一个有机组成部分，是权力的"首要效果"。②

出于对权力运作方式的崭新理解，福柯也意识到权力的发挥既有对他人的治理（the government of others），也包含主体对自我的治理（the government of self）。这两者在福柯对权力的构想里可谓不可分离。由《规训与惩罚》（*Surveiller et punir*）到晚期的《性史》（*Histoire de la sexualité*）系列的写作，正好对应了福柯探索的主题由对他人的治理到自我治理的转变。如前所述，根据福柯的理解，权力绝不仅仅是暴力或强制，其要点在于对复杂技术的发挥。于尔根·哈贝马斯（Jürgen Habermas）指出，人类社会中主要存在三种不同技术：第一，生产技术（techniques of production）；第二，表意技术（techniques of signification）；第三，统治技术（techniques of domination）。③ 在探索人类主体的性体验时，福柯发现事实上还存在上述三种技术之外的另一种技术，即人可以通过对自身身体或灵魂实施一定操作以达到对自身的转化的目的的技术，也就是福柯所谓"自我的技术"（techniques of self）。④ 就福柯的考虑而言，在诸种自我技术中，对关于自我的事实的发现及表述尤具重要性。在基督教产生初期，个体的义务由古希腊时期的认识自己逐渐过渡到了向人告解自己的真实想法，这也代表了

① Michel Foucault, "The Subject and Power, " in Hubert L. Dreyfus & Paul Rabinow, *Michel Foucault: Beyond Structuralism and Hermeneutics*, Chicago: The University of Chicago Press, 1982, p. 209.

② Michel Foucault, *Power/Knowledge*, Colin Gordon, et al., trans., New York: Pantheon Books, p. 98.

③ Michel Foucault, "About the Beginning of the Hermeneutics of Self, " in Michel Foucault, *Religion and Culture*, New York: Routledge, 1999, p. 162.

④ Michel Foucault, "About the Beginning of the Hermeneutics of Self, " in Michel Foucault, *Religion and Culture*, New York: Routledge, 1999, p. 162.

“自我诠释”（*hermeneutics of the self*）的开端。[1] 这一转变，在福柯设想的整个主体自我建构史中具有重要意义，为其回溯个人如何成为主体的历史过程提供了有力支持。因此，在《性史》的撰写中，福柯对这一时期也着墨颇多。

福柯对历史的书写旨在追寻历史中的“断裂”（ruptures），这在其所谓“考古学”的相关表述中得到了最为直接的阐明。在《知识考古学》（*L' archéologie du savoir*）的开端处，福柯对以往的历史写作进行了非常尖锐的批评：在思想或知识史的写作中，作者总是倾向于构建出一些跨越事件的统一体，如作品（oeuvres）、个人（individus）、概念（notions）、理论（théories）等，而事先从未有过任何对这些统一体的考察。[2] 在史学著述中，作者总是力图展现一段连续的历史，过去与未来之间总是可以经由一些固定的概念连接起来。然而，在福柯看来，这一切连续的大叙事都是充满问题的。这也是为什么福柯被认为“意图展现过去是如何不同、奇怪、有威胁性的”。[3] 福柯所倡导的新史学应突出非连续性和断裂，而非使用充满问题的统一性概念。福柯呼吁史学应向考古学过渡，即不应该再描述由连续性主导的整体史，而应该首先追问我们是在何种境况里接受了这些连续性。福柯特别指出，“将历史分析变为对连续的叙述，以人类意识为一切生成与实践的原初主体，这是同一个思想系统的两面”[4]。在这样的传统史学中，主体超然于历史之外，而并未被置于具体历史进程之中。因此，福柯需要通过倡导新史学以取代不以批判性考察为前提的传统史学，取消主体的超越性地位。

与考古学互为补充的是福柯所提出的另一种方法论，即谱系学（généalogy）。对谱系学的运用自然也是针对传统史学，这在福柯对所谓效果史的界定中体现得甚为明显：“一个整体的（目的论或理性的）历史传统意图将单一事件消解为一个理想的连续体——或是作为有目的的运动，或

---

① Michel Foucault, “About the Beginning of the Hermeneutics of Self,” in Michel Foucault, *Religion and Culture*, New York: Routledge, 1999, p. 163.

② Michel Foucault, *L' archéologie du savoir*, Paris : Gallimard, 1969, pp. 31-32.

③ Mark Poster, “Foucault and History,” *Social Research* 49. 1(1982): 117.

④ Michel Foucault, *L' archéologie du savoir*, Paris : Gallimard, 1969, p. 22.

是作为自然进程。然而，效果史却是以事件最为独特的特点、最为尖锐的表现来对其进行处理。”① 虽然与考古学在具体侧重上略有不同，谱系学也是将批判的目标对准了连续性历史叙事。显然应被归于此处所说的效果史的谱系学，旨在追寻某一事物或概念的由来，而其最终展现出来的叙事强调的是单个事件而绝非历史的连续性。在谱系学中，单个事件的特殊性显然远比叙事的连续性更有意义。任何事物或概念都应该被置于追问或考察中，而不应超越于我们的历史性分析之上。很明显地，福柯对考古学和谱系学的阐述都是为其对主体的历史化服务，都统摄于这个工程之中。如果在对主体建构历史进行回溯的同时，作为作者的福柯继续将主体这一概念视作超越性存在，他的全部工作就很显然是充满矛盾的。更进一步的是，福柯之所以要重新回溯这一历史，最重要的目的是对抗西方长期以来关于个体的叙事：

> 结论应为：我们今天政治、伦理、社会、哲学等方面的问题并非试图将个人从政权以及政权的体制中解放出来，而是将我们从政权和与之联系在一起的这种个人化这两者中解放出来。我们必须通过拒绝这种已经施加于我们身上数百年的个人化来推动新形式的个体化的发展。②

西方所构建的关于个体解放的历史，实为加于个人身上的一套叙事，而福柯则将打破这一叙事作为我们当下最急迫的任务之一，这也可以说是其回溯主体建构史的现实意义。

德裔汉学家何乏笔（Fabian Heubel）根据福柯的著作，将其对主体技术的回溯划分为三个阶段：古代为“自我驾驭”（self-mastery）的时代，基督教时期为“自我发现”（self-discovery）的时代，而现代应该为“自我创

---

① Michel Foucault, “Nietzsche, Genealogy, History, ” in Paul Rabinow, ed., *The Foucault Reader*, New York: Pantheon, 1984, p. 88.

② Michel Foucault, “The Subject and Power,” in Hubert L. Dreyfus & Paul Rabinow, *Michel Foucault: Beyond Structuralism and Hermeneutics*, Chicago: The University of Chicago Press, 1982, p. 216.

造”（self-creation）的时代。[①] 在何乏笔看来，福柯的著作力图摒弃基督教的主体观，也因此往前回溯到了古希腊-罗马时代。然而，与马克斯·韦伯（Max Weber）、尼采（Nietzsche）、阿多诺（Adorno）诸人一样，福柯也并未能成功解释后基督教时期主体所发生的结构性变化。究其原因，福柯难以真正摆脱基督教的主体模型及随后在世俗时代的种种后果。[②] 从跨文化的视野来看，福柯的问题主要在于内在的缺陷，即其视野的局限。如果福柯将视野投向西方（欧洲）以外的世界，则这一问题有可能迎刃而解。如前所述，福柯的视野受限于其探索主题，本身是可被理解的。深受福柯影响的文学批评家斯蒂芬·格林布拉特同样将对主体的历史化当作毕生志业，却展现出与福柯有着明显区别的探索轨迹。与福柯竭力展现纵向历史中的断裂不同，格林布拉特总是倾向于向地理空间进行横向延伸，由欧洲向以美洲大陆为代表的新世界扩展。与此同时，格林布拉特的著作虽被冠以新历史主义之名，历史在其中却几乎停滞了下来。

格林布拉特的这一特点较早是由维瑟（H. Aram Veeser）注意到，在维瑟编著的《新历史主义读本》中他也以编者的身份写了一篇导言，其中对新历史主义的基本特点进行了较为精准的概括。维瑟借用了美国哲学家莫顿·怀特（Morton White）的“历史主义”与“文化有机主义”这一组概念，以此指出格林布拉特虽然也以“历史主义”为名，但他并未如其他历史主义者一般取得历史纵深与空间拓展间的平衡，在其著述中后者显然掩盖了前者。[③] 美国学者曾撰有专文讨论格林布拉特探索轨迹背后的具体原因，这也与格林布拉特本人在《文艺复兴的自我塑造：从莫尔到莎士比亚》（*Renaissance Self-fashioning*：*From More to Shakespeare*）一书中的表述相呼应。此书自 1980 年出版以来，颇受文艺复兴文学文化研究界的关注，也奠定了

① Fabian Heubel, “Aesthetic Cultivation and Creative Ascesis: Transcultural Reflections on the Late Foucault,” *Human Affairs* 27(2017): 393.

② Fabian Heubel, “Aesthetic Cultivation and Creative Ascesis: Transcultural Reflections on the Late Foucault,” *Human Affairs* 27(2017): 396-397.

③ H. Aram Veeser, “The New Historicism,” in H. Aram Veeser, ed., *The New Historicism Reader*, New York: Routledge, 1994, p. 10. 另外，关于这一对概念在怀特原文的出处，参见 Morton White, *Social Thought in America: The Revolt against Formalism*, Boston: Beacon Press, 1957, p. 12。

作者在这一领域的地位。在书中，作者坦承自己写作此书乃是源于追溯现代主体源头的冲动："在现代以来所确立的文明似乎开始崩塌的今天，我们怀着好奇与哀伤去回应其最初兴起时的焦虑和矛盾；体验文艺复兴的文化其实也是在感受我们是如何形成自身身份的，此经验既让我们变得更有找到根源的感觉，也更有疏远感。"[①] 格林布拉特大抵接受了布克哈特（Jakob Burckhardt）关于文艺复兴个人意识觉醒的说法，也同样由现代早期开始探寻现代个体的源头。阿伦·刘（Alan Liu）论述道，格林布拉特在文艺复兴中所找到的只是我们当代人已然熟知的主体，即后结构主义式的充满不安感的自我。[②] 历史在格林布拉特的著述中已然坍塌为一个扁平的平面，它既无纵深的维度，更失去了福柯式的古今差异。

虽然格林布拉特失于取消了古今间的差别，这使得其描述的历史失去了纵深，但他在探索的地理广度上却颇胜过了福柯。在《自我塑造》中，格林布拉特讲述了西班牙殖民者在伊斯帕尼奥拉岛的事迹，而《莎士比亚的协商》（*Shakespearean Negotiations*）也述及英国人在美洲大陆对土著居民的愚弄等。不同于福柯需要在断裂处追寻历史变革的取径，格林布拉特更倾向于由同时代的他者来了解自我。毕竟，格林布拉特本人相信"自我塑造发生于权威与异类的相遇点"[③]。此处需要略作说明，格林布拉特对自我身份的塑造机制作了一些解释。由于格林布拉特本人深受文化人类学的影响，尤其维克多·特纳（Victor Turner）、格尔茨（Clifford Geertz）等学者对其的启发更是至为明显，他也颇为倚重对文化的阐释，且其阐释取径与上述学者颇有相通之处。作为格尔茨最为得意的学生之一，保罗·拉比诺（Paul Rabinow）曾有如下论述："因此，跟随保罗·利科的步伐，我将阐释学（hermeneutics，即希腊语中的阐释）的问题定义为'通过绕道去理解他人来理解自己'。"[④] 拉比诺特别强调，这里所说的自我并不是笛卡尔式纯粹

① Stephen Greenblatt, *Renaissance Self-fashioning: From More to Shakespeare*, Chicago: The University of Chicago Press, 1980, p. 175.

② Alan Liu, "The Power of Formalism: The New Historicism," *ELH* 56.4 (1989): 733.

③ Stephen Greenblatt, *Renaissance Self-fashioning: From More to Shakespeare*, Chicago: The University of Chicago Press, 1980, p. 9.

④ Paul Rabinow, *Reflections on Fieldwork in Morocco*, Berkeley and Los Angeles: University of California Press, 2007, p. 5.

理智的认知，也非弗洛伊德所说的位于心理深层的自我，而是一种受文化调节且被置于历史中的自我。[①] 很明显，拉比诺所说的自我与格林布拉特的主体都是受文化塑造而成的。虽然格林布拉特接受了福柯的历史化主体理论，但其在具体探索中更接近文化人类学的路径。主体身份的确定，并不是主要来源于历史断裂处带来的革命效应，而是不同文化之间的相遇。在土著居民的生活之中，殖民者仿佛回到了自身文明的曾经，这也是另一种意义上的向过去回溯。

从与格林布拉特的对比，我们可以看出，不论福柯所做的工作究竟应归为历史、社会科学还是哲学，其探索取径是受其探究对象决定的。通过对历史的回溯，福柯所要展现出的是每一次历史转变具有的革命意义，以向当代读者展示古今之间深刻的差异。与此相反的是，格林布拉特的探索虽以历史为名，却更多的是向空间进行扩展，过去与现在变成了镜子内外一般，了无分别。然而，正是因为对异种文化的好奇，格林布拉特比福柯在了解他者文化上更进了一步，他并没有表现出福柯的欧洲中心论。不过，需要指出的是，含有丰富文化资源的东方文化也没有进入格林布拉特的视野。不管是福柯的集中于欧洲还是格林布拉特的欧美相遇，从根本上都无法克服后结构主义思想中被特别强调的主体危机。如阿伦·刘所说，格林布拉特回顾文艺复兴却只看到后结构主义式的对自己感到不安的自我。也就是说，后结构主义带来的自我危机无法在对现代文化源头的追寻中消散。而福柯所做的历史回溯也只是印证了主体的历史性，而并未为其带来一个确定的基础以抵消后结构主义对自我的取消，毕竟向主体确定性的回归也不是福柯的初衷。如前文所示，福柯曾明确表示，自己所做的工作旨在超越二战后欧陆思想中成为主流的主体哲学，且其具体取径是重新回溯自我变为现代主体的历史过程。[②] 福柯的中心关怀在于西方现代社会，并始终将视野投向欧洲，即所谓“现代性”进程的起源地。对于福柯而言，向古希腊-罗马文明的回溯更重要的是为自己理解当代主体服务，而不是说他对于

① Paul Rabinow, *Reflections on Fieldwork in Morocco*, Berkeley and Los Angeles: University of California Press. 2007, p. 6.

② Michel Foucault, “About the Beginning of the Hermeneutics of the Self,” in Michel Foucault, *Religion and Culture*, New York: Routledge, 1999, p. 160.

古文化有着特别兴趣。这也就是何乏笔所说的，福柯和阿多（Pierre Hadot）共有的思路："哲学不再以古希腊为本源，而应颠倒过来，由当下处境（而非由古代）回答何谓哲学的问题。"[①] 对古哲学的研究，应该以当今社会为出发点，以现代学术分析古代思想，而不应受限于古代世界。

福柯对现实世界的关怀，与其结合了哲学与历史的分析路径联系十分密切。虽然据其自述出发点为超越主体哲学，但福柯并没有满足于分析主流哲学家的思想，更不会止步于对抽象名词概念的辨析。从《规训与惩罚》到《性史》，福柯一直都将社会实践置于分析的中心位置。在回溯主体建构史的具体过程中，权力的治理术与个体的性体验等具体历史问题都是福柯深入分析的重点。虽然福柯颇受尼采、海德格尔诸人的影响，将对主体哲学的批判视为当下的重要任务，但其取径却有着明显的区别。对历史的执着使福柯既没有如尼采一般沉迷于艺术，也不会学习海德格尔醉心于重建哲学史。精擅古罗马史的学者保罗·维尼（Paul Veyne）为福柯好友，也对福柯的研究提供了协助。[②] 这也足可证明福柯对古代思想、文化的研究颇有借重历史学之处。从基本出发点来看，福柯与海德格尔、霍克海默（Max Horkheimer）、阿多诺（Theodor W. Adorno）等对西方现代社会的批判有一脉相承的关系，也都集中于西方内部而非从外部审视，但其着眼点却在于历史分析。总体来看，福柯对西方的研究的最根本特点是其内视的研究取径，这与由对比来研究自身历史文化的诸多学者有着根本不同。专注于跨文化研究路径的何乏笔论述道，福柯晚期所注意的诸多问题都可由对中国思想资源的借用得到解决。通过重访古代罗马和希腊文化，福柯对自我修养的论述超越了基督教的工夫论模型，这也足可证明他在韦伯、尼采诸人的基础上又进了一步。同时，福柯也留意到：20 世纪以来，自我修养迎来

① 何乏笔：《养生的生命政治：由法语庄子研究谈起》，《若庄子说法语》，台湾大学人文社会高等研究院东亚儒学研究中心，2017，第 369 页。何乏笔对局限于分析古代的论述不甚满意，而更倾向于福柯等所开创的由当下出发回顾古代的研究方法，笃信这才是当今思想研究应采用的路径。

② 福柯坦承，维尼对他的研究提供了"持续的协助"（constant assistance）。见 Michel Foucault, *The Use of Pleasure*, *Vol. 2*, *The History of the Sexuality*, Robert Hurley, trans., New York: Vintage Books, 1990, p. 8。

创造性转向（creative turn），[①] 这与基督教时期以告解为中心的模式颇为不同。

如果我们将何乏笔的观点略为概括，大致可得出如下结论：福柯虽然力求摆脱基督教的修养模式，但受内视的视野限制，他无法真正处理这一问题。何乏笔所说的由当今的哲学问题出发，要义其实在于瓦解关于希腊与中国思想对比的刻板印象。由当今学术思想界突出的问题出发，古希腊与古中国同样可以提供思想资源。因此，如果福柯的研究再推进一步，应该是以自我修养为线索建立一种跨文化的分析模型，这也可以更彻底地突破基督教的遗产。如果执着于西方历史的三段论，即古代、基督教时代与现代，由于基督教在西方文化中占据的重要地位，我们很难完全绕开其影响。同时，在搜寻关于自我修养的思想资源时，东亚尤其是中国以其丰富的相关论述，最应受到重视。如冯友兰所说，“中国哲学家注重‘内圣’之道，故所讲修养之方法，即所谓‘为学之方’，极为详尽”[②]。冯友兰《中国哲学史》一书为较早介绍中国思想的通论，在西方汉学界影响巨大，也被当代对比思想史家普鸣（Michael J. Puett）列为中西文化对比的几种主要范式之一。[③] 何乏笔关于中国修养论的发言，应该也是受以冯友兰为代表的学者的论断的影响。在何乏笔看来，至少从具体问题出发，中国与西方（希腊）的思想同质性应该远大于独立性。因此，福柯在考虑自我技术、自我文化等问题时，有必要将东方（中国）思想纳入考虑之中。

这种将自我与他者同质化的倾向，在前文述及的格林布拉特著作中即有体现。格林布拉特从当下出发，想要在现代文化的肇始处寻找主体的起

① 见 Fabian Heubel, “Aesthetic Cultivation and Creative Ascesis: Transcultural Reflections on the Late Foucault,” *Human Affairs* 27 (2017): 397。

② 冯友兰：《中国哲学史》（上），商务印书馆，2011，第 10 页。另见 Fung Yu-lan, *A History of Chinese Philosophy*, *Vol. 1*, *The Period of the Philosophers*, Derk Bodde, trans., Princeton: Princeton University Press, 1952, p. 3。

③ Michael J. Puett, *To Become a God: Cosmology, Sacrifice and Self-Divinization in Early China*, Cambridge and London: Harvard University Press, 2002, pp. 9-10. 普鸣在本书开端处对比了冯友兰、韦伯、雅斯贝尔斯、葛瑞汉（A. C. Graham）等几名具有代表性的学者对中西文化的阐述，围绕的重点即为中西文化应该被视为相互独立、各具个性还是处于一个同质的连续体上的不同发展阶段。详见此书第 5~21 页“secondary scholarship”部分。

源，却只能找到后结构主义式的自我。同样，英国殖民者在与美洲大陆和土著居民的交往中，先是惊讶于相互的文化差异，随后却发现土著文明其实可等同于自身文明的早期阶段。在此，文化间的独立性可谓被同质性取代。何乏笔认为法国汉学家朱利安（François Jullien）在近年来思想有所转变，由支持中国的特殊性到强调其同质性，这也与何乏笔自身的立场相吻合。借由讨论朱利安，何乏笔着重论述了自己的观点：在今天考虑现代性问题时，中国应被视为“我们”的一员，而不应被归为域外（dehors）了。[①] 何乏笔此言不能断定是针对福柯，但必然可适用于其对福柯的批判性分析。如果抛弃中国去谈现代性，那么最终的论述必定是不完整的。然而，如果将同质性推到极致，那么中国也无法为西方提供任何新鲜的资源。中国的发展进程并未如西方一般深受基督教文明的影响，也正因如此，其才有可能有助于西方学者摆脱基督教修养模式去探讨当今的主体文化。如果过分强调同质性，中西的一些根本差异则会被强行取消，这也使何乏笔的论点很难自圆其说。

显然，何乏笔讨论中西同质的出发点乃是具体问题，即自我修养。何乏笔探究的重点始终都在福柯的晚期思想，也就是关于自我技术的论述。然而，福柯的晚期思想并非无源之水，并不具备完全独立性。作为福柯思想中的重要概念，治理（government）既包括对他人的治理，也包括对自我的治理。前者主要涉及福柯关于规训、惩罚的论述，后者则是自我技术，而两者实际上是不可分离的。正是二者之间的联系使福柯由对权力的探讨转向了讨论自我技术。[②] 因此，单独讨论福柯的晚期论著而不考虑其整体逻辑，最后也无法得出令人信服的结论。任何对福柯的探索，不管其主要讨论的问题如何具体细微，都必须结合福柯的整体关怀，即其重建主体建构史的现实意义。福柯对于后现代并无特别兴趣，其立足点一直在现代。而所谓现代，更多是一种态度，而非特定的时间阶段。现代的定义应为将自

---

① 何乏笔：《养生的生命政治：由法语庄子研究谈起》，《若庄子说法语》，台湾大学人文社会高等研究院东亚儒学研究中心，2017，第 369 页。

② Fabian Heubel, “Aesthetic Cultivation and Creative Ascesis: Transcultural Reflections on the Late Foucault,” *Human Affairs* 27(2017): 391.

身与现实连接在一起的模式。[①] 如何乏笔所说，福柯所坚持的是一种从当前出发，将对古代的探索与当下现实连接在一起的路径。因此，对现代这一概念的理解，是我们讨论福柯的出发点。在20世纪六七十年代盛行一时的现代化理论曾做过将世界不同文明视为同一连续体上的不同阶段的尝试。德国思想家哈贝马斯比较准确地概括了这一倾向：现代化理论使得现代这一概念不再限于西欧这一起源地，而是被抽象成一种普遍的社会发展模式。[②] 然而，不难想象，在现代化理论大行其道的同时，西方的发展轨迹也被预设为普遍范式。在评价其他文明时，西方的一些诞生于具体语境的历史进程被当作了绝对标准。

近年来，由于此前被忽视的文化因素开始受到关注，很多学者开始对现代化理论进行反思，其中就包括这一理论的代表人物艾森斯塔特（Shmuel N. Eisenstadt）。由于相关研究的不断涌现，现代化应以西方历史进程为参照的假说很难再具备说服力。多元现代性（multiple modernities）[③] 这一概念开始为更多学者所接受。东亚国家的崛起，也验证了现代化并非单一化进程，而是可以以不同的形态进行。在国际全球化趋向同一性的同时，非西方国家开始更自觉地寻求自身文化身份，也寻求自身的现代化道路。[④] 在何乏笔将中国视为自己人的同时，中国文化的独特性和自主性是否会被取消是一个很重要的问题。这一问题的答案在很大程度上取决于这位德国汉学家设想的现代是单一性还是多元性的图景。但不管结论如何，何乏笔的论点中所包含的中西文化同质的预设是清晰可见的。福柯虽然在考察时表露出了西方主义，但其对于现代的理解似乎较之何乏笔更贴近韦伯论述的原意。

---

① Michel Foucault, "What is Enlightenment?," in Paul Rabinow, ed., *The Foucault Reader*, New York: Pantheon, 1984, p. 39.

② Jürgen Habermas, *Der Philosophische Diskurs der Moderne*, Frankfurt am Main: Suhrkamp, p. 10.

③ 在2000年，美国艺术与科学学院院刊 *Daedalus* 出版了一期以多元现代性为题的主题专辑，由此这一概念开始在社会科学界迅速传播开来。见 Shmuel Eisenstadt, Jens Riedel & Dominic Sachsenmaier, "The Context of Multiple Modernities Paradigm," in Dominic Sachsenmaier, Jens Riedel & Shmuel Eisenstadt, eds., *Reflections on Multiple Modernities: European, Chinese and Other Interpretations*, Leiden, Boston and Köln: Brill, 2002, p. 1。

④ Ambrose Y. C. King, "The Emergence of Alternative Modernity in East Asia," in Dominic Sachsenmaier, Jens Riedel & Shmuel Eisenstadt, eds., *Reflections on Multiple Modernities: European, Chinese and Other Interpretations*, Leiden, Boston and Köln: Brill, 2002, p. 146.

或许正是因为对历史具体性有着深入的了解，福柯并未先将现代这一概念进行抽象化和普遍化，再将考察视野延伸到非西方（欧洲）诸文明。他的关怀落在现代，这也使得他的着眼点总是在欧洲。虽然何乏笔强调是将具体问题作为串联中西文化的线索，但其同质大于多元的思想立场很难被完全接受。

二　以西释西：福柯研究中的西方主义

由上述讨论可见，不管福柯的立场是否可以被合理化，他的讨论显然是向来集中于欧洲文化的。福柯论著的主题，以及他所探讨的对象都是完全立足于西方。福柯并未采取比较文化或比较思想的路径，而是纯粹就西方问题展开。因此，无论是在西方还是在中国学界，对福柯的研究一直以来也主要是以西方理论概念等去解释其论述。我们可以将这一基本立场称为"以西释西"。在关于福柯的早期研究中，最为主流的路径便是对福柯著述中的重要概念如权力、知识、考古学、谱系学等的解释和说明。虽然福柯所探讨的问题或已有前人形诸笔墨，但同时福柯的原创性也很难被否认。仅以最为基础的权力、知识为例，这对概念在政治学、作为哲学分支的认识论等领域中得到过无数次的阐释和定义，然而福柯通过《词与物》《规训与惩罚》等一系列著作几乎赋予了这些概念全新的意义。[①] 福柯所使用的权力这个概念，既抽象又具体，具有超验与经验两个层面的意义。这一模糊性由哈贝马斯较为精准地指出："在权力这个基础概念中，福柯迫使超越性综合这一唯心论的观念与经验主义本体论的预设合在了一起。"[②] 一方面，权力是具体的技术，使我们能够参与其中；另一方面，权力脱离主体而存在，步入了超验的境地。相比于前人对权力的相关论述，福柯所做的工作

① 哲学家伊恩·哈京都不得不提到，福柯的"权力与知识的概念和日常语言是如此的分离开来，以至于我需要回想他是如何获得这些概念的"。见 Ian Hacking, "The Archeology of Foucault," in David Couzens Hoy, ed., *Foucault: A Critical Reader*, Oxford: Basil Blackwell, p. 28。

② Jürgen Habermas, *Der Philosophische Diskurs der Moderne*, Frankfurt am Main: Suhrkamp, p. 322. 另英文版参见 Jürgen Habermas, *The Philosophical Discourse of Modernity: Twelve Lectures*, Frederick Lawrence, trans., Cambridge and Oxford: Polity Press, p. 274。

无疑是具有革新意义的。

作为福柯主要的方法论，考古学也给历史学与哲学带来了许多值得思考的问题。就福柯是否开创了新的认识论或知识理论（theory of knowledge）这一问题，美国哲学家理查德·罗蒂（Richard Rorty）直接表示，福柯所做的工作使他无法获致一个真正的知识理论——如果我们要从福柯的论述中抽象出一个知识理论的话，我们会无从下手。① 作为以《哲学与自然之镜》（*Philosophy and the Mirror of Nature*）一书蜚声学界的哲学史专家，罗蒂对认识论颇花过一番工夫。在他看来，福柯并没有提供一个可称为知识理论的系统。相似的观点也能在历史学科中找到：马克·波斯特（Mark Poster）便坚持认为，福柯并未建立历史理论，而只是对这一学科的许多基本预设进行了攻击而已。② 事实上，福柯对不同学科的基本预设带来的冲击都应该归结到他对每一个学科基础的怀疑上来。如加里·古庭所说，对福柯的整体解读都趋向于将其展现为学科中问题的解决方案或者试图建立新的学科，以抑制其边缘性，然而福柯攻击的对象却是定义了这些学科的必要预设。③

诚然，对福柯提出的新观念和概念所做的说明工作和对其的批判基本是同时进行的。前文中引过的《福柯批判性读本》（*Foucault*：*A Critical Reader*）一书即以“批判”为名，书中收录的文章都不乏批判性。由于福柯观点显而易见的激进性，其招致诸多学者的商榷或批判并不使人感到意外。福柯早期所提及的概念也随着学界相关讨论的增多而深入人心，同时固化为几个方面的刻板印象。简要概括起来，就学界对福柯的定论而言，对主体的取消与泛权力论应为最有影响力的两大代表性观点。事实上，这两个观点也可进一步统一为对主体性的否定。福柯《何为作者?》（“What is an Author?”）一文可视为代表了第一种观点。在英美学界对其的认识中，福

---

① Richard Rorty, “Foucault and Epistemology,” in David Couzens Hoy, ed., *Foucault: A Critical Reader*, Oxford: Basil Blackwell, p. 41.

② Mark Poster, “Foucault and History,” *Social Research* 49. 1(1982): 116. 需要指出的是，波斯特并不是仅表明了自己的一家之言，而是提到许多美国历史学家都有相似的看法，见此文第116~117页。

③ Gary Gutting, “Introduction: Michel Foucault: A User's Manual,” in Gary Gutting, ed., *The Cambridge Companion to Foucault: The Second Edition*, Cambridge: Cambridge University Press, 2005, p. 4.

柯此文可谓体现了后结构主义的要义，与罗兰·巴特（Roland Barthes）“作者已死”的论调互相呼应。直至21世纪，仍有学者将福柯等同于鼓吹取消主体性的后结构主义者。[①]

此处所提及的对福柯观点的固化，都是为批判而批判的立场的产物。将福柯视作否定作者主体性的后结构主义代表，说明一部分学者并未真正从整体上考虑福柯著述的逻辑。晚期福柯思想中受人瞩目的主体自我建构，颇有关涉自我修养的论述。在古希腊-罗马文化中，写作对于人自我的确立颇有裨益：“通过选择性阅读与日积月累的写作，人可以形成一个可从中读出精神谱系的身份。”[②] 更让人惊讶的应是，通过写作塑造身份对于福柯不仅是著述的主题，更是自身实践的对象：“在他生命的最后八个月，他那两本书的写作对他所起到的作用正是哲学写作和个人日志在古代哲学中的作用——自我工作对自我起的作用，对自我的风格化。”[③] 福柯并非有意否定作者的自我，而是反对将作者的主体性提升至不受限于历史的超越地位，或成为一切意义的来源。同时，作品、作者等都属于福柯深为怀疑的抽象统一体，即用连续或统一替代历史中真实存在的断裂等。主体的历史性为福柯的基本主张，自我建构与他人建构在具体历史进程中是不可分离的。因此，如果仅看到福柯对权力塑造主体的强调，是对其思想的简单化。如前文所示，对他人的治理与对自我的治理统一在治理这个核心观念之中，都是福柯思想的中心。前者在福柯早期著述中较为突出，后者则是晚期的重要命题。正因为此，将早期思想中的概念单独进行解读，是无法得出正确的结论的。

对福柯的这种解释性探究从早期思想研究一直延续到了晚期思想研究。虽然学界的阐释对象由权力、考古学等转到自我技术、自我文化等，但从方法论来看，其基本取径没有根本变化。首先，福柯晚期思想的突然转向究竟从何而来，即其晚期思想来源问题成为一个焦点。作为古代哲学

---

① 参见 Paul Stevens, “Pretending to be Real: Stephen Greenblatt and the Legacy of Popular Existentialism,” *New Literary History* 33.3 (2002): 491-519。

② Michel Foucault, *Ethics: Subject and Truth*, p. 214.

③ Veyne, “The Final Foucault and His Ethics,” Catherine Porter &Arnold I. Davidson, trans., *Critical Inquiry* 20.1(1993): 8.

研究的名家，皮埃尔·阿多因对古希腊-罗马思想的研究而具有一定影响力。福柯与他的联系成为晚期思想研究的一个重要问题。就这一问题而言，丹尼尔·洛伦兹尼（Daniele Lorenzini）对福柯与阿多共通处的讨论即为一例。很明显，自我实践对阿多和福柯而言都是中心关怀。二人的关注点更多在于日常实践的维度，而非理论建构。在洛伦兹尼看来，这与二人对哲学的理解有关：哲学应更多落在诸种具体实践上，而不应陷于抽象理论之中。因此，洛伦兹尼随之下一转语：阿多同福柯一起重新提出了哲学中的真实问题，即关于将哲学话语置于真实中的具体模式的问题。[①] 对两位思想研究者联系的探讨也引入了对二者的对比。对作为修养方式的古代思想的诠释即将福柯与阿多的明显对比显示出来：阿多指出，福柯太过于强调个人的修养，忽视了古代思想中对宇宙层面的突出。[②] 约翰·塞拉斯（John Sellars）也以此为线索，深入检视了阿多对福柯的批评，并在一定程度上为福柯作了辩护。[③]

将福柯与其他思想家进行对比研究的论著主要有两个取径，或者说两种思路：一种为探究福柯所受的影响，这在上文所引与阿多进行对比的著述中得到佐证；另一种为通过一些关键概念，将福柯与其他思想家联系到一起，以获得对相关概念的不同表述的清晰认识。关于第一种思路，除上文提及的阿多与福柯的对比研究之外，对福柯与尼采、海德格尔思想联系的研究也具有相当的代表性。从一定意义上说，福柯既有对尼采的借用，也有对其的超越。[④] 第二种思路的代表性例子为福柯与阿甘本（Giorgio Agamben）、萨特（Jean-Paul Sartre）、哈贝马斯的对比。具体来看，阿甘本

---

① Daniele Lorenzini, *Éthique et politique: Foucault, Hadot, Cavell et les techniques de l' ordinaire*, Paris: Librairie Philosophique J. Vrin, 2020, p. 97. 如标题所示，此书在阿多与福柯之外，另有一个中心探究对象，即美国哲学家斯坦利·卡维尔。由于对卡维尔的讨论与本文主旨无直接关系，故此处没有涉及。

② John Sellars, "Self or Cosmos: Foucault versus Hadot," in Marta Faustino & Gianfranco Ferraro, eds., *The Late Foucault: Ethical and Political Questions*, London: Bloomsbury, p. 37.

③ John Sellars, "Self or Cosmos: Foucault versus Hadot," in Marta Faustino & Gianfranco Ferraro, eds., The Late Foucault: Ethical and Political Questions, London: Bloomsbury, pp. 43-44, 46.

④ 参见 Hans Sluga, "Foucault's Encounter with Heidegger and Nietzsche," in Gary Gutting, ed., *The Cambridge Companion to Foucault: The Second Edition*, Cambridge: Cambridge University Press, 2005, pp. 210-239, 尤其是 pp. 223-235。

对“生命政治”（bio-politique）这一概念的发挥很明显是源自福柯的思考。阿甘本对福柯既有借用也有批判，比如他直接指出，福柯并未对20世纪的极权国家有足够的思考。在福柯的著作里缺乏一个权力的统一概念，这也使阿甘本为之惋惜。[①] 除阿甘本外，福柯对现代性的诊断或批判与哈贝马斯的相关思想之间也存在可供比较分析的可能。从表面上看，福柯代表着一种后结构主义式的反人道主义，而哈贝马斯则是人道主义所推崇的种种思想的捍卫者。然而，深入挖掘福柯的著作会让我们看到福柯对个人自由与解放的辩护绝不在哈贝马斯之下。两人的差异只是观察视角的不同，而绝非观点的对立。[②] 此外，福柯与萨特之间的联系与差异也有学者论及。萨特有关历史的表述与福柯有着许多根本差别，如他对个人选择、个体能动性的强调即为一例。同时与此相对应的是，萨特对意识和理性在历史进程中发挥的作用的坚持，这与福柯形成了对比。[③]

上文的讨论向我们展现了一个较为清楚的事实，即西方学界到今天为止的福柯研究大致都未走出解释说明的樊篱。虽然在这些解释之中不乏批判性，也融入了一些对比，但从根本而言仍是分析概念和解释思想的路径。从视野而言，福柯的西方主义并未得到突破，而从方法论来说，分析解释的取径也没有得到改变。偏于概念解释的研究路径很难从福柯著述的整体出发，去把握其内在逻辑，因此误读的产生也是难免的。这在上文的讨论中已经得到证明。因此，从福柯思想的内部出发，以其包括专论和讲演、采访在内的著述为基础来重建福柯的心路历程或思想发展，应该成为替代现有研究的一个新思路。一方面，对福柯传记的利用固然颇为重要；另一方面，怎样从福柯的各种出版物中建构出其思考轨迹也是当下的重要命题。相较于此前的研究论著，斯图亚特·埃尔登（Stuart Elden）出版于2016年的专著《福柯的最后十年》（*Foucault's Last Decade*）从总体思路来看与上述

---

① Martine Leibovici, "Biopolitique et comprehension du totalitarisme: Foucault, Agamben, Arendt," *Tumultes* 25.1 (2005): 32-33.

② David Ingram, "Foucault and Habermas," in Gary Gutting, ed., *The Cambridge Companion to Foucault: The Second Edition*, Cambridge: Cambridge University Press, 2005, pp. 240-241.

③ 参见 Thomas R. Flynn, *Sartre, Foucault and Historical Reason*, Vol. 2, Chicago and London: Chicago University Press, 2005, pp. 284-288。

思路已经大为接近。在福柯生命的最后，《性史》的写作已然成为其最中心的关怀。此系列书最终呈现的形式与福柯最初的构想颇有出入，个中原因虽耐人寻味，却鲜有学者论及。艾尔登从福柯早期著述出发，一直梳理到晚期思考的种种问题，事实上是重建了福柯思考与著述的发展轨迹。此书的一大特点为尽量忠实于福柯本人，并不以批判为目的。同时，此书的另一个显著特点应为从福柯著述的整体出发，并非对其中单个概念或单本著作的解释。正因为如此，作者对福柯的重要概念或论述的解读并非孤立无援，而是相互佐证，从而也更具说服力。

福柯对于自己晚期写作计划的设想在生命的最后时期由于病痛等种种因素而受到打扰，《性史》的二、三卷与他之前的关切也似乎有脱节。如果我们仅着眼于这几本福柯晚期的正式出版物，可能会无从知晓福柯真正的关怀在于何处。同时，前后出版的著述之间主旨的断裂和迥异也颇使人感到无所适从。艾尔登从留存的文档出发，深入发掘了福柯的讲演和书稿等，以勾勒出福柯在生命最后十年的所思所想。虽然从表面来看，福柯前后期的著述主题有着明显差异，但实际上可通过一贯的关切将其连接在一起。何乏笔和其他学者提出的治理这一概念即为一例：前期福柯念兹在兹的权力本质为对他人的治理，后期的自我关切则可理解为对自我的管理，两者事实上是不可分离的。就福柯的理解而言，对自我的关切是一种“社会关系的强化”（intensification of social relations），毕竟在其中会涉及寻求他人的建议等。[①] 艾尔登通过对文档的细致检视，发现福柯对于告解（confession）的兴趣也是贯穿于其著述生涯的——只不过对于这一概念的运用在不同时期略有差异而已。[②]

如艾尔登著作的标题所示，他的考察范围主要为福柯生命的最后十年，然而对于福柯著述的总体逻辑的考虑也使得这一专著相较前人论著又向前迈了一步。早在1982年出版的《米歇尔·福柯：超越结构主义与阐释学》（*Michel Foucault*：*Beyond Structuralism and Hermeneutics*）一书从考察范围而

① Michel Foucault, *The Care of the Self*, *Vol. 3*, *The History of the Sexuality*, Robert Hurley, trans., New York: Pantheon Books, p. 53.

② Stuart Elden, *Foucault's Last Decade*, Cambridge and Malden: Polity, 2016, p. 205.

言，且超过了艾尔登所著，但其对福柯思路的探索却不如后者。《米歇尔·福柯：超越结构主义与阐释学》一书从福柯早期对知识史的检视，到他对规训治理的思考，直至他晚年对主体自我建构的论述，都做了详尽的阐述。然而非常明显的是，背景分别为哲学与人类学的两位作者主要还是依赖于福柯的正式出版物进行研究。如作者所言，此书为对“福柯著作的一个解读”①。虽然两位作者宣称此书中心在于福柯所尽力解决的问题，② 但需注意的是，其根本仍在解释福柯的相关论述，而非真正进入福柯思考的内部。因此，虽然此书为对福柯著述的一个全面考察，对我们了解福柯有相当大的帮助，但到了今天我们或许应该志在更进一步去探索福柯著作的内在逻辑。毕竟，经过数十年的解读，福柯的相关概念已然为世人所熟知了。或许仍时有学者对此前的解释提出商榷和补正，但我们可以确定，这一范式已不能催生大量有生命力的研究了。

三　以西释中：福柯研究的新动向

近年来，由于西方汉学家的推动，福柯的相关论述已经被纳入对中国文化的思考之中。因此我们可以说，福柯研究的西方主义开始松动，归根结底却并非由于内部危机的出现。在福柯研究者的内部，虽然出现了一些问题，如主题的日渐枯竭、方法论的陈腐等，但并未出现从根本上瓦解“以西释西”取径的论述。在汉学界，由于朱利安等的提倡，中国思想对当代欧陆思想危机可起到的补充和启发作用开始受到关注。朱利安提出一个耐人寻味的问题：如果中国不再仅是西方的从前，而是可被视为与其同时发展的文明，那西方文化是否就仅是思想的可能的一端？③ 也就是说，西方

① Hubert L. Dreyfus & Paul Rabinow, *Michel Foucault: Beyond Structuralism and Hermeneutics: Second Edition with an Afterword by and an Interview with Michel Foucault*, Chicago: University of Chicago Press, 1983, p. xix.

② Hubert L. Dreyfus & Paul Rabinow, *Michel Foucault: Beyond Structuralism and Hermeneutics: Second Edition with an Afterword by and an Interview with Michel Foucault*, Chicago: University of Chicago Press, 1983, p. xix.

③ François Jullien, *The Book of Beginnings*, Jody Gladding, trans., New Haven and London: Yale University Press, 2015, p. 15.

文化的普遍意义不应再被看作理所当然，它并不能代表人类文明。只有在此前提之下，西方文化才能做到将目光投向中国等域外文化。朱利安的发言或许只是汉学家的自说自话，而在下文的讨论中我们也可看到，许多汉学家也仅是将西方概念引入对中国文化的思考。

或许是出于汉学家自我神秘化的意图，朱利安倾向于将中国文化过度异质化。虽然朱利安并未明言，但西方代表哲学，中国拥有智慧这一陈旧印象似乎仍隐含于其言语之中。两种文明之间充满差异，这也是将其进行对比的基础。如朱利安的批评者毕来德（Jean François Billeter）所说，朱利安不仅将中西文化视作相互间存在差异，更可说其是思维图上的两个对立端。[①] 事实上，朱利安将两者对立起来，也同时是对两者的简单化。在谈论中西的差异时，朱利安将欧陆文明（当然也包括受此影响的美国等）统一归入西方的范畴，未考虑英、法、德等文化之间深刻而复杂的差异。[②] 至于在西方人眼中本已神秘的中国文化，在朱利安的论述中则更是如同神话一般。这种粗暴的中西对立遭到许多学者的怀疑甚至批判，如法国华裔汉学家程艾兰（Anne Cheng）就在其为《当代中国思想》（*La pensée en chine aujourd' hui*）所写的导论中表示了对这种简单化思想的批评。

虽然程艾兰并未直接提及朱利安的姓名，但其批判对象已经在字里行间呼之欲出。[③] 长久以来，中国以其异域文化的形象存在于汉学家的论著之中，中国历史现实与文化的复杂性被简单化为可供操纵的本质。[④] 在当下，汉学界不仅应终结简单化中国的东方主义立场，也应终结一切中—西或中

---

① Jean François Billeter, *Contre François Jullien*, Paris: Édition Allia, 2007, p. 38. 关于此书的评论以及毕来德与朱利安论争的详细介绍，参见 Frédéric Keck, "Une querelle sinologique et ses implications: À propos du 'Contre François Jullien' de Jean-François Billeter," *Esprit* 352. 2 (2009): 61-81; Ralph Weber, "What about the Billeter-Jullien Debate? And What Was It about? A Response to Thorsten Botz-Bornstein," *Philosophy East and West* 64. 1 (2014): 228-237。

② 见 Jean Frangois Billeter, *Contre François Jullien*, Paris: Édition Allia, 2007, p. 39.

③ 关于程艾兰及其他学者对朱利安的批评，可参见王论跃《当前法国儒学研究现状》，《湖南大学学报》（社会科学版）2008 年第 4 期，第 28~29 页。

④ Anne Cheng, "Introduction: Pour en finir avec le mythe de l' alterité, " in Anne Cheng, ed., *La pensée en chine aujourd' hui,* London: Folio, p. 8.

国—希腊等二元对立。[①] 在不对中西两方进行简单化的前提下，怎样真正汇通中西思想资源，是所有对自身以外的文化有所了解的学者需要考虑的问题。就目前一些对福柯思想有所涉及的汉学著作而言，作者的立场似乎都略显保守。这些著述的主流取径仍是将西方理论融入对中国思想的思考之中，以向读者介绍一些或许本应难理解的概念。虽然如此，但这些著述毕竟对福柯研究长期以来被西方主义独占的现状有破除之功。值得一提的是，除汉学家外，以欧洲思想为专业的学者也发出了打破“东西之分”的呼吁。绍科尔曹依（Arpad Szakolczai）撰文论述道，福柯的晚期思想与捷克哲学家扬·帕托屈卡（Jan Patocka）之间有着令人惊讶的相似性。此处仅举其中的两例：福柯对现象学最主要的批评为超越性的主体，而这也恰好是帕托屈卡对胡塞尔提出的批评；帕托屈卡认为历史开始于对问题性的发现，这与福柯历史即问题化的观点可谓不谋而合。[②]

诚然，绍科尔曹依所谓的“东”仅仅是欧洲东部，这与汉学家相比，跨越的鸿沟自然小了许多。但绍科尔曹依此文恰好从侧面显示了对福柯进行诠释时所采用的视野是如此狭隘，以至于同为欧洲的捷克都完全被摒除于相关论述之外，更遑论远在真正东方的中国。在打通中国文化与西方思想的尝试中，汉学家们的相对保守也由此显得十分自然。在葛浩南（Romain Graziani）的《庄子的哲学虚构》（*Fictions philosophiques du Tchouang-tseu*）一书中，虽然福柯显然是其探讨庄子时的重要概念框架，但福柯的名字却未曾被直接提及。葛浩南在书中多次提及《庄子》里的各色“畸人”，应为福柯“不名誉者”（hommes infâmes）的中国对应物。同时，与此一样明显的是，葛浩南用以翻译“养生”这一术语的“culture de soi”（自我文化）正是福柯的核心概念。[③] 论至此处，葛浩南研究《庄子》时将

① Anne Cheng, “Introduction: Pour en finir avec le mythe de l' alterité, ” in Anne Cheng, ed., *La pensée en chine aujourd' hui*, London: Folio, p. 9.

② Arpad Szakolczai, “Thinking Beyond the East-West Divide: Foucault, Patocka, and the Care of the Self, ” *Social Research* 61. 2(1994): 303-304.

③ 杨凯麟：《庄子的哲学虚构，或哲学虚构庄子：评葛浩南〈庄子的哲学虚构〉》，何乏笔编著《若庄子说法语》，台湾大学人文社会高等研究院东亚儒学研究中心，2017，第173页。

福柯用作概念工具的事实已经十分明确——至少在学界对其的认识中如此。与葛浩南的间接借用不同的是，更年轻一代的汉学家费飏（Stéphane Feuillas）在探讨苏东坡关于修养的论述时直接将福柯引入其中。

葛浩南虽然未明确提及福柯，但在其书中用到的“culture de soi”却有着很强的指向性。经过不同汉学家的探讨，学界逐渐认识到，这一概念与中国文化中极具特色的养生论具有许多方面的相通性。毕来德也指出，中国的自我修养可通过福柯的相关论述来进行汇通研究。[①] 作为一种特定应用范围内的范式，将中国的养生论与西方思想中的相关论述进行对比的取径也获得了一系列有价值的成果。费飏即在所撰文章中直接承认了自己对苏轼的讨论也是受这一范式的启发。[②] 通过对苏轼论述的仔细研读，费飏发现其中展现的养生观与福柯晚期思想有着许多共通之处。仅举一例以略为介绍费飏的论点：苏轼所说的“自我的纯正”（la rectitude de soi）与“向自我本质的回归”（le retour à sa nature）和福柯的“自我转变”（la conversion de soi）是一种互相呼应的关系。[③] 苏轼对自我的构想与福柯在整体上可谓相去不远：两人都将主体性置于主体所做工作的全体之中，而非作为仔细检视与持续警惕的对象的自我。[④] 也就是说，主体性应存在于自我的作为之中，而不是认识论中所论述的作为认识对象的客观化主体。正是这一点基本的共识，连接了古今中西的两位哲人。值得一提的是，中国学者王辉也注意到了福柯晚期思想可为中国传统修身论带来的启发：福柯将真理与伦

① Jean François Billeter, *Notes sur Tchouang-tseu et la philosophie*, Paris : Édition Allia, 2010, p. 64. 另中文版可见〔瑞士〕毕来德《庄子九札》，宋刚译，载何乏笔编《跨文化漩涡中的庄子》，台湾大学人文社会高等研究院东亚儒学研究中心，2017，第 33 页。

② Stéphane Feuillas, “De Foucault à Sudongpo: éléments pour une approche transculturelle de la culture de soi, ” in Frédéric Wang, ed., *Le choix de la chine d' aujourd' hui: entre la tradition et l' occident*, p. 61.

③ Stéphane Feuillas, “De Foucault à Sudongpo: éléments pour une approche transculturelle de la culture de soi, ” in Frédéric Wang, ed., *Le choix de la chine d' aujourd' hui: entre la tradition et l' occident*, p. 68.

④ Stéphane Feuillas, “De Foucault à Sudongpo: éléments pour une approche transculturelle de la culture de soi, ” in Frédéric Wang, ed., *Le choix de la chine d' aujourd' hui: entre la tradition et l' occident*, p. 75.

理结合的哲学论述方式或可有助于中国哲学的现代重建。[①]

我们在前文的讨论中已经提过，直至目前福柯研究的主流仍然是对特定概念或论点的阐释。经过上面几段的讨论，我们会发现这一倾向不仅存在于以西释西的学术论著中，在近年来汉学界以西释中的著述中仍然保留了以解释为主的基本立场。福柯思想所遭受的碎片化命运在解释性论述中体现得较为明显：我们对权力、主体性等重要概念的理解都容易走向片面化。在有的论著中，作者又仅从宏观上评断福柯的思想，并未深入其中的曲折之处。《福柯的最后十年》向我们展现了福柯研究的一个新可能，即走向福柯的整体思路。虽然这一新路径在《福柯的最后十年》一书中并未得到完全的发挥，但的确也为我们带来了一些重要的启发。对福柯的研究持续了数十年，其相关概念已经得到充分的探讨，但从另一个方向来看，我们却几乎处于空白之中。在此需要明确指出，这一方向就是进入福柯的思路之中，找出其所思考的问题，并沿此道路前进。对西方思想研究颇有心得的已故哲学专家叶秀山曾有过一段值得思考的表述："我们不妨换一个角度，从西方哲学本身出发，替他们拟想，按照现在的某些有意义的思路想下去，中国的传统哲学在他们的思想道路上，会有什么意义。"[②]

叶秀山的论述是针对中国国内对西方哲学的研究所发，呼吁研究者转变探索西方思想的思路。对于国内的福柯研究而言，这一段言论也具有重要的启发意义。或许我们不应该说，叶秀山所瞄准的是一个范式的转移——范式一词在今天的学界也颇有被滥用的现象。然而，退一步来看，叶秀山所说毕竟为我们指明了一个可供探索的新方向。如果我们明确要在福柯研究中沿着这一方向前进，首先需要考虑的问题应是：福柯所要处理的问题究竟是什么？作为解决这一（系列）问题的尝试，他究竟有何具体思路？要考虑第一个问题，我们有一个很重要的预备步骤，即福柯所思考的问题必然有其来源，也就是所谓思想背景。福柯提出并着力解决的问题，

---

① 王辉：《当福柯的伦理学遭遇中国修身工夫论——从福柯晚期思想看中国哲学语境的现代重构》，《福建论坛》（人文社会科学版）2019年第3期，第75页。

② 叶秀山：《中西文化之"会通和合"：读钱穆〈现代中国学术论衡〉有感》，《中西智慧的贯通》，江苏人民出版社，2009，第14页。

须放在这一背景之中才能获得更准确的理解。

四　当代西方思想困局与以中释西的可能

让我们重新回到福柯关于自身工作的表述之中。如前文所述，福柯曾有过一系列类似言论。首先，福柯论述道，自己的全部工作是要重新建立一部关于个人是怎样被建构为主体的历史。在艾尔登的检视之下，福柯对告解这一主题的一贯兴趣也变得清晰。在何乏笔看来，治理这一概念也贯穿福柯著述的前后期，可谓其中心关怀之一。不管上述几点是否准确概括了福柯著述的重心，但福柯所思考问题的背景却不曾由此显露出来。最为接近这一背景的论述应该是福柯 1980 年的讲演。福柯回顾了战后法国思想的发展，将其主题归纳为主体哲学的主导与由此引发的对主体哲学的超越。在这样热烈的空气之中，有一部分思想者将摆脱主体哲学当作自身力求达到的目标。福柯在这一次浪潮之中，也显然处于“预流”的地位——他也积极地试图超越主体哲学。由于尼采对其的影响，福柯认为对主体建构史的谱系学式重建是对主体哲学进行超越的一条可行道路。主体相对于历史、现实的超越性只能由主体的历史性打破。如果我们能够建构出一部具体的主体建构史，那么其超然地位就会从根部瓦解。

福柯的表述过于简短，以至于并不能为我们带来太多线索，以理解战后法国思想的复杂情况。但最基本的一条主线已在福柯的简单描述中清晰呈现，即主体在战后法国思想中的中心地位。巴迪欧（Alain Badiou）回顾了 20 世纪下半叶法国思想的主流，其中对“生活”（vie）和“概念”（concept）的关注是最为根本的问题。这二者同时非常自然地结合为一个问题，即人类主体的问题。用巴迪欧的原话来讲，这是因为人首先是作为生命体而存在，而且同时具有思想，也即具有制造概念的能力。[①] 因此，如果我们直接说战后法国思想最重要的问题就是主体问题，也不应该是夸张。更重要的是，我们需要指出，这一时期思想的主题不仅是对主体概念的描述或解释，同时更包含对主体哲学及其诸种衍生思想的突破，这也在福柯

① Alain Badiou, *L' aventure de la philosophie française*, Paris : La Fabrique, 2012, p. 11.

的简明阐述中明确被提及。主体哲学之于当代法国思想的意义，更重要的是呈现为一种困局，或者说一种危机。阿尔都塞、福柯、德里达等代表性思想家都竭力以自己的方式取消主体在现实和思想世界中的中心地位，尤其是超越性地位。在一定程度上，上述思想家都可谓在寻求一种离开主体去思考历史现实和思想的可能。福柯的知识型概念，即代表了一种将知识的产生与主体相分离的尝试。

前文已经提及，福柯指出：逻辑实证论与结构主义都瞄准了对主体哲学的超越。在被问及关于西方思想危机的问题时，福柯指出心理分析、人类学与历史分析都曾做过相关努力，而他现在也开始认为东西方思想的碰撞可以开辟出一条道路。[①] 福柯进一步阐述了他对于西方思想危机的定论，即当代西方并没有真正代表性的哲学家可以突出这一时代，如果将来仍有哲学存在，那必定是在欧洲以外的地方或在欧洲与非欧洲的相会中产生。[②] 诚然，我们甚至不需要细读就可以发现，由于双方对对方思想都没有真正深入的了解，福柯与禅僧的对话一直停留在表面层次——任何具体而精微的问题都无法在这一场对话中找到踪迹。但正因为如此，福柯对于西方思想危机这样笼统话题的意见才能被提及。由于这场对话牵涉到异域思想对欧洲的意义这一主题，它对于朱利安这样的汉学家而言也就变得十分有趣了。

朱利安详细评述了福柯在这一对话中的言论，也随之引出他自己的观点。由于长期关注中国思想，朱利安的视域比福柯更为宽广。他直接点明这不仅是欧洲思想的危机，更是当代思想全域的危机。重要的是，朱利安特别点出，这不应该是哲学的死亡，而是对其局限的认识和体验。[③] 作为一个数十年间都倡导吸收东方思想的汉学名家，朱利安必然认为东方思想在这一局限中可以发挥的补益作用几乎可以说不言而喻：当代思想的危机需要由东西方的汇通解决。然而，我们不得不问的一个问题是：如果朱利安所说的全域已经包括中国（东方），那么这种危机又如何可以通过内部的沟

---

① Michel Foucault, “Michel Foucault and Zen: A Stay in a Zen Temple,” p. 113.

② Michel Foucault, “Michel Foucault and Zen: A Stay in a Zen Temple,” p. 113.

③ François Jullien, *Penser d' un dehors (La Chine)*, Paris : Édition du seuil, 2000, pp. 29-31.

通得到改变呢？事实上，朱利安所说的应是：东（中）西思想各有特点、各自独立，但都存在自己的危机，这一危机的突破唯有寄希望于两者的互相沟通。从当前来看，中国思想对西方思想的意义应在朱利安心中所占的比重更多，毕竟西方对中国思想可以提供的借鉴已经有好几代学人尽力探索过。显然，对这种补益作用的探讨绝不能由宏观层面展开，更好的方式应是由具体问题开始。就当下来看，福柯的思想，尤其是晚期思想，或许可以作为一个突破口。

正是在这一逻辑的引领之下，何乏笔等开始寻求中国修养论与福柯晚期自我文化之间汇通的可能。但是，细读何乏笔的相关论述，我们不能不抱憾于其阐发的简略与抽象。同时，由于这些论述并没有引起太多本应有的争论，作者所开启的论说也无法被进一步推动。或许何乏笔所要表达的更多是一种倡导与呼吁，一种面向未来的可能性，而非表明自己已经在其中深造有得的详细论证。最可说明这一态度的可能是以下关于儒、道、释三家的言论："我相信，对这些学派发展出的修养实践的更好理解能对表达福柯在探究生存美学时常描述的后基督教创造性工夫有很大帮助。"[①] 何乏笔指出了福柯在解释20世纪以来主体发生的结构性变化时的尴尬境地，并将这一失败归结到其以欧洲为中心的视角。然而，怎样运用中国修养论的哪些具体观点以突破当下的主体理论危机，却似乎在何乏笔的著作中并未清晰。在另一处，何乏笔指出了嵇康探讨了言说与修养之间的微妙关系，这似乎与福柯的中心关怀有着明显的相似性："嵇康串联美学修养与言论勇气，和晚期福柯与法兰西学院课程中的关键主题有所呼应，即生存美学与说真话之关系，并意味着跨文化与跨时代的历史组构（班雅明所谓historische Konstellation）。"[②] 对于我们当下诠释修养美学而言，福柯的意义之一在于他"进一步探究生命美学的政治意涵，但来不及铺陈相关的可能

① Fabian Heubel, "Aesthetic Cultivation and Creative Ascesis: Transcultural Reflections on the Late Foucault," *Human Affairs* 27(2017): 397.

② 何乏笔：《养生的生命政治：由法语庄子研究谈起》，《若庄子说法语》，台湾大学人文社会高等研究院东亚儒学研究中心，2017，第362页。

性”①。也就是说，福柯目前所完成的其实应仅是指明了一个方向。

何乏笔倡导跨文化交流与用当代哲学问题重新审视古代思想，这二者互不分离，结合为他本人视为正途的路径：“必须深化中国文化的历史资源与当今问题的关系，以使之获得与欧洲古代同等的哲学位置。”② 仅就福柯来说，我们应该将中国古代文化视为与希腊文化一样具有丰富的思想资源，这或许能帮助我们解决怎样解释 20 世纪世俗化社会主体发生的结构性变化这一复杂问题。综合上述言论，我们可以大致得出的印象为：何乏笔不仅跨出了向以中释西迈进的一步，也开始考虑进入福柯的思维世界，意图沿着其思考轨迹向最终的目标前进。福柯在具体思维世界中遇到的困局是否可以经由对庄子、嵇康等的考察解决，在此处成了最为主要而显眼的问题。然而，虽然略带遗憾，我们还是不得不指出，何乏笔虽然指明了这一大有可为的方向，他也只是阐明了一个可能性而已。用中国古代思想提供的新颖思想资源，去接入福柯的思考，解决其思想中的难题，这一取径是否会构成一个新的范式尚属未知。

就目前而言，何乏笔所提出的路径有数个问题需要考虑。首先，福柯作为以历史分析为出发点的思想家，其论著中相当强调的一点为历史特殊性。主体在福柯的著述中绝非抽象出的一个笼统概念，而是历史进程的产物。在考虑当代主体结构性变化的种种维度时，嵇康或者庄子的修养论是否可以完全适用，这是一个最为主要的问题。其次，何乏笔在每次谈及这一路径时，都似乎停留在了一种提示的层面，也并未指出一些具体的相通性。这样的结论似乎并未具有真正的说服力，在具体实践中，表面的相似常常也会被更多的差异所掩盖。不难发现，第二个问题与第一个问题之间也有着紧密的连接关系，毕竟正是历史的具体性决定了差异。在此，让我们就第一个问题展开详细论述。何乏笔指出福柯的论著向我们展示了美学修养的政治意涵，这是他对于修养论的意义。美学与抵抗的二分，在何乏

① 何乏笔：《养生的生命政治：由法语庄子研究谈起》，《若庄子说法语》，台湾大学人文社会高等研究院东亚儒学研究中心，2017，第 372 页。

② 何乏笔：《养生的生命政治：由法语庄子研究谈起》，《若庄子说法语》，台湾大学人文社会高等研究院东亚儒学研究中心，2017，第 372 页。

笔论述养生问题的文章中成为一个阐释框架。美学是否意味着在政治上默许现状而不进行任何抵抗，这是其中的一个基本问题。[①] 在哈贝马斯等人的批评理论中，批判性与修养工夫论互相排斥而不能相容。[②] 何乏笔不断提及美学修养与政治批判的对立，不仅来自西方批评理论的相关论述，也受到近来毕来德等将庄子研究引入国际汉学界的影响。在《庄子》中，气化主体成为一个近年来较为受关注的主题。

毕来德多次强调对《庄子》的气论解释是对庄子本意的一种扭曲，这使其原本的批判性消失，而变得默许政治上的专制现状："无论这些思想家之间有多大的差别，他们都始终认为行动在根本上来源于一种高于自己、透过自己而得以呈现的动能整体，而不是来源于个人主体。"[③] 在毕来德的阐释之中，这种更高的"动能整体"似乎只能落在皇权上，因为皇权"被赋予一种中介的角色"。[④] 在具体现实中，由于道、天命等概念难以落实，皇权就成了唯一可被倚仗的实体。在毕来德的设想当中，君主与平民作为两个对立等级，构成了社会的基本框架。然而，这里需要指出的是，对庄子的气论的认识，并非局限于默许个人对集体秩序的臣服。对于中国古代历史现实的深刻认识似乎可以带领我们看到更多具体的主体。在思想研究中，毕来德最为依赖的是语文学路径（philological approaches），其著述中不时会表现出对于历史语境的忽视。在庄子生活的时代，有一个重要背景为民间信仰与官方文化之间的竞争。人世与上天之间的交流，是应由官方统治集团垄断，还是可以让渡一部分权利至民间，这是这一争论的核心内容。从统治集团一方来看，巫觋在最开始是唯一拥有与上天沟通权利的集体，并逐渐演变为后世的史官。[⑤] 在当时的官方叙事中，民间被剥夺了私自与上

---

① 参见何乏笔《养生的生命政治：由法语庄子研究谈起》，《若庄子说法语》，台湾大学人文社会高等研究院东亚儒学研究中心，2017，第 367、371 页。

② 何乏笔：《养生的生命政治：由法语庄子研究谈起》，《若庄子说法语》，台湾大学人文社会高等研究院东亚儒学研究中心，2017，第 358 页。

③ 〔瑞士〕毕来德：《庄子九札》，宋刚译，载何乏笔编《跨文化漩涡中的庄子》，台湾大学人文社会高等研究院东亚儒学研究中心，2017，第 27 页。

④ 〔瑞士〕毕来德：《庄子九札》，宋刚译，载何乏笔编《跨文化漩涡中的庄子》，台湾大学人文社会高等研究院东亚儒学研究中心，2017，第 28 页。

⑤ 见李零《中国方术正考》，中华书局，2006，第 10 页。

天交流的权利。

到了庄子的时代，对礼乐传统的超越成为所谓轴心突破（axial breakthrough）的一个中心命题，而这种超越在一定程度上可被理解为与"巫"传统的破裂。在孟子、庄子的论述中，我们可以得出一个大胆的结论：心通过对"气"的操控实现了与天的交流，因此也打破了巫对这一力量的垄断。这对于官方统治集团而言，自然不亚于一种思想上的反动。毕竟，由此我们可以自由地直接与上天交流，而不必借助任何中介。对于"天意"的诠释，不再是巫觋的专利，民间个人也可以由心获知上天的意念。因此，很明显的是，庄子关于气的描述并非要将个体置于一个更高的秩序之下，由此抹杀其主体能动性。行动的源泉应在于个人，而非如毕来德所想在于任何集体。在传统气论的框架下，主体不仅不一定受制于帝王，更可以发展出相对于统治集团的反抗。论述至此，我们清楚看到，毕来德的解读大有值得商榷的余地。

由此展开，建立在毕来德诠释框架基础之上的跨文化养生论研究，也不得不使人产生怀疑。毕来德将气化论解释与对帝制中国政治秩序的默许等同起来，这其实是无视了气论思想可具备的进行批判甚至于反抗的潜力。气论阐释不仅包含了部分研究者将个人与宇宙秩序合为一体的传统路径，也应包括将气的培养看作反抗传统政治结构的手段的解读。毕来德指出了《庄子》文本原本具有的批判维度，这本无问题，但同时他将对这一文本所有的解读都归为对政治现状的默许，这就构成了一个很大的问题。毕来德强调应将《庄子》从历代注释的误读中解放出来，使其重新恢复批判的锋芒，言语之中仿佛透露出这一论点应为一大新发现的意思。[①] 然而，从上文的论证可见，对《庄子》的气论诠释绝非等同于对帝制专权的屈服，庄子对气的利用也可以引向对政治现实的异议。

何乏笔受毕来德《庄子》研究的启发，见证了这一中国古代经典文本具有的跨文化潜力，并从中发现了一些可供自己进一步探究的问题。福柯晚期思想为何乏笔的研究对象之一，且其中关涉自我修养的论述与《庄子》的相关阐述也显现出一些相通之处。对何乏笔而言，从尼采到福柯都未能

① 见〔瑞士〕毕来德《庄子四讲》，宋刚译，中华书局，2009，第122页。

成功寻找到真正的“另类主体性”，而庄子等古代思想家所提出的气论思想“对有关主体性的当代反思，富有发展潜力”①。何乏笔从福柯和中国古代修养论中都看到了美学、主体与政治的关系，然而却未能真正理解庄子的政治现实与思想背景，因而也无法理解庄子文本的精微之处。毕来德认为将庄子的气论扩展到宇宙的构成与运作，势必使主体屈从于一个更大的秩序，因此气论的应用只能限于对主体性的阐释。② 然而，由上文可知，气论在用于说明宇宙的构成的同时，也为个人保留了反对现有秩序的可能——人通过对气的培养利用，可打破君主或权威对天人沟通的垄断。在气构成的宇宙面前，个体的运作虽然如毕来德所说“只是其中一个特殊的、衍生的、下属的形式”③，但帝制并不等于气构成的宇宙，它也同样屈服于宇宙秩序之下。相较于毕来德提出的纯粹政治解读，或许与宗教维度结合的视角更能准确地解读庄子的相关论述。

从毕来德的例子可知，跨文化研究绝非简单论述“同”或“异”就能即刻奏功。不论侧重于论述相同还是不同，都需要对解读对象仔细考究一番，要对其有深入的了解。就这一点而言，我们不仅需要如张隆溪所言“能够熟读中西典籍，超越语言文化的障碍，以具体的材料和合理的分析论证同中之异，异中之同”④，也必须深入了解中西的历史现实，以保证具备足够的基础知识来进行对比。毕来德对《庄子》的热情令人感动，但相关历史背景的不足使他的解读有失精准，而很难具备他所想要的说服力。在这一论述过程上建立的论点，即《庄子》可为西方提供另类主体性，或许也能成立，但其论证过程中暴露的误读也毕竟不可略过。对于气论的排斥，使毕来德更倾向于强调“身体”的中心意义。在何乏笔看来，朱利安的相关讨论却正因为接受了气的重要性而更能准确地指出气论对于打破欧洲哲

---

① 何乏笔：《导论：庄子、身体、主体、政治》，《若庄子说法语》，台湾大学人文社会高等研究院东亚儒学研究中心，2017，第 8 页。

② 见〔瑞士〕毕来德《庄子四讲》，宋刚译，中华书局，2009，第 132 页。

③ 〔瑞士〕毕来德《庄子四讲》，宋刚译，中华书局，2009，第 132 页。

④ 张隆溪：《汉学与中西文化的对立》，《中西文化研究十论》，复旦大学出版社，2005，第 123 页。

学的二元架构的关键作用。[①] 从《庄子》所引起的跨文化争论出发，何乏笔重新提出了他者文化是否更能准确诠释本国经典文本的问题。如何乏笔所说，这样就精准性展开的争论，如果出现在某一文化的内部，似乎司空见惯，但如果是在跨文化的空间中产生，则会受民族主义等诸多因素影响而使情况更为复杂。[②] 但在此处，如上文的论证所示，毕来德重新解释《庄子》的自信却并不能成立，气论与政治批判并非互相排斥。

毕来德虽然提及《庄子》的主体性论述对欧洲哲学的参照意义，但并没有明言这一经典文本对福柯思考的具体问题是否具有重要性。与毕来德相比，何乏笔进一步揭示了《庄子》对福柯寻求另类主体性可带来的启迪。然而，在具体论述中，何乏笔强调了以新儒家为代表的中国当代哲学对解释后基督教时期西方世俗主体身上发生的结构性变化的参考价值，[③] 也强调了《庄子》对主客体二分的欧洲哲学的解构潜力，却并没有真正将《庄子》修养论与福柯晚期思想二者中的具体问题进行详细论证。毕来德与何乏笔都有所借用的主体性概念，是否可以作为分析《庄子》的理论框架，仍有讨论的空间。哲学研究者刘笑敢曾指出，部分中国学者简单搬用物质与精神的二分框架解释老子哲学，恰是削足适履地曲解了老子的“道”这一概念。[④] 在以西方概念解释中国经典文本的同时，研究者必须充分探究两种文化中对应观点的具体历史性。毕来德对“气”这一中国哲学的基本概念的误解即为一个典型案例，可提醒比较文化研究者应对相关术语有足够深入的认知。何乏笔最终止步于提纲挈领式的讨论，这表明他并没有真正进入两者的深处，而如果他深入地研究了庄子与福柯的思想语境，或许所得的结论不至于如此简单。从一定意义上讲，何乏笔的讨论在很多地方都接近于只有论点而并无论证过程的模式。

---

① 见何乏笔《养生的生命政治：由法语庄子研究谈起》，《若庄子说法语》，台湾大学人文社会高等研究院东亚儒学研究中心，2017，第346~347页。

② 何乏笔：《导论：庄子、身体、主体、政治》，《若庄子说法语》，台湾大学人文社会高等研究院东亚儒学研究中心，2017，第13页。

③ 见何乏笔《跨文化批判与当代汉语哲学——晚期福柯研究的方法论反思》，《学术研究》2008年第3期，第8页；Fabian Heubel, “Aesthetic Cultivation and Creative Ascesis: Transcultural Reflections on the Late Foucault,” *Human Affairs* 27 (2017): 97。

④ 见刘笑敢《反向格义与中国哲学方法论反思》，《哲学研究》2006年第4期，第36~37页。

结　语

曲终奏雅，让我们对上述观点做一个综合性的总结。近现代以来，西方有相当数量的思想家开始对哲学传统进行反思和提出挑战，主体哲学，尤其是蕴含在形而上学中的绝对化主体，成为最主要的批判对象。在此背景之中，现代性、现代哲学、主体哲学等相互包含重叠的思想成为西方思想界意欲超越或否定的对象，后形而上学的概念也因此得以传播开来。哲学的危机或困局，成为一个常被讨论的论题。如何解决或者超越这一困局，也成为许多思想者思考的主题。朱利安等对中国思想颇有论述的学者自不待言，如福柯这样从始至终都仅关注欧陆内部的思想家也提出了中西对话的愿景。正是在这样的背景之中，何乏笔、毕来德等人开始积极寻求用中国思想照亮西方哲学研究的可能性。其中何乏笔更是对中国修养论与福柯著作的互相参照表现出极大兴趣，这与耕耘于西方哲学研究数十年的叶秀山的预想可以说是从两个方向汇流到了一起。同时，中国学界对西方哲学的研究也应该不再满足于对其中概念、论述的介绍或解释，如何立足于自身文化对西方思想进行更深一层的探究，能深入其中代替其思考未解决的困局，成为当前的历史任务。①

在未来，中国思想是否能在西方大为盛行，以至于引起西方思想文化界在大量吸收中国文化后对其进行的格义，我们在今天很难知晓。但中国思想资源能为长期局限于欧陆思想传统的西方哲学界带来一些新的思考可能，则可以明言。近代以来，中国有不少学者援用西方文化研究中国思想，且颇有创获——如牟宗三、唐俊毅等都是具代表性的例子。两位思想家之所以获得援西入中的成功，都与他们坚持以中国文本为主，只让西方哲学观点在有助于自身阐释的基础上适当地发挥作用不无关系。② 对于西方学者

① 朱利安也指出，当前为一个历史转折，东西方文明在经济及政治方面都迎来了相遇，而思想方面的相会也将到来，这是这一代人所背负的历史责任。见 François Jullien, *Penser d'un dehors* (*La Chine*), Paris : Édition du seuil, 2000, p. 31。

② 参见彭国翔《中国哲学研究方法论的再反思——“援西入中”及其两种模式》，《南京大学学报》（哲学·人文科学·社会科学版）2007 年第 4 期。

而言，怎样化用中国思想文化资源，以发挥其对于西方思想应有的参照意义，应为一个极其值得思考的问题。如部分汉学家看到的，中国思想，如近年来大为盛行的庄子思想，具有明显的跨文化潜力。东海西海的心理攸同，已经在许多相关著述中得到明证。然而，就当前所见而言，汉学家们似乎仍有操之过急之嫌。不管是毕来德，还是何乏笔，都并未真正考虑到对比对象各自的历史性与深刻性，一个对庄子研究有着误读，另一个也停留在含混不清与笼统的层面。不过需要补充的是：平心而论，作为建立新范式的尝试，两位学者的努力都是值得尊敬的。在何乏笔、毕来德等人著述里所发现的问题，或许正是其最大价值的所在。有了这些先锋性的著作，我们才能更加具体地获知用中国古代思想连接西方哲学研究的详细路径，而非只认识到一个空泛的概念。作为对福柯思想有着关切的学者，我们应怎样在现有研究的基础上进一步深入福柯思想，用异域思想资源代替福柯思考，为走出西方哲学困局提供新的可能，应当是当下福柯研究采取的路径之一。

【Abstract】 Scholars of Foucault have long been focusing on explications of the Foucauldian oeuvre, among which analyses and interpretations of the notions and arguments are the most characteristic approaches. In the Western academia, comparative studies of Foucault and other Euro-American thinkers are also commonly seen. As Foucault is exclusively concerned with the European continent with a view to address the crisis of philosophy of the subject, students of literary theory and intellectual history always depend for guidance on Western theories and thoughts. In recent years, some scholars are trying to draw on ancient Chinese conceptions of self-cultivation in their readings of Foucault's later works. We must note, however, that the majority of these scholars have shied away from the conviction that a careful examination of Chinese works on cultivation can lead us to address the issues raised by Foucault. In addition, the current scholarship is still characterized by misunderstandings and overly generalized arguments. We must thus consider now how to develop a more sophisticated approach to Foucauldian texts informed by Chinese intellectual history.

【Keywords】 self-cultivation; philosophy of the subject; the late Foucault

仪式思维的小说叙事转化*

马　硕**

（广东省社会科学院 历史与孙中山研究所，广东 广州 510635）

【内容提要】仪式思维是仪式行为的先导，反过来也受到仪式行为的制约，它是通过时间顺序来呈现秩序的一种特殊思维方式。对仪式的反映和描述是小说叙事素材中的重要部分，对仪式进行书写的关键就在于仪式思维在小说创作行为中发挥作用的方式。仪式思维的小说叙事转化，是小说仪式叙事能够成立的根本前提，也是深入讨论仪式与小说叙事之间关系的重要理论背景。仪式思维可分为前思维与后思维，前思维是一种隐性思维，带有个人无意识及集体无意识的痕迹，后思维是一种显性思维，受到文化传统的影响。在仪式思维的作用下，小说叙事中的人物塑造、情节发展可视作仪式的"殊相"，而叙事中关于人物好恶、风俗习惯等方面的描写则可视为仪式的"共相"。小说叙事研究，需要开拓更广阔的思路和视野，从这个意义来看，仪式思维为这一研究提供了有益的路径。

【关 键 词】仪式思维　小说　仪式叙事　仪式

对小说的研究离不开对叙事的探讨，从一般意义上说，小说叙事是"叙"与"事"的结合，"叙"是"事"得以记录和流传的前提，而"事"则是对"叙"的回应和结果。从已有的小说叙事学研究成果来看，"叙"比

* 本文为国家社科基金后期资助项目"中国礼仪文化与小说叙事"（22FZWB068）的阶段性成果。

** 作者简介：马硕，女，广东普宁人，文学博士，广东省社会科学院历史与孙中山研究所副研究员，研究方向为文学人类学与中国现当代文学。

“事”更为关键，“叙”的质量关系着“事”的呈现方式，以及呈现出来的样貌。然而，更进一步来说，“叙”也有自己的前提，即叙事者关于“叙”的构思思考。叙事构思体现出思维的运转方式，由于叙事原本就带有仪式的烙印，① 叙事思维在某种程度上即是仪式思维的转化结果。人类的行为展现有赖于思维的指引，换言之，行为是思维的显露，而仪式行为则是仪式思维的外现。毕竟，从最早的甲骨卜辞来看，祭祀、占卜等仪式才是在那个书写资源极其有限的社会条件下最值得记录的事情，所以，当仪式行为成为叙事的肇始时，仪式思维也就顺理成章地成了叙事的发端。在叙事发展到以小说文体傲视叙事群雄后，其中的仪式思维就更值得深入考量，这是因为，小说中与仪式相关的叙事素材都应该被看作仪式思维转化后的结果，因此，探究仪式思维在小说中的叙事转化，便有利于研究者对文本的深层结构做出有效观照。

一　仪式思维的辨析

仪式思维是仪式研究中的重要内容，但在意大利学者马里奥·佩尔尼奥拉（Mario Perniola）提出“仪式思维”（ritualistic thinking）这个概念之前，泰勒（Tyler）、费雷泽（J. G. Frazer）、列维-布留尔（Lvy-Bruhl）等人类学家仅是将这种思维模式归入了“神秘”范畴，从而与“不可知论”联系在一起。而以克利福德·格尔茨（Clifford Geertz）为代表的仪式研究者，则以巴甫洛夫（Pavlov）的高级神经活动学说为基础，认为思维包括认知、记忆，甚至想象和希望，说明它是“在我们脑袋中运行的一切，也是一切活动所产生的结果”②，将对仪式思维的认识推向社会实践研究的领域，并确立为一种思维科学。至于明确提出“仪式思维”的马里奥·佩尔尼奥拉，

① 据方玉润、王国维、罗振玉等学者考证，叙事起源于原始巫术仪式中的卜辞部分，小说叙事既然属于叙事的一种，那么，追根溯源来看，小说与仪式也存在一定关联。见方玉润《诗经原始》，中华书局，1986，第 358 页；王国维《王国维文学论著三种》，商务印书馆，2010，第 47 页；罗振玉《殷虚书契考释三种》，中华书局，2006，第 507 页。

② 〔美〕克利福德·格尔茨：《地方知识——阐释人类学论文集》，杨德睿译，商务印书馆，2014，第 171 页。

却虚晃一枪，转而从美学的角度研究生命的几个阶段，并未对仪式思维本身做出阐释。事实上，仪式思维既非神秘的“不可知”，也不应该完全用神经活动去研究，特别是在文学研究的领域中，“只有那种去神秘化的理论性解读才可以让我们看到更深层次的文学内涵和背后的文化问题”[①]，这就要求研究者应该从理性的角度切入，将思维与行为搭建为一个整体，进而通过它们之间的关系做出分析说明。

在仪式行为的研究层面上，博学而有见地的学者已经勘测到了仪式行为的“密码”，即人们通过仪式行为深化个体和群体、过去和现在，以及可知世界与不可知世界之间的联系，因此，仪式被研究者赋予了“群体”“秩序”“重复”“象征”“神圣”等特性。应该说，没有一场仪式是毫无目的的，思维在一个想象的空间内为行为做准备，而行为则在现实的世界中印证思维的合理性与可行性。借用保罗·利科（Paul Ricoeur）的话说，“我思只有通过活动来占有我们生存的努力以及我们存在的欲望，因为这些活动见证了这种努力和这种欲望”[②]，所以，仪式行为是仪式思维发生作用的结果，仪式思维在一定程度上组织仪式行为，并预知仪式行为发生后的结果，于是，思维在与行为的互动中逐渐产生自我的经验，接着，这些经验又通过行为叙事的方式形成了人类最初的知识，甚至可以说“一切知识都是建立在这个基础上，而且归根到底是从这里引出知识本身，我们的观察用于外界可感的对象上，或用于被我们自己知觉到和反省的我们心灵内在运作上，它们给理智提供一切思维的材料”[③]。

在明晰了仪式思维与仪式行为之间的关系后，需要对仪式思维做出如下定义，即这是一种以目的为主导，通过时间顺序来体现群体秩序的特殊

① 生安锋、林峰：《后理论语境下的文学理论境况与特征》，《学术研究》2021年第12期，第167页。

② 〔法〕保罗·利科：《解释的冲突：解释学论文集》，莫伟民译，商务印书馆，2017，第19页。

③ 〔英〕约翰·洛克，《论人类的认识：全校勘译本》，胡景钊译，上海人民出版社，2017，第76页。

思维方式。如果说仪式行为是一种叙事方式①，那么，仪式思维也必然与叙事存在千丝万缕的联系，甚至可以说，在叙事的形成过程中，仪式思维要先于仪式行为。进一步来说，这是因为仪式思维先于仪式行为而成为一种人类经验，因此，在仪式成为叙事的对象之前，仪式思维首先要凌驾于事实之上，为描述仪式构思意义，进而通过叙事为意义的实现做准备。罗伯特·斯尔科斯（Robert Scholes）认为，"经验叙事着眼于某种真实，而虚构性叙事则着眼于美或善"②，但无论是经验叙事还是虚构性叙事，其本质仍然是阐述意义以及承继传统，仪式思维在其中发挥的作用就是使读者融入叙事的氛围当中，通过所叙之"事"对其"事"进行价值评估。

对于小说家而言，越是丰富的生活阅历，对于创作而言越有帮助，这些对于写作有益的阅历可能在相当大的程度上来源于小说家的仪式经历，否则就无以解释为何席勒、巴尔扎克等享誉世界的作家都拥有自己独特的写作仪式，也难以说明仪式如何能成为小说叙事中难以舍弃的重要素材。仪式跨越了时间和空间的限制，为所有的生命刻上了特殊的印记，应该说，一个人从出生之时到其离世，只有仪式可以伴随始终。因此，对于小说家而言，仪式已经不仅是对个人或群体在某种特殊行为后的描述及记录，更是一种独特的思维传递与扩散。在《日瓦戈医生》《静静的顿河》《金翅雀》等小说中，开篇的死亡仪式激活了生的叙事；在《约翰·克利斯朵夫》中，洗礼仪式展开了主人公的生命轨迹；又如中国古典小说《西游记》中盛大的蟠桃盛宴仪式，为孙悟空、猪八戒、沙和尚找到了赎罪的叙事根源；《红楼梦》中炫目的元妃省亲仪式，拉开了荣宁二府盛极而衰的帷幕；《金瓶梅词话》中对武大郎的两次祭奠承担起重要的叙事因果；等等。可以说，仪式在小说中起到了重要的串联作用，它贯穿在叙事线索内，决定着人物的生命历程，以及整个人物群的存亡状态，而这一结果却是在仪式思维的影响下发挥作用的。罗兰·巴特（Roland Barthes）认为小说"把生命变成

---

① 孙皖宁、彭兆荣、叶舒宪等学者通过传播学、文化人类学等多个方面论述了仪式是通过行为进行叙事建构的。见彭兆荣《瑶汉盘瓠神话——仪式叙事中的历史记忆》，《广西民族学院学报》（哲学社会科学版）2003 年第 1 期，第 86 页。

② 〔美〕罗伯特·斯科尔斯、詹姆斯·费伦、罗伯特·凯洛格：《叙事的本质》，于雷译，南京大学出版社，2015，第 12 页。

一种命运，把记忆变成一种有用的行动，把延续变成一种有方向的和有意义的时间”[①]，显然，罗兰·巴特是从与出生和死亡相关的仪式中获取了生命生息的密码，从而将这种记忆的经验融汇到小说的创作之中。但是，要使阅历与创作正向关联，还需要一种由思维机制发挥作用的有序调和，要使小说家的思维适应叙事环境，就应当将作家本人的内部经验转化到人物身上，成为人物自身的经验，这就体现出仪式思维下的模仿和重复。尤其是当“叙事的过程就是把异质经验整合为同质经验，把个体经验整合为集体经验的过程，叙事的动力和目的是塑造经验的统一体”[②] 时，应该说这正是对叙事行为在受到思维影响后做出反应的解释。

从叙事的层面来看，仪式思维或隐藏于叙事的背后，或显露在叙事之中，而无论是仪式思维的隐藏还是显露，它都在文本表达、读者沟通、意识升华等方面表现出积极的作用。具体来说，文本表达相当于作家对故事做操控和表演，故事在作家的眼中如同一个个仪式过场，首先，仪式为叙事提供素材，叙事中的每一场仪式都不是独立存在的，它的出现牵连着叙事的前因后果，如安克施密特（Ankersmit）所言，“叙事就像是一架必须依赖其组成部分才能够运转的机器”[③]；其次，当小说家开始对语言文字进行操控时，创作这一行为就已经构成了一场叙事的仪式，瞿世英认为“小说用文字暗示动作”[④]，由文字构成的故事情节需要作家在创作中进行合理安排，构建起这些故事之间的有机连接，使最后形成的文本如同一场叙事表演。在格尔兹的仪式理论中，仪式的表演性有着极为突出的位置。[⑤] 可以看出，凭借文本进行叙事的表演和仪式行为的表演实践有着异曲同工之处。如果说仪式的一个重点在于人与神、人与人之间的沟通，那么，当一个作

① 〔法〕罗兰·巴尔特：《符号学原理：结构主义文学理论文选》，李幼蒸译，生活·读书·新知三联书店，1988，第84页。

② 陈然兴：《叙事与意识形态》，人民出版社，2013，第214页。

③ 〔荷〕F. R. 安克施密特：《叙述逻辑——历史学家语言的语义分析》，田平、原理译，大象出版社，2012，第4页。

④ 瞿世英：《小说的研究》，王永生主编《中国现代文论选》，贵州人民出版社，1984，第60页。

⑤ 〔美〕克利福德·格尔兹：《地方知识——阐释人类学论文集》，杨德睿译，商务印书馆，2014，第139页。

家重视读者反馈时，就可以认为，仪式在经过作家的思维转化凝结成文本后，其目的就绝不是作家在自说自话，而是通过文本传达一种信息，如马塞尔·莫斯（Marcel Mauss）所言，“所有的仪式都是一种语言，因此它传递着各种各样的观念”①。另外，即使一个作家对他要创作的故事深思熟虑，但经过思维的转换之后，他笔下的文字仍然会与它最初的形式不尽相同。一些研究者会认为这是从思维到成型的一次再创作过程，但用仪式思维来解释，这是由于在叙事行为对思维做模仿、记录和重现时，作家脑海中的故事已经被不断重复，尤其是当作家试图避免故事遭受怀疑时，重复就使故事在不断的强化中构建出独有的体系和逻辑，并且对叙事实现意义的升华，这就与仪式中的转换、转化功能形成了对应及吻合。

仪式思维一方面带有人类原始意象的印记，另一方面则受到叙事者本身生存成长的自然、社会环境影响。瑞士心理学家皮亚杰（Piaget）认为人的心理行为建立在生物遗传、物理环境及社会环境之上，在生物遗传的制约下，人类总会带有某些共同的思维意识。弗洛伊德（Freud）就更为具体地指出人类在无数次的进化选择中形成了一种基因记忆和心理残迹。这种被他称作“无意识”的意识中，包含着人类对群体性行为的模仿、对未知世界的解释、对搭建沟通桥梁的努力、对行为产生意义的重视等各种天然倾向，本文将这一类的意识动机命名为仪式思维中的“前思维”（pre-thinking）。而当人受到后天物理环境及社会环境的影响后，又会在行为上趋同于本民族业已形成的习惯，如苏格兰男性有穿“基尔特”（格纹短裙）的传统、中华民俗热衷于祭祖、印度人以右手为尊、阿拉伯妇女出入公共场合需要蒙戴黑佳卜（面纱）等。这些受后天文化环境影响而固化的思维模式中，仪式的踪迹更是无处不在，从与“前思维”的对应角度来看，本文将受到成长环境影响，倾向通过某种特定行为彰显意义、标识身份、划分界限的人的思维模式，命名为仪式思维中的“后思维”（post-thinking）。

① 〔法〕马塞尔·莫斯、昂利·于贝尔：《巫术的一般理论献祭的性质与功能》，杨渝东、梁永佳、赵丙祥译，广西师范大学出版社，2007，第75页。

二 前思维的隐性转化

正如不同文化中的仪式行为具有某些共性一般，前思维中携带的“符码”就体现出一种人类的普遍思维模式，而很少受到民族文化、宗教信仰等要素的干扰。列维-布留尔在《原始思维》中提到，19 世纪末到 20 世纪这段时间，人类学家搜集到了越来越多的文献和事实材料，“研究家们在地球上最遥远的地方，有时是在完全相反的角落发现了，或者更正确地说研究了越来越多的不发达民族，也就在其中的若干民族之间发现了一些令人惊奇的相似点，有时竟至在极小的细枝末节上达到完全相同的地步：在不同的民族中间发现了同一些制度、同一些巫术或宗教的仪式、同一些有关出生和死亡的信仰和风俗、同一些神话，等等”①。在文化初始并且自由发展的阶段，并不存在某种已经成型的社会制度和经济关系，因此在相似的文化形态背后，存在普遍的人类情感及欲望，人们无论临山还是靠海，无论是狩猎还是捕鱼，都有着对生存及繁衍生息的渴望、对食物与丰收的诉求，并且对周围环境充满既好奇又恐惧的心态等，而这种天然的心理机制与思维模式终究都需要通过仪式加以表现。

人类对仪式的认同和需求几乎是一种与生俱来的本能，马理多马（Maledoma）认为人类“进入仪式的维度，是为了回应心灵的召唤”②，证实仪式的确是先思维而后行为的。不仅如此，这种对仪式的需求本能更是激起了人类的原始想象，为自然万物赋予神性，并在探索与实践中逐步增加了人类对自然的认知和对世界关系的知识。也就是说，在人类社会的初级阶段，天然形成的仪式思维必然会采用某种方式——如神话，去解释周围的一切事物，这也是仪式思维转化为叙事的初始状态。孔德（Comte）认为神学阶段是人类发展三阶段中的首要部分，这与弗雷泽提出“巫术是自由与真理之母”③ 的观点相得益彰，在这个阶段，人的行为与仪式相联系，

---

① 〔法〕列维-布留尔：《原始思维》，丁由译，商务印书馆，1981，第 9 页。

② 转引自〔德〕洛蕾利斯·辛格霍夫《我们为什么需要仪式》，刘永强译，中国人民大学出版社，2009，第 8 页。

③ 〔英〕J. G. 费雷泽：《金枝》，汪培基、徐育新、张泽石译，商务印书馆，2013，第 87 页。

语言与神话相连，神话和仪式（巫术）互文，它们在相互交织中促进人类社会逐渐向更高的阶段发展。但人类在早期阶段形成的思维模式却不会因为文化的进步而消退，而只是融入了思维的基因，这说明在反映记忆和描述想象的叙事空间里，前思维构成了叙事动机的一部分，正是“意在笔先，以心运文”，承认“心中的体验参悟，是一篇作品的先入的存在和内在的驱动力”①。它参与着叙事的起始、过程与结果。

在叙事的各种形态中，文字叙事只是其中的一种，并且是后发的一种，但它在文明的传承中起到了其他如身体叙事、口头叙事、器物叙事等叙事方式所不能替代的作用。需要注意的是，文字叙事的存在绝非横空出世，它必然要受到其他叙事方式的影响。具体而言，身体叙事是在模仿的过程中逐渐确定的，通过这一本能与理智相交织的行为，人类后代的生活在以后的生存环境中较前人有了明显好转，不仅避免了许多自然生存的陷阱，还积累了大量经验。可以想象，在完全没有清洁意识的远古先人中，许多人可能因为身体创伤受到污染而丧失性命，偶然有一人腿脚受伤后踏入清泉，如果在无意识的条件下，其因伤口得到清洗而保全了肢体和性命，试图模仿其做法的受伤的人因此也得到了保全，那么，模仿就会立即成为一种便捷、有效的行为经验。推而广之，趋利避害的本性使远古先人在模仿中有了越来越多的积累，而这些积累则直接影响到后人的行为模式，久而久之便成为身体叙事的一种表达。

因为早期书写的困难与文字表达的桎梏，汉字一向有同音同源、音近意通的特征，所以，在一定程度上“仪”与“意”是行为与思维的一体两面。仪式有形，意识无形，但无形“意识”必然存在有形“仪式”的一面。学者苟波认为“许多人类学著作都提及，古代的巫术—仪式其实就是一个‘综合地’运用各种手段，如舞蹈、歌曲、化妆、语言、造型和绘画等来与‘神秘力量’进行交流和沟通的特殊程序。也就是说，为了将‘无形’的‘神秘力量’加以显现，原始人类总是将各种‘有形’和‘可见’的手段聚集在一起，有意识地进行‘综合性’运用。从这个角度上说，通过‘有

① 杨义：《中国叙事学：逻辑起点和操作程式》，《中国社会科学》1994 年第 1 期，第 169 页。

形’的事物和行为来表现‘无形’的‘神秘力量’的象征思维是巫术—仪式的‘综合性’特征的来源”①。反观作家在开启小说叙事行为前，也必然要经过模仿的阶段，以巫术为主的仪式行为为卜辞开启了叙事的可能，卜辞为史传及诗歌提供了经验，诗歌又哺育了散文，散文成长为传奇与说话，以至于后来的小说文体。

因此可以看到，凡是最初出现的文体形式，都存在极为粗糙和朴素的实验精神，而后来建立在这基础上的成熟文体，尽管形式完备、语言老练，却仍然带有模仿的印迹。以《红楼梦》这部古典小说的巅峰之作为例，它的语言受到《桃花扇》的影响，部分故事情节来自宋元小说话本，叙事架构又受到《金瓶梅词话》的启发，至于文本中的想象，则可以追溯到庄子的《逍遥游》。如耳熟能详的“黛玉葬花”一节，就可在明朝中叶的短篇小说《灌园叟晚逢仙女》中寻觅踪迹。《醒世恒言》第四卷中言有一人名秋先，生性极爱花，以致见“花到谢时，则累日叹息，常至堕泪。又舍不得那些落花，以棕拂轻轻拂来，置于盘中，时常观玩。直至干枯，装入净瓮。满瓮之日，再用茶酒浇奠，惨然若不忍释。然后亲捧其瓮，深埋长堤之下，谓之‘葬花’”②。再看《红楼梦》第二十三回说宝玉见黛玉“肩上担着花锄，花锄上挂着纱囊，手内拿着花帚”，以为黛玉要将落花扫入水池，谁知黛玉说“撂在水里不好，你看这里的水干净，只一流出去，有人家的地方什么没有？仍旧把花糟蹋了。那畸角上我有一个花冢，如今把他扫了，装在这绢袋里，埋在那里，日久随土化了，岂不干净？”③ 读者很容易从这两段“葬花”的叙事中看到关联，尽管两个人物身份地位迥然不同，前者孤苦老朽，后者富贵清新；前者为男，后者为女；然而不忍落花遭践踏的心理却是一般的。另外，尽管二人都有过葬花之举，其相同举动的背后，又存在不尽相同的缘由，前者只是对花极为热爱，不忍见其受污；后者却是物伤其类而伤春悲秋。如果将这种相似的叙事简单理解为“照抄”，便会与仪式思维中的模仿特性失之交臂。

---

① 苟波：《早期的象征思维与古代的巫术——仪式和神话》，《宗教学研究》2020年第3期，第159页。

② 冯梦龙：《醒世恒言》，人民出版社，1956，第76页。

③ 曹雪芹：《红楼梦》，中华书局，2012，第288页。

叙事中的模仿不是简单的复现，而是小说家在受到某种情境的触动后，从对这一情境的认同感中继承有效的叙事实践行为。用诺思罗普·弗莱（Northrop Frye）的话说，这是“叙事部分成为象征交流的一种重复进行的行为，换言之即是一种仪式”①。仪式不仅需要在重复中得到确立，更要在继承中形成某种传统。同样，叙事的发展也需要承继这些传统，即在模仿中对某一种内容实现意义。需要重视的是，这种叙事模仿并非理所当然，更不该被小觑为“人皆如此”，由前思维形成的仪式效力极为重要，《红楼梦》又成为后来的小说家的模仿对象，不用说林语堂的《京华烟云》处处能看出更换了时空的贾府叙事，也不用说张爱玲直言不讳地谈及《红楼梦》对其写作产生的影响，即使是当代小说家徐小斌的《羽蛇》，格非的《江南三部曲》，贾平凹的《废都》《暂坐》，以及新生代小说家徐则臣的《北上》，葛亮的《北鸢》《燕食记》等诸多作品中，都随处可见这种由前思维发挥作用后产生的叙事模仿结果，米兰·昆德拉（Milan Kundera）由此断定，“每部作品都是对它之前作品的回应，每部作品都包含着小说以往的一切经验”②。

另外，从人类传递信息的本能上发展起来的口头叙事，则充分发挥出前思维中的沟通特性，它建立在陈述现实和扩展想象的基础之上，将人的自我意识通过语言表达予以呈现。李亦园认为，“仪式行为不一定限于宗教巫术的范围，许多与他人沟通联络的行为，也应该属于仪式行为，很多社交应酬的聚集，实际上也是一种仪式或典礼，所以研究者也就把仪式分为两类，一类称为‘世俗的仪式’，另一类则是‘神圣的仪式’，前者即指与人的沟通，后者则是与神的沟通”③。可见，当小说家在开始叙事这一行为时，其笔下的人物就存在沟通的本能和欲望，于是，美国社会学家贝格森（Bergesen）谈到的微型仪式就转化为文本中的某些特殊对话（问好等日常

---

① 〔加〕诺思罗普·弗莱：《批评的解剖》，陈慧、袁宪军、吴伟仁译，百花文艺出版社，2006，第150页。

② 〔捷〕米兰·昆德拉：《小说的艺术》，董强译，上海译文出版社，2014，第25页。

③ 李亦园：《宗教与神话》，广西师范大学出版社，2004，第37页。

或节日用语)、行为交流(握手或脱帽等行为),[①] 这些容易被读者甚至小说家本人忽略的仪式行为,却展现出人物的文化涵养甚至一个地域的风俗习惯。在李汝珍的《镜花缘》中,大人国、君子国的臣民语言恭敬,行为谦卑,但这些言行并没有被小说家放置在传统的仪式场域下,而是发生在衣食住行等日常生活之中。又如在陀思妥耶夫斯基的《罪与罚》《卡拉马佐夫兄弟》《被侮辱的和被损害》等小说中,人物自身的内在交流、人物彼此之间的对话、人物与上帝的沟通构成了小说情节的主要脉络,这类叙事可以被视为前思维在小说叙事中转化的另一证据。

行为、语言之外,还有一类存在于小说中的器物叙事也有着前思维的印迹,“物”不仅需要展现现在,还需要追溯历史、拓展未来。这是因为人从生命的起始阶段就不能脱离物而独立存在,甚至人本身,也归属于物的范畴当中。当物早已成为人类意识中的重要部分时,便有人类学家提出,人对物的制造、使用、交换等行为也蕴含了与仪式相关的意识,并因此“形成错综复杂的社会网络”[②]。于是,从小说对物的把握可见,物与人物塑造有紧密的联系,傅修延诙谐地谈及“汉语中‘人物’一词是个天才的发明,它表明人不能没有物的帮衬。实际上作家在写人时必定会写到物,甚至会通过写物来写人”[③]。从小说中可见,即便是神通广大的孙悟空,一旦离开了金箍棒,也会对青牛怪、黄狮精等武艺并不高强的妖怪束手无策,这也体现出前思维对小说情节安排所发挥的潜在作用。

身体叙事为文字叙事提供了对人类行为、习惯的叙述基础,而口头叙事则夹杂想象成为虚构的先声,器物叙事则从更宽泛的方面与叙事中的时间、空间相契合,而这三者都可看作仪式前思维对小说中的人物行为、语言等叙事造成的影响。

---

① 王霄冰:《语言仪式和仪式语言》,《仪式与信仰:当代文化人类学新视野》,民族出版社,2008,第65页。

② 〔法〕马塞尔·莫斯:《礼物——古式社会中交换的形式与理由》,汲喆译,商务印书馆,2016,第11页。

③ 傅修延:《文学是“人学”也是“物学”——物叙事与意义世界的形成》,《天津社会科学》2021年第5期,第161页。

三 后思维的显性转化

尽管最初的仪式未必带有某种强制性，但随着它在形式和内容两方面的不断完善和固化，其中的强制力量也得到了很大增强。早期的仪式主持者通常由一个群体中的首领担任，袁珂在《中国神话传说》中编有“汤祷于桑林”的叙事，言“汤时，大旱七年，卜，用人祀天。汤曰：‘我本卜祭为民，岂乎自当之。’乃使人积薪，剪发及爪，自洁，将自焚以祭天。火将燃，即降大雨”①。故事无论真假，但一方面，至少可以确定汤在仪式中兼具国君和卜者的双重身份；另一方面，则可以看出仪式对叙事的支配。这些仪式主持者或者掌握一定的话语权，或者宣称能够与神灵沟通，并在后来逐渐分化为卜、巫、瞽、祝、史，这些仪式主持者可以凭借自身的经验、知识和能力，在一个群体内享受与之相对应的权力。又因为在人类早期社会，仪式行为可以说是日常生活的重要部分，而且在仪式的场域下，其他参与者必须遵守其中的规则，这些规则随着内部秩序的确立而强化，最终成为一种不容置疑的行为程式，它甚至可演化为一套存在于文化体系下的信仰。

在上述背景下，与仪式相关联的秩序就构成了叙事中的重要逻辑，甚至在不同的叙事方式下，仪式背后隐藏的含义还成为一种约定俗成的规矩，对后来的仪式主持者或参与者起到了约束作用。在叙事文体的多维度发展之后，这种规矩进而成为叙事内部的某种原则，如在研究者看来与仪式同文的戏剧表演，就有“三一律”之说，在小说叙事里，也有对选材、结构等方面的制约。从这些原则中可以看出，当思维臣服于仪式的强力时，行为与秩序的关系会进一步强化，所以说，仪式思维中的后思维体现的是叙事对秩序的认同。后思维不需要对仪式做出理解，只需要通过记忆对叙事下达指令，然后在人物的行为中对某种社会文化氛围做出展示。

当保罗·康纳顿（Paul Connerton）提醒人们仪式具有社会记忆的功能

① 袁珂：《中国神话传说》，中华书局，1981，第289页。

时，他实际表达的是仪式能唤醒一个民族对历史和社会的回忆。[1] 这种回忆促使叙事者对所处的文化环境做出反应，特别是在小说这种架构宏大的叙事文体中，人物的性格形成与行为方式都难以摆脱文化的束缚，换言之，脱离文化环境去塑造人物不仅不现实，更会使之成为一个面目模糊的剪影。可即便如此，任何一个剪影般的人物身上也会或多或少带着某些文化记忆。在性格鲜明的人物身上，传统文化的色彩越浓厚，人物形象的塑造就越成功，这不仅适用于历史文化悠久的中国小说，同样适用于世界其他文化背景下的小说。如肖洛霍夫在《静静的顿河》中塑造的格里高里，托尔斯泰在《安娜·卡列尼娜》中刻画的安娜，雨果在《悲惨世界》中描绘的米里哀主教及冉·阿让，毛姆（Maugham）在《人性的枷锁》里创造的菲利普，还有司汤达笔下的于连、罗曼·罗兰笔下的克利斯朵夫等，这些人物无不是在宗教文化中形成了独有的气质及个性，而仪式则在其中起到了关系冲突、灵魂拷问、道德抉择等关键作用。以《卡拉马佐夫兄弟》为例，小说中有这样一段描写：

> 一个见习修士和阿辽沙陪着佐西马长老走出来。司祭们站起来，深深地向他鞠躬致敬，手指触地，祝福以后，又吻他的手。长老为他们祝福以后，也是深深地对每个人鞠躬，手指触地，并且向他们每人请求为自己祝福。全部的礼节做得一丝不苟，全不像完成日常的礼仪形式，而几乎是带有感情的。但是米乌索夫觉得，这一切都是有意做出来的，含有一种暗示的用意。他站在一同进来的同伴们的最前面。按理说（他甚至昨天晚上就已经仔细想过了），不管他抱有什么样的思想观念，单单为了普通的礼貌（这里的规矩就是这样），他也应该走到长老面前，请求为他祝福——哪怕不是吻手，至少也要接受祝福。但是现在，看过司祭们这一套鞠躬和吻手以后，他马上变了主意：他一本正经地还了一个很深的、世俗的鞠躬，就向椅子走去了。费多尔·巴夫洛维奇像猴子般地完全模仿米乌索夫，也这样做了。伊凡·费多

① 〔美〕保罗·康纳顿：《社会如何记忆》，纳日碧力戈译，上海人民出版社，2000，第4页。

罗维奇很郑重、很有礼貌地鞠躬，两手也是放在裤缝上面，卡尔干诺夫却慌张得忘了鞠躬。长老把原准备举起来祝福的手放了下来，又向他们鞠了一次躬，请大家坐下。阿辽沙两颊绯红，他觉得惭愧。①

显然，阿辽沙并不是生来便具有判断行为得失的能力，他的鉴别标准来源于从社会行为中获取的记忆，由于长老不断地教诲以及耳濡目染，他才有了与身份和环境相匹配的鉴别标准。这种能力并非先天的模仿本能，而是由后来的秩序引导的结果，因此，陀思妥耶夫斯基对阿辽沙的描绘即可看作仪式后思维所发生的作用。杰拉德·普林斯（Gerald Prince）认为，“在任何叙事中，叙述者对于他正在讲述的事件、他正在描述的人物、他正在表现的思想感情，都采取某种态度”②，而在叙述态度的背后，其实仍是叙事者的情感驱使，深入地说，又是受到文化传统影响的后思维决定了小说家的情感偏向。在阿辽沙的眼里，长老对信众的祝福早已超过了一般的仪式含义，这是上帝通过长老与信众建立联系的表示，信众的尊敬与否关系着信仰是否坚定，换言之即是通过这种行为对人物品格做出粗劣的衡量。阿辽沙自身是一位极为虔诚的教士，他对众人的道德判断完全来自宗教的眼光，所以，当米乌索夫将世俗的仪式行为用在神圣的宗教场所时，他的行为就有了背叛的含义。很明显，这一后果是严重的，仪式行为的反常牵动了阿辽沙的内心变化，并直接暗示了后续的叙事冲突。从中便可得见，无法脱离文化背景而单独存在的小说叙事，天然处于仪式的氛围当中。仪式所代表的文化象征成为小说家搭建叙事平台的起点，这个起点可以看作叙事发生的原因或者说叙事动机，而从其延伸而出的叙事框架也必然有着仪式的踪影，这主要表现在叙事情节中的仪式场景、仪式行为及仪式语言等方面。

从发展的眼光来看，叙事的意义就蕴藏在叙事的过程当中，而这一过程又潜在地受到后思维的支配。罗贯中在《三国演义》中凭借桃园的结义

---

① 〔俄〕陀思妥耶夫斯基：《卡拉马佐夫兄弟》，耿济之译，人民文学出版社，1981，第40~41页。

② 〔美〕杰拉德·普林斯：《叙事学：叙事的形式与功能》，徐强译，中国人民大学出版社，2013，第45页。

仪式叙事确立了刘、关、张三人的关系基础，仪式对于这种血缘之外的亲属关系而言，既是见证也是制约，人物在仪式行为中建立的凝聚关系将人物从简单的处境推向了复杂的处境。这就能够解释为何关羽对曹操封官加爵的笼络无动于衷，以及刘备听到东吴害死关羽后，愿起举国之兵为关羽报仇。可以说，蜀汉一蹶不振的关键就在于这次几乎令其全军覆没的复仇仪式，而这一仪式的基础又是当初结义仪式中情感凝聚的延伸，这使小说的叙事始终处于“忠义”的后思维循环圈里难以逃脱。如果说对历史真实的叙事必须与仪式的挂钩，那么，从神魔小说《西游记》中同样可以清晰地看到仪式叙事的文化因子。唐僧师徒四人远赴灵山求经的缘由都由仪式引发，唐僧以为众生赋予生命为使命，在水陆法会的仪式场内发愿取经，另外的三名徒弟因一场庆典仪式——蟠桃大会而各自获罪，从被动的惩戒到主动接受苦行，都可以看作通过仪式获取重生，在一系列的仪式叙事后，故事又凭借一场庆功仪式到达终点，极大地满足了读者对“皆大欢喜”的诉求。罗伯特·所罗门等认为，“仪式之所以被称为仪式，是因为它在一种宗教的历史中得以确立”①。在一定程度上代表和象征着宗教精神的仪式，为叙事提供了一个时空凝聚的场所，没有仪式的“在场”，叙事中的人物就缺少了能够展现文化的灵魂，更谈不上对读者的精神有所启迪。

小说向来被视为文化的一部分，20 世纪 80 年代中期中国当代文学思潮中出现的“寻根文学”就被称为“文化的文学”②。但文化的定义极为宽泛，其中真正能够较为准确地描述其特征的，便是仪式。如对于在解释中国文化核心时不能不谈到的礼文化，便难以只从精神的层面作阐释。《礼记·仲尼燕居》言“礼也者，理也”，中国古圣贤将礼放置于天地运行之道的高度，却不得不面对“道可道，非常道”（《道德经》）的尴尬，由此可见，道理很难在言语阐释中被明白无误地说明。礼虽然不同于可见、可言说的物质，却总能够通过另外一种途径进行表达和传递，于是，以一系列礼节、礼数、礼貌为代表的仪式行为就在一定程度上暗示着礼的在场。

① 〔美〕罗伯特·所罗门、凯思林·希金斯：《大问题：简明哲学导论》，张卜天译，广西师范大学出版社，2014，第 135 页。

② 杨国伟：《寻根文学“民俗”叙事的现代性批判》，《理论月刊》2017 年第 9 期，第 78 页。

后思维在受到仪式制约的同时，也在这个基础上进行着思维的再次生产和传播工作，其展现出的转换模式类似于仪式行为中的教育功能，既有“学”的一面，又有“教”的一面。潘菽认为，“如果没有行动，意向就只能完全停留在主观活动的状态，不会产生任何客观的效果”①。如果一个人只是被动地参与着各种仪式，虽然在仪式过程中模仿他人的行为，却不能对自己的感觉、知觉、思考等思维活动产生任何影响的话，这个人的行为就很容易失去意义。如耳熟能详的孟母三迁的故事，起因就在于孟子受到丧葬仪式的影响，就在嬉戏中以丧葬为乐；受到学堂教授礼仪的影响，便在嬉戏中以“设俎豆，揖让进退”为乐。

仪式后思维对叙事行为起到的作用，通过作家的中转又传递到小说的文本叙事中，韦勒克（Wellek）认为许多作家在写作时遵循的某种特殊仪式即是受到后思维的影响，他说：“由于根据东方的求神叩灵的规条，宗教仪式，如祈祷，特别的‘祷告’或‘默祝’等都要在固定的地点和时间进行，因此现代作家学到了，或以为学到了诱发创作状态的种种仪式。”② 作家在创作中实践仪式行为自然不会只停留于此，于是，马尔克斯在《百年孤独》中关于死亡的叙事，就可见当地葬礼仪式的踪影；陀思妥耶夫斯基将自己曾经历过的判决仪式搬进了《白痴》的叙事中，还有哈珀·李（Harper Lee）在《杀死一只知更鸟》中提到的“往手心吐唾沫”这种别具一格的契约仪式，也是文化传统的古老痕迹等。关于仪式的叙事展演在小说中随处可见，但与其说这是小说家刻意的安排，不如说这是后思维的引导，意图在增强叙事的真实情感之余，拉近与读者的共情关系。

四　仪式思维中“殊相”的叙事表现

从仪式的目的来看，人类的仪式活动大多与出生、成人、结婚、死亡相关，拓展到社会交往的层面，也无外乎交换、互助、聚集等方式，可以

① 潘菽：《意识——心理学的研究》，商务印书馆，2018，第15页。

② 〔美〕勒内·韦勒克、奥斯汀·沃伦：《文学理论》，刘象愚等译，文化艺术出版社，2010，第86页。

说，绝大部分的仪式行为都呈现出相通的特性。柯林斯（Collins）就始终强调仪式最重要的特征便是“形成集会”[①]，然而并不能因为仪式有人群聚合的共性而忽略仪式其他的特性，即仪式的“殊相”（particular）。毕竟每一种仪式都是不同文化类型沉淀的结果，所以对于某一具体仪式，也应该重视其特性而非共性。

仪式的独特性首先表现在它的变化上，没有什么仪式可以在不断重复的过程中始终保持一致，孔子在三千年前即言：“夏礼，吾能言之，杞不足征也。殷礼，吾能言之，宋不足征也。文献不足故也。足，则吾能征之矣。”（《论语·八佾》）这番言论清晰地说明了从夏到殷商的国家大礼已经发生了巨大改变，而叙事资料的缺乏导致象征国家精神的大礼也无法完全复原，因此，尽管都是国礼，脱胎于夏礼的殷礼已经不尽相同了，至于周礼，只能与夏礼差异更大。仪式行为的变化需要从思维中寻找依据，思维的认知是仪式不断更新的根本原因，如库恩（Kuhn）所言，思维实际上是“一种建立在个人主观感受上的、第一人称视角的体验”[②]。客观世界随时在发生变化，因此不用说相差百年的人的思维不可能相同，即便处于同一时间维度下，空间的不同也仍然会引致思维的千变万化。英国仪式学者斯图尔特·霍尔（Stuart Hall）认为：“差异之所以重要，是因为它是意义的根本，没有它，意义就不存在。”[③] 所以，只有对叙事中仪式的差异性予以关注，相似的故事才会显现出不同的样貌。

叙事作为仪式的一种记录载体，在不同层面见证着这一变化。仅从当代小说对葬礼的表现来看，在出版于20世纪80年代中期的《平凡的世界》中，路遥写金俊武为其母亲治理丧事时，从招魂、设奠、报丧、沐浴、小殓、大殓，到朝夕哭、卜葬日，繁复的仪式过程与细节得到了较为完整的呈现。到了七年后出版的《白鹿原》时，白秉德老汉的葬礼就简化为“必

---

① 〔美〕兰德尔·柯林斯：《互动仪式链》，林聚任、王鹏、宋丽君译，商务印书馆，2012，第118页。

② 〔美〕丹尼斯·库恩、约翰·米特尔：《心理学导论——思想与行为的认识之路》（第13版），郑钢等译，中国轻工业出版社，2014，第186页。

③ 〔英〕斯图尔特·霍尔：《表征：文化表征与意指实践》，徐亮、陆兴华译，商务印书馆，2013，第347页。

办不可的事：派出四个近门子的族里人，按东南西北四路分头去给亲戚友好报丧；派八个远门子的族人日夜换班去打墓，在阴阳先生未定准穴位之前先给坟地推砖做箍墓”①，至于穿衣停灵、请乐人、下葬和出殡，虽有涉及，毕竟着墨不多。路遥与陈忠实属同时代人，对于丧礼重要性的认识程度应该没有太大出入，陈忠实甚至长路遥七岁，只会对此更为重视，因此，在写作、出版晚了若干年后的《白鹿原》中，叙事对丧葬仪式的着意淡化就很能说明仪式呈现的“殊相”现象。如果有研究者认为这种变化只是两位作家对叙事策略的考虑，并不能说明仪式的叙事变化，那么，在三十年后出版的《黄雀记》中，苏童写因气温反常而离世的七个老人的葬礼时，仪式在叙事中只剩下了对事情本身的记录，也足以证明一二。小说写七家葬礼“都缺乏组织，敷衍了事，充满了这样那样的遗憾。最离谱的是码头工人乔师傅家，儿女们居然找不到乔师傅的照片”②。不用说大小殓、出殡等仪礼，即使连仪式延伸出的场景、行为、参与人物、器物等，都不见了踪影。倘若说苏童对仪式叙事的忽略仍然是基于情节安排的需要，那么，徐则臣在《北上》中不足百字的祭祀仪式，以及葛亮在《北鸢》中一笔带过的丧葬仪式等叙事，终究无法再予推脱，只能看作仪式思维逐渐简化后的变迁样式。

此外，尽管仪式体现出的是一种群体性行为，但在所有仪式参与者看似一致的行为下，还隐藏着并不完全相同的目的指向。这不仅是因为同一场仪式下的每个人都需要扮演不同的角色，也是因为个人需求、认知的差异会带来仪式感受和仪式效果上的区别。这种在仪式过程中展示出的差异，以及由差异而延伸的影响便是“殊相”的另一种具体表现。在小说叙事中，“殊相”是人物、情节能够“独一无二”的基础，因为身份区别、年龄差异、仪式参与程度的深浅，使每一位参与者在仪式场中站立的位置、仪式过程中需要承担的任务、取得的成效、获得的利益都存在或多或少的差异。以“元妃省亲”为例，盛大的归宁仪式几乎涉及贾府上下所有人的参与，仪式中最重要的人物“元妃”深知母家的富贵皆是“外戚”之故，她时刻

① 陈忠实：《白鹿原》，人民文学出版社，1993，第10页。

② 苏童：《黄雀记》，作家出版社，2013，第4页。

怀有恩宠一旦不再，富贵便烟消云散的恐惧，因此才会在面对大观园的美景时责备家人“过于奢华”。作为参与者的贾琏、贾芸等人因为能从仪式中获取巨大的经济利益，所以唯恐仪式还不够奢华张扬。而对于仪式的主持者贾政而言，女儿元妃此时的身份是皇室的代表，盛大的仪式有着“感念皇恩”与“显示外戚身份”的双重考虑，但他也深知外戚不宜过于张扬之理，因此贾政处在元妃与贾琏之间，体现出的是矛盾的心态。

再以古时的“试儿”仪式为例，长辈为试探家中年满一周岁的孩童志趣如何，会在孩童面前摆放不同的物件，然后根据孩童抓取物件的种类，判断其日后的成长潜力。在这一仪式中，参与者不无功利的目的，而作为仪式主角的孩童却毫无功利的想法，能抓取书本、纸笔的孩童自然会获得长辈的另眼相看，认为这是日后通过科举获取功名的前兆，但他是否会因此而遭遇家族竞争者的刁难却也未曾可知。于是，从孩童的立场来看，“试儿”便是一次自己毫无知觉，却会在无意当中对日后成长产生重要影响的仪式，然而从参与者的立场来看，这种仪式又会成为家族资源、权力分配的认知基础。如《红楼梦》中贾政对宝玉的反感即起源于此。曹雪芹在第二回中借冷子兴之口，说起“那周岁时，政老爷便要试他将来的志向，便将那世上所有之物，摆了无数与他抓取，谁知他一概不取，伸手只把些脂粉钗环抓来玩弄；那政老爷便不喜欢，说将来是酒色之徒耳，因此便不甚爱惜。独那太君还是命根子一般”①。虽然没有证据能证实周岁孩童的乐趣即能决定其终身的志向，但长大后的宝玉确实对女子的脂粉兴趣盎然。在极为看重依靠子孙传承家业的文化环境中，宝玉的爱好不啻于对传统的一种挑衅，同时也更加重了贾政因“试儿”仪式而延伸出的思维惯性，即过分放大宝玉性格中的女性气质。另外，同样是仪式参与者的史太君和王夫人却存在另一种思维模式，对于这两位女性家长而言，传宗接代相较于功名更为重要，这种意识既基于女性在宗族社会获取利益的基础，又是女性对生命价值的重视，因此，宝玉会因摔玉之事惹怒贾母，因与婢女调笑惹怒王夫人，却不会因为读书懈怠受到这两位女性家长的责罚。所以，在与宝玉相关的叙事中，个人的性格及言行展露与其说是习惯的使然，不如说

① 曹雪芹：《红楼梦》，中华书局，2012，第28页。

是仪式思维的作用。

重视仪式的“殊相”表现是叙事研究的关键，以萨丕尔（Sapir）和本尼迪克特（Benedict）为代表的文化族体心理学派认为，文化的整体价值在于其中的个体表现，“任何文化只有通过个体或个人才能得以真正地实现；个人既是文化存在的基础，又是文化特性的具体体现”①。从文化土壤中成长起来的叙事同样如此，当一部小说缺少有灵魂的人物或有内涵的细节时，我们很难说它是一部成功的作品。人物是小说叙事的灵魂，这不仅需要人物形象丰满、生动，更需要他具有不可复制的独特性，问题在于，叙事人物是现实人物的投射，每一个人都可以在不同的层面上被划分和归类，如果只在性格、情绪、喜好等方面做文章，处于相同类别的人物就容易面目模糊。换言之，人物的独特性不在于他的生物属性或社会属性，而在于他所经历的事件，以及这些事件对人物造成了什么样的影响和改变。再以《水浒传》为例，一百零八位梁山好汉大多性格爽朗、疾恶如仇，这也是他们能共举大事的缘由，而李逵之所以能和武松相区别，并不在于他们的外貌长相，甚至不在于性格，而在于他们的经历，这些不无仪式痕迹的经历，既是人物的成长节点，又是各种社会关系的连接点。如在对武松与李逵打虎叙事的比较中，研究者多从打虎缘由、环境、过程入手分析，进而对叙事高下做出评判，但更需要重视的，实际上是叙事体现出的仪式思维。武松和李逵的性格都有刚愎自用的一面，很少听人劝阻，但武松对旁人就不自觉地带有反叛的心理，并时刻表现出一种“边界划分”的思维倾向，这种极具仪式性的思维使武松的行为始终处于紧张的抗衡状态中。于是，与其说武松用拳头弑杀斑斓大虎，毋宁说他在用本能为自己延续生命，而李逵打虎却是一种惩戒的复仇仪式，在仪式思维作用下，这种“殊相”叙事使武松呈现出对“生”的需要，李逵则呈现出对“死”的态度。

五 仪式思维中“共相”的叙事表现

如果说“殊相”是一个人表达个人意愿和个人标识的思维及言行方式，

① 司马云杰：《文化社会学》，华夏出版社，2011，第90页。

那么，“共相”（cophase）就是一个人表现出与他人大体一致的心理、情感、意识、需求等方面的言行特质。“殊相”是研究和解剖个体的关键，但在仪式思维的支配下，一个人身上所呈现的“共相”通常会比“殊相”更为突出和明显。

仪式是能够使参与者产生凝聚力的桥梁。在一场仪式中，所有参与者都需要遵守仪式行为中的秩序原则，否则便无法进入仪式的时空。而一旦进入这一时空，仪式行为的规整以及仪式秩序的制约，又需要参与者摒弃某些个人化的言行，特别是在仪式行为和语言的规范方面，什么人处于什么位置，应该怎样说话、说什么话，都有着严格的要求，绝不允许随心所欲，这样，个人所呈现的“殊相”就会被自然消解。大卫·科泽（David Kertzer）认为，“仪式最令人动容的特征之一，是在削弱异见的同时，还能让冲突性的象征共存其中的能力”①。个体的“殊相”经过仪式秩序的斧凿之后，仪式参与者内部被赋予了强大的稳定力量，个体行为或个体意识都容易被仪式的“共相”淘汰、过滤，只剩下规划后的统一言行，特别是在一些传统仪式中，这一状况表现得更为明显。在这种情况下，个体呈现出的“殊相”会转化为“共相”的一部分，并进一步强化参与者的仪式思维，使“共相”中的目的性、象征性、秩序性、群体性、神圣性、周期性、交往性等在个人思维中发挥作用，最终逐渐趋向统一。当然，这并不意味着个体“殊相”从此不复存在，而是说仪式能够超越“殊相”，在保留个人意愿的同时，展现群体的共同愿望，如参与者在农耕仪式中表现出对丰收的向往和对贫瘠的拒绝，在通过仪式中表现出对未来的期待和对过去的疏离，在节庆仪式中表现出对风俗习惯的认同，等等。

当仪式学家将群体性视作仪式的一个重要特征时，必然就需要重视群体的“共相”表达，对于处在同一种文化环境下的人而言，“共相”体现出的是一种深层的心理结构、情感诉求和思维模式。如果只有个别人参与一件事，即使他完全依靠某种固定程式进行，也很难将其归于仪式的类别中。简·艾伦·哈里森（Jane Ellen Harrison）就认为仪式行为和群体存在密不可分的关系，她说：“我们已经注意到仪式中的一个因素，那就是要由一定数

① 〔美〕大卫·科泽：《仪式、政治与权力》，王海洲译，江苏人民出版社，2015，第62页。

量的人来共同完成一件事情，共同感知同一种情感。独自消化一顿晚餐肯定不是仪式，如果一群人在同一种情感的影响下共同吃掉一餐饭，且时常这样做，那就会变成一种仪式。"① 哈里森认识到仪式缺少了他人的参与会成为一种个体行为，但没有进一步指出，其中的原因就是个人行为缺少能够见证、记录和传播的途径，无以为继，也就很难成为真正的仪式。从这里可以看到，当参与者在某种情境下获得了相同或者说相似的情感反馈时，就是分享、交换和互助的仪式思维在其中起了作用，例如一顿晚餐需要一部分人准备原料，另一部分人进行烹煮，在众人齐心协力下完成的这顿餐饭，最后又由大家共同享用，不同的分工是为共同的目的服务的。在仪式的进行过程中，每个参与者都不能置身事外，并由此在这种情境下建立一种共同的感受，因此可以说，仪式的成立有赖于群体中的"共相"显现。

除此之外，仪式场域内的群体性不仅需要"共同"做什么，还需要凭借仪式行为对一种文化环境的合理性做维护。在一些文化环境中，年长者为尊，位高者为贵，而在另一些文化环境中，强壮者为显，力大者为胜。不同文化孕育的仪式思维总会存在某些差别，但就总体而言，既然仪式必须由群体行为来搭建，那么，由群体延伸出的秩序、规律、模仿等"共相"也就成了一种固定的思维方式。"共相"之所以重要，是因为它在思维的领域内就已经达成了人与人之间的默契关系，剩下的只是通过行为来传递思维，维护仪式的完整体系。卡西尔（Cassirer）认为："在复杂的人类生活的转动装置中，我们必须找出使我们的整个思想和意志及其开动起来的隐蔽传动力。所有这些理论的主要目标是要证明人类本性的统一性和同质性。"② 仪式一旦缺少了群体生发的"共相"，就无法成为仪式，这也是在当下泛滥的"仪式感"（sense of ceremony），始终只能停留于个人自我感知到的虽有仪式踪影，却难以被固化的"神圣""严肃""秩序"等某一类感觉认知，而无法上升为仪式的真正原因。

在小说叙事中，仪式思维显示出的"共相"既是文本描绘"众生相"

① 〔英〕简·爱伦·哈里森：《古代的艺术与仪式》，吴晓群译，大象出版社，2011，第16页。

② 〔德〕恩斯特·卡西尔：《人论：人类文化哲学导引》，甘阳译，上海译文出版社，2013，第37页。

的基础，也是叙事者遵守仪式规则的结果。当叙事试图突出某种现象时，必须将个体的“殊相”放置在群体的“共相”当中，如人物在面对自我身份的变化时，其本质实际是通过一个个体来连接不同的群体，继而展现群体之间的共性与差别。以《儒林外史》为例，范进因为科举考试的屡屡失败而贫困潦倒，但在换了主考官而迎来生命的逆转后，立即就跨进了另一个群体。他的岳丈胡屠户听说女婿得了疯魔症，需要利用自己以往的威势吓他一吓时，连连退缩，说：“虽然是我女婿，如今却做了老爷，就是天上的星宿。天上的星宿是打不得的!”后来被众人强不过，竟然需要“连斟两碗酒喝了，壮一壮胆”，才敢拿出平日的凶恶样子，全然忘记了女婿未中举之时是如何惧怕于己。更为讽刺的是，“胡屠户虽然大着胆子打了一下，心里到底还是怕的，那手早颤起来，不敢打到第二下”，加上众人在旁边对范进的抬举和奉承，其中的仪式氛围越来越浓厚，于是，站在一边的胡屠户发现打了举人女婿的那只手“隐隐的疼将起来；自己看时，把个巴掌仰着，再也弯不过来。自己心里懊恼道：‘果然天上文曲星是打不得的，而今菩萨计较起来了。’想一想，更疼的狠了”①。范进从被众人嫌弃的对象摇身一变，成为被追捧的目标，因为在场的仪式参与者都了解，中了举后的范进今非昔比，而他们通过参与一场共同的仪式就可以对往日沉积的龃龉做到有效消除，可见，无论是贫穷者还是富贵者，其对利益的追逐都能展现出群体“共相”。参与者借助范进中举的贴榜仪式的仪式环境为自己争取到表现的机会，对于这个群体而言，他们的行为也因此被赋予了“共情”的意义。

再者，如同仪式包含着对行为的有序排列一般，叙事中的时间可以看作仪式中的序列，而叙事空间则体现出被排列的仪式结构。受仪式思维的影响，每一位叙事者都需要对时间和空间做把握，也就是说每一种叙事都需要有序列和结构，薛艺兵认为，“结构是一个空间概念，是指事物的构成形式或构成因素、构成层次之间的共时关系；过程是一个时间概念，是指

① 吴敬梓：《儒林外史》，人民文学出版社，1958，第41~43页。

事物的进行方式、进行阶段、进行顺序的历时关系"①。这同样体现出"叙事"的行为存在"共相"的基因。进一步来说，叙事者笔下的"时空"不仅是为叙事发展安排的仪式场，也是叙事能够顺利进行的依托，这样一来，时空又转而成为叙事的一种符号及象征。如托马斯·曼（Thomas Mann）在《魔山》中提到"夏至"时，凭借一场仪式来凸显时间的分野和人物的情感变化，"夏至！山上火光通明，人们紧拉起手，在熊熊的火光周围跳起'圆舞'来。我从来没有见到过这番景象，但我听人说起，原始人就是这样来庆祝第一个夏夜的，秋天就是从那一天开始"②。在仪式的空间里，夏季的结束和秋季的开启暗示着一个新阶段的开始，在这个关键时刻，人与人之间的关系也出现了新的可能，所有行为都存在合理性，然后自然地形成一条叙事线索，使故事不断延伸、发展。又如《金瓶梅词话》中，李瓶儿希望早日嫁入西门家，借端午节的习俗，置办酒席并对此事做商讨，作者就将人物放置在仪式的空间内，言道"一日，五月蕤宾佳节，家家门插艾叶，处处户挂灵符。李瓶儿治了一席酒，请过西门庆来，一者解粽，二者商议过门之日"③。在一定程度上，人物的变化在仪式中的时间与空间里得到了见证，成为"通过仪式"的一种叙事程式，这些利用时空包裹的仪式秩序，也是仪式思维的"共相"显现。

结　语

仪式具有广泛的内涵，一般认知上的仪式行为受到相关的思维模式的支配，这种可以被称作仪式思维的意识既受先天自然意识的影响，又有后天文化传统的感染，因此，仪式思维呈现出的样貌是前思维和后思维共同作用的结果。在人类原始思维和行为的框架中，仪式占据了重要位置，从远古到当下，人类的许多行为都会或多或少地受到仪式思维的操控。另外，

① 薛艺兵：《神圣的娱乐——中国民间祭祀仪式及其音乐的人类学研究》，宗教文化出版社，2003，第139页。

② 〔德〕托马斯·曼：《魔山》，钱鸿嘉译，上海译文出版社，2006，第390页。

③ 兰陵笑笑生：《金瓶梅词话》，人民文学出版社，2000，第179页。

仪式内在的目的性也不止于达成某一群体的某种愿望，它还是一种在文字诞生之前保存、传递已有经验的途径，从这个意义上说，仪式从思维到行为，本身就是叙事的一种方式，尤其是从现实中投射出的小说叙事，更是能清晰地显露仪式思维的踪影。

仪式思维既有“前思维”的潜在面，也有“后思维”的显性面。在小说叙事的转化层面，仪式的前思维是小说家个体意识的表现基础，构成了叙事者在创作中的“殊相”，而后思维则是对叙事环境、叙事群像的展示根基，构成了小说的“共相”。对于小说而言，虚构的“殊相”与真实的“共相”是叙事的一体两面，作家在二者之间的游刃有余既不能说是一种下意识，也不能完全归结于自觉，而这种叙事转化很有可能就是仪式思维在发挥作用，于是，从思维的角度去开辟小说叙事研究的路径，无疑有着积极的意义。

【**Abstract**】Ritual thinking is the precursor of ritual behavior, which in turn is also restricted by ritual behavior. It is a special way of thinking that presents order through time sequence. The reflection and description of the ritual is an important part of the novel's narrative materials. The key to how to write the ritual is how the ritual thinking plays a role in the fiction writing. The narrative transformation of ritual thinking in novels is the fundamental premise for the establishment of novel's ritual narrative, and also an important theoretical background for in-depth discussion of the relationship between ritual and novel narrative. Ritual thinking can be divided into pre-thinking and post-thinking. Pre-thinking is a kind of implicit thinking, with traces of individual unconsciousness and collective unconsciousness. Post-thinking is a kind of explicit thinking, which is influenced by cultural tradition. Under the influence of ritual thinking, the characterization and plot development in the novel narrative can be regarded as the "special features" of the ritual, while the description of the likes and dislikes of the characters, customs and habits in the narrative can be regarded as the "common features" of the ritual. The study of novel narrative needs to open up a broader train of thought and vision. In this sense, ritual thinking provides a useful path for this study.

【**Keywords**】ritual thinking; novel; narrative; ritual

疫情时代的文学想象*

——世界华文文学的瘟疫书写

杨　森

（广东财经大学湾区影视产业学院 广州 520000）

【内容提要】施树青的“香港三部曲”通过书写1894年的鼠疫，展现了华人作为二等公民的无奈。李欧梵等学者通过书写“非典”疫情，凸显现代社会人与人之间的隔绝。新冠疫情时期，港澳台文坛希望通过危急时刻的文学创作，治疗疫情带来的社会集体创伤。新加坡、马来西亚、印尼华文文学同样反应迅速，创作了一批抗疫文学，“五四”以来“感时忧国”的文学传统，在东南亚华人作家的创作脉络中依然清晰可见。欧美华人作家则借由瘟疫书写，展现了瘟疫被过度政治化，病毒成为党同伐异的手段。随着新冠疫情在海外的逐渐稳定，世界华文文学书写呈现“向内转”的趋势，作家更加关注个体的精神样态。对于瘟疫的恐惧依然深入人心。并且新时代还出现了“痕迹写作”，新冠疫情作为某种隐喻出现在故事之中，作家通过科幻书写的方式，展现了科技手段如何成为压制人类的工具。新时代的华文书写，不仅作为记录见证历史，而且大胆地进行想象和虚构，以寓言的方式思考未来。

【关 键 词】瘟疫　世界华文文学　创伤　抗疫文学

* 本文系教育部社科基金项目“世界华文文学的生态灾难叙事研究”（24YJC751037）、广东省社科基金项目“自然灾害与华文文学书写研究”（GD23XZW03）、佛山市社科基金项目“佛港澳文学的灾害书写研究”（2014-GJ076）的阶段性研究成果。

瘟疫在人类历史发展中是无法忽视的存在，因此中西方文学都有大量的作品对瘟疫进行了书写。例如薄伽丘《十日谈》、加缪《鼠疫》、马尔克斯《霍乱时期的爱情》、普雷斯顿《血疫——埃博拉的故事》、萨拉马戈《失明症漫记》、笛福《大疫年纪事》、玛格丽特·阿特伍德《洪疫之年》等，都对瘟疫时期的西方社会所暴露的种种问题进行了深刻的描写。中国现当代文学中也有许多对于瘟疫的记载，沈从文《泥涂》、鲁彦《岔路》、方光焘《疟疾》、徐疾《兴文乡疫症即景》等，集中刻画了瘟疫给贫苦的中国带来的苦难。进入新中国，迟子建《白雪乌鸦》、毕淑敏《花冠病毒》、张抗抗《流行病》、池莉《霍乱之乱》、徐坤《爱你两周半》、柳建伟《SARS危机》、胡绍祥《北京隔离区》、夏凡《爱在SARS蔓延时》、杨黎光《瘟疫，人类的影子》等，对于瘟疫的书写类型更加多元化，既有想象的虚构小说，也有对于霍乱、鼠疫、“非典”等历史中真实发生的疫情的记录。学界关于国内外的瘟疫文学（plague literature），也有了较多前期研究，成果较为丰富，[①] 正如学者对瘟疫文学所下的定义：“那些主题与传染性的或是致命的身体疾病，以及与社会或心理导致的疾病相联系的文学，反映瘟疫的作品或是将鼠疫（bubonic plague）作为基本事件或首要比喻的作品。”[②]

此外，世界华文文学中也有大量对于瘟疫的书写，这也是过往学界较为忽视的。施叔青的“香港三部曲”通过书写1894年的鼠疫，展现了华人如何作为二等公民遭受殖民者的剥削。沈祖尧《不一样的天空》、也斯《戴上口罩的城市》、陈冠中《金都茶餐厅》、李欧梵《清水湾畔的臆语》等，记录了2003年“非典”疫情给香港社会带来的集体创伤。美国华裔作家邝丽莎的《雪花秘扇》则展现了太平天国时期暴发的一场大瘟疫，刻画了疾疫给“古老中国”带来的巨大伤害。马林在2018年创作的作品 *Severance*

① 朱育颖：《灾难中的生命诠释与人性勘测——论当代女作家的疫情书写》，《中国文学研究》2021年第4期，第178页；郭旭东、曹漪那：《被建构的隐喻：瘟疫史的文学书写——以〈白雪乌鸦〉为例》，《河南大学学报》（社会科学版）2021年第2期，第113页；徐倩倩、李保杰：《〈布娃娃瘟疫〉中的疫病书写与生命伦理》，《当代外国文学》2021年第4期，第5页；张光芒：《论“疫情文学”及其社会启蒙价值》，《广州大学学报》（社会科学版）2020年第4期，第86页。

② Barbara Fass Leavy, *To Blight with Plague: Studies in a Literary Theme*, New York: New York University Press, 1992, p. 1.

(隔绝), 以纽约为中心虚构了一场改变了美国的大瘟疫, 从而反思了现代性的弊端, 以及美国社会过度发展的消费主义倾向。2020 年的新冠疫情在全世界的突袭而至, 更是进一步激发了全世界华人作家对于瘟疫的关注, 从而使之写作了大量的瘟疫文学作品。相比于中国大陆文学, 华文文学有其自身的特殊性, 这些散落在世界各地的华人, 有着非常强的跨文化特性, 他们频繁奔波游走于中国大陆、中国港澳台地区及世界各国之间。这种跨区域旅居的特点也让这些华人作家有着更为广阔的视野。如同本雅明所说的"讲故事的人",[①] 他们离散在世界各地, 透过文学书写的方式, 记录下了瘟疫对当地造成的深远影响。尤其是瘟疫紧急状态下华人社群的生存状态, 这也是华人作家重点关注之处。

一 港澳台地区文学的瘟疫记忆

中国的港澳台地区的人民对于瘟疫并不陌生, 从早期的鼠疫、霍乱、天花, 再到后来的"非典"、新冠疫情, 三地都经历了大大小小的瘟疫洗礼。因此, 港澳台文学中, 也有大量关于瘟疫的书写。施叔青的"香港三部曲"系列, 小说第一部《她名叫蝴蝶》就书写了 1894 年发生在香港的鼠疫, 这场瘟疫可以说是天灾与人祸共同酝酿而成。初期港英政府对于香港并没有真心实意进行管治, 英国人看中的是香港背后的内地城市, 希望通过香港连通物质丰富的内地城市, 香港只是一个中转站。因此香港历届总督听任华人自生自灭, 甚少过问, 对于华人糟糕的生活状态也完全视而不见。在殖民者的压榨下, 占人口总数 90% 的华人, 只能被迫搬到最差的地区生活,"面积全部加起来为半平方哩 (约 11.29 平方千米), 却兼具华人的商业区、娱乐区、住宅区。如此湫溢之地, 早已人满为患, 加上走避太平天国兵灾战乱, 不少人从内地带妻拿财南逃, 人口密度, 占当时世界第

① 本雅明将说故事的人分为两种类型, 一种是在当地听到各种故事的农民, 另一个是游历四处听闻的水手。华人作家明显更偏向于第二种, 特殊的跨境经历让华人作家, 拥有更加丰富的创作素材。见〔德〕瓦尔特 · 本雅明《讲故事的人》, 方铁译, 文津出版社, 2022, 第 84 页。

一”[①]。香港岛内的族群对立日益严重，洋人实行的政策都遭到了华人的抵制。另外，当时的华人普遍缺乏公共卫生常识，甚至以各种方法躲避卫生检查。正是在种种原因之下，最终这场深刻影响早期香港的鼠疫暴发了。“老鼠尸体的鼓胀蔓延到人的身上，脖子、腋下、鼠蹊凸起硬硬的肿核，病人四肢向外摊着。女王城变成疫区，对抗鼠疫的药在那个年代还没有发明。”[②] 施叔青通过对这场鼠疫灾害的书写，淋漓尽致地展现了被殖民统治的香港这座“悲情城市”的苦痛。“根据统计，1894 年有 2679 人染病，而死亡人数达 2552 人，死亡率高达 95.3 %。”[③] 同时正如苏珊·桑塔格指出的疾病是一种隐喻，施叔青书写 1894 年香港暴发的这场鼠疫，关注的不只是这场瘟疫，还有瘟疫背后蕴含的象征意义。鼠疫带有着殖民的意味，施叔青书写这场鼠疫，同样隐喻了西方列强对香港的殖民，背后蕴含了对当时香港被殖民统治的无限同情。晚清时期的中国贫弱落后，不得不遭受西方殖民者任意的凌辱，而香港更是首当其冲，这也是香港在西方殖民统治下的无奈之处。

进入 2003 年，香港再次经历了严重的“非典”（SARS，或称“沙士”）疫情，香港作为典型的现代资本城市，汇聚了大量的人口，存在高速的人口流动，这在全球化背景下反而成为病毒快速传播的有利条件，正如香港作家所写，“非典”席卷香港乃至全球：“那一年，沙士肆虐，全城措手不及。死亡纠结在全球化的流动航道，在超光速的传送过程里，世界因病菌变得一体化。看不见的沙士在看不见的航道上游走，地球村的真正意义竟然如此反讽地实践。我们戴上口罩，为了隔离那看不见的病毒，驱散挥之不去的死亡阴影，却在惘惘的威胁里度日。”[④] 随着疫情越发严重，感染人数增加，在人人自危的情况下，学者李欧梵书写了“非典”疫情下香港变成一座围城：“全城风声鹤唳，草木皆兵。即使没有宣布为疫区，香

---

① 施叔青：《香港三部曲》，江苏文艺出版社，2010，第 57 页。

② 施叔青：《香港三部曲》，江苏文艺出版社，2010，第 65 页。

③ 杨祥银：《公共卫生与 1894 年香港鼠疫研究》，《华中师范大学学报》（人文社会科学版）2010 年第 4 期，第 68 页。

④ 罗国洪、陈德锦：《文学·香港——30 位作家的香港素描》，香港汇智出版有限公司，2013，第 7 页。

港人已经在心理上自我封闭，甚至还互相攻讦：淘大花园被迫迁移的居民抱怨政府；附近的居民埋怨淘大居民。四月还没有完，人心的残酷和冷漠已经暴露无遗!”① 淘大花园作为最能体现现代性的建筑——用最少的空间住最多的人，14 栋住宅住了 1.9 万居民。它一度是解决香港住房短缺问题的代表性建筑物，然而不幸的是这也使它成了“非典”病毒传播的理想环境。现代性成为一把双刃剑。同时，疫情暴露了香港这座高度资本化城市中人心的隔离，正如香港新生代作家韩丽珠不断书写的隔离这个意象，《双城辞典》中所写二十二城的隔离政策，隐喻的正是当年的“非典”隔离，人们纷纷被禁锢住，人与人之间相互疏离与排斥。同时隔离在粤语中又带有“隔壁”的意涵，因此它带有了一语双关的意味，现代社会的人们也许在物理距离上并不遥远，但人心却相距甚远。

如果说“非典”疫情对于中国澳门、中国台湾还没有造成太严重的困扰，那么此次席卷全球的新冠病毒则对三地都带来了深远的影响，这也激发港澳台作家针对新冠疫情展开了一系列的写作。香港作家东瑞的小说集《爱在瘟疫蔓延时》② 以写实、幽默、诙谐的笔调，描绘了新冠病毒疫情中香港小市民的日常生活。书中展现了随着疫情在农历新年前夕突袭而至，香港特区政府要求市民戴口罩、禁足、宅家，由于经历过“非典”疫情，香港市民心有余悸，因此非常惊慌失措，风声鹤唳。从抢购口罩到日常生活用的厕纸出现短缺，再到每日确诊人数的不断增加，市民们被吓坏了。但面对如此困境，香港人民依然展现了积极乐观的心态。《情深何须见朝暮》书写了一对医护人员的事迹，新婚的医生夫妇本来准备度蜜月，因为疫情只能推迟，转而冒着生命危险投身抗疫之中，他们以“情深何须见朝暮”相互勉励。《食咗饭未，纸皮婆婆》中描述了疫情之下民众生活不易，靠捡纸皮谋生的老奶奶却不愿意领取太多免费食物，希望将其留给更有需要的人。书中以纪实手法展现了香港小人物面对病毒和死亡时的坦然与乐观心态，即使在最困难的时候依然有着人间温情。另外《澳门笔汇》也接连出版了两期的抗疫专辑《战歌、疗愈、致敬》《文化抗疫》，提倡以文化

---

① 李欧梵：《清水湾畔的臆语》，广西师范大学出版社，2005，第 98 页。

② 东瑞：《爱在瘟疫蔓延时》，香港获益出版社，2022，第 35 页。

的方式进行抗疫。谭健锹展现了疫情之下澳门社会人人自危的情形："十个确诊患者像十颗定时炸弹，被逐一发现。小城人人自危，人们纷纷用口罩隔离了热烈和亲昵，也隔离了自己。娱乐场所和赌场也不得不关掉了不可一世的霓虹，让澳门重归葡萄牙人到来前的寂静与质朴。街上和巴士上，除了那些像我一样为工作而不得不摆择匆匆的身影之外，再没有多余的人。"[①] 原本温馨而平易近人的澳门小城也因为疫情，人与人之间产生了隔阂："乘客们个个都谨小慎微地戴着口罩，但平时热情的招呼声消失了，取而代之的是警惕的眼神，还有人与人之间自觉形成的距离。"[②] 李懿《浮域》展现了疫情时期人们的生活与精神状态，它们成了时代病与人的心理疾病。其一方面是瘟疫带来的疾病伤害，另一方面则在于瘟疫进一步加深了现代社会人与人之间的隔绝，正如罗洛·梅指出："冷漠与缺乏感觉，同时也是防卫焦虑的一种工具。当个人不断地面临他所无力克服的危机时，他的最终防线乃是避免去感觉这种危机。"[③] 疫情也深刻影响了澳门文学的发展，《半张脸》这篇描绘疫情之下澳门故事的小说，获得了2022年"澳门文学奖"优秀奖，作品展现了疫情之下，人性的阴暗面也随之暴露的情形。疫情如同一面照妖镜，揭示了人心的复杂与不堪。

中国台湾文学界同样借由本地最大的纯文学杂志《印刻文学》，分别出版了《疫战》《疫犹未尽》两本专辑，以文学的方式书写疫情。陈克华以诗歌的方式讽刺了疫情之下人性的虚伪："一颗病毒（或说一个确诊个案）出现，人类立刻返祖蛮荒。一面口说和平、无私、大爱、地球之爱，一面抢夺口罩、洗劫超商、囤积疫苗。"[④] 面对疫情，最有效的就是采用隔离手段，然而对于习惯快速流动的现代人而言，保持静止不动也打乱了人们习以为常的生活节奏。正如鲍曼指出："现代性正在从'固体'阶段向'流动'阶

① 谭健锹：《口罩双城记》，载《澳门笔汇》，澳门笔会出版社，2020，第72页。

② 陆奥雷：《所有的期盼》，载《澳门笔汇》，澳门笔会出版社，2022，第81页。

③ 〔美〕罗洛·梅：《爱与意志》，宏梅、梁华译，郭本禹、杨韶刚主编《罗洛·梅文集》，中国人民大学出版社，2010，第127页。

④ 陈克华：《我们真的回不去了》，载《印刻文学》，台北印刻文学社会杂志出版股份有限公司，2021，第268页。

段过渡，社会形态也从固态/沉重转变为流动/轻盈。”① 人类的生活方式和社会形态不再固定和持久，而是呈现快速变迁的特征。台湾人类学家阿泼的《存在的见证者》，刻画了都市人被迫“宅”在家中自我禁足时的烦躁情绪。隔离带来的心理压力压得人们喘不过气，处于令人窒息的狭小空间里，戾气和冲动很容易放大。房地产“大咖”、媒体明星、高校教师等表面光鲜的“社会精英”，也在疫情隔离下原形毕露，精神瘟疫造成的损害并不比生理病毒轻多少。② 这也是瘟疫带来的集体创伤，突发性的瘟疫事件给人们带来了难以磨灭的记忆。正如亚历山大教授对文化创伤（cultural trauma）所下的定义：“当个人和群体觉得他们经历了可怕的事件，在群体意识上留下难以磨灭的痕迹，成为永久的记忆，根本且无可逆转地改变了他们的未来，文化创伤就发生了。”③ 这也正是一场巨大的瘟疫灾害，将会给受灾群众与整个社会带来持久与巨大的精神创伤的原因所在。

针对此情形，作家也试图以文学书写的方式治疗人们的内心创伤。台湾学者黄宗洁邀请了来自海峡两岸暨香港澳门 34 位华文作家为疫情进行创作④，当中有诗、散文以及小说。最后出版了《孤绝之岛：后疫情时代的我们》，正如主编所说的编撰此书的目的：“本书邀请了来自不同世代与地区，多种观察的面向，让你一次看完大疫之年的人生百态，也借此书写作为连接，愿在困顿的时刻，没有人是一座孤岛。”⑤ 全书通过多篇作品，着重展

---

① 〔英〕齐格蒙特·鲍曼：《流动的现代性》，欧阳景根译，中国人民大学出版社，2018，第 178 页。

② 对于瘟疫的想象在台湾文艺作品中并不少见，蔡明亮拍摄于 1997 年的《洞》，通过虚构的“台湾热”指向了世纪末的集体焦虑，并借由瘟疫和洞的意象，隐喻了现代社会因资本主义过度膨胀而败坏。

③ 〔美〕杰弗里·C. 亚历山大：《迈向文化创伤理论》，王志弘译，载陶东风等主编《文化研究》第 11 辑，社会科学文献出版社，2011，第 85 页。

④ 新冠疫情是深刻影响全世界发展的瘟疫，世界文坛接下来也将会有大量作品以此为背景展开创作。欧美文坛已经诞生了相应的小说，萨拉·霍尔（Sarah Hall）在春季封锁的第一天就开始创作的《烧衣》（*Burnt Coat*），讲述了一对恋人在瘟疫肆虐的世界中所面对的新形势和亲密关系。萨拉·莫斯（Sarah Moss）的《坠落》（*The Fell*）写于冬季隔离的无望时期，讲述了一个因禁闭而发狂的自我孤立的女人。《没有孩子的生活》（*Life Without Children*）是罗迪·多伊尔（Roddy Doyle）在都柏林封锁期间写的小说集。见吴俊燊编译《我们时代的文学：第一批书写新冠病毒的小说已经到来》，《新京报书评周刊》2021 年 12 月 2 日。

⑤ 黄宗洁：《孤绝之岛：后疫情时代的我们》，台北木马文化，2021，第 3 页。

现了疫情下各地的处境与焦虑，以及疫情之中的人间百态。口罩产生象征意涵，它是防止病毒传播最简单有效的手段，却也使现代社会中本已疏远的现代人变得更加隔绝。骆以军以疫情为背景创作的长篇小说《大疫》，也被视为薄伽丘《十日谈》的现代版。小说结合了科幻的元素，书写了人类因为瘟疫灭绝，最后幸存的一群人躲进了荒无人烟的溪谷之中。作品延续了骆以军的“废弃美学”，从最早的处女作诗集《弃的故事》，到后来的《西夏旅馆》《匡超人》《明朝》，骆以军沉迷于展现被抛弃/舍弃者的故事，作者自己也发现“弃”已成为他个人生命的印记：“年轻时懵懂用了‘弃’这个字作书名，其实那时哪懂这个字在生命史中真正开启的恐怖哀恸。不想这样二十多年下来，这个字倒成了我小说书写的咒语或预言。”[①] 这些最后的人类幸存者也成了末日时刻被抛弃的存在，他们不禁对自我的存在发出了追问：“不同于《十日谈》那些避祸贵族，只是为了打发无聊时光。我们则更像是已经没有时光这回事的，抬头一片黑，我们连蜉蝣都不是，真的，在这个灭绝的大故事里，我们算是什么呢?”[②] 为了对抗这种强大的虚空感，幸存者们想出了一个办法，就是每日，或隔几日，休息、休息再换人的“说故事”。不管是虚构的还是真实的故事[③]，人们借由讲故事的方式来相互慰藉。骆以军希望借由讲故事或是文学书写的方式，来疗愈这场大瘟疫带来的文明危机，正如他自述创作的动机：“大瘟疫确实是对人类文明的一次重大摧毁。确实这瘟疫之后，你感觉种族歧视、仇恨、暴力似乎更容易被动员，也许我们又得花很长的时间，重拾文明的碎片。”[④] 面对瘟疫带来的种种负面影响，文学不失为一种修补人心与社会的重要手段。因此不管是澳门、台湾文学杂志推出的抗疫文学专题，还是香港中华时报传媒集团联合粤港澳大湾区艺术联合会等相关团体，共同组织举办的“2020 首届紫荆花诗歌奖（香港）暨全球抗疫诗歌公益大赛”等活动，华人作家都

---

① 骆以军：《弃的故事》，台北印刻文学，2013，第 230 页。这也源于骆以军作为外省第二代，经历了两岸尤其是台湾社会剧烈变迁之后，对于自我身份所产生的困惑，朱天心《想我眷村的兄弟们》同样涉及了此类议题。

② 骆以军：《大疫》，台北镜文学，2022，第 276 页。

③ 书中有着许多光怪陆离的故事，指涉了台湾的日据时期、国民党迁台、“二二八”等历史事件，也包含了作者对于后人类时代科技高速发展，人类命运将何去何从的思考。

④ 骆以军：《大疫》，台北镜文学，2022，第 3 页。

希望通过文学的创作与传播，[①] 让海峡两岸暨香港、澳门的读者通过集体阅读行为产生互动交流，从而塑造共同体概念，这有利于抵抗突袭而至的瘟疫。安德森提出“印刷资本主义”，印刷术和资本主义的结合产生了印刷语言和文学，极大地扩展了人们时间与空间的维度，在此维度内尽管人们都素未谋面，但是通过阅读相同的语言和文学，将形塑出“共同体”。因此瘟疫暴发以后，人们通过共同阅读瘟疫文学，创造出一个“想象的共同体”。[②] 在危急时刻，共同体概念有利于人们相互依赖，从而寻求到心灵的慰藉。正如费尔曼所言：“运用事实记录创伤并不能表达创伤者的伤痛，而文学的象征、比拟和其他修辞手法等间接方式，能更精确地靠近创伤。”[③] 港澳台作家的瘟疫书写，也是治疗华人社会集体创伤的重要手段之一。

二　海外华人作家的瘟疫书写

新加坡作家黄凯德早在“非典”期间就开始关注瘟疫这个意象，20 世纪 60 年代新加坡也曾发生一场轰轰烈烈的猪瘟，黄凯德通过查找资料，发现了一个非常有趣的现象，新加坡人对这场猪瘟印象最深刻的竟是吃了病猪，男人会“缩阳”。黄凯德以此为主旨写了小说《鳖瘟》[④]，瘟疫作为重要隐喻，指向了新加坡的国族寓言，1965 年马来西亚国会议员全票赞成将新加坡逐出马来联邦，这也让新加坡人集体陷入迷茫与困顿之中，整个社会充满了压抑和无力感，人们将此转喻为对吃了闹猪瘟的猪肉会“缩阳”的集体恐慌。新冠疫情期间，新加坡作家协会的《新华文学》也出版了

① 华文文学一直有着跨语境传播的特点，主要借助三种媒介：“第一类是一般意义上的传媒，如报刊、影视、网络等；第二类是组织与机构，如学会、大学、学术会议、评奖机构、研究机构、作家协会等；第三类是人，如处在流动状态的学者、作家、编辑和新闻工作者。这些不同类型的媒介既有交叉互渗，又各具特点，构成了华文文学跨语境传播的媒介网络。”见颜敏《华文文学的跨语境传播研究：对象，问题与方法》，《暨南学报》（哲学社会科学版）2019 年第 6 期，第 1 页。

② 〔美〕安德森：《想象的共同体》，吴叡人译，台北时报出版社，1999，第 258 页。

③ Shoshana Felman & Dori Laub, *Testimony: Crises of Witnessing in Literature, Psychoanalysis, and History*, New York: Routledge, 1992, p. 63.

④ 见黄凯德《豹变》，新加坡城市书房，2019，第 68 页。

《抗疫烽火》专辑，邀请作家以文学的方式记录下新加坡的抗疫过程。此时的新加坡与20世纪60年代暴发猪瘟时形成了鲜明的对比，林得楠《抗疫记事》、蔡家梁《罩样生活》等，书写了在政府积极有效的防疫政策，以及人民群众的配合之下，新加坡很快就控制住了疫情。正如黄种滨、孟天广指出："政府质量在灾难治理中发挥直接作用。政府作为灾难救援的执行主体，不仅承担着灾难预防、灾难救援和灾难善后的直接责任，也发挥着协调各治理主体共同参与救援行动的枢纽作用。换言之，灾难治理过程中的政府质量，直接影响着灾难救援的进度和公众态度的变化。"① 从两场瘟疫书写中也可以看到新加坡社会的变迁，其从60年代落后贫困的状态，转变为经济、社会发展都极为迅速。这也正是瘟疫文学的见证功能，其通过文化记忆的方式，让人们可以抵抗遗忘，重新记起被埋没的历史。瘟疫书写的重要功用也在于使用文艺作品的方式，以充沛的情感与思想打动人心。如主编《新华文学》的郑景祥所说："历史和新闻一定会载入这一段史无前例的大流行病和它对全球发展与格局的影响，但一般民众心里的郁闷、惊慌、恐惧、希望、激奋与感动，唯有文学能承载。"②

印尼华人作家的疫情书写同样值得关注，印尼华文写作者协会汇集了41位印华写作者出版了《放慢脚步的日子》，记录疫情之下的印尼社会，从人们被迫隔离在家的心理压力，到经济低迷导致底层群众生活艰辛，再到政府的抗疫举措等都有涉及。正如书名所示，这场疫情让人们不得不暂时中断日常生活，"万隆倒下的病人越来越多，人心惶惶。我们这条街道的店门虽然照开，生意却一落千丈。生意不好又担心传染，我们就决定关店休息"③。娅菲《恐疫记》表现人们出门时的惶恐，洪念娟《虚惊后记》写到疫情中隔离的恐惧煎熬，都展现了瘟疫导致的"日常"崩解。瘟疫带来的危急时刻会将人们按部就班的状态打断，人们对于时间的感知也因此出现了断裂感，进入了一种时间裂缝（time-gap）之中："时间裂缝在我们对于时间流逝的意识中产生了谜一样的空白。这种时间错觉同样应被视为一种

① 黄种滨、孟天广：《灾难政治学：灾难治理及其异质性效应》，《探索与争鸣》2022年第4期，第54页。

② 郑景祥主编《新华文学》，新加坡新华文学杂志出版社，2021，第2页。

③ 印尼华文写作者协会：《放慢脚步的日子》，雅加达印华作协，2020，第76页。

可扰因素，它使得我们难以把握当下。”① 这对于早已被“线性时间观”内化的现代人而言，是不小的冲击和考验。包括马来西亚文坛出版的《疫中人》《疫想天开》，同样聚焦于疫情封城下的众生相，反思新冠疫情对马来西亚华人的意义。这些在疫情突袭而至之后第一时间的创作，尽管也存在作品不够成熟的问题，不过正如曾军等所说：“我们不能用常态的、稳定的、标准的‘文学’观念来要求处于非常状态、不稳定的、非典型的疫情时期的文学。”② 这些抗疫文学作品具有较强的时效性，可以马上记录人们当下的情感状态。新冠疫情突袭而至以后，除了上文提及的港澳台文坛，包括新加坡、马来西亚、印尼等地，华人作家针对相同的议题，以极具深度和广度的文艺动员方式，回应社会迫切的即时应急需求，可以说这种文艺现象也是首次出现在全世界的华人文坛。张斓、林岗将抗疫文艺与战地文艺和“五四”传统相结合，指出“抗疫文艺是伴随中国现代革命而兴的战地文艺传统在当代的光大和发展，根源深厚，意味深长”③。相比于中国大陆有一支常备的文艺队伍和组织这支队伍的架构，东南亚华文文坛则更多只是由民间的作协进行组织，可是这种“感时忧国”的文学传统，在东南亚华人作家的创作脉络中依然清晰可见。④

欧美华文文坛的瘟疫书写则显得更为沉重，林露德《千金》、邝丽莎《雪花秘扇》呈现的中国多是处在“前工业文明社会”的原始状态之中，当时村民普遍缺乏卫生观念，每天都在满是虫卵、散发恶臭的井水里洗衣服、烧饭做菜，这也导致了瘟疫的大范围传播。“一旦我们听说有个孩子染疫，那么我们马上就可以猜到接下来会发生什么。首先是孩子死去，接着是他

① 李道新：《“后九七”香港电影的时间体验与历史观念》，《当代电影》2007年第3期，第34页。

② 曾军、赵梦瑶、郝靓等：《“疫情时期的文学问题”漫谈》，《文艺论坛》2020年第7期，第116页。

③ 张斓、林岗：《战地文艺与抗疫文艺》，《南方文坛》2021年第1期，第128页。

④ 陈贤茂指出，尽管战后东南亚文学的“祖国”意涵开始转变，从只关注中国到开始关心居住国的前途与命运，但中国文学对东南亚华文文学依然有着很深的影响，东南亚华文文学就是在“五四”革命的影响下诞生的。中国的历次文学运动，例如革命文学运动、文艺大众化运动、两个口号论证、抗战文学运动等，都对东南亚华文文学运动产生巨大的影响。见陈贤茂《中国新文学对海外华文文学的影响》，《文学评论》1989年第4期，第159页。

的其他兄弟姐妹，接着是母亲，然后是父亲。没过多久，疫情便在县里的每一个村子流传开来了。”① 作品也通过女主角的视角，结合女主角的亲身经历，展现了疫情给当时的中国社会带来的惨痛打击。“屋外堆聚的死尸的腐臭味弥漫在潮湿的空气里，那股难闻的恶臭甚至刺痛了我们的眼睛和舌头。我脑中可以想到和能做的只是——不断地求神拜佛。”② 即使在瘟疫最严重的时候，成千上万的人相继死去，人们却束手无策，作品花费了大量笔墨刻画了瘟疫给“古老中国”带来的巨大伤害。这样一种对中国历史与中国文化的再现，当中包含了美国社会对中国的“东方主义”视角，更多的是一种为了满足西方人想象而制造的东方主义。“东方是论述的产物，是为了相对西方而产生，为了凸显东方与西方的不同。实质上隐含着一种论述暴力，企图将东方描述为‘他者’并给予负面的形象，以彰显西方是文明开化的。”③

新冠疫情突袭而至以后，欧美社会对华人的排挤与孤立日益严重，华人作家则透过写作的方式记录下了所遭遇的不公。胡曼荻《美国疫志 2020》(*American Pandemic 2020*)、张兰《疫情中的纽约人》④、林世钰《新冠之殇：美国华人疫情口述史》⑤，勾勒出美国社会所呈现的乱象，美国出现了空前的社会分裂、动荡和经济衰退，陷入巨大的危机之中。同时人类在恐惧之下，会走向非理性的疯狂，欧美社会产生了强烈的“猎巫”心态：“灾难发生时绝不缺乏阴谋论，阴谋论也绝对需要代罪羊，代罪羊的首选就是非我族类的外人。如中世纪瘟疫流行，就把犹太人当罪魁祸首残酷杀戮。20世纪初旧金山市的鼠疫，华人被诬陷为传染之源，更加深了其原本就遭受的排斥与仇视。”⑥ 华人作为西方世界的“他者”，不得不面对巨大的污名化

---

① 〔美〕邝丽莎：《雪花秘扇》，忻元洁译，人民文学出版社，2011，第 198 页。

② 〔美〕邝丽莎：《雪花秘扇》，忻元洁译，人民文学出版社，2011，第 198 页。

③ 单德兴：《“开疆”与“辟土”——美国华裔文学与文化（作家访谈录与研究论文集）》，南开大学出版社，2006，第 39 页。

④ 网络是海外华文文学传播的重要途径之一，笔名为“纽约蓝蓝”的华人女作家张兰生前所写的日记系列“疫情中的纽约人”，向中国民众反映纽约和美国疫情的最新状况，文章在国内不少媒体上刊发、转载，因此受到关注。然而不幸的是，作者遭遇车祸导致离世，作品仍未来得及完成和正式出版。

⑤ 林世钰：《新冠之殇：美国华人疫情口述史》，昆仑出版社，2022，第 79 页。

⑥ Mandy Hu, *American Pandemic* 2020, New York: Independently Published, 2021, p. 54.

伤害。彭佳、严俊指出对于瘟疫的命名，背后折射了人类在危机面前的自我保护策略与权力运作机制："瘟疫的流行不分国界，人们在为其命名时常采取冠以地名的做法，以表明自身与其源头无涉，这是用于区隔污染的最为常见的策略。瘟疫是一种需要从道德和社会层面都被清除的污染，命名作为符号行为，并非中立的、透明的，而是权力关系、歧视和等级制度的表征。"① 这样一种污名化的命名方式，背后体现的依然是一以贯之的东方主义立场，西方社会的华人被人们下意识地视为东方的"代表"，因此自然成为被排斥的人群。并且如苏珊·桑塔格指出，瘟疫是一种令人心生恐惧的疾病隐喻，恐慌会将人性中最真实的一面激发出来："任何病因不明、医治无效的重疾，都会被赋予许多意义。首先，内心最深处所恐惧的各种东西（堕落、腐化、污染、反常、虚弱）全都与疾病画上等号。像任何一种极端的处境一样，令人恐怖的疾病也把人的好品性和坏品性统统暴露出来。"② 此外疾病之所以会引起如此大的恐慌，也和西方政府及人们对疫情的准备不足有着密切的联系，人们常常只关注自己的世界，很难相信灾祸会凭空落到自己头上，正如加缪在《鼠疫》中写道："我们告诉自己瘟疫不过是想象中的妖怪，一场醒来就会消逝的噩梦。然而它往往不会消逝，而是一个噩梦后面接着另一个噩梦，逝去的反而是人类。"③ 申赋渔《寂静的巴黎》书写了直到瘟疫真正到来的时候，法国群众才意识到灾难的来临："巴黎封城前，没有人认为灾难与自己有关，每个人在乎的只有自己的生活。仅仅一个多月前，这里还是怎样的一种喧嚣啊。直到巴黎陷入死寂，直到所有人都听到死神的脚步，人们才缩成一团，眼睛里透着恐惧。"④ 人类对大自然傲慢而漫不经心，最终也因此付出了惨痛的代价。

华裔历史学家许倬云效仿薄伽丘的《十日谈》，经过整理汇编出版了《许倬云十日谈：当今世界的格局与人类未来》。许倬云指出："瘟疫从来不

---

① 彭佳、严俊：《总体符号学的双重维度：从瘟疫的命名和修辞出发》，《上海大学学报》（社会科学版）2022 年第 1 期，第 130 页。

② 〔美〕苏珊·桑塔格：《疾病的隐喻》，程巍译，台北麦田城邦文化事业股份有限公司，2012，第 51 页。

③ 〔法〕阿尔贝·加缪：《鼠疫》，顾方济、徐志仁译，译林出版社，2003，第 126 页。

④ 申赋渔：《寂静的巴黎》，南海出版公司，2021，第 222 页。

只是一个医学或科学问题，一开始就有其社会性和政治性。”① 他一方面回顾了瘟疫对中国历史走向的重要影响，另一方面批评了美国抗疫的不足：“最令人诧异的是，本来应该最有效率的美国表现得最差，几乎到了手忙脚乱的地步。美国拥有的医药资源、卫生条件，都不应该造成这么大的灾害。也许这个疫情的发生，助长了这个时代原本存在的长期不安。”② 大瘟疫时期也进一步揭示了美国社会阶层/阶级的分化，包括在美华人记者融融主编的《匍匐前行》《抹不去的痛——见证 2020—2021》，组织了美国各地华人以文学的方式书写疫情，记载了疫情中死亡人数众多，其中大部分是抵抗力较差的老人，或是缺少医疗资源的底层民众：“病毒看似跨越国界一视同仁地感染所有人，然而弱势族群与医疗的可近性低，染病后其实较不易痊愈。而阶级、肤色歧视等无法言说的指涉，则是另一种更隐晦蔓延的瘟疫。”③ 瘟疫时期是阿甘本所说的“例外状态”（极端状态、非常状态），在他看来正常稳定状态下不能说明一个社会的问题，人只有身处例外状态，才能暴露真实的情况，这种情况具有代表性意义。并且这些在疫情中由于缺少医疗资源而死去的底层人民，也对应了阿甘本论述的“赤裸生命”（bare life）即可牺牲的人，或是鲍曼所讨论的“人类废品”（human waste）：“或者用更准确的说法——废弃的人口（waste human），‘多余的’和‘过剩的’，指那些不能或者人们不希望他们被承认抑或被允许留下来的人口。”④ 由于现代科学技术的高速发展，“废弃的生命”成为现代资本主义社会的必然产物。这场世纪大瘟疫，也再次将美国社会中的现代性弊端暴露了出来。

三　后疫情时代世界华文文学的转向

新冠疫情之后，人类将进入一个“后疫情时代”，毫无疑问新冠疫情已

---

① 许倬云讲授，冯俊文整理《许倬云十日谈：当今世界的格局与人类未来》，广东人民出版社，2022，第 76 页。

② 许倬云讲授，冯俊文整理《许倬云十日谈：当今世界的格局与人类未来》，广东人民出版社，2022，第 85 页。

③ 融融：《抹不去的痛——见证 2020—2021》，纽约北美科发出版集团，2021，第 26 页。

④ 〔英〕齐格蒙特·鲍曼：《废弃的生命——现代性及其弃儿》，谷蕾、胡欣译，江苏人民出版社，2006，第 26 页。

经远远地超出了单纯的医学、政治和文化领域，成为全世界所有人共同面对的危机事件。这场疫情深刻地改变了世界的发展与走向，也为文学写作带来了巨大的影响，因此后疫情时代的世界华文文学书写也十分值得我们关注。危机语境为文学创作准备了丰厚的土壤，全世界华文文坛的瘟疫书写可以说出现了一次“井喷”现象，其中包括描写历史中的疾疫，当下的新冠疫情以及想象与虚构的瘟疫等。对此，张光芒也认为应该从文学史和理论的角度建构一种“疫情文学”：“它是指以大规模疫情的发生和演进为主要的时空背景，以立体化、多维度地反映自然、人类与社会复杂结构关系为宗旨的写作。从内容上说，它真实科学地再现瘟疫流行的病理，并折射出疫情流行的社会问题与社会根源，同时不遗余力地反思人类文化心理与文明的思想痼疾，是一种结合了人与自然的关系、人与人的关系、人与社会的关系以及人与自我的关系诸种思想维度的文学写作。”① 同时也有其他学者提出了“抗疫文艺”“新冠写作”等概念，② 研究者都注意到了这场世纪大瘟疫对文学创作产生的深远影响。后疫情时代的华文文学书写，作者将关注重心放在了“后”之上，着重讨论疫情之后给社会带来的影响和改变。尤其是疫情给亲历者带来的隐性精神创伤，这种创伤随着时间的流逝，并不会自动修复，甚至可能会越来越严重，瘟疫创伤如同梦魇一般根植在人们的深层记忆之中。

疫情导致了人与人、国与国之间的隔绝/阻断，全球化遭受了前所未有的挑战，甚至出现了“反全球化”的声音。因此在后疫情时代的华文书写中，作家出现了不同程度“向内转”的趋势，透过小叙述的方式更加关注个体的精神状态，夏商选编的《2021 海外年度华语小说》，收录了北美华人、日本华人、欧洲华人、马来西亚华人等作家作品，集中刻画了疫情之后海外华人的人生百态。这场疫情也进一步加深了人与人之间的戒备心，因为瘟疫不像地震、海啸等灾害看得见、摸得着。地震可以跑出屋外，海啸可以跑到高处，但病毒的传播却是无影无形，没有国籍、人种之分，也

① 张光芒：《论“疫情文学”及其社会启蒙价值》，《广州大学学报》2020 年第 4 期，第 26 页。

② 汪政：《“抗疫文艺”：抵近与超越——兼说灾难文艺与灾难美学》，《长江文艺评论》2020 年第 1 期，第 4 页。

不管年龄贵贱，没有人可以幸免，这也使人们开始变得猜忌多疑。因此即使迈入新时代，人们似乎也不能再回到疫情前的状态，对于瘟疫的恐惧已经深入人心。正如渠敬东所说：“现代社会是一个传染的社会，是因为社会的密度增加，而产生了人与人之间不以每个人的意志为转移的瞬间即可感染的社会。”① 赖香吟描写了人与人之间产生的无法修复的隔阂：“那天我正在阳台上专心练习，考虑这支舞应该是独舞还是群舞，忽然来了一位在邻居聚会中常和我聊天的白发婆婆，但她看到我时满脸惊恐，大概没想到还有别人来，我俩都没戴口罩。老婆婆低头快步走到阳台另一边远远站着背对着我，我也不敢多看她，继续练舞，逃之避之。”② 长久的封闭与隔绝，导致后疫情时代人们出现了难以克服的言说/交流障碍，这也是疫情给人类社会带来的不知不觉的改变。人们似乎再也回不去原来的生活方式，不仅有来源于身体的疏离感，更让人忧虑的是人与人之间心灵的距离，正在被无限地拉长，并且扩展到国与国之间。定居于欧洲的台湾作家赖香吟，书写了疫情后的欧洲共同体不断走向衰弱与分崩离析：“国与国的边境，也重新浮出台面。这对多年来主张多元一体，追求合作共生的欧盟来说是难堪的。欧洲国与国之间地理紧密相连，边界是人治划分出来的。”③ 源于对瘟疫的本能恐惧与人人自危的心态，欧洲各国再次强化了对边界的管理。因此不管是欧洲共同体还是全球化进程，在新时代的背景下将面临严峻的挑战。

人类有着善忘的特点，并且随着疫情的结束、时间的推移，人类很可能会再度陷入科技快速发展的自我膨胀情绪之中。后疫情时代的作家必须通过源源不断地写作，不断地提醒人们牢记这场瘟疫给人类带来的巨大灾难，铭记这个时代的悲剧，反思人类中心主义所带来的恶果。因此即使疫情远去，对“疫情之后”的思考不能结束，文学家也应肩负责任，只有这

---

① 渠敬东：《传染的社会与恐惧的人》，载《清华社会科学》第 2 卷第 1 辑，商务印书馆，2020，第 156 页。

② 赖香吟：《不一样的春天》，载《印刻文学生活志》，台北印刻文学社会杂志出版股份有限公司，2021，第 263 页。

③ 赖香吟：《不一样的春天》，载《印刻文学生活志》，台北印刻文学社会杂志出版股份有限公司，2021，第 268 页。

样我们才对得起那些在这场瘟疫中献出生命的人们。正如钱理群讨论我们在灾害中所应当做的反思："从人的生命本能中爆发出来的人性美、人情美，提升为一种新的价值观、新的伦理观，同时对我们原有的价值观、伦理观进行反思。"[①] 华人作家山眼结合了自身经历所写作的《隔离》，展现了疫情给居住在加拿大温哥华和美国纽约的华人带来的种种不便。相对而言，SARS 虽然也曾经让大家恐惧，但是转眼就结束了，西方社会并没有太直观的感受，新冠疫情却给西方社会带来了真切的打击："朋友发来一张第五大道的照片，那张照片把她震住了。往日摩肩接踵的地方，世界上最繁华的街道，如今没有一个人。帝国大厦威严肃穆，如同一个失去生机的垂老之人，站立在死亡的阴影下，凝固成一具无法消融的痛苦的标本。怎么会这样？谁会想到，纽约变成这样？"[②] 作家通过书写展现了西方社会初期面对疫情时的傲慢，以及为此所付出的惨重代价，这也让在美国生活的华裔艾林，对美国社会产生了深刻的怀疑："这一年，纽约不再是那个让她感到安心的城市。自从可怕的疫情开始，大选投票日的临近，纽约人变得越来越紧张。不仅纽约成了焦虑之城，整个美国也变成让人不安的地方。这是半年前疫情初次击垮纽约时，谁都没有想到的。艾林没有投票权，但是她无法从那些推特、脸书里看出希望，就是美国可以回到过去的美国，纽约可以是过去的纽约。即便大选之后，疫情也不可能即日消除。"[③] 疫情与政治撕裂下的美国，以及社会弥漫的强烈反华倾向，也让许多华人感受到了前所未有的迷茫与困顿。并且由于国境的封锁，分居在温哥华老人院的父母和纽约的艾林迟迟无法见面，父亲担心艾林多虑，隐藏了母亲失智症越来越严重的情况，老人年纪大抵抗力差，老人院更是疫情的重灾区，护工缺失使得每天的生活兵荒马乱，父亲都选择了默默地独自承受。艾林也隐瞒了经济不景气导致了自己失业，以及参加了人体疫苗试验的事，因为她知道父亲绝对不会同意。全文最让人揪心的还在于艾林的男朋友安东尼正准备向她求婚，结果因为感染了新冠不得不在家隔离，最终不幸死在了

① 钱理群：《生命至上：灾难的精神资源——震灾中的思考之一》，《北京文学（中篇小说月报）》2008 年第 7 期。

② 山眼：《隔离》，载夏商选编《2021 海外年度华语小说》，漓江出版社，2021，第 230 页。

③ 山眼：《隔离》，载夏商选编《2021 海外年度华语小说》，漓江出版社，2021，第232 页。

疫情之中，准备好的戒指再也无法送给艾林，直到艾林在整理安东尼遗物时才发现了这枚戒指："她颤抖着手打开它，里面是一只钻石铂金戒指，戒面不大，有些寒酸。戒环内刻着她名字的首字母'K'。艾林把它戴在无名指上，想要微笑（他一定在某处看着她），眼中却涌出了泪的海洋。"[①] 作家透过一个悲伤的故事，再一次提醒了读者疫情所造成的悲剧，疫情中的每一起死亡案例，背后都有着许多不为人所知的无奈与心酸。因此即使随着西方社会的疫情也逐渐稳定，死亡案例也在不断地下降，进入了新时代，作家也依然通过写作，不断警醒着人们牢记这场瘟疫带来的沉痛教训，这也是文学的责任所在。

此外后疫情时代的华文书写，除了上述讨论的直接描写疫情对人类生活的改变与影响，还有一些没有直接展现疫情的冲击，而是将疫情作为大背景融入文学创作之中。正如刘亚秋在讨论西方大流感作品时将其称为"痕迹书写"："大流感并不是创作的主题，而是被裹挟其中，甚至有时成为不易发现的痕迹默默隐于背景之中。大流感是被'集体'遗忘的，是被 20 世纪主流的叙事框架排除在外的，却是被'个体'记忆的，并且以个体想象的方式在边缘化的文学书写中始终存在。"[②] 疫情进一步强化了秩序，人们必须不断地进行扫码、扫脸等检测。一方面大数据对疫情控制起到了重要的作用，另一方面当技术不断地侵入人们的生活时，也让大家产生了失去隐私的担忧。因此海外华人作家也透过文学写作，以科幻作品的方式对此展开反思。《钩蛇与鹿》设想了 2057 年，许多人突然被卫生部以"体内含有辐射物质"为由，强制送进了康复医院，尽管这些人一切正常，统治者却试图通过医疗管控实现统治的目的。人们不得不被一种叫"日程管理"的芯片料理着住院生活，最终主角安因为不堪折磨自杀。而安的自杀却被官方归类为精神疾病："自入院起，该病患就出现了各种剧烈的精神失序行为。多次违反住院规定，私自攀爬病房楼顶的蓄水池。2049 年 12 月 3 日，病患再次违章攀爬，坠池身亡。遵循《公共卫生防疫法》第 9 号条例，尸

① 山眼：《隔离》，载夏商选编《2021 海外年度华语小说》，漓江出版社，2021，第 234 页。

② 刘亚秋：《记忆的微光的社会学分析——兼评阿莱达·阿斯曼的文化记忆理论》，《社会发展研究》2017 年第 4 期，第 27 页。

体被打捞上来后，已即刻焚化。”[①] 作品集中探讨了科技超出了人类的掌控，进而借由医疗手段剥夺了人类的自由，从而对人类产生伤害。可以看到，后疫情时代的华文书写，不仅是作为记录见证历史，同时也在大胆地进行想象和虚构，以寓言的方式思考未来。当下的后疫情华文书写依然专注于使用传统的纪实手法，对于历史和现实中的瘟疫关注较多，以科幻文学的方式对未来瘟疫所做的想象相对较为欠缺。周惠也指出后疫情时代的写作应更多地使用隐喻和想象，不再只是拘泥于传统的现实主义，这也是文学最为有力的武器：“文学的隐喻与想象或是一条有效路径，想象的重构并非单纯浪漫主义层面的自由无羁、丰富多维、夸张传奇，而是冲破限制、跨越界限，发现并重构事物间的关联，设想不确定甚至是不可能之境况。新时代的灾害写作要赋予隐喻并重构想象，拓展灾害的意义空间，同时以预言引领时代，警示未来。”[②] 因此借由新冠疫情，华文作家完全可以继续扩展创作路径，采用更加大胆新颖的书写手法思考未来。这样才能将新时代的华文文学边界不断打开，因为文学除了具有见证的功能，还有着更为重要的反思功能，同时借由想象虚构的方式建构人类新的认知经验。正如张光芒对后疫情时代文学寄予的厚望：“后疫情时代的文学必将是一种新的开始，后疫情时代文学必将是在被新冠疫情冲毁了的人文废墟上重新站立起来的文学，必将是在文明的碎片中整合自身重新出发的文学。”[③]

结　语

本文主要讨论了世界华文文学中的瘟疫书写，对于港澳台居民而言瘟疫并不陌生。施叔青的“香港三部曲”将鼠疫作为隐喻，展现了被殖民统治的华人苦难之处。进入新冠疫情时期，面对瘟疫带来的社会集体创伤，

① 王栩：《钩蛇与鹿》，载夏商选编《2021 海外年度华语小说》，漓江出版社，2021，第 284 页。

② 周惠：《视野 · 思维 · 限度：“后疫情时代”的灾害写作》，《江海学刊》2021 年第 2 期，第 211 页。

③ 张光芒：《疫情文学的资源与后疫情时代的文学转向》，《粤港澳大湾区文学评论》2020 年第 4 期，第 26 页。

港澳台三地最有影响力的文学杂志《印刻文学》《澳门笔汇》《香港文学》，都不约而同地出版了相应的疫情专题。还有一系列相应的疫情文学书籍，通过文学抗疫的方式，治疗瘟疫产生的巨大创伤。塔尔指出："文学中的疫疾想象既关注瘟疫的毁灭性影响，又呈现出对社会的疗愈功能，是'对抗传染病的解药'和'不可替代的平衡器'。"① 黄凯德将20世纪60年代的猪瘟与新加坡的国族寓言相结合，"缩阳"指涉的是被阉割的焦虑，呈现了当时新加坡人民对于国家前途的迷茫与不安。相较之下，《新华文学》则记录了新冠疫情时期的新加坡政府展现出的较高的管理效率。新冠疫情突袭而至以来，东南亚华人文坛反应十分迅速，马来西亚和印尼华文写作者协会纷纷出版了抗疫文学专题书籍。尽管部分文学作品因在短时间内创作而显得不够成熟，却也最真实地记录了瘟疫时期人们的内心状态。这种对于时代、国家与人民命运的关切，也从侧面说明了东南亚华文文学，依然延续了中国"五四"革命文学传统。

欧美文坛的瘟疫书写则呈现出更加复杂的样态。另外，华人作家也透过新冠疫情书写，深刻反思了"例外状态"之下西方社会所暴露的种种问题。疫情暴发之初，西方民众乃至政府过于自信现代科技可以解决一切难题，认为疫苗、抗生素和其他医疗技术就能抵抗所有病毒，这种盲目的乐观早在1924年洛杉矶鼠疫期间就曾带来惨痛的代价，然而人们并没有吸取教训。正如《人类大瘟疫——一个世纪以来的全球性流行病》中指出："大瘟疫的定期降临，是人类为自己的'傲慢'付出的代价，持这种傲慢态度的甚至包括疫病的狙击手——科学家。"② 当我们过分自信现代科技可以解决一切难题的时候，也忽视了人类在大自然面前的渺小。这场世纪瘟疫同时也是一个契机，让人类重新对自身的文明进行反思。当瘟疫真正来临、人类被不断地击倒时，大家才发现看似强大战无不胜的现代科技，在传染病病毒的面前竟如此不堪一击。人们因此突然意识到，面对大自然，人类必须时刻保持谦卑。此外，华人作家也聚焦于瘟疫危急时刻，身处海外的

① Clayton Tarr, "Infectious Fiction: Plague and the Novelist in Arthur Mervyn and The Last Man," *Studies in the Novel* 47.2 (2015): 142-149.

② 〔美〕马克·霍尼斯鲍姆：《人类大瘟疫——一个世纪以来的全球性流行病》，谷晓阳、李瞳译，中信出版社，2020，第4页。

华人生存境况。华人是西方世界的少数族裔，后殖民学者霍米·巴巴使用"少数族化"（minoritization）进行指称："这些少数族成员因为受到所在社会的差异性对待，缺少确定的文化身份和公民身份感，他们总是在'夹缝'之中艰难生存，从来就不是享有完全资格的真正公民，只享有部分的身份资格。"① 华人作家也正是透过瘟疫书写，展现了当瘟疫被政治化，病毒成为党同伐异的手段与工具时，身处西方社会的华人不得不遭受的巨大歧视与污名化。他们希望借由文学写作的方式，重新唤起人们对于海外身处困境华人的关注与支持。并且随着后疫情时代的来临，华文文学的书写也出现了"向内转"的改变，作家采用小叙述的方式，更集中于展现个体的精神状态。对瘟疫的恐惧已经深入人心，因此即使进入后疫情阶段，人与人或是国与国的隔阂依旧很大，这也是作家未来将面对的挑战，即如何通过文学的方式重新修补被割裂的人心。

【Abstract】 Shi Shuqing's "Hong Kong Trilogy" shows the helplessness of Chinese as second-class citizens through the plague in his early years. Leo Lee and other scholars highlighted the isolation between people in modern society by writing about the SARS epidemic. Entering the new era, the literary world of Hong Kong, Macao and Taiwan hopes that through the literary creation in the crisis time, the social collective trauma caused by the epidemic can be treated. The Chinese literature in Singapore, Malaysia and Indonesia also responded quickly and created a number of anti-epidemic literature. The literary tradition of "feeling the times and worrying about the country" since the May 4th Revolution is still clearly visible in the creative context of Chinese writers in Southeast Asia. Chinese writers in Europe and the United States used the plague to write, showing that when the plague was over politicized and the virus became a means for the same party to fight against dissidents. With the gradual stability of the COVID - 19 overseas, the writing of world Chinese literature in the post epidemic era shows a trend of "turning inward", and writers pay more attention to the mental state of individuals. The human fear of the plague is still deeply rooted in people's

① 生安锋：《霍米·巴巴的后殖民理论研究》，北京大学出版社，2011，第 56 页。

hearts, and the isolation between people and countries will continue. In addition, in the post epidemic era, "trace writing" also appeared. The COVID－19 as a metaphor appeared in the story. Through science fiction writing, writers demonstrated that scientific and technological means have become tools to suppress human beings. The Chinese writing in the post epidemic era is not only a record to witness history, but also a bold imagination and fiction to think about the future in the form of fables.

【**Keywords**】plague; world Chinese literature; trauma; anti-epidemic literature

世界文学大家研究

现象与想象之辨：论恩古吉的另一种世界文学思想*

俞盎然

（清华大学外文系 北京 100084）

【内容提要】随着20世纪末冷战的结束与全球化的推进，世界文学进一步成为比较文学研究的重要议题之一。本文认为，尽管西方世界文学话语是多元的，但将“世界文学”作为一种文学现象进行对象化处理的倾向依然存在，这种倾向表达的是一种面向过去的既定性世界文学静态观，其隐含的内在逻辑是将已然发生、既成事实的文学秩序合理化。非洲左翼作家恩古吉·瓦·提安哥将这种以多元化为表象、以民族中心主义与文化单一性为内核的世界文学话语归结为后殖民时代之下殖民性的继承与延续。本文将以恩古吉对于世界文学话语的矛盾性之批评为切入点，评析恩古吉的另一种世界文学思想及文学实践。本文发现，恩古吉在内容上强调处于“边缘”的第三世界文学，并关注到世界文学的两种时态，即完成时与进行时。同时，通过回溯与对比恩古吉在内罗毕文学改革时期与亚非文学运动期间，以及冷战前后的世界文学思想与具体实践，本文发现，其思想经历了从民族主义倾向转向亚非共同体、从精英走向工农以及从殖民反抗扩展至阶级斗争的转变。

【关 键 词】世界文学　恩古吉　内罗毕之辩　多元化

---

* 本文系国家社科基金重大项目“非洲英语文学史”（19ZDA296）、上海市哲学社会科学规划一般课题“德勒兹哲学视角下的非洲英语小说研究”（2018BWY024）和国家社科基金重大项目“美国族裔文学中的文化共同体思想研究”（21&ZD281）的阶段性研究成果。

20世纪80年代以来，一种更具多元性的世界文学格局正在形成，其表征是以非西方世界或第三世界文学作品斩获国际文学大奖或者跻身世界文学经典之列。例如，通过考察美国两大经典文选——《诺顿世界文学选集》（*The Norton Anthology of World Literature*）与《朗文世界文学选集》（*Longman Anthology of World Literature*）——的收录情况与编者的选篇理念，有学者认为这两大文选"竞相收录后殖民作家、女性作家和传统上的边缘性作家以显示自己的开放性和学术民主性"，因而促进了"世界文学向着更为包容和多元化的方向发展"，形成了一种"越来越开明的、去欧美中心主义的学术风气"。[①] 然而，这种将欧美经典文学选集作为去欧美中心主义的衡量标准或表现方式本身，意味着世界文学的多元化进程未必如我们所设想的那样顺利。此外，也有学者指出，2021年诺贝尔文学奖获得者阿卜杜勒拉扎克·古尔纳（Abdulrazak Gurnah）"对桑给巴尔革命历史的再叙事明显迎合了在西方盛行的世界主义思潮"[②]。具体而言，蒋晖发现，古尔纳通过语言、空间上的设计，以及海滨的世界主义与内陆狭隘的地方主义之间的对比，在长篇小说《海边》（*By the Sea*）中批判不合时宜的桑给巴尔革命为非洲带来的民族国家形式。因此，蒋晖认为，该作品表现的是一种排他性的世界主义，企图以伦理与文明的视角来代替政治分析对于非洲现代史的描述。[③] 这是非洲文学给予我们——尤其是第三世界的学者——重新思考世界文学的重要启示。在这场以"多元化"为关键词或招牌的世界文学讨论中，第三世界的文学工作者在多大程度上能有效地参与其中？或者只能在盎格鲁-撒克逊世界文学话语中频繁扮演配角而已？著名比较文学学者王宁曾在《丧钟为谁而鸣》一文中也提出了中国比较文学研究被强势的西方学界当作"点缀物"的危险与困境。[④] 同样，作为恩古吉世界文学思想研

① 生安锋：《论新历史主义及后殖民主义对世界文学的重写》，《中国比较文学》2019年第1期，第35页。

② 蒋晖：《从"后殖民"到"后文明"—古尔纳〈海边〉中的世界主义》，《外国文学研究》2022年第2期，第44页。

③ 蒋晖：《从"后殖民"到"后文明"—古尔纳〈海边〉中的世界主义》，《外国文学研究》2022年第2期，第44页。

④ 王宁：《丧钟为谁而鸣——比较文学的民族性和世界性》，《探索与争鸣》2016年第7期，第37页。

究重要文献之一的《全球辩证法：认知的理论与政治》（*Globalectics：Theory and the Politics of Knowing*，2012）也未能引起西方世界文学论者的足够关注。在大卫·达姆罗什（David Damrosch，又评“大卫·丹穆若什”）的论述中，恩古吉只是作为一位受惠于莎士比亚伟大作品的非洲左翼作家出现，以说明其反殖民思想是从“莎士比亚那里来的讯息”。[①]

正如陈跃红所言，无论是获得国际文学大奖的几份殊荣或者占据世界文学经典文集的几页纸张，强势文化的一方始终“通过各种学科、理论、出版、奖项……继续扮演着理论原创和规则制定者的主导身份”。[②] 对此，他认为只有在“把握当下多元政治、经济和文化世界现实的意识形态特征基础上，去重新理解和建立关于世界文学的新观念”，否则“一切仍然沿着旧的、唯一的价值和意义标准路径去展开认知”。[③] 换言之，对于世界文学的再思考，我们首先需要跳出西方中心主义所预设的范式与意识形态，才能避免落入某种隐含前提的陷阱。据此，本文将从恩古吉——作为非洲的世界文学思想者与实践者以及非洲左翼思想的代表性人物之一——关于世界文学议题的讨论出发，在主流西方世界文学话语的“内”与“外”之间搭建对话的桥梁，以探求“内”“外”世界文学观的异同。如此才能为世界文学的持续讨论注入新的思想资源，并通过引入作为能动的政治力量的第三世界这一视角，推动真正基于平等的世界文学多元格局的形成。

一　“格林尼治文学子午线”与当代世界文学思想中隐伏的殖民主义遗产

2010年，美国加利福尼亚大学尔湾分校英文与比较文学系特聘教授、肯尼亚作家与思想家恩古吉应邀在该校批评理论研究所（Critical Theory Institute）举办的韦勒克图书馆系列讲座（Wellek Library Lecture Series）发表演讲。两年后，讲座内容以《全球辩证法：认知的理论与政治》为题结

① 参见《巴别塔、经典化及其他》，载方维规编《思想与方法：地方性与普世性之间的世界文学》，北京大学出版社，2017，第34页。

② 陈跃红：《什么“世界”？如何“文学”?》，《中国比较文学》2011年第2期，第7页。

③ 陈跃红：《什么“世界”？如何“文学”?》，《中国比较文学》2011年第2期，第5页。

集出版。在书中，恩古吉首先借汤普森（E. P. Thompson）在《理论的贫困及其他文章》（*The Poverty of Theory and Other Essays*, 1978）一书中对阿尔都塞主义术语的批判，指出“现代文学学术的各方面”暴露出一种内在封闭性，已在过度的理论术语游戏中失去了经验能力。[①] 他对世界文学讨论中取得的一些实质性进展表示肯定，并以自己的旅居地尔湾（Irving）为例，说明世界文学课程在当地各类学校的开展使得学习者的视野“与昨天那种欧洲中心主义的盲目性相去甚远”[②]。然而，恩古吉依然指出，“世界文学并不意味着民族片面性与思想狭隘性的终结”[③]，西方世界文学话语对世界文学的各类描述——例如法国学者帕斯卡尔·卡萨诺瓦（Pascale Casanova）的“文学世界共和国”（La République mondiale des Lettres）——也无法“真正替代歌德所创造的那个词”[④]。在论述中，恩古吉尽管对于歌德与马克思、恩格斯世界文学观的解读并未深入具体的历史肌理或涉及更多的权力分析，但从他们将各民族精神产品视为全世界公共财产的主张中，他始终抓住的是其中的反民族主义与多元主义，并暗示自己在歌德的世界文学愿景中，看到的是一种能够在时间与地域的纵横维度上“更易于沟通”的世界文学。[⑤] 换言之，恩古吉认为，当下西方的主流世界文学话语依然带有民族中心主义与文化单一性的印记，因而尚未实现歌德与马克思、恩格斯关于世界文学的设想。因此，他指出“在这样一个知识产权共享的世界里，以国界为原则来组织文学教学已经过时，将民族文学作为一种更高等的知识进行文学输出更加过时”[⑥]。不难看出，恩古吉实则在此借用歌德或马克思、

---

① Ngugi Wa Thiong'o, *Globalectics: Theory and the Politics of Knowing*. New York: Columbia University Press, 2012, p. 51.

② Ngugi Wa Thiong'o, *Globalectics: Theory and the Politics of Knowing*. New York: Columbia University Press, 2012, p. 51.

③ Ngugi Wa Thiong'o, *Globalectics: Theory and the Politics of Knowing*. New York: Columbia University Press, 2012, p. 51.

④ Ngugi Wa Thiong'o, *Globalectics: Theory and the Politics of Knowing*. New York: Columbia University Press, 2012, p. 51.

⑤ Ngugi Wa Thiong'o, *Globalectics: Theory and the Politics of Knowing*. New York: Columbia University Press, 2012, p. 48.

⑥ Ngugi Wa Thiong'o, *Globalectics: Theory and the Politics of Knowing*. New York: Columbia University Press, 2012, p. 57.

恩格斯的世界文学概念，暗示当下主流的世界文学话语内在的矛盾性，即西方世界文学话语标榜的去中心化、多元化与此话语实际承袭的、内在的西方中心主义预设之间的矛盾性。如前文所述，对于西方重要的世界文学选集或国际文学奖项所表征的“多元化”样貌，我们的确有必要加入第三世界的视角，以重审与反思当下西方主流的世界文学话语。

尽管从公开的资料看，我们未见恩古吉对卡萨诺瓦“文学世界共和国”有过具体论述，但后者的论说显然应纳入恩古吉所批判的偏于欧洲中心主义与文化单一性的理论话语之内。这一点最直观地表现为卡萨诺瓦所谓“格林尼治文学子午线”（Greenwich Meridian of literature）概念及其内含的中心主义或“中心—边缘”的等级关系。当然，对于这种等级关系，身处文学共和国“边缘”的成员早已深有体会，但一旦这种等级关系被当作欣赏文学“波斯地毯”的唯一内在逻辑，那么这种不平等关系就会经历某种合理化的过程。在《作为一个世界的文学》（“Literature As a World”，2005）一文中，卡萨诺瓦直言“这个世界文学空间的主要特征是等级制和不平等”，而处于这个不平等结构顶端的“大多是欧洲空间”，[①] 因为这一端是“最远离政治、民族或经济限制”的“最古老空间”。卡萨诺瓦对“最古老空间”的界定是“最早进入跨国的文学竞争，积累了大量资源”，全然不去理会被“跨国竞争”一词遮蔽的殖民侵略、种族屠杀与经济剥削等殖民暴行。在《欧洲如何使非洲欠发达》（*How Europe Underdeveloped Africa*，1981）一书中，我们可清楚地看到这些所谓的“最远离政治、民族或经济限制”的一端最早是如何通过对非洲资源及劳力的剥削，来获取经济增长与技术发展的。可以说，卡萨诺瓦所谓“积累了大量资源”的背后是殖民者对殖民地的经济掠夺史与军事侵略史。对非洲黄金的掠夺曾“帮助阿姆斯特丹成为这一时期（17 世纪）欧洲的金融之都”[②]，而大西洋奴隶贸易航线更是成为英国海军技术的训练场。[③] 正是以此为背景，卡萨诺瓦才能够说文学世界

① Pascale Casanova, “Literature as a World,” *New Left Review* 31 (2005): 74.

② 〔圭亚那〕沃尔特·罗德尼：《欧洲如何使非洲欠发达》，李安山译，社会科学文献出版社，2017，第 93 页。

③ 〔圭亚那〕沃尔特·罗德尼：《欧洲如何使非洲欠发达》，李安山译，社会科学文献出版社，2017，第 94 页。

共和国“首次出现在16世纪的欧洲，法国和英国是其最早的诞生地”。[①] 更不用说这些最少受制于民族框架的“最古老空间”是如何对“全世界受苦的人”进行种族迫害与血腥屠杀的。显然，卡萨诺瓦似乎急于将文学从政治中“解救”出来，想要“提出一种超出（文本）内部和外部批评之区分的假设”，将外部世界的“政治的、社会的、民族的、性别的、种族的斗争”置于文学世界内部。[②] 这与其说是“解救”文学于政治，不如说是一种遁词，即以文学世界共和国的自主性来论证欧洲中心主义在文学领域的天然合法性。当然，卡萨诺瓦并不否认这一自主性依然是有限的，只不过权力的天平又一次“自然地”倾向于欧洲文学。

尽管卡萨诺瓦声称文学世界共和国的提出旨在“为那些身处文学资源最贫乏地区的作家提供斗争所需的象征性武器”[③]，但这是一副欧洲“教师爷”的姿态，鼓励身处文学资源“最贫乏地区”的作家学习乔伊斯、卡夫卡、易卜生、贝克特、达里奥等人的伟大文学革命事迹，以获得文学世界共和国中心的认可，她将这一过程称作“祝圣”。与此番“鼓励”相矛盾的是，卡萨诺瓦在文中明确表达了自己对多元文化主义的否定。具体而言，她认为“某些已获得认可的边缘地区作家产生（的这种）幻想”[④] 会使那些正努力获得“世界”认可的边缘地区作家放松警惕。[⑤] 在卡萨诺瓦看来，世界文学空间内部的中心—边缘结构不会终结，对此结构的否定，不过是在当下文学等级结构中侥幸获得中心认可的少数边缘地区作家，在多元主义话语迷雾的熏染下产生的某种“想象”。[⑥] 正如沃尔特·罗德尼（Walter

① 〔圭亚那〕沃尔特·罗德尼：《欧洲如何使非洲欠发达》，李安山译，社会科学文献出版社，2017，第109页。

② 〔法〕帕斯卡尔·卡萨诺瓦：《作为世界的文学》，载〔美〕大卫·达姆罗什，刘洪涛、尹星主编《世界文学理论读本》，北京大学出版社，2013，第107页。

③ 〔法〕帕斯卡尔·卡萨诺瓦：《作为世界的文学》，载〔美〕大卫·达姆罗什，刘洪涛、尹星主编《世界文学理论读本》，北京大学出版社，2013，第122页。

④ 〔法〕帕斯卡尔·卡萨诺瓦：《作为世界的文学》，载〔美〕大卫·达姆罗什，刘洪涛、尹星主编《世界文学理论读本》，北京大学出版社，2013，第120页。

⑤ 〔法〕帕斯卡尔·卡萨诺瓦：《作为世界的文学》，载〔美〕大卫·达姆罗什，刘洪涛、尹星主编《世界文学理论读本》，北京大学出版社，2013，第120页。

⑥ 〔法〕帕斯卡尔·卡萨诺瓦：《作为世界的文学》，载〔美〕大卫·达姆罗什，刘洪涛、尹星主编《世界文学理论读本》，北京大学出版社，2013，第120页。

Rodney）所言，“欧洲种族歧视和轻蔑所表达的方式不仅表现为对非洲文化的敌意，而且表现为大家长式作风的方式以及对消极静态的社会特征加以赞美”①。换言之，一切充满可能性与颠覆性的“想象”都应被制止，白人至上的中心—边缘等级关系应被视作某种历史终结论予以维护。

西方中心主义本应是当代世界文学话语否定与批判的对象，在此又何以阴魂不散呢？对于此类以民族中心主义与文化单一性为内核、以多元主义为表象的西方当代世界文学话语，恩古吉将其中展现的矛盾性归因于殖民性（coloniality）与后殖民性（postcoloniality）二者的相关性和延续性。恩古吉首先指出，后殖民性并非第三世界特有的历史特征，如果将其理解为殖民统治之后被殖民者所经历的解放或独立进程，那么英国也曾两次经历后殖民时代，即后诺曼殖民时代与后罗马殖民时代。② 尽管殖民性的含义应在具体语境中作具体解读，但恩古吉在此特别指出，不同历史语境下的后殖民性共享了一个特征，即后殖民性之“后”意味着对殖民性的吸收与继承，而非对于殖民史的彻底告别。③ 在此意义上，我们可以说“新殖民主义是后殖民主义的一个重要特征，尽管未必是其唯一的决定性特征”。④ 恩古吉直言，此类矛盾性话语依然“视自己为主流……视自己为现代性和思想史之连续性的唯一化身与创造者”。⑤ 正是依据隐伏于此的深层逻辑，当下西方主流世界文学的话语才会展现其矛盾性，因而对于这一话语的有效否定，从来都不是对某一概念的理论辩驳或对某个观念的道德批判，而是对根植其中的殖民思想延续性的洞察与揭露。

至此，如果说恩古吉对于当下西方世界文学话语的批判，落脚于殖民性在后殖民时代的延续性所造成的西方中心主义思维的延续性，那么这种

---

① 〔圭亚那〕沃尔特·罗德尼：《欧洲如何使非洲欠发达》，李安山译，社会科学文献出版社，2017，第258页。

② Ngugi Wa Thiong'o, *Globalectics: Theory and the Politics of Knowing*, New York: Columbia University Press, 2012, p. 52.

③ Ngugi Wa Thiong'o, *Globalectics: Theory and the Politics of Knowing*, New York: Columbia University Press, 2012, p. 53.

④ Ngugi Wa Thiong'o, *Globalectics: Theory and the Politics of Knowing*, New York: Columbia University Press, 2012, p. 53.

⑤ Ngugi Wa Thiong'o, *Globalectics: Theory and the Politics of Knowing*, New York: Columbia University Press, 2012, p. 54.

世界文学话语的积弊及其特征究竟表现为什么呢？这就成了需要进一步追究的问题。在《世界文学的定位》（“The Location of World Literature”，2015）一文中，加林·提哈诺夫（Galin Tihanov）曾从“存在论”（即本体论）意义上，提出了世界文学的四个主要参照点。在时间维度上，他将目前对于世界文学的代表性定位归结为三类不同的观点：其一，作为资本主义全球化和跨国主义的产物；其二，作为古已有之的文学现象；其三，作为一种随民族国家与民族文化的发展而逐渐萎缩的前现代现象。[①] 提哈诺夫认为，提出后两类观点的意义不完全在于观点本身，而在于二者“构成了全球化和跨国主义之流行观点的替代性选择”[②]，继而对“主导世界文学的盎格鲁-撒克逊话语提出了异议”。[③] 尽管提哈诺夫试图借助汉学家尼古拉·康拉德（Nikolai Konrad）、匈牙利学者米哈伊·巴比契（Mihaly Babits）以及安塔尔·塞尔布（Antal Szerb）对于后两种观点的有力论述，有意打破将世界文学视作全球化与跨国主义产物的共识，但其批判性终究未能跳脱盎格鲁-撒克逊话语，而只是继续以历史社会学的方式对世界文学做现象化——无论将其解释为前现代的，还是全球化的文学现象——阐述。

如果我们只是在本体论意义上谈论作为既定“现象”的世界文学，又究竟意味着什么呢？在《什么是世界文学》（*What is World Literature?*，2003/2014）这部力作中，达姆罗什明确强调，“为了理解世界文学的运作方式，我们需要的不是艺术作品的本体论，而是现象学”[④]。然而，他实际上未能摆脱本体论的思维方式，将世界文学抽象地定义为“一种流通和阅读的模式”。[⑤] 他反驳的只是被克劳迪奥·纪廉（Claudio Guillén）视作“民

---

① 〔英〕加林·提哈诺夫：《世界文学的定位》，载方维规编《思想与方法》，北京大学出版社，2017，第50页。

② 〔英〕加林·提哈诺夫：《世界文学的定位》，载方维规编《思想与方法》，北京大学出版社，2017，第50页。

③ 〔英〕加林·提哈诺夫：《世界文学的定位》，载方维规编《思想与方法》，北京大学出版社，2017，第50页。

④ 〔美〕大卫·丹穆若什：《什么是世界文学?》，查明建、宋明炜等译，北京大学出版社，2014，第7页。

⑤ 〔美〕大卫·丹穆若什：《什么是世界文学?》，查明建、宋明炜等译，北京大学出版社，2014，第6页。

族文学总和”[①]，或者是“一个无边无际、让人无从把握的经典系列”[②] 的，具体意义——而非抽象意义——上的世界文学本体论。达姆罗什有意强调世界文学“现象学”，继而倾向于回溯已然进入“世界”的文学作品的轨迹，或是将“世界文学的决定性特征”建立在作品的翻译与销量之上。在《世界文学的框架》（“Frames for World Literature”）一文中，达姆罗什这样总结世界文学的决定性特征：

> 美国小说家奥斯特（Paul Auster）（的作品）已被译成三十种语言，其译本可能比英语原本销量更好。这在以小语种写作的作家那里，体现得更加明显。帕慕克（Orhan Pamuk）（的作品）已被译为近六十种语言，他的书的国外销量远大于土耳其国内销量。这样看来，世界文学的决定性特征是：它由翻译领域的热门作品组成。[③]

当然，这有助于说明一部进入世界文学市场的作品，有望获得超越其在本土市场所能获得的商业成功，但我们应当追问的是，作品如何获得更多被翻译的机会，如何获得进入世界文学市场的门票？事实上，奥斯特曾凭借小说《4321》（2017）入围 2017 年英国布克奖名单，帕慕克的作品则于 1990 年获得美国外国小说独立奖。显然，获得英国布克奖、诺贝尔奖等代表西方文学标准的国际奖项的作品更容易跻身世界文学之列，而那些无法进入这些评奖体系的作品，则较难成为“翻译领域的热门作品”，因而不具备成为世界文学的所谓决定性特征。当然，此处并非完全否定国际文学奖项对于文学发展的积极意义，它试图说明的是一种对世界文学做现象化阐述时所暗含的合理化逻辑与过程。换言之，以作品的翻译与销量为世界文学特征的衡量标准不仅意味着世界文学依赖于西方主导下的国际出版市

① 〔美〕大卫·丹穆若什：《什么是世界文学？》，查明建、宋明炜等译，北京大学出版社，2014，第 38 页。

② 〔美〕大卫·丹穆若什：《什么是世界文学？》，查明建、宋明炜等译，北京大学出版社，2014，第 6 页。

③ 〔美〕大卫·达姆罗什：《世界文学的框架》，载方维规编《思想与方法》，北京大学出版社，2017，第 64 页。

场规则，也意味着我们对于世界文学的理解，首先是被动地建立在一种既存的文学“现象”之上，将已然发生、既成事实的文学秩序合理化为某种普遍性的事实，其结果或将世界文学的讨论推入社会达尔文主义的逻辑轨道。2015 年，在第三届“思想与方法”国际高端对话暨学术论坛上，达姆罗什提及鲁迅《狂人日记》中的“吃人”意象，对此，德国汉学家卜松山（Karl-Heinz Pohl）作了如下回应：

> 事实上，一些吃人的人吃掉了他所尊敬的人的每一片肉，而这种吃干抹净，实际上是试图掠夺掉敌人的全部力量，同时也是一种致敬的方式。我的问题是，在达姆罗什提出“吃人”之类的意象时，他的内心深处是否有着这样一种想法：自相残杀蕴含着对对方的尊敬，是对对方可以与自己匹敌的赞赏，而这恰恰是世界文学的残酷舞台上不同观点相互较量而互相致意的方式。①

这种将“吃人”合理化的论述何尝不是世界文学的讨论走向社会达尔文主义的一种表现？值得反思的是，我们现在所讨论的世界文学在多大程度上是一种面向过去或现在的、“吃人者”的世界文学，一种以“存在即合理”——如果我们不深究黑格尔在其中所寄予的更多意义的话——或“适者生存”为其基本阐释逻辑的世界文学？

借鉴歌德与马克思、恩格斯的世界文学概念，恩古吉暗示西方当代世界文学话语中一以贯之的民族/种族中心主义与文化单边主义的底色。恩古吉认为，这一思维底色源自殖民性在后殖民时代的继承与延续。经过对西方比较文学学者代表性思想的考察，我们发现盎格鲁-撒克逊话语倾向于将我们对于世界文学的理解建立在一种既定的文学“现象”之上，像卡萨诺瓦那样，将法国/西方主导的既定文学秩序——尤其是 16 世纪以来，以英、法为发源地的这种文学秩序——作为讨论世界文学的基本前提与预设；或是像达姆罗什那样，对已然进入世界文学市场的文学作品及其入场途径作

① 参见《巴别塔、经典化及其他》，载方维规编《思想与方法》，北京大学出版社，2017，第 37 页。

合理化辨析，西方中心主义思维的延续性正表现于此。

二 “多中心的地球”与新的世界文学的“想象”属性

至此，我们急需在弥漫性的盎格鲁-撒克逊话语之外打开另一种可能性，也即一种能够抵抗继承于殖民时代之殖民性的世界文学“想象”。换言之，新的世界文学思想必须在内容上呈现其去殖民性（de-coloniality），而“想象”则是去殖民性得以提出并介入现实的途径。这种去殖民性首先表现为对“边缘”文学地位的强调。早在《置换中心：为文化自由而斗争》（*Moving to the Center*：*The Struggle For Cultural Freedoms*，1993）一书中，在冷战结束的背景下，恩古吉强调“非洲、亚洲和南美洲人民的语言与文学并非20世纪的次要内容，而是创造当下世界主要力量的核心部分”。[①] 在《全球辩证法》中，恩古吉依然强调世界文学必须包括“世界上既成之文学与当下受世界影响之文学（what's now informed by the world）”。[②] 换言之，世界文学在内容上必须包含两个部分，即已经形成的具有世界影响力的文学与正在形成的世界性文学。当然，恩古吉在此并非将世界文学归为纪廉所谓民族文学的总和，而是强调民族文学之间的平等关系。恩古吉始终关注的是打破殖民性在世界文学话语所预设的中心—边缘之等级结构。正是在此意义上，恩古吉提出以“多个中心”为原则的“全球辩证法”（globalectics）。所谓“全球”是指以地球的球体结构为原型，主张“在地球球体的表面上不存在唯一的中心；表面上的任意一点都是中心。球体表面上的任意中心与球心距离相等”，而“辩证法”则强调各中心之间的“多重对话”关系。[③] 需要注意的是，这绝非关于平等主义理想的悬想与空谈。

---

① Ngugi Wa Thiong'o, *Moving the Centre: The Struggle for Cultural Freedoms*, London Nairobi: J. Currey Heinemann Kenya, 1993, p. 28.

② Ngugi Wa Thiong'o, *Globalectics: Theory and the Politics of Knowing*, New York: Columbia University Press, 2012, p. 52.

③ Ngugi Wa Thiong'o, *Globalectics: Theory and the Politics of Knowing*, New York: Columbia University Press, 2012, p. 8.

有别于卡萨诺瓦、达姆罗什等人提出的世界文学概念，“全球辩证法”并非在本体论意义上讨论世界文学，而是在一种目的论层面上关于世界文学的新阐释。换言之，相较于“何为世界文学”之问，恩古吉更关注的是“全球辩证法”介入现实的意义，尤其是对于世界文学的阅读方式。他明确指出，“归根结底，文学是人类集体的贡献。这份贡献的有效性……取决于我们阅读文学作品的方式”[①]。因此，恩古吉借英国诗人威廉·布莱克（William Blake）的诗句说明世界文学的阅读应呈现“一沙一世界，须臾纳永恒”的样貌。[②] 在此，恩古吉主张以真正多元的视角打开世界文学文本内在的无限性，而这种多元性视角是以“多个中心”为原则的。[③] 所谓“中心”就是世界文学的读者应当首先从其所在的“此处”出发，再到他人所在的“彼处”，最后复返于自身。[④] 唯其如此，我们才能说存在“多个”中心。

事实上，这一主张的提出并非空穴来风，而是基于恩古吉曾遭受殖民教育的思想围捕的经历。1959 年，初入马凯雷雷大学的恩古吉曾将校训——“我承诺追寻真理，勤奋学习；服从校长，绝无违背；恪守校规”——作为求学的信条。当时，马凯雷雷大学英语系严苛的学术训练让学生花费大量时间“在每一段、每个字甚至莎士比亚的逗号与句号中，去发现道德意义”[⑤]。恩古吉也曾谈到文本细读的文学训练在其本科论文中的体现：“对这些（英国文学）进行文本细读和形式主义分析的结果，就体现在我们当时的本科论文中，特别是我的论文，这篇论文关注的焦点是叙事如何被安排在一起，关注句与句之间、段落之间的文章结构，以及文中道德力量的整体平衡性。”[⑥] 而在 1961 年底，恩古吉在完成第一部小说《大河

① Ngugi Wa Thiong'o, *Globalectics: Theory and the Politics of Knowing*, New York: Columbia University Press, 2012, p. 8.

② Ngugi Wa Thiong'o, “A Globalectical Imagination,” *World Literature Today* 87. 3 (2013): 41.

③ Ngugi Wa Thiong'o, “A Globalectical Imagination,” *World Literature Today* 87. 3 (2013): 42.

④ Ngugi Wa Thiong'o, *Globalectics: Theory and the Politics of Knowing*, New York: Columbia University Press, 2012, p. 61.

⑤ Ngugi Wa Thiong'o, *Decolonizing the Mind: the Politics of Language in African Literature*, London Nairobi: J. Currey Heinemann Kenya, 1986, p. 90.

⑥ Ngugi Wa Thiong'o, *Globalectics: Theory and the Politics of Knowing*, New York: Columbia University Press, 2012, p. 23.

两岸》（*The River Between*，1965）的手稿后，曾将其呈给时任马凯雷雷大学教授的杰拉尔德·摩尔（Gerald Moore）请教，但摩尔却反问道，“黑人女性是否有蓝眼睛？”顿感不安的恩古吉此时才意识到自己“读了太多白人作家写的小说，是在透过欧洲人的目光看待一位非洲黑人女性”[①]。沉溺于殖民教育的恩古吉浑然不知“此处”为何物，而执着于从欧洲人的“彼处”寻求他人的“真理”。也正是在此意义上，恩古吉特别强调，提出全球辩证法的意义在于“将文学从民族主义的紧身衣中解救出来”[②]，以抵抗当下世界文学话语因殖民性的延续而形成的欧洲中心主义的阅读范式。

另外，我们可以看到恩古吉关注的是世界文学的两种时态，即完成时与进行时。所谓“完成时”即指那些已被置于——借用卡萨诺瓦的说法——“格林尼治文学子午线”上的作品。我们需要关注的是如何理解处于“进行时”的世界文学。事实上，“进行时”指涉的既非某一具体民族/地区的文学，更非某部尚未完成的作品，而是强调世界文学的动态性与开放性。这种动态性与开放性构成了对西方世界文学观念“守成”姿态的批判与否定。如前所述，世界文学的“现象学”倾向于以某一强势民族的文学史或者相关理论概念体系作为解释文学世界共和国“局部现象”[③] 及其内部关系的唯一逻辑。“进行时”的引入意味着一种封闭的静态世界文学观念可能被打破。事实上，提哈诺夫就曾试图以“进行时”的眼光重塑我们的文本观，以回应自己在盎格鲁-撒克逊世界文学话语中感受到的静态性问题。提哈诺夫最近在《超越流通》（“Beyond Circulation”，2021）一文中发表了关于世界文学的最新思考。他将此世界文学话语的静态性归因于“流通”概念对于文本观的内在规定性。他认为这一概念“有时会使我们在思考世界文学时丧失一种能动性”[④]。具体而言，正是在“流通”过程中，文

① 〔肯尼亚〕恩古吉·瓦·提安哥：《织梦人：自传三部曲之三》，徐蕾译，人民文学出版社，2021，第107页。

② Ngugi Wa Thiong'o, *Globalectics: Theory and the Politics of Knowing*, New York: Columbia University Press, 2012, p. 18.

③ 〔法〕帕斯卡尔·卡萨诺瓦：《文学世界共和国》，罗国祥等译，北京大学出版社，2015，第5页。

④ Galin Tihanov, "Beyond Circulation," *International Comparative Literature* 4 (2021): 616.

学文本沦为遵循商品流通机制的“一件完整、稳定的人工制品”。[①] 换言之，“流通”概念使得文本的完整性被默认为文学商品的最小单位。正因如此，这一静态的文本概念使得我们将世界文学的翻译过程，理解为对“有待消费的文学作品”做语言上的简单翻译或转换，而非“动态的改编过程”。[②] 有鉴于此，提哈诺夫提议将世界文学的理解建立在动态的文本概念之上，即“文本的不完整性与不稳定性是世界文学存在模式的内在本质”[③]。显然，提哈诺夫认为当下世界文学呈现的静态性源于商品的流通概念对于世界文学之文学性的损害，因为受制于市场原则的导向，“作品原有的文化、话语、社会和政治包袱”会在跨国旅行中弱化，直至蜕变为扁平的文本，即一种脱离于自身语言与文化传统的“快餐文本”，以迎合消费市场的口味。[④] 我们能够确定的是，盎格鲁-撒克逊世界文学话语已然呈现某种缺口，作为西方世界文学话语的核心概念，“流通”概念自身的动态性无法回应——甚至强化了——世界文学能动性的丧失。因此，提哈诺夫提出以“进行时”的眼光重塑我们的文本观，其意义接近于德勒兹（Deleuze）所谓“展开中的诗人”（the poet of un-folding）。换言之，文学文本允许在多方对话中被拆解、改编和改译，世界文学只有在如此深度的互动与碰撞中才能构建自身的意义，否则文学作品只是作为商品在世界范围内流通。

早在《何为世界？论创造世界的世界文学》（“What Is a World? On World Literature as World-Making Activity”, 2008）一文中，谢永平（Pheng Chean）已指出当下主流世界文学话语能动性的丧失。谢永平虽然肯定了唯物主义世界文学观的重要性，因为“市场交换的流动及其地理分布无疑是世界的重要物质条件”[⑤]，并且“当今世界文学的复兴离不开印刷文化产业的全球化”[⑥]。但他同时指出，这一世界文学观“剥夺了世界文学的规范

---

① Galin Tihanov, “Beyond Circulation,” *International Comparative Literature* 4 (2021): 610.

② Galin Tihanov, “Beyond Circulation,” *International Comparative Literature* 4 (2021): 617.

③ Galin Tihanov, “Beyond Circulation,” *International Comparative Literature* 4 (2021): 620.

④ Galin Tihanov, “Beyond Circulation,” *International Comparative Literature* 4 (2021): 611.

⑤ 见 Cheah Pheng, *What Is a World? On Postcolonial Literature as World Literature*, Durham: Duke University Press, 2016, p. 192。

⑥ Cheah Pheng, “What Is a World? On World Literature as World-Making Activity,” *Daedalus* 3 (2008): 33.

性（normative）力量”[①]，而将世界文学化约为“经济力量的意识形态反映”[②]。因此，这一所谓唯物主义世界文学观是对世界文学重塑世界能力的否定。显然，与提哈诺夫对于文本观的解构相比，谢永平对于世界文学之文学性的恢复更为彻底。前者曾将世界文学视为世界主义工具，亦即世界主义意识形态在文学领域的表征，而后者则是将世界文学作为践行世界主义的重要力量之一。他对世界文学的再思考是以对“世界观”的解构为基础的。在谢永平看来，与其将世界文学理解为世界经济定义下的文化现象，不如说人们对于世界文学的想象才构建了“世界主义”这一想象本身，因为我们将在世界文学的分享与交流中获得关于世界主义想象的具体形态，也正是世界文学对于普遍人性的具体展开，使我们能够意识到自己是作为全人类——而非某个单一的国家或种族——的一员而存在的。[③] 总之，这一视域下的世界文学赋予“世界”想象的能力、实践的动力以及自我表征的方式。2016 年，谢永平又特别指出，“重新设想世界文学使命的第一步就是把世界看作一个规范性实践维度（a normative practical dimension）的动态过程，而不是把世界性简化为一个空间—地理整体内的循环流动”[④]。

恩古吉在《全球辩证之想象》（“A Globalectical Imagination”, 2013）一文中，指出“想象”是“人类具有的最民主属性”[⑤]，具有空间与时间上的无限性。因为，在想象面前人人平等，财富不能使其丰富，外在界限也无法使其匮乏。恩古吉在该文中强调读者对于世界文学阅读的想象，这当然与其作家身份有关。那么，究竟何谓“想象”？为何该词频繁出现于恩古吉与谢永平的论述之中？对于谢永平而言，对世界的“想象”内嵌了两重理论内涵。其一，“世界”在此处并非实体意义上的“地球”，也非地理空间

---

① Cheah Pheng, “What Is a World? On World Literature as World-Making Activity,” *Daedalus* 3 (2008): 33.

② Cheah Pheng, “What Is a World? On World Literature as World-Making Activity,” *Daedalus* 3 (2008): 34.

③ Cheah Pheng, “What Is a World? On World Literature as World-Making Activity,” *Daedalus* 3 (2008): 27.

④ Cheah Pheng, *What Is a World? On Postcolonial Literature as World Literature*, Durham: Duke University Press, 2016, p. 192.

⑤ Ngugi Wa Thiong'o, “A Globalectical Imagination,” *World Literature Today* 87.3 (2013): 41.

意义上的“全球”，因而只能通过“想象”来理解“世界”这一抽象概念；其二，既然世界是一种“想象”的抽象概念，这就意味着“想象”亦是打开另一世界的途径。在2016年出版的《什么是世界？论作为世界文学的后殖民文学》（*What is a World ? On Postcolonial Literature as World Literature*）这本力作中，谢永平特别指出：

> 对后殖民社会中较低的阶层而言，资本主义全球化造成了毁灭性影响，这表明我们今天迫切需要打开另一世界。依照目的论的观念，若要在当下的形势中打开另一世界，就需要通过一种更强大、非异化的理性活动——例如，为形成更好的世界，而诉诸精神之超越，诉诸以理性调节物质生产，诉诸以批判理性制约工具理性，或者（就去殖民而言）诉诸以反殖民斗争促成集体人格的解放——以否定现存的资本主义世界体系。这些否定的形式是具体的事例，说明了理性的可塑性，说明了理性按照自己的图景再造外部世界的无限能力，还说明了理性根据自己投射的理想图景与规范重塑自身的无限能力。①

换言之，谢永平认为，面对“反殖民革命对于人人平等主张的背叛与新殖民主义的迅速崛起”，我们所处的当下形势是，我们不得不承认“在后殖民时代的全球化中，彻底否定现有的资本主义世界体系越来越显得不可能”，因而谢永平将打开另一世界的期望寄托于“一种更强大、非异化的理性活动”，亦即“想象”。② 事实上，至少从2008年开始，谢永平就在思考“想象”另一世界的可能性。谢永平曾借由世界主义之想象性——“世界主义不是一种感知经验，而是一种想象”③ ——将世界文学与世界主义（后者常被视作前者背后的意识形态）的关系倒置，恢复了世界文学的自主性。

---

① Cheah Pheng, *What Is a World? On Postcolonial Literature as World Literature*, Durham: Duke University Press, 2016, pp. 198-199.

② Cheah Pheng, *What Is a World? On Postcolonial Literature as World Literature*, Durham: Duke University Press, 2016, p. 198.

③ Cheah Pheng, "What Is a World? On World Literature as World-Making Activity," *Daedalus* 3 (2008): 26.

这意味着世界文学不只是全球化与跨国主义的产物，只要民族/地方文学重获文学的能动性，它们就具备了重塑和改造世界文学空间的先决条件。此后，谢永平又以“世界”之开放性，试图将这种具有自主性的力量引入既定、封闭的世界文学。正是在此意义上，他指出“震颤于现存世界表面之下的是即将到来的其他世界”①。当然，谢永平使用“想象”这个所指看似空泛无边的措辞，未必是脱离现实的纸上谈兵。恰恰相反，他始终强调“想象”实为一种对现实具有介入性的理性活动。在论述世界的“进行时”（worlding）时，谢永平强调“在去殖民化斗争中，处于进行时的世界的开放，即意味着将现有世界的大门向被殖民地的人民敞开”②。也即，“想象”并非谢永平论述的目的，“想象”的目的论在于其具备介入现实的革命潜能，在反殖民斗争中重塑这个世界以及重新安放在多层意义上——资本主义与（新）殖民主义——被异化的人。

至此，我们对恩古吉所说的“世界上既成之文学与受世界影响之文学”做了两层阐释，即世界文学的多中心原则与两种时态。我们认为，为了应对继承于殖民时代之殖民性的世界文学，恩古吉试图以多元中心原则打破殖民性在世界文学话语所预设的中心—边缘等级结构，同时以世界文学的“进行时”构成对当下世界文学观的一种解构。尽管恩古吉并未对此做明确的理论说明，但结合提哈诺夫对当下盎格鲁-撒克逊话语中文本观以及谢永平对世界观的解构，我们有理由认为，这些都是在探求新的世界文学思想介入当下世界文学结构的可能性与必然性，可以作为恩古吉世界文学思想的理论支撑。我们谈论“想象”，实则就是谈论从理论上解构当下世界文学话语的路径，“想象”——不只是知识分子的想象，更是恩古吉强调的读者的想象——打开的是建构另一种世界文学的可能性，这是我们谈论“想象”的意义所在。梁启超曾在力证中国作为少年之国的潜力与希望时说道，“惟思既往也，故生留恋心；惟思将来也，故生希望心”③，此诚为本文“现象”

① Cheah Pheng, “What Is a World? On World Literature as World-Making Activity,” *Daedalus* 3 (2008): 38.

② Cheah Pheng, *What Is a World? On Postcolonial Literature as World Literature*, Durham: Duke University Press, 2016, p. 195.

③ 梁启超著，夏晓虹编《梁启超文选》，福建教育出版社，2020，第183页。

与“想象”之区别。

三　内罗毕之辩、亚非文学运动与恩古吉的第三世界文学实践

在2010年的韦勒克图书馆系列讲座中，恩古吉指出世界文学的讨论有必要重回20世纪60年代的内罗毕之辩，以便“进一步讨论世界文学理论与实践，并作为对当下文学教育组织的一种挑战”[①]。这显然是这位非洲知识分子半个世纪之后的某种“后见之明”，彼时作为身处历史事件涡流中的当事人，他未必怀有世界文学的思虑。不过，若想考察恩古吉世界文学思想与实践的发展路径，那么，内罗毕大学英文系更名事件的确是他直接介入世界文学议题的重要实践，此事件最直接地体现了后殖民时代西方世界文学话语中挥之不去的殖民性，也体现了非洲新一代知识分子重构自身世界文学视野的早期抵抗性尝试。

1967年，恩古吉在利兹大学完成研究生阶段的学业后回到肯尼亚时，惊诧于“英语系的课程组织架构仍以欧洲为世界之中心”，他愤而反问道，欧洲难道仍是“我们想象的中心?”[②] 内罗毕之辩所凝结成的历史文献是恩古吉等英文系教师于1968年对该校人文学院委员会（Arts Faculty Board）提交的一份报告所作的评论，即《论英语系的废除》（“On the Abolition of the English Department”）一文。该文直指非洲大学人文教育中殖民主义意识形态的顽固性。在这篇“檄文”中，恩古吉等人指出这份报告所揭示的基本假设是“英文传统与现代西方的诞生是我们（非洲人）的意识与文化传统的主根”，因此也假定了“英文系的中心地位”，非洲文学在此反而沦为仆从，只有暗中“走私”才能进入英文系的教学大纲。[③] 于是，恩古吉等

① Ngugi Wa Thiong'o, *Globalectics: Theory and the Politics of Knowing*, New York: Columbia University Press, 2012, p. 7.

② Ngugi Wa Thiong'o, *Moving the Centre: The Struggle for Cultural Freedoms*, London Nairobi: J. Currey Heinemann Kenya, 1993, p. 26.

③ Ngugi Wa Thiong'o, *Homecoming: Essays on African and Caribbean Literature, Culture and Politics*, New York: Lawrence Hill and Company, p. 146.

人在此反问，如果需要研究某个文化的“历史延续性”，那为什么不能是非洲文化？为什么非洲文学不能居于中心，如此我们可通过其与非洲文学的关系来审视其他文化？① 有鉴于此，恩古吉等人坚决主张恢复非洲语言（特别是斯瓦希里语）与非洲文学在内罗毕大学文学系（更名前为英文系）的中心地位。1968 年，在内罗毕之辩这一知识与教育的去殖民事件推动下，以非洲语言与文学为核心的语言系与文学系得以设立，这成为内罗毕大学文学教育史上的一场重大变革。如今的西印度大学（University of the West Indies）也不再设立英文系，而是分化为以文学、语言理论或外语学习为主要方向的不同系科。尽管我们无法肯定内罗毕大学英文系更名事件在西印度大学教育改革中产生了多大影响，但可以确定的是，我们一方面注意到殖民主义在前殖民地思想与文化领域的渗透，另一方面也看到第三世界知识分子对于这种殖民性的抵抗性尝试。

需要注意的是，当时的恩古吉尚未有“语言转向”的思想突破，内罗毕更名事件中恩古吉所“想象”的世界文学版图中，基本不见本土语言文学的位置。在内罗毕文学系应教授的四部分内容中，现代非洲文学是核心，其他部分是汇入此核心的旁系支脉。然而，恩古吉虽然强调口头传统是“主根”，但他所谓的非洲现代文学又包括哪些内容呢？

> （a）用法语与英语写的非洲小说；
>
> （b）用法语与英语写的非洲诗歌，以及非洲人的葡萄牙语与西班牙语作品的相关译本；
>
> （c）加勒比小说与诗歌……我们还必须学习非裔美国文学。②

由此可见，尽管恩古吉彼时的世界文学思想已呈现他后来所谓“固有

---

① Ngugi Wa Thiong'o, *Homecoming: Essays on African and Caribbean Literature, Culture and Politics*, New York: Lawrence Hill and Company, p. 146.

② Ngugi Wa Thiong'o, *Homecoming: Essays on African and Caribbean Literature, Culture and Politics*, New York: Lawrence Hill and Company, p. 149.

的外向性、固有的国际性”,[1] 但在出版于2012年的《全球辩证法:认知的理论与政治》中,恩古吉依然明确指出,由于殖民地“汇集了各种文化、历史和世界观”,具有某种天然的世界主义性质,因而是“世界主义者的真正宝库”。[2] 正因为如此,恩古吉后来提出,“后殖民主义在主题、语言与作家的知识结构方面具有内在的外向性和国际性”[3]。然而,对于彼时的恩古吉而言,尽管这是一篇讨伐英语霸权、欧洲中心主义与教育殖民主义的“檄文”,但似乎他此时的世界文学观念的去殖民化尚不够彻底,因为非洲本土语言文学实际上无足轻重,甚至无迹可寻。如此,我们就不难理解恩古吉在此文中特别强调文学系的学生必须掌握斯瓦希里语、英语与法语,而关于本土语言对非洲文学的重要性却只字未提。1978年,恩古吉由于创作本土语言戏剧被捕,此后便转入基库尤语写作。自此,恩古吉在《全球辩证法:认知的理论与政治》中已然否定了原先将语言与文学相割裂的做法,并将这种以少数几种欧洲语言(如英语、法语、俄语、德语等)为尊的“语言封建主义”视为导致“国家内部与国家之间审美封建主义”的世界文学阅读阻碍。[4] 尽管恩古吉作于20世纪60年代的这篇辩论文并非以世界文学为思想对象,但从中依然可以辨析出他早期的世界文学观念。事实上,恩古吉彼时对于非洲文学的强调以及对本土语言文学的忽视,展现出的是一种以较为包容的精英民族主义为基本意识形态的世界文学观念。

首先,彼时恩古吉展现了鲜明的民族主义思想与论说倾向。这集中体现于恩古吉将“文学品质”(literary excellence)从英语或英国文学中心主义的窠臼中解放出来,他敏锐地指出“文学品质”的背后隐藏着“价值判

① Ngugi Wa Thiong'o, *Globalectics: Theory and the Politics of Knowing*, New York: Columbia University Press, 2012, p. 49.

② Ngugi Wa Thiong'o, *Globalectics: Theory and the Politics of Knowing*, New York: Columbia University Press, 2012, p. 51.

③ Ngugi Wa Thiong'o, *Globalectics: Theory and the Politics of Knowing*, New York: Columbia University Press, 2012, p. 49.

④ Ngugi Wa Thiong'o, *Globalectics: Theory and the Politics of Knowing*, New York: Columbia University Press, 2012, p. 58.

断”（value judgement），关乎何谓文学，何谓杰作，采用谁的视角等议题。[①]因此，恩古吉认为，与其研读一些孤立的“经典”，不如研读那些能反映非洲社会现实的“代表作”，也即恩古吉此时通过价值转向，强调与确立了“非洲”在“非洲文学与语言系”的核心地位。[②]因此，内罗毕文学系改革的目标在于引导非洲人将肯尼亚、东非与非洲置于中心位置。[③]当然，恩古吉的民族主义与一般意义上的民族主义是有所区别的，它是一种具有一定伸缩性的民族主义，既可以指肯尼亚，也可以推延至东非、非洲，乃至整个黑人世界。文学系改革的第二年，恩古吉更是明确提出，非洲所要开创的“革命文化”（revolutionary culture）不能局限于“部落的传统或国家的疆界”，而要目光向外，关注“泛非世界和第三世界”。[④]因此，与其说恩古吉是将肯尼亚、东非与非洲置于中心位置，不如说他是将所有拥有被殖民记忆的黑人群体置于中心位置，也正是在此意义上，我们认为恩古吉对狭隘民族主义始终是持批判态度的。其次，这不是一种具有强烈排他性的狭隘的世界文学思想，它具有相当程度的包容性。从恩古吉提出的教学大纲看，他并没有独尊非洲文学传统，而罢黜外来文学传统，因为大纲中既有作为非洲文学之根的口头传统，也有深受外来文学——特别是欧洲文学——影响的非洲现代文学。恩古吉在提出废除英文系而代之以非洲文学与语言系这一主张的同时，也强调他“无意拒斥其他文化潮流，尤其是西方潮流”，而只是“规划”出文学研究在非洲大学必须采取的方向与视角。[⑤]在回归非洲文学本位的同时，恩古吉也承认欧洲文学对现代非洲英语、法语与葡语文学的影响，承认斯瓦希里语文学、阿拉伯文学、亚洲文学对东

① Ngũgĩ wa Thiong' o, *Homecoming: Essays on African and Caribbean Literature, Culture and Politics*, New York: Lawrence Hill and Company, p. 149.

② Ngũgĩ wa Thiong' o, *Homecoming: Essays on African and Caribbean Literature, Culture and Politics*, New York: Lawrence Hill and Company, p. 150.

③ Ngũgĩ wa Thiong' o, *Homecoming: Essays on African and Caribbean Literature, Culture and Politics*, New York: Lawrence Hill and Company, p. 146.

④ Ngũgĩ wa Thiong' o, *Homecoming: Essays on African and Caribbean Literature, Culture and Politics*, New York: Lawrence Hill and Company, p. 19.

⑤ Ngũgĩ wa Thiong' o, *Homecoming: Essays on African and Caribbean Literature, Culture and Politics*, New York: Lawrence Hill and Company, p. 146.

非文学的影响。换言之，他既要确认非洲文学的“主根”地位，也要承认外来文学是非洲文学的“旁根”，二者或有主次之分，但彼此相互渗透，因此不可偏废。最后，这是一种精英主义的世界文学观念。至少从《论英语系的废除》中可见，“大众”尚未作为历史变革主体登上历史舞台，文学活动的主体依然是少数受西方或西式教育熏染的、具有资产阶级思想倾向的非洲知识分子，这就解释了为何恩古吉虽然提出了本土语言与口头传统的问题，但在其论述中似乎二者又不能承载现代非洲文学，本土语言似乎只能孤悬或游离于本土文学之外，这实为一种理论意识先行，而无实体内容的状态。恩古吉的确强调语言与语言学、文学的互动关系，但在其表述中，非洲语言——如基库尤语、罗奥语、阿坎巴语等——只能委身于法语、英语等必修课程之外的选修课。[①] 口头传统也有类似的问题。恩古吉对口头传统的独特性做了较大篇幅的论述，如这是一种“活着的传统”、融多种艺术形式于一身、具有即时性与介入性等特征；他强调口头文学能给予学习者“新的结构与技法”，促使他们尝试“新的形式”，以超越“固有的文学样式”及“不同艺术形式先在的等级性”。[②] 然而，此时的口头传统或口头文学仅仅作为非洲现代文学的某种文学资源或背景而被确认，盖因作为口头文学之主体的“大众”尚未作为清晰的历史变革之主体进入恩古吉的思想视野之中。

如果直接比较恩古吉在内罗毕时期与《全球辩证法：认知的理论与政治》中所表露的世界文学思想的特质，我们会发现，尽管恩古吉提出“多个中心”原则，以抵制“民族主义的紧身衣”，但其置换世界文学中心的主张依然是以与非洲文学的相关性为原则的。对此可能产生的质疑，恩古吉直接回应道：

> 我们将非洲文学视为中心，难道不就是以我们自己的文学传统取代外国的民族传统吗？当然，任何一个国家与民族都有理由将自己的

---

① Ngũgĩ wa Thiong' o, *Homecoming: Essays on African and Caribbean Literature, Culture and Politics*, New York: Lawrence Hill and Company, p. 147.

② Ngũgĩ wa Thiong' o, *Homecoming: Essays on African and Caribbean Literature, Culture and Politics*, New York: Lawrence Hill and Company, p. 148.

> 文学置于首位，以期在其他众多文学中看到我们自己的文学，而非孤立地对其进行研究。我们以自己的文学为中心，外围则以加勒比文学、美国黑人文学、亚洲文学、拉丁美洲文学——亦即今天所说的后殖民文学——以及欧美文学与欧洲文学为序。[①]

如果我们就此论断恩古吉关于世界文学所谓的“新”思想实则是对内罗毕时期文学改革内容的重提，那么就忽略了这些看似相同的主张背后，世界政治环境因素所起到的牵引作用。特别是在亚非文学运动这一特殊时期，这种具有一定包容性的精英民族主义式的世界文学观念事实上曾在三层意义上发生内涵的外延，而在冷战之后，这些新内涵又以一种符合后冷战时期背景的形式被重新安放。也正是在此意义上，我们可以说，如果不首先考察恩古吉在亚非文学运动时期的世界文学思想，就无法真正理解“多个中心”原则之“新”。

第二次世界大战之后，在美苏双寡头瓜分世界并形成对峙的世界格局中，由 1955 年万隆会议开启的不结盟运动推动了第三世界作为独立的政治力量登上世界历史的舞台。作为 20 世纪五六十年代冷战格局中美苏两大地缘政治集团双重挤压下的产物，也作为第三世界这一新生全球政治力量的文化一翼，亚非文学运动是一股自觉联结了第三世界进步作家的团结力量。正如中国作家杨朔回忆 1958 年第一届亚非作家会议时所说那样：

> 虽然站在这面旗帜下的作家来自亚非不同的国土，经历着不同的生活道路，彼此事前也大都互不相识，但在短短的几天接触中，大家的心是那样贴近，思想意志是那样一致，结果竟使这次会议变得像是亚非作家的誓师大会：决心一齐向殖民主义者发动正义的十字军，扑灭殖民主义，建设人类的自由独立幸福的生活。[②]

---

① Ngugi Wa Thiong'o, *Globalectics: Theory and the Politics of Knowing*, New York: Columbia University Press, 2012, p. 54.

② 杨朔：《祭旗誓师》，世界文学社编《塔什干精神万岁——中国作家论亚非作家会议》，作家出版社，1959，第 123 页。

因此，第三世界空间本身就是在一种地缘政治的力量博弈中形成的。在此背景之下，来自第三世界各国的知识分子讨论与实践超越传统中心主义的另一种世界文学的可能性。1962 年，第二届亚非作家大会更是从翻译、教育、奖项、座谈会以及访问等各个角度，确定了亚非作家合作的具体方针；1963 年，亚非作家会议常设机构在斯里兰卡的锡兰科伦坡出版第一卷《亚非诗选》。此外，还有莲花文学奖（Lotus Prize）与莲花杂志（*Lotus*）的设立与创办。尽管因为中苏关系破裂以及后来社会主义阵营解体等国际政局变化的影响，构建第三世界文学力量的努力最终陷入低潮，但相关历史事件与文献依然是改造世界文学格局的重要历史与思想资源。

那么，亚非文学运动时期，恩古吉以包容性精英民族主义为特征的世界文学思想的外延体现在哪三个方面呢？在此，我们不妨以《连结我们的纽带》（“The Link That Behind Us”）一文为主要文献，通过与内罗毕之辩时期恩古吉的世界文学观念的比较，来辨析他在 20 世纪 70 年代亚非运动时期的相关思想。首先，如果说恩古吉在 60 年代倾向于一种以民族主义为内核的世界文学认知，那么他在 70 年代就转向了以亚非团结为基调的第三世界文学思想。换言之，70 年代恩古吉的世界文学观念在一定程度上是对民族主义的否定与批判。在这篇获奖词的开篇，恩古吉就类比了哈萨克斯坦的天山山脉（Tien Shan Mountains）与肯尼亚恩加亚山（Nyandarwa Mountain），前者是哈萨克人早期抵御成吉思汗（Ghengis Khan）以及 19 世纪对抗沙皇封建压迫的坚固堡垒，后者则是肯尼亚爱国者用来与英帝国主义斗争的藏身之处。此时恩古吉感慨于自己歌颂肯尼亚爱国者史诗般斗争的“微小努力”能得到亚非作家运动的认可并被授予“莲花奖”；同时出席颁奖仪式的还有南非作家阿历克斯·拉古马（Alex la Guma）、莫桑比克诗人马塞利诺·多斯·桑托斯（Marcellino Dos Santos）、日本作家野间宏（Hiroshi Noma）、蒙古女作家索诺恩·乌德瓦尔（Sonomyn Udval）、塞内加尔作家奥斯曼尼·塞姆班内（Sembene Ousmane）、安哥拉诗人安东尼奥·阿戈斯蒂纽·内图（António Agostinho Neto）等，对此，恩古吉深感自豪和骄傲。他首先指出，获此奖项是对东非作家的“致敬”，但旋即强调此奖是对亚非各族人民之间“根本而持久联结”的指认。[①] 此处即为恩古吉的思想从包容的民族主义向第三世界主义转变的表现，由此就能理解他为何认为该年度的奖项还同时颁给阿尔及利亚的卡苔布·亚辛（Kateb Yacine）与越南的秋盆（Thu Bon）是“非常恰当的”。[②] 在亚非文学运动的背景下，亚非文学团结的主张与实践本身就意味着恩古吉原先的民族主义论述逐渐淡去，原先对肯尼亚、东非与非洲中心地位的强调此时不再那么有效。这也是为什么我们需要在后冷战背景——第三世界政治空间格局的骤变——之下解读《全球辩证法：认知的理论与政治》中提出的置换中心的主张，而不是简单地将其视为对内罗毕文学改革时期非洲文学中心论的重述。此外，需要指出的是，亚非文学团结的基本依据不仅是因为亚非两大洲山水相连，历史上交流频繁，更是因为共同的历史遭遇，即恩古吉所谓葡萄牙人侵入东非后荼毒当地的城市、文化与人民以“充实欧洲资产阶级的金库”。[③] 对此，他强调这不仅是“非洲的故事”，也是“亚洲的故事”。因此，只要回顾中国、印度支那、印度、非洲、西印度群岛与黑人美国的历史，就能看到“血泪之见证”。自然，恩古吉在此获奖词中视所有被压迫民族为整体，即“被殖民的人民”（a colonial people）。不过，亚非文学团结的必要性还有另外一面，也就是恩古吉所谓残酷剥削“被殖民人民”的“西方垄断资本”（western-monopoly capital）。也就是说，面对资本主义的压迫体系，强调民族主义已不足以形成对抗性的反资本主义力量，而必须代之以亚非乃至所有被压迫民族与被压迫阶级的大团结。借用恩古吉高度概括的语言，那就是“共享的历史经验与共有的未来希望”是联结非洲人民与亚洲人民的“最持久纽带”。[④] 因此，恩古吉的第三世界文学思想同时指向历史与未来两个方向，更进一步言，是通过叙述亚非相似的历史遭遇，以文学为

① Ngugi Wa Thiong'o, *Writers in Politics: Essays*, London: Heinemann Educational Books, 1981, p. 101.

② Ngugi Wa Thiong'o, *Writers in Politics: Essays*, London: Heinemann Educational Books, 1981, p. 101.

③ Ngugi Wa Thiong'o, *Writers in Politics: Essays*, London: Heinemann Educational Books, 1981, p. 102.

④ Ngugi Wa Thiong'o, *Writers in Politics: Essays*, London: Heinemann Educational Books, 1981, p. 105.

"投枪与匕首"，最终指向打破"西方垄断资本"所标示的资本主义全球压迫体系这一未来，指向实现"真正的人类与文学共合作"（the true republic of man and works）这一未来。

其次，在亚非文学运动时期，恩古吉对第三世界文学的界定是一种斗争的文学。如果说恩古吉在内罗毕之辩时期的世界文学观念是向内的，即一种以达成对本民族的认识为目的、关乎自身的世界文学观念，那么，20世纪70年代亚非文学运动时期，他转向了一种向外的，以对抗资本主义体系为目的的世界文学思想。恩古吉在该文中对"被殖民者"的内涵进行延伸，认为真正的"被殖民者"不仅意味着政治主权的旁落，更意味着经济与思想遭受的剥削与殖民。恩古吉直言，在肯尼亚，教会、白人定居者以及殖民总督构成西方垄断资本的三巨头。定居者剥削非洲劳动者，殖民总督则为其提供政治或武力支持，而教会则负责被殖民者的思想殖民。在此意义上，"我们是真正的被殖民者"。[①] 因此，第三世界文学必须是一种斗争的文学，其历史与现实根据就是恩古吉所描述的西方垄断资本在全球造成的两极化现象：

> 我们痛苦呻吟，他们却大快朵颐。我们的皮肤在矿场和种植园里变得干硬，他们却在阴凉处喝水。我们为他们建造城市，自己却睡在阴沟里。他们把我们驱散到全球各地，之后还在变本加厉，来到我们的家园，利用他们先进的技术（这些技术本身建基于通过中央航道的黑人货物），通过枪炮把我们赶走，又说这是他们的家。[②]

就与文学运动相关的文化维度而言，斗争的必要性表现于西方"精神警察""种族主义书籍""殖民地与资产阶级学校"在文学与思想上对非洲

---

① Ngugi Wa Thiong'o, *Writers in Politics: Essays*, London: Heinemann Educational Books, 1981, p. 102.

② Ngugi Wa Thiong'o, *Writers in Politics: Essays*, London: Heinemann Educational Books, 1981, p. 102.

人的“羞辱与贬低”。[①] 大卫·休谟、托马斯·卡莱尔、古斯塔夫·勒庞、威廉·弗劳德、黑格尔等欧洲一流知识分子都是这些文化谬论的推波助澜者，都否定非洲的历史与价值。这些否定是通过殖民主义文学与殖民学校灌输给非洲人的，它们以文明之名“毁灭我们的舞蹈、我们的语言、我们的歌曲、我们的诗文”。[②] 这不是无心之举，而是处心积虑，殖民主义决意“系统地毁灭非洲人自身的个人与集体形象”。[③] 因此，殖民主义文学是与经济剥削、政治压迫并存的精神压迫，是种族主义的意识形态。不过，恩古吉对殖民主义文学的剖析只是故事的一面而已，是为了引出作为故事另一面，即那些开始摧毁那个体系及其恶果的力量。恩古吉以肯尼亚民族独立运动为例，说明肯尼亚人民如何创造了自己的史诗性故事：瓦亚基（Waiyaki）领导下反对英国占领的英勇斗争、科伊塔莱尔（Koitalel）与英国人展开的十年游击战争、20 世纪 20 年代图库领导的大规模抗议活动；当然还有肯尼亚独立运动领导人肯雅塔（Kenyatta）在其重要的民族主义文献《面对肯尼亚山》（*Facing Mount Kenya*）中点明的道理，即非洲被压迫者以革命的暴力对抗英国殖民者反动的暴力。这也就是东非作家乃至所有非洲作家一直以来力图讲述的故事，即恩古吉所谓“以他们黑皮肤上的鲜血”写成的“真正的文学”。[④] 因此，亚非文学团结之所以具有持久的关联性，就在于“在南非、莫桑比克、安哥拉、罗德西亚、越南、柬埔寨与巴勒斯坦，我们与剥削我们、压迫我们、羞辱我们的力量展开斗争”；就文学而论，亚非作家所发动的是一场“反对那些剥削、压迫、羞辱与矮化人类创造精神的所有势力的战争”。[⑤]

---

① Ngugi Wa Thiong'o, *Writers in Politics: Essays*, London: Heinemann Educational Books, 1981, p. 102.

② Ngugi Wa Thiong'o, *Writers in Politics: Essays*, London: Heinemann Educational Books, 1981, p. 103.

③ Ngugi Wa Thiong'o, *Writers in Politics: Essays*, London: Heinemann Educational Books, 1981, p. 103.

④ Ngugi Wa Thiong'o, *Writers in Politics: Essays*, London: Heinemann Educational Books, 1981, p. 104.

⑤ Ngugi Wa Thiong'o, *Writers in Politics: Essays*, London: Heinemann Educational Books, 1981, p. 106.

最后，恩古吉的第三世界文学已不再是精英所独有的文学，而是被大众所创造并为大众所拥有的文学，因此大众作为能动的历史主体在其中占据了重要的位置。盗取火种并照亮“解放道路”的“新普罗米修斯”不仅产生于“我们当中”，也产生于“人民之中”。① 可见，此时恩古吉所认知的文学主体已纳入了工农大众，他们成为斗争文学的创造主体，这与恩古吉在内罗毕之辩时期对世界文学的判断有了明显的不同。民众之所以能成为第三世界文学的主体，原因在于他们是反殖民、反压迫斗争的主体，是第三世界这一全球革命运动的主体。因此，对大众作为第三世界文学创造主体这一地位的指认，也就意味着对他们作为第三世界全球政治运动的主体这一地位的指认。而恩古吉体认的进步作家不再是与大众隔离的群体，不再是无视或否定大众历史能动性的群体，而是融入大众并成为其成员同时也是其代表的群体。如此，我们才能理解恩古吉在发言中所谓文学“被人民创造、为人民创造”的真正含义。恩古吉将广大黑人世界的文学定性为“斗争文学”时，特别标明这是“普通民众的斗争”，以区别于早期民族解放运动时期，由本土资产阶级精英主导的斗争运动；他还强调普通民众“改变了并继续在改变压迫性的社会制度，因此也改变了 20 世纪的权力版图”。② 因此，非洲作家的任务自然就是“与民众融为一体”，如此才能“表达他们对自由、对改善生活的最深的渴望”。而且，对于亚洲作家、对于所有被压迫世界的进步作家，都是如此。③

据此我们发现，相较于内罗毕文学改革时期，恩古吉在亚非文学运动期间的世界文学观念发生的三层内涵外延分别在于：从民族主义倾向转向亚非共同体的新论述、从反殖民主义转向抵制资本主义全球体系的新目标，以及从精英知识分子转向作为大众的工农阶级的新革命主体。因此，尽管后冷战时期之下的《全球辩证法：认知的理论与政治》依然强调非洲文学

① Ngugi Wa Thiong'o, *Writers in Politics: Essays*, London: Heinemann Educational Books, 1981, p. 103.

② Ngugi Wa Thiong'o, *Writers in Politics: Essays*, London: Heinemann Educational Books, 1981, p. 104.

③ Ngugi Wa Thiong'o, *Writers in Politics: Essays*, London: Heinemann Educational Books, 1981, p. 105.

的中心位置，但我们不能忽略的是，这个世界文学的“中心位置”曾由在冷战格局中美苏两大地缘政治集团双重挤压下形成的第三世界及其文学占据。因此，与其说恩古吉强调在世界文学议题的讨论中重提内罗毕之辩的必要性，不如说这是一种在后冷战格局之下的再出发。

结　语

本文认为，在世界文学研究中，我们有必要加入第三世界的视角，以重审和反思当下西方主流的世界文学话语。我们发现，恩古吉在有关世界文学议题的讨论中，暗示后殖民时代盎格鲁-撒克逊世界文学话语依然矛盾地表现出殖民性的延续。这种矛盾性具体表现为以民族中心主义与文化单一性为内核、以多元主义为表象的西方当代世界文学话语。在以卡萨诺瓦与达姆罗什为代表的西方比较文学学者的论述中，我们发现，西方学者似乎倾向于将世界文学的理解首先建立在一种既定的文学“现象”之上。这种面向过去的世界文学擅于将过去以西方文学为中心的等级秩序合理化，并将此作为讨论世界文学“多元”新秩序的基本前提与预设。与此同时，我们能够确定的是，由于“流通”概念自身的动态性已经无法回应世界文学能动性丧失的局面，盎格鲁-撒克逊世界文学话语已然呈现出某种缺口。为了应对这一局面，有学者试图以“进行时”的生成性视角解构当下世界文学的既定性。例如，通过重构世界文学与世界主义的结构关系，谢永平提出了世界的“进行时”概念，试图恢复世界文学的自主性，以此回应唯物主义世界文学观所展现的静态性问题。这种回应的有效性在于谢永平对世界文学现象观提出了质疑，进而将视域从作为“现象”的世界文学扩展至作为“想象”的世界文学。我们谈论“想象”，实则就是谈论从理论上解构当下世界文学话语的路径，此处的“想象”不只是知识分子的想象，更是恩古吉强调的读者的想象。恩古吉特别强调他提出的“全球辩证法”，其目的在于以“多中心”的原则将世界文学阅读的视角从狭隘的民族主义“紧身衣”中解救出来。

此外，通过回溯与对比恩古吉在内罗毕文学改革时期与亚非文学运动期间，以及冷战前后的世界文学思想与实践，本文发现，其思想经历的转变包括：从民族主义倾向转向亚非共同体的新论述、从反殖民主义转向抵制资本主义体系的新目标，以及从精英知识分子转向作为大众的工农阶级的新革命主体。尽管在进入千禧年之后，恩古吉重新提出将依然处于世界文学结构中的欧美文学置换为非洲文学，但首先，我们应该注意的是，恩古吉此处置换世界文学中心的主张与其“多个中心”原则并不相悖，更非中心—边缘结构的延续或倒置。恰恰相反，以“非洲”为中心其实正是“多个中心”的内涵之一。如前文所述，只有由此及彼，并最终复返于自身，才能形成“多个”中心。其次，我们应该关注世界政治环境因素在其中所起到的牵引作用。我们现在依然会问，进入后冷战时期后，关于亚非拉或者第三世界想象本身是否还有其存在的必要性。本质而言，殖民性问题在后殖民时代并未消逝，正如恩古吉所言，殖民性是后殖民时代“不变的特性”。① 当我们今天面对继承于殖民时代之殖民性的世界文学时，恩古吉认为，我们依然需要借鉴亚非文学运动时期，作为改造世界文学格局力量的第三世界文学。事实上，“第三世界”一词的意义已经远超于某种以国家或地区为单位的简单集合概念。不结盟运动作为第三世界中间地带形成的背景，已赋予“第三世界”想象以“另类”与“抵抗”的含义。因此，恩古吉关于“新”世界文学思想的提出并非对内罗毕时期文学改革内容的重提，而是在后冷战的时代背景之下，以一种符合后冷战世界权力格局的形式重新安放其赋予世界文学“多个中心”原则的新内涵。

【Abstract】 With the end of the Cold War and the advent of globalization in the late 20th century, world literature has been further regarded as one of the important issues in comparative literature studies. This article argues that the scholars of Western world literature studies seem to prefer to look backward and objectify “world literature” itself as a static literary phenomenon, in which the established hierarchy of world literature would be rationalized implicitly. The African left-wing writer Ngugi wa

① Ngugi Wa Thiong'o, *Globalectics: Theory and the Politics of Knowing*, New York: Columbia University Press, 2012, p. 51.

Thiong' o attributes the paradox expressed by this kind of discourse of world literature, with pluralism as its representation but ethnocentrism and cultural homogeneity as its substance, to the inheritance of coloniality in the post-colonial era. In this regard, Ngugi emphasizes not only the "marginal" Third World literature, but the two tenses of world literature, namely the perfect tense and the present continuous tense. This paper finds that the Malaysian-American scholar Pheng Cheah also uses the concept of "worlding" to expand the field of vision from world literature as a "phenomenon" to world literature as an "imagination". Finally, by tracing and comparing Ngugi's thought and practice in terms of world literature during the Nairobi debate and the Afro-Asian literary movement, before and after the Cold War respectively, this paper contends that his thought underwent a shift, from the elite to the worker-peasant class, from anti-colonization to class struggle. It is necessary to pay attention to political dimensions, especially the Third World space as a product of Cold War politics, as elaborating this shift of thought.

【**Keywords**】 world literature; Ngugi; Nairobi debate; pluralism

论彼得·布鲁克导演艺术中的“跨文化”现象*

田嘉辉

（上海交通大学人文学院 上海 200240）

【内容提要】英国著名戏剧导演彼得·布鲁克，长期从事跨文化戏剧实践，成绩斐然。本文从彼得·布鲁克的导演艺术中的跨文化“现象”入手，研究布鲁克导演艺术中的“跨文化”创作现象及其存在的意义。他在伊朗演出《奥格斯特》时，将各种古语言与现代英语结合，创造了一种新的语言。他从非洲的《Ik》中，发现了被遗忘的土著文化应有的戏剧价值，质疑了人类学揭示事物的真相。他从古诗经《飞鸟聚会》中，发现了非洲传统文化的现代意义与世界文化价值。他的《摩诃婆罗多》不仅集结了他所有的跨文化创作方法及内容，还构成了一种新的戏剧样式。布鲁克在跨文化美学历程中，跨越了语言，跨越了学科，跨越了语境，跨越了种族，跨越了文化，最终形成新的戏剧样式。这是布鲁克创造的跨文化戏剧所特有的跨文化创造价值。他拓展了戏剧新的文化领域，引发了新的文化现象，创造了戏剧更多的可能性。本研究为国内外戏剧创作者提供了新的方法和内容存在的可能性，希望为国内外从事跨文化戏剧理论研究者提供借鉴与参考。

【关 键 词】彼得·布鲁克　跨文化现象　跨文化戏剧　旅行戏剧　摩诃婆罗多

英国著名的戏剧影视导演彼得·布鲁克（1925~2022），是俄国犹太人

* 本文系上海市白玉兰人才计划浦江项目（23PJC063）的阶段性研究成果。

后裔。从 1970 年以后，布鲁克一直居住在法国巴黎，直至 2022 年 7 月 2 日仙逝。在他八十年的导演艺术生涯中，他总共执导了 70 多部戏剧（含歌剧）、14 部电影。他曾获得最佳导演托尼奖（1966）、艾美奖（1984）、欧洲戏剧奖（1989）、世界文化奖（1997）、易卜生奖（2008）、莫里哀荣誉奖（2011）、西班牙阿斯图里亚斯公主奖（Princess of Asturias Award for the Arts）（2019）等奖项，也被称为“20 世纪最好的戏剧导演”“数代戏剧人的良师益友”①。1942 年布鲁克执导了第一部戏剧《浮士德博士》；1943 年他执导了第一部电影《感伤之旅》（*A Sentimental Journey*）；1963 年夏，布鲁克为了践行阿尔托残酷戏剧的理念，与皇家莎士比亚剧团一起成立“残酷工作坊”。1970 年秋，布鲁克在巴黎北方布夫剧院（Théâtre des Bouffes du Nord）②，与来自世界各地的艺术家组成一个国际化的演出团队，一起创立了国际戏剧研究中心③（Le Centre International de Recherche Théâtre，CIRT）。1974 年，该中心更名为国际戏剧创作中心（Centre International of Créations Théâtrels，CICT）。这次更名的意义在于其由专注国际戏剧研究转向集结一群不同文化背景的演员在这里进行跨文化戏剧创作，目的在于实现他的跨

---

① 西班牙阿斯图里亚斯公主奖授予彼得·布鲁克时的颁奖评语全文：“彼得·布鲁克是 20 世纪最好的戏剧导演，也是数代戏剧人的良师益友。他是伟大的表演艺术革新家之一。他的舞台艺术高度关注美学和人类社会问题，当年的《马拉/萨德》和《摩诃婆罗多》也确实是这样。彼得·布鲁克开辟了当代戏剧的新视野，为欧洲、非洲和亚洲等不同文化之间的交流作出了决定性贡献。他通过舞台艺术持续呈现出伟大的纯粹性和简洁性，从而强烈地打动观众。这是他忠实于他的‘空的空间’戏剧理念的体现。”译文参考田嘉辉《彼得·布鲁克与跨文化戏剧〈那个错把妻子当成帽子的男人〉》，《中国比较文学》2022 年第 3 期，第 194 页。

② 巴黎北方布夫剧院始建于 1876 年。在建院以来的十年里，有很多知名导演的剧目在这里演出后遭遇惨败，导致剧院的经济入不敷出。再经过将近 70 年，到二战后，这里很少有演出活动。1952 年，法国巴黎市政府彻底关闭这个剧院。直到 1970 年，布鲁克和他的国际化团队来到这个剧院。他们使这座古典剧院又恢复了昔日的演出辉煌，一直营业至今。毫无疑问，布鲁克的跨文化戏剧实践复活了这座剧院。参考 Andrew Todd & Jean-Guy Lecat, *The Open Circle*: *Peter Brook´s Theatre Environments*, London: Faber and Faber Limited, 2003, pp. 12-32。

③ 国际戏剧研究中心：由来自不同国家的演员、导演、作家等 20 多位艺术家组成的一个国际化团队。包括：马力克·鲍恩斯（Malick Bowens，马里），米歇尔·科里森（Michele Collison，美国），作家泰德·休斯（Ted Hughes，英国），演员初田吉（Yoshi Oida，日本），导演安德烈·塞尔班（AndreI Serban，罗马尼亚）等。详细演员列表参考 Bradby David & M. Delgado Maria, eds., *The Paris Jigsaw*: *International and the City's Stages*, Manchester: Manchester University Press, 2002, p. 44。

文化戏剧的理想。巴黎北方布夫剧院成为他们的跨文化实践剧场。布鲁克在这个时期主要从事跨文化戏剧实践，前后总共执导了莎士比亚《暴风雨》四个版本（1957 年、1968 年、1990 年、2020 年），其 1990 年和 2020 年版集中体现了他的跨文化戏剧理念：以一个有着东、西方多种文化背景的国际化表演团队演绎一个有着东、西方文化内容的戏剧故事。他还执导过伊朗《奥格斯特》(1971)、非洲《Ik》(1975) 和《飞鸟聚会》(1980)、印度《摩诃婆罗多》(1985)、《那个错把妻子当成帽子的男人》等。这些作品体现的东西方文化内容和背景，与他自身的文化身份存在具有较大差异的"跨文化"现象。他的跨文化戏剧理论与实践并驾齐驱，"为欧洲、非洲和亚洲等不同文化之间的交流作出了决定性贡献"[①]，诠释了跨文化戏剧美学的方法及意义，跨越了人类前所未有的戏剧认知，从而打开了世界戏剧[②]的新视野。

一 《奥格斯特》：新的戏剧语言

布鲁克于 1971 年接到伊朗设拉子—波斯波利斯艺术节邀约，在伊朗的古城波斯波利斯演出浸没式戏剧《奥格斯特》(*Orghast*)。该剧由英国诗人泰德·修斯（Ted Hughes）改编自古希腊埃斯库勒斯的悲剧《被缚的普罗米修斯》。该剧主要讲述太阳是人类的生命之火和神圣之光的故事。摩瓦(Moa) 是造物者，她与太阳的结合代表着人类福祉，这是存在于人类世界中的精神与物质的融合；若两者离析，则表示其宇宙即将面临苦难。克鲁格（Krogon）是太阳和摩瓦的儿子，但他在出生时并没有继承父母创造的宇宙和谐精神，其内心复仇的邪恶之火与日俱增。所以，他在囚禁自己的父亲，使世界失去光明之时，也控制和奴役他的母亲及其身体，他以这种方式来报复他的父母。最后克鲁格把他母亲生出的儿子都杀了，只留下一个儿子索吉斯（Sogis）。当索吉斯释放了尤萨（Ussa）之时，波斯整个古城发

① 田嘉辉：《彼得·布鲁克与跨文化戏剧〈那个错把妻子当成帽子的男人〉》，《中国比较文学》2022 年第 3 期，第 194 页。

② 本文中的"世界戏剧"之定义，参考王宁《王宁：从世界文学到世界戏剧》，《外语与外语教学》2018 年第 1 期，第 122~126 页。

出的声音汇聚在一起成为一声巨响，响彻整个古城，摧毁了克鲁格。最后，世界恢复光明。

（一）跨文化舞台的创作特征

1. 对伊朗传统戏剧表演风格的借鉴

伊朗传统戏剧表演的内容主要是一系列充满滑稽趣味的家庭生活事件及问题。一群站着或坐着的观众围着在地毯上即兴表演，虽然地毯上的表演空间有限，但是它打破了传统舞台的观演关系，形成了一种简单直接而亲近的观演关系，使其整体表演维度富有延展性。这种“地毯上的表演”具有庸俗而滑稽、即兴而质朴、集中而多变的表演情趣，正如中国戏曲舞台的写意而自由灵动的表演风格。这是布鲁克与之前的非国际化演员们的创作排练最不同的地方之一。布鲁克称其为“圆圈表演”（circle performance）。这种“圆圈表演”“并不是要教观众什么，对他们做什么，解释什么，而是要像我们在村子里做的那样，创造一个可以让冲动循环的圆圈”①。这种“冲动”可以训练演员的自发反应能力，这是国际化演员共通的身体能力，而无关乎其文化背景差异。这也是布鲁克在训练国际化演员时注重的方面。他把这种训练演员的方法和舞台表演风格一直保留到今天，也为国际戏剧中心的未来奠定了稳固的创作基础及舞台发展导向。

2. 跨文化舞台的语言构成与意义

布鲁克在创作该剧时，结合了古希腊语、盖尔语、拉丁语、波斯语、阿维斯塔语和现代英语及其构词法，创造出的一种新的语言。该剧的真正意义并不是生活中常见的“言语”所能表达的，只有跨文化戏剧创造的一种新的语言才能表达。布鲁克认为休斯“用阿维斯塔语来表达一些奥格斯特和希腊文中不可言说的东西”②。这种“不可言说”与戏剧语汇中“言不尽意”的审美意象相符；而跨文化戏剧则更是为这种“不可言说”增加了一层神秘感，因为其至少有两种文化的叠加。其实，有时我们无法识别其中每个古语单词的真正含义，但是它们在跨文化戏剧中，与现代语言进行

---

① A. C. H. Smith, *Orghast at Persepolis*, London: Eyre Methuen Ltd., 1972, p. 200.

② A. C. H. Smith, *Orghast at Persepolis*, London: Eyre Methuen Ltd., 1972, p. 152.

创造性结合的时候，反而使我们清晰地感知到这种戏剧语言所传达的某种情感。这就是跨文化的舞台语言有意义的地方之一。

例如，主人公奥格斯特，Orghast 由两个词根构成，Org 代表一种“生命，存在”（life，being）①，Ghast 代表一种“精神之火”（spirit，flame）②，两者结合便创造出一个奥格斯特形象，他也是代表人类精神之火的一种语言形象。修斯认为奥格斯特是人类的“生理学”③ 形象，涵盖着剧中所有人物的特征。克罗格代表着奥格斯特人物的黑暗面。摩瓦在克罗格的子宫位置，弗朗格在他的子宫上面。索吉斯和尤萨分别位于摩瓦与弗朗格之上的胸口的中间位置；克罗格的左膀右臂为“男人”与“女人”。奥格斯特这种新的语言形象也是跨文化实践创造出来的一种新的人物形象。关于这个层面的解释，请再看下面一个例子。

VULTURE：HOKKVATTA SCAUN HOANAUN
秃鹫　take him to the healer
带他去看治疗者
……
MOARGHUST GLEORGHASTA
love of the vulture
秃鹫的爱④

以上这段是秃鹫⑤站在山巅面对观众的一段清唱。这段清唱中的“HOANAUN”，由波斯古语“HOAN”（一束光的意思）⑥ 加上“AUN”的现代英语语言构成。该剧把这段表演创造的这种新的语言构成的歌唱情境作为剧场语境，再加上秃鹫的追逐、呐喊、痛苦或欢笑等一系列舞台行动

① A. C. H. Smith, *Orghast at Persepolis*, London: Eyre Methuen Ltd., 1972, p. 50.
② A. C. H. Smith, *Orghast at Persepolis*, London: Eyre Methuen Ltd., 1972, p. 51.
③ A. C. H. Smith, *Orghast at Persepolis*, London: Eyre Methuen Ltd., 1972, p. 92.
④ A. C. H. Smith, *Orghast at Persepolis*, London: Eyre Methuen Ltd., 1972, p. 48.
⑤ 剧中的人物普拉曼纳斯（Pramanath，改编自人物普罗米修斯）的宿敌是秃鹫（Vulture）。
⑥ A. C. H. Smith, *Orghast at Persepolis*, London: Eyre Methuen Ltd., 1972, p. 48

等构成的剧场语汇，这些舞台元素便构成了一种新的人物形象。这应该是跨文化实践创造最有意义的层面之一。

另一个意义。布鲁克创造这部剧时，正值他刚刚建立国际戏剧研究中心。该中心的来自不同国家、民族的演员们有着各自不同的文化背景和不同的语言系统。最初，他们在表演交流的过程中，会产生障碍与不适，这样就会导致其表演不真实，观众也会很疲惫而没有观剧的愉悦体验。语言成为他们表演交流的重要问题。因此，我们进行跨文化戏剧实践时，“必须把交流的原则放在一边，通过共享的词语，共享的符号，共享的引用，共享的语言，共享的俚语，共享的文化或亚文化意象完成交流”[①]。这些共享的元素属于跨文化戏剧创造出来的元素。当人们用不同种族的语言构成跨文化戏剧时，不仅存在一种文化“交流”过程，还要创造出一种共同认知的戏剧语言，要能衍生出全人类共同认可的文化价值。通过这种新的语言与某种舞台行动构成的舞台语汇，观众可以感知其表达的某种情感。

（二）跨文化舞台的创作意义

1971 年 8 月 28 日，该剧首演于波斯古城的夜晚，这是一部沉浸式戏剧。全剧分两个篇章：第一章——黄昏时分，演出地点——波斯波利斯亚达薛西墓废墟（Artaxerxes's Tomb）；第二章——黎明时分，演出地点——纳克什-洛斯达姆（Naqsh-eRustam），今纳克什·罗斯坦农村地区（Naqsh-eRostam Rural District）的亚达薛西三世（Artaxerxes Ⅲ）坟墓遗址。

第一幕开始，傍晚时分，太阳渐渐落下，黑暗即将降临。摩瓦训诫其儿子索吉斯要拿着火把，发誓杀死克罗格。普拉曼纳斯用一段古希腊语诉说，索吉斯进来了。第二幕的最后结尾：一排歌队拿着火炬，站在弗朗格后面，跟着弗朗格一起走进那个被熊熊燃烧的火炬包围着的琐罗亚斯德的立方体中（Cube of Zoroaster）。到第二天黎明时分，一个土堆上，一个男人牵着他的牛。全剧结束时，太阳、月亮、光、火、大地、人类等世界万物和谐相处在同一个宇宙。这深刻体现了东方“天人合一”的美学精髓。

---

① Peter Brook, *The Shifting Point, Theatre, Film, Opera* (*1946-1987*), London: Methuen Drama, 1988, p. 8.

《奥格斯特》舞台上的人物之间努力传递着的一束束"火炬意象"，散布在整个波斯古城。该剧不仅重塑了古希腊神话中普罗米修斯为人类抵抗磨难，坚定不移地盗取火种的故事，还传递着人类最早的奥林匹克火炬的传递精神。除此之外，还体现了一种古代精神与现代文化的接力仪式，同时传达了火炬接力的庄严神圣感。因此，我们需要传承人类文化中这种生生不息的精神，这是这部剧所具有的现实意义。总之，伊朗波斯波利斯古城的山腰与山巅上演出的《奥格斯特》揭示了如何在跨文化戏剧创作中建构一种新的戏剧语言。新的语言形象是跨文化戏剧探索的实践基础。最重要的是，《奥格斯特》为布鲁克的世界戏剧实践做出了关键性一步。

二 《Ik》：被遗忘的非洲土著文化

（一）旅行戏剧观

布鲁克认为"只有在旅行中我才能认识到自己是一个完整的'自己'"。[①] 他热爱旅行与他的个人成长经历有关系。一方面，布鲁克受他的父亲影响。他父亲认为旅行和语言能够影响一个人的品性，所以，他父亲常常带他外出旅行。尤其是他父亲经常带他去巴黎，这也是布鲁克最终定居在巴黎的内在原因之一。另一方面，他"天生喜欢旅行，喜欢把鲜活、现实得让人不舒服的元素引入这个幻想世界之中"[②]。所以，他不仅热衷于执导和旅行有关的艺术作品，还把在旅行中体验到的"鲜活、现实得让人不舒服的"、新颖的、惊奇的种种元素引入艺术创作中。他 17 岁时，执导的第一部电影《感伤之旅》（*A Sentimental Journey*），是改编自英国作家劳伦斯·斯特恩的小说《法国和意大利的感伤之旅》（*A Sentimental Journey Through France and Italy*，1768）。它主要讲述了一个和蔼可亲的约里克牧师游历法国和意大利的冒险故事。1979 年他执导的《与卓越者相见》

---

① 〔英〕彼得·布鲁克：《时间之线：彼得布鲁克回忆录》，张翔译，中信出版社，2016，第 85 页。

② 〔美〕玛格丽特·克劳登：《彼得·布鲁克访谈录（1970—2000）》，河西译，中信出版社，2016，第 56 页。

(*Meetings With Remarkable Man*)是人类精神导师乔治-伊万诺维奇·格吉夫(George Ivanovich Gurdjieff)的自传体电影，讲述了格吉夫在遇见不同的卓越男人的这场文化旅行中，求证万物的真理和文化真相。

2019年，布鲁克在获得西班牙阿斯图里亚斯公主奖后的感言中说：“我从东到西，从北到南旅行，为了工作，为了娱乐。在每一次旅途中，我都遇到了许多新颖奇妙的事情。”① 这句话就是他的旅行戏剧观之一：他的生活追求与戏剧创作的双向互为的可逆性，使得其生活哲学与旅行美学、生活情趣与戏剧追求完美融合。即便在他45岁定居法国巴黎时，他也不满足单一的戏剧文化创作，他带着他的戏剧旅行于欧洲、亚洲与非洲国家的那些风格迥异的城市。他将旅行经验与这些城市的文化风貌及其带给他的审美体验，融合于跨文化创作中。因此，最重要的是，旅行戏剧可以实现他的跨文化戏剧理想。

(二)特恩布尔与《Ik》

《Ik》是布鲁克的第一部非洲戏。由让-克劳德·卡里埃尔(Jean-Claude Carrière)、科林·希金斯(Colin Higgins)和丹尼斯·坎南(Denis Cannan)共同改编自科林·麦克米兰·特恩布尔(Colin Macmillan Turnbull)② 的人类学书籍《山人》(*The Mountain People*, 1972)。这是一本记录Ik的人种志，也是1965~1966年他居住在非洲期间，对Ik土著文化进行的田野考察与整理总结。它记载了Ik的日常生活、婚姻生活、文化精神及其他人类学方面的文化现象。

Ik人居住在非洲乌干达东北部一个偏远的山区，人口大约为一万人。它是一个被边缘化的土著部落。他们以耕地种植为生，耕地又被政府建立了基德波河谷国家公园，于是被迫搬到乌干达和肯尼亚之间的一座高山中。

① 关于彼得·布鲁克的获奖感言全文，参考田嘉辉《彼得·布鲁克导演艺术中跨文化现象研究》，上海戏剧学院，博士学位论文，2020，第39页。

② 〔美〕科林·麦克米兰·特恩布尔(1924年11月23日~1994年7月28日)出生在伦敦，英裔美国人，人类学家，华盛顿特区乔治华盛顿大学的人类学教授，专攻人类学中非洲领域。他曾到非洲进行了五次长期的实地考察。他出版了两本著作《森林人》(*The Forest People*)和《山人》(*The Mountain People*)。

他们没有耕地，也就没有食物来源，无法解决自己的温饱问题。所以，这里常常发生饿死人的事情。对于他们来说，一个能吃饱的人是幸福的人，是一个健全的人。而抚养孩子是一个沉重的负担，因此他们只管自己的温饱。孩子长大后，则会无情地对待父母，没有义务去赡养父母。“一个 Ik 人家庭，已经适应了他们的这种僵死残酷的新的生活方式：12 岁成年，30 岁死亡。”① 科林·特恩布尔尚不清楚这种做法是 Ik 人典型的传统生活原则，还是由不寻常的饥荒条件引发的。但是事实上，“贫穷和饥饿，面对极为丰富的自然资源却具备低下的生产力，还有对于个体和国家的经济剥削，这些都属于当代非洲现实”②。

（三）跨文化创作的特征及意义

1. 跨文化舞台的语言构成

1975 年 1 月 12 日~3 月 8 日，该剧首演于巴黎北方布夫剧院；1976 年 1 月 9 日该剧开始在英国、美国等欧美国家巡演。1980 年，布鲁克带着他的国际团队与 Ik 人组成的演出团队，在 Ik 山村演出。

Ik 族土著语言属于尼罗-撒哈拉语系（Nilo-Saharan languages）。英国语言学家阿奇·塔克（Archie Tucker）认为它（Ik 土著语言）肯定不是苏丹语或班图语，他最终“能找到的最接近这种（Ik 土著）语言的是古埃及语”③。该剧的舞台语言是以莫伦格尔语言（Morungole）和安邦语言（Abang）为基础，结合现代英语的语法与结构形成的一种舞台语言。该剧也创造了一种新的语言形象。这种创造性的语言形象，既有当代英语的语言结构，又有土著文化的音调。这两种语言在不同文化背景下观众的内心构成同一种普适的语调，形成了一种新的语言形象。

2. 跨文化舞台的创作意义

当一个小男孩正在吃自己手里的食物时，他的母亲诱导他到她旁边，

① David Williams, *Peter Brook: A Theatrical Casebook (Revised and Update)*, London: Methuen Publisher, 1991, p. 261.

② 〔德〕海因兹·吉姆勒：《非洲哲学：跨文化视域的研究》，王俊译，人民出版社，2016，第 108 页。

③ Colin M. Turnbull, *The Mountain People*, London: Touchstone Publisher, 1987, p. 35.

并把他的手推向火堆，之后便拿着食物走了。这个片段以直观的舞台行动，再现了特恩布尔常谈的 Ik 人性中阴暗的一面。剧中还有一个场面：一个 Ik 人做了“双手围火”的手势，同时心里低吟着一些话语。这种“双手围火”的舞台意象，表达出一种祈祷与爱意。这个意象和前段残酷血腥的场景形成强烈的对比，也揭示了 Ik 人的人性表达的两面性。

舞台上呈现出 Ik 人每个家庭成员之间发生的一系列冷漠而残暴、无情的事件，也印证了特恩布尔所认为的 Ik 族的家庭结构极其不平衡，他们是一个为了生存才被迫走向极端的民族。由于特恩布尔长时间居住在这样的环境中，他对 Ik 人的态度从最初的同情转为愤怒，再转为沮丧。即使他发现有些 Ik 人，会把自己的食物和水分享给别人，但这是他们不得已而为之的行为，是很少发生的情况。这些仍然挡不住特恩布尔对于 Ik 部落的命运产生某种消极的悲观论断：Ik 人“像赶牛一样围捕自己人，把他们分散到遥远的其他部落中”[①]。

与特恩布尔不同的是，布鲁克不仅把《Ik》的故事定义为“一个关于丧失传统的神话形式”[②]，还进一步“探讨 Ik 社会传统逐渐衰落的问题”[③]。尽管这样，布鲁克还是着力表现了 Ik 人不遗余力地捍卫传统文化的精神。因此，本剧不仅反映了 Ik 人的生存现状，同时告诫我们可以从 Ik 人的精神入手，提出解决他们问题的方案；本剧还尝试着帮助 Ik 人捍卫自己的传统文化精神。所以，布鲁克在舞台上设计这样的场面调度：从一个人的双手围着火焰变成一个群体的双手围着火焰。这种超现实主义的文化行为是一种集体文化的仪式，唤醒了 Ik 人埋藏在他们心里最深处的怜悯情怀。在剧情末尾处，一位老人洛丽姆在由于饥饿而快要死去之时，依然秉承祖先崇高的文化精神和不畏困难的顽强精神。这是老人锲而不舍地追求崇高的文化仪式的一种精神行为。

---

① David Williams, *Peter Brook: A Theatrical Casebook (Revised and Update)*, London: Methuen Publisher, 1991, p. 269.

② David Williams, *Peter Brook: A Theatrical Casebook (Revised and Update)*, London: Methuen Publisher, 1991, p. 259.

③ 〔美〕玛格丽特·克劳登：《彼得·布鲁克访谈录（1970—2000）》，河西译，中信出版社，2016，第 159 页。

此时的特恩布尔对布鲁克说："怜悯又回来了。"① 这种"怜悯"不仅触及特恩布尔，还触及人类心里最柔软的部分，引起了全人类的内心之间的相互理解。这部剧不仅改变了特恩布尔最初对 Ik 人固有的"非人性"印象，而且使他质疑了人类学揭示事物的文化真理。因此，他"在戏剧中却以很正常的状态——通过认同来理解它"②。它是指 Ik 部落中存在的这种非人性的可以改变的文化现象。为什么一部跨文化作品让特恩布尔对人类学追求的真理产生怀疑？其一，跨文化比单一的学科多了一层哲学思维，从而使人能更全面地看待问题，发现单一学科发现不了的问题，在反思并解决学科自身的问题的同时促进彼此学科的发展。其二，戏剧尤其是跨文化戏剧与其他艺术种类相比，可以激起多民族的群体效应，引起群体共同反思生活中的某一问题，同时教会人们针对这个问题做出怀疑、批判并寻求多样的解决办法。这就是人类通过跨文化戏剧发现的这种问题背后隐藏着的本质答案。这种本质促使全世界人的心灵凝聚在一起，从中获得集体文化的认同，这不仅是一种文化真相，还是一种令人信服的真实。这是跨文化戏剧最具有价值的地方之一。

三 《飞鸟聚会》：被遗忘的传统文化

（一）改编缘由与意义

《飞鸟聚会》是布鲁克接触非洲文化以来的第二部戏，它由卡里埃尔和布鲁克联手改编自 12 世纪波斯作家法里德 · 乌丁 · 阿塔尔（Farid ud-Din Attar）的同名诗歌。阿塔尔创作的这首诗歌取材于著名的苏菲派故事。在这首诗中，世界上的鸟儿们聚集在一起决定谁将成为它们的主宰。它们希望它是一种加冕为国王的神话生物，来主宰它们的命运。戴胜（Hoopoe）

① Peter Brook, *The Shifting Point. Theatre, Film, Opera(1946-1987)*, London: Methuen Drama, 1988, p. 137.

② Peter Brook, *The Shifting Point. Theatre, Film, Opera(1946-1987)*, London: Methuen Drama, 1988, p. 137.

建议这些鸟儿找到传说中的西莫格（Simorgh），它们必须穿过"七个山谷"①，分别是追寻的山谷（Valley of the Quest）、爱的山谷（Valley of Love）、知识的山谷（Valley of Knowledge）、分离的山谷（Valley of Detachment）、统一的山谷（Valley of Unity）、惊奇的山谷（Valley of Astonishment）、贫穷和湮灭的山谷（Valley of Poverty and Nothingness）。最后，只有30只鸟到达了西莫格的住所。它们后来才发现，就没有一个西莫格国王，所谓西莫格其实就是它们自己——Simorgh在波斯语中的意思是三十（Si）只鸟（Morgh）。在这次旅行中，戴胜鸟常常告诫这些鸟儿，只有穿过七个山谷，才能实现灵魂的自我净化。这常被伊斯兰苏菲派用来阐释人生自我修行的意义。布鲁克导演所表达的与其存在不同之处：人类只有坚守其文化信仰和理想，不畏千难万险，才能最终到达彼岸，实现人生的自我价值。这是他从被人遗忘的非洲古诗经中发现的可以与现代文化对话的人生大命题，以及它应有的现代品质光芒。如果我们学习布鲁克，为我国的甲骨文找到一种适合它的独特的戏剧语言，则可以激活其传统文化品质与现代人内心诉求的连接，从而认识我国传统文化的别样价值，使其光彩夺目。这也有一定的现实意义。

（二）跨文化舞台的语言构成及意义

1. 声音和语言结合的形象

1975年这部开放式实验剧首演于非洲的乡村，1979年10月6日~11月17日在巴黎北方布夫剧院演出，1980年7月15日~26日在阿维尼翁节演出。之后该剧在德国柏林、意大利罗马等欧洲主要城市演出，后来在美国纽约的拉妈妈剧院（La MaMa Theatre）演出，最后一场演出结束于美国纽约布鲁克林音乐学院。这些不同版本的《飞鸟聚会》，分别为喜剧风格、庄重肃穆风格、庆典仪式风格。它们充分体现了布鲁克导演艺术跨文化创作的无定性特征。

布鲁克和卡里埃尔改变了《飞鸟聚会》中过多的由象征与暗示的文学

① John Heilpern, *Conference of the Birds: The Story of Peter Brook in Africa*, London: Faber &Faber Ltd, 1977, p. 42.

元素构成的若干诗句所形成的苦涩难懂的文学语言，将它们融合于非洲文化原始语言，结合飞鸟的声音形象结构，构成了一种可视可听的现代语汇。例如，“TUWONNYILAFWE NUFYAFOFUNWE”，翻译成英文为“Often I find myself between stone and fire.”翻译成中文则为：“时常发现自己进退两难。”又如，“ELELEU! ELELEU! AUSFAKELOSKAI! XOODEDOM! EPOPOPOI! POPOPOPOI! POP!”[①]“SHOPATIKETPAHOHOPATTTSE”翻译为中文是“为了真主”的意思。“这些鸟类的声音像语言一样被书写。”[②] 布鲁克全部的舞台语言都是在原始文化语言元素基础上，融入现代英语构词语法与结构创造的。这些语言及演员穿着的鸟类服装，与鸟类演员发出的声音形象相吻合，使其戏剧表演节奏欢快而明亮。即便是远古的语言，不仅演员们乐于表演它们，观众也乐于接受这样的舞台语言。这是布鲁克与他的国际化剧团一起创造的新的戏剧视听语言，它也彰显了跨文化舞台创造的独特的语言价值。

2. 戴胜鸟的跨文化符号形象及文化价值

本剧中的“Hoopoe”来自拉丁语“Upupa”，中文译为“戴胜鸟”或“幸运鸟”。它是《飞鸟聚会》故事中最重要的一只鸟。它指导着这些飞鸟寻找真主，并警告它们在这场旅程中的全部规则、纪律及惩罚的方法和内容。

戴胜鸟角色戴着一个尼日利亚约鲁巴族盔式面具，去掉盔冠，留着长胡须，如戏曲中人物扮相的“三髯口”。它的脖颈粗大，嘴唇圆润丰满，眼睛圆睁，瞳孔突出。以上这些构成了戴胜鸟的跨文化形象：非洲原始文化与东方文化创造性融合的形象。在舞台上，戴胜鸟也是一个东方智者的形象，如同传道授业解惑的孔子形象。当他不断指导与训诫那些迷茫的鸟儿时，正如孔子与弟子的对话一样。现实中戴胜鸟的外形独特别致，长而尖挺的小嘴，形态挺拔。其角色形象创作可以追溯到我国先秦古代奇书《山海经》神话故事中西王母的“豹尾虎齿而善啸，蓬发戴胜”形象，其头饰

---

① John Heilpern, *The Conference of the Birds: The Story of Peter Brook in Africa*, London: Faber &Faber Ltd, 1977, p. 179.

② John Heilpern, *The Conference of the Birds: The Story of Peter Brook in Africa*, London: Faber &Faber Ltd, 1977, p. 178.

如戴胜头上亮丽的王冠。在我国唐朝诗歌中，贾岛《题戴胜》塑造戴胜鸟为“能传世上春消息，若到蓬山莫放归”；明梦观法师《戴胜》的诗句“亦有春思禁不得，舜花枝上诉东风”。这两首诗都写到每当有戴胜鸟飞来之时，春天也就紧跟着到来，将为大地带来一片生机和祥和景象。在中国，戴胜鸟象征着祥和、美满和幸福。正因如此，2008 年 5 月 29 日，以色列评选戴胜鸟为国鸟。它从古至今，从非洲到中国，乃至全球，都是人类宗教文化和传统文化的吉祥象征物。这就是布鲁克塑造的戴胜鸟跨文化形象的意义及其具有的世界文化价值。

（三）跨文化舞台具有的共同文化价值

1. 追求人类人格自我完善之路

布鲁克认为世界文化起源可以不断追溯到非洲文化的灵魂形象中，人类通过非洲文化来验证人生真理与文化真相。《飞鸟聚会》是“真正成为人类本质体验的见证者”[①]，《飞鸟聚会》中的飞鸟之旅象征着人类精神文化自我完善的历程。一个人只有敢于“居高临下”地看待自己的志向及远方之路，才能下定决心实现“鸿鹄之志”。在“独上高楼”的过程中，人类不仅要有异于常人的坚韧，还要学会享受孤独寂寞，更要不断地沉淀自我人格。这是一个人实现自我价值与优雅品质的理论基础。随着时间的推移，人类不断追问这些文化真相，并渴望安定。这是属于人类发展的本质体验。

在这个旅程中，有些鸟儿力不从心地放弃，内心深处留着一份未曾求证的遗憾；有些鸟儿积极寻找目标，不断求索并建立自我认同，尽可能完善自我。在这个寻求文化真理的过程中，人类各抒己见，也常常坚持自己对文化真相的理解及文化信仰，有着自己的恐惧和焦虑。这种恐惧和焦虑造成的犹豫，恰恰可以激起人类探索文化真相的勇气。人类只有凭借这份勇气，朝着远方不断努力，才能冲破文化发展的阻力。人类只有继续忘我前行，使人生不断得到蜕变，逐渐走上不断成就自我之旅，最终才能够到达彼岸。“蓦然回首，那人却在灯火阑珊处”，只有这样，人类才能发现自

① 〔美〕玛格丽特·克劳登：《彼得·布鲁克访谈录（1970—2000）》，河西译，中信出版社，2016，第 157 页。

己就是命运的主人，且把命运掌握在自己手中。所以，人类文化真相是人生之“路漫漫其修远兮，吾将上下而求索”的探求文化真知灼见的苦旅。这才是最有价值的人生。这是布鲁克导演的《飞鸟聚会》所具有的现代意义和文化品格，它是与人类生命历程和本质相联系，不应该被人类所遗忘的文化精神。这不仅属于《飞鸟聚会》具有的普遍价值范畴，还属于世界文化的精神范畴，更属于人类命运共同体的范畴。

2.《飞鸟聚会》的文化影响

约翰·巴伯在英国《每日电讯报》评价约翰·海尔伯恩（John Heilpern）广受赞誉的著作《飞鸟聚会：布鲁克的非洲之行故事》（*The Conference of the Birds*：*The Story of Peter Brook in Africa*）。下面一段评论是这本书的开篇。

> 它是研究彼得·布鲁克戏剧作品必不可少的重要伴侣，是对布鲁克非洲之行唯一深入的描述。它被证明是布鲁克所有作品的转折点，并直接引出了他的标志性作品，布鲁克导演的契诃夫《樱桃》、比才《卡门》和印度史诗《摩诃婆罗多》。①

因此，从以上所述可知，布鲁克带着戏剧旅行非洲具有跨文化价值，这不仅完善了他的跨文化创作观，并使之日臻成熟，而且是他未来持久进行跨文化创作的理论基石与实践原则。“我们再对你讲一个关于非洲的故事，但事实上我们只是在说我们自己。”② 无论是非洲现存的社会问题及文化现象，或非洲文学被认为过时的文学现象，还是非洲历史中正发生和已发生的文化现象，我们都尝试着把它们转变成我们即将面对的现实处境：变成我们自己的故事。当人类主体意识，越过舞台呈现的这些戏剧意象生成的文化现象之时，终将形成某种文化品格，到达人类文化真相的层面。它有两个层面：一个是人类正发生和已发生的文化现象；另一个是人类文

① John Heilpern, *The Conference of the Birds: The Story of Peter Brook in Africa*, London: Faber & Faber Ltd, 1977.

② 〔美〕玛格丽特·克劳登：《彼得·布鲁克访谈录（1970—2000）》，河西译，中信出版社，2016，第157页。

化想象。

跨文化戏剧意象是人类文化现象的创造性戏剧想象。在布鲁克的跨文化实践中，他尝试把非洲文化现象，在人类伟大的文化想象力作用下，创造性转化为非洲之外的人类文化意象，深深植入世界上每个人所处的现实生活中。所以，这样的意象也就自然成为一种全人类共同的文化意象。这种跨文化创作实践，不仅实现了个人情感和意识与世界文化之间的连接，而且在无关文化背景与语境的差异性基础上，最终形成了一个人类命运共同体。所以，它既是非洲的故事，又是我们的故事，也即它是全世界的故事。

四 《摩诃婆罗多》：跨文化戏剧的集大成者

（一）改编缘由及意义

布鲁克改编《摩诃婆罗多》的第一个缘由与他自己的成长有关。他父亲当年为了躲避俄国内战和一战，带着他的妻子离开自己的国家，移居到英国伦敦，并加入了英国国籍。布鲁克六岁时，第二次世界大战爆发。为了躲避战乱，他们全家人不得不蜗居在家里的地下室生活。二战结束，布鲁克到了二十岁。所以，战乱生活伴随了布鲁克整个青少年时期。因此，战争对布鲁克的心理产生了很深的影响，导致他热衷于创作一系列“战争”主题的艺术作品。比如：电影《蝇王》（*Lord of the Files*，1963）、《美国》（*US*，1966）、《请对我说谎》（*Tell Me Lies*，1968）、《摩诃婆罗多》（*Mahabharata*）、《战场》（*Battlefield*，2015）。[①]

第二个缘由是他的东方文化情结。他和让-克劳德·卡里埃尔在第一次阅读《摩诃婆罗多》时，都被其中两个家族之间的战争故事吸引了。战争原象一而再再而三地触碰布鲁克过往的情感伤痕并勾起他的文化记忆，使他产生了执导这个作品的冲动。随后五年，布鲁克与卡里埃尔常常交流。

① 2017年11月1~2日，这部戏剧《战场》来中国上海演出。演出地点：上戏实验剧院。《战场》是《摩诃婆罗多》的精华版本，前者只有70分钟，改编自后者9个小时的版本。

他在读了卡里埃尔改编的第一个翻译版本后，做出一个非常大胆的决定：他和他的团队一起踏上印度之旅。他们从 1982 年到 1985 年，旅行于印度的大小不等、风格各异的城市和乡村，考察印度生活的民俗民情、音乐与舞蹈的表达方式。布鲁克认为只有亲身感知过《摩诃婆罗多》创作的时代背景和文化环境，才能发现《摩诃婆罗多》的思想填满印度的每一个地方。他们在印度的这种文化氛围中，寻求短暂的"文化认同"，成为"短暂的印度人"①。他们以这样的"跨"文化方式尽可能地感受印度文化生活气息，尝试适应印度文化的生活方式、欣赏印度文化深处的情感表达、探究印度文化深处的声音。"印度给了我们一个秘密的维度，只有在一起工作时才能找到（《摩诃婆罗多》）的亲密感，没有人可以定义这种亲密感。"② 这种亲密感既让人觉得亲密，又让人产生触摸不到的距离感，这样才能足够吸引布鲁克以跨文化戏剧的方式来探索其文化精神中的这种神秘东西。这部作品的跨文化改编不仅满足了他多年的对东方文化的诉求，同时也彰显了布鲁克的导演艺术价值，此外还彰显了布鲁克的世界文化风范。

（二）《摩诃婆罗多》艺术价值及文化内涵

《摩诃婆罗多》（*Mahabharata*）与《罗摩衍那》（*Ramayana*）被称为印度的两大史诗，《罗摩衍那》属于《摩诃婆罗多》的精简版。虽然从名义上说，这两大著作的作者是毗耶娑（Vyasa），但他的真实性无从考证，甚至无法确认他是一个真实存在的人物。据历史记载，《摩诃婆罗多》主要是依靠民间艺人、宫廷乐人与行吟诗人的口头传播创作与流传的方式，经过艺术处理与加工完成的。它约萌芽在公元前 4 世纪，历经将近八百年，形成于公元 4 世纪。由最初的八千八百颂《胜利之歌》，到二万四千颂《婆罗多》，形成今天的十万颂印度史诗《摩诃婆罗多》。它是至今世界上最长的诗歌，长度约为圣经的 15 倍。它被誉为"印度古代社会的百科全书"③，印度民族

---

① Jean-Claude Carrière, *In Search of the Mahabharata: Notes of Travels in India with Peter Brook 1982-1985*, India: MacMillan India Ltd, 2001.

② Jean-Claude Carrière, *In Search of the Mahabharata: Notes of Travels in India with Peter Brook 1982-1985*, India: MacMillan India Ltd, 2001.

③ 毛世昌：《印度文化词典》，兰州大学出版社，2010，第 189 页。

的灵魂。“‘摩诃’（Maha）在梵语中的意思是‘伟大的’或‘完整的’。”① “婆罗多”（Bharata）是婆罗多族，是印度—雅利安人的主要部落，居住在恒河与雅姆纳河上游。婆罗多种族后裔的般度族和俱卢族之间著名的“俱卢之战”（Kurukshetra）就在这里发生。因此，《摩诃婆罗多》又被解释为婆罗多的伟大历史。

它有着长篇英雄史诗的厚度，又有大量的传说故事和历史典故作为插话，以及寓言的奇幻色彩，还涉及宗教哲学、社会学、政治学、律法学、伦理学、美学及人类学等学科内容，包含女性、女权及人类不平等待遇等问题。我们越过《摩诃婆罗多》叙事的表象，深入其本质，可以发现它不仅充满着对人类复杂情感维度的描写，还交织着对人类的毁灭与生存、黑暗与光明、罪责与救赎、人性与神性的叙述。这是一个“人类”的故事，足以诠释人性具有的多样性与复杂性。因此，它也可以被解释为“人类的伟大历史”。正因它是人类文化的伟大叙事，所以它是人类的伟大杰作——“《摩诃婆罗多》中的一切东西都在别处。它又是一个无处不在的地方”②。

（三）从诗歌语言到戏剧语言

18 世纪晚期，欧洲人通过《薄伽梵歌》（*Bhagavad-Gita*）③ 最早开始了解《摩诃婆罗多》。《薄伽梵歌》是《摩诃婆罗多》的若干章节。1785 年，英国查尔斯·威尔金斯（Charles Wilkins）首先完成了第一个英语版本的《薄伽梵歌》。到 1787 年，法国学者帕罗（M. Parraud）根据威尔金斯的英语版本翻译了第一个法语版本。19 世纪，法国东方学者希波吕特·福什（Hippolyte Fauche）接受了法语翻译整部《摩诃婆罗多》这个艰难工作。福什翻译了很多年，在他去世以后，巴林博士（Dr. L. Ballin）接替了这个工作。直到他去世，他也未能完成《摩诃婆罗多》的法语翻译工作。迄今为

① Jean-Claude Carrière, *The Mahabharata: A Play*, Peter Brook, trans., London: Methuen Drama, 1988, p. xii.

② Jean-Claude Carrière, *The Mahabharata: A Play*, Peter Brook, trans., London: Methuen Drama, 1988, p. ix.

③ 详细介绍《摩诃婆罗多》英法译介的情况，请参考 Jean-Claude Carrière, *The Mahabharata: A Play*, Peter Brook, trans., London: Methuen Drama, 1988: p. vi-vii。

止，《摩诃婆罗多》还“没有完整的法语版本”①。不过，《摩诃婆罗多》第三种语言的全译本问世于中国。②

布鲁克和卡里埃尔在翻译剧本的基础上，还要进行改编，这无疑增加了本剧的文本语言的完成难度。他们“放弃了古体或老式语言的概念”。③用大段的充满诗意并富有哲理的文字来塑造这部剧中的人物形象，是无法融入这个国际团队的。另外，他又不可能完全用“现代的、熟悉的甚至是俚语的语言”④ 来讲述这个故事，因为过于通俗而无诗意外化的形象，容易导致与史诗人物的形象脱离。因此“他们选定了一种简单、精确、克制的语言”⑤。这种要考虑到自我文化与他者文化、传统与现代文化之间的差异性，来选择两者文化之间可以融合的语言。因此，这样创造出来的语言模式，既有现代审美，又有传统语言的韵味；既包含古典元素，又有现代风尚。这是在改编的《摩诃婆罗多》的“印度性”基础与世界性语言之间，找到一个融合点。这就是跨文化语言的融合支点。

除以上所述之外，他们还遇到了一个可译和不可译的语言问题并找到解决办法。《摩诃婆罗多》的故事发生在古印度文化语境中，其中一个不可译的是种族的名称，例如卡莎特丽娅（Kshatriya），摩诃婆罗多（Mahabharata）等。另一个不可译的是如达摩（Dharma）或信仰（Bhaki）之类的属于抽象理念的词。此外，还有一个不可译的就是印度佛教中的很多宗教专业词汇。比如咒语、口令、吟唱等是不译的，它们是不可见的宗教理念。这种不译是他们突破跨文化实践困境的一种解决办法，也是布鲁克与卡里埃尔在翻译《摩诃婆罗多》时对遇到的一系列问题的解决方案。布鲁克最终选择英

① Jean-Claude Carrière, *The Mahabharata: A Play*, Peter Brook, trans., London: Methuen Drama, 1988, p. vii.

② 从 20 世纪 80 年代，赵国华是翻译发起人，加上金克木、席必庄、郭良鋆、李南、段晴、葛维钧、黄宝生，前后总共八人，历时 10 多年终于完成《摩诃婆罗多》中文版本。这是除梵文本、英文本以外世界上第三个全译本。

③ Jean-Claude Carrière, *The Mahabharata: A Play*, Peter Brook, trans., London: Methuen Drama, 1988, p. xi.

④ Jean-Claude Carrière, *The Mahabharata: A Play*, Peter Brook, trans., London: Methuen Drama, 1988, p. xi.

⑤ Jean-Claude Carrière, *The Mahabharata: A Play*, Peter Brook, trans., London: Methuen Drama, 1988, p. xii.

语版本演出，尽可能完整地再现了印度文化的全人类精神与价值。1975 年卡里埃尔决定写法语剧本。布鲁克和卡里埃尔筹备这个剧用了将近 10 年，于 1984 年 9 月终于完成了该剧的英语剧本。

（四）从诗歌结构到戏剧结构

卡里埃尔把原著的六卷十八篇改为上部、中部与下部。上部：骰子游戏（*The Game of Dice*），分为六场；中部：放逐森林（*Exile in the Forest*）和危险的班度（*The Pandavas in Danger*），分为九场；下部：战争（*The War*），分为十一场。由此观之，布鲁克把原著的诗歌结构改成一个分场次的叙事结构，这是戏剧擅长的叙事结构。这样的结构使它在整体上体现了史诗的厚重性，又有诗歌抒情写意的特征；在片段上再现了英雄神话故事的传奇性，最后也有寓言故事的寓意特征。这样的结构使推动故事向前发展的整体节奏显得清晰而有序。因此，《摩诃婆罗多》整体叙事与片段叙述之间，各自独立，又彼此关联；不拖泥带水，而相得益彰。

另外，这样的结构可以更好地处理人物的删减与人物特征合并的问题。《摩诃婆罗多》原著中有主要人物与次要人物，大大小小的人物共有 200 多人。卡里埃尔删除了原著中对情节发展起不到推动作用的，或对人物关系起不到改变作用的人物，比如维杜罗（Vidura），他是般度（Pandu）和持国（Dhritharashtra）同父异母的兄弟。还有一笔带过的人物，布鲁克把未能起到实质性作用的人物，合并到主要人物特征中。比如将原著中在恒河水边与坚战（Yudhisthira）对话的夜叉，融入毗耶娑人物中。布鲁克这样做的意义在于，一方面，丰满了主要人物的特征；另一方面，剧情不拖泥带水，叙述的节奏更加顺畅，其戏剧性更集中而强烈。这不仅是布鲁克惯用的手法，还是戏剧创作者在改编文学作品中常常使用的一种艺术手法。这也属于导演叙事手法。

（五）跨文化舞台的创作特征

1. 跨文化舞台的建立、特征与意义

《摩诃婆罗多》在 1985 年 7 月首演于法国第 39 届阿维尼翁戏剧节。布

鲁克带领一个由来自18个国家的30位演员组成的团队，演出长达9个小时的《摩诃婆罗多》。一天演完，或每天一部，三天演完整剧。导演把整剧处理成五个演出空间，分为宫廷空间、森林空间、战争空间、恒河空间和天国空间。布鲁克煞费苦心于呈现剧中的森林空间与战争空间，还要与古希腊露天剧场一样。这既要体现古希腊剧场中卡塔西斯的净化精神，还要使舞台展现出“一个不特定的历史时期，形成《摩诃婆罗多》的普遍特征”[①]。他带着舞美团队，一起考察阿维尼翁戏剧节提供的场地，其结果都不太理想。因此，他们联系拥有一定数量采矿场的工业家雅克·卡莱(Jacques Callet)。雅克为他找到一个位于阿维尼翁西南12公里处，靠近布邦（Boulbon）的采矿场。布鲁克认为它拥有最佳的舞台比例：约135米长和50米宽。后来，布鲁克叫来一个建筑团队，在这里挖掘了一条真实的河流，建造了一片森林，还有一个巨型战场。在这里，布鲁克突破传统的舞台结构，在我们现实生活的空间基础上，创造了一个新的演出空间。这样的空间使观众与演员之间建立一种亲密而舒适的关系，能够让观众得到最佳的观剧体验。

2. 跨文化舞台的叙事方法、特征及意义

(1)“男孩—毗耶娑—格涅沙”三位一体的叙事方法

该剧的开场是一个穿着布衫缠腰连体衣的12岁现代男孩，误入了婆罗门后裔的宫廷。毗耶娑既是这部剧的创作者，又是剧中人物，也是讲述这个故事的人。除这些之外，他还参与文学创作，与“剧中人物产生关系”[②]。在男孩之后，进来一位戴着大象头的格涅沙，作为毗耶娑的抄写员。布鲁克赋予格涅沙另外一层意义，即他脱去象头就是黑天。这样形成由“男孩—毗耶娑—格涅沙”三人对话构成的三位一体的独特叙事结构。

在剧中，毗耶娑直接回答男孩：这首诗歌“关于你”。这一句“关于你”表达了《摩诃婆罗多》这个故事既发生在三千年前，又发生在现在，

---

① Andrew Todd & Jean-Guy Lecat, *The Open Circle: Peter Brook's Theatre Environments*, London: London Faber and Faber Limited, 2003, p. 129.

② 奇武过早死去，留下两个遗孀，没有人继承王位。毗耶娑按照他母亲的心愿，与两个遗孀行房，与安比卡（Ambika）生下盲人持国；与阿坝立卡（Abalika）生下般度和维杜罗(Vidura)。因此，他把婆罗门种族的这个故事继续演绎下去。

也发生在未来。本剧以“男孩”为视角，他作为观众介入这个剧的演出，也观察毗耶娑创作本剧及叙述故事的起承转合的过程。这属于布莱希特式叙述方法，会使观众产生非同一般的观剧体验，从而产生思考的情趣。男孩不仅目睹这一次战争的全过程，还帮助台下观众对剧中人物提出你怎么是这样的人等问题。这些不仅是剧中的问题，也是我们对现实生活的深入思考。“我们（观众）感知到，对所有的孩子来说，在这些来自他另一个领域的奇妙的冒险经历中，我们都能直接学到一些非常重要的经验。”①

（2）三位一体叙事意义

“男孩—毗耶娑—格涅沙”的三人对话，形成戏剧最基本的叙事架构。首先，这里的对话形式是口头传播，这也是《摩诃婆罗多》原著创作的本色。在文字还没有形成的远古时期，人类只有利用肢体和口头语言延续这个故事。后来有了文字开始记载它，创作才改变了模式。其次，毗耶娑是一个“说书人”，这是东方叙事的应用，是布莱希特戏剧观曾提到的“街景事故”叙事技巧。即在同等观剧审美体验基础上，比起观众在这个故事的发生现场，夹叙夹议地叙述一个故事会使叙事风格更加具有趣味和戏剧性。因此，以对话形式再现东方故事，既是《飞鸟聚会》的戴胜与鸟儿们对话方式的一种延续，又融合了西方戏剧的间离叙事技巧。

这样的三位一体混合交织叙事，也是舞台新的叙事模式，尤其是加入了一个现代男孩，以“四两拨千斤”的叙事方法，为作品宏大史诗的叙事结构增加一个新的维度。总之，“三位一体”对话的叙事，融合了东方说书人的叙事技巧和布莱希特的间离技巧。这样的手法不仅再现了其原著的成书过程，还描绘了印度古人汇集民间故事和传承民族文化遗产的特殊方式。这是布鲁克在跨文化戏剧叙事方面做出的较为成功的革新。

3. 跨文化舞台的表达意义

（1）东方美学元素的运用

该剧在舞台上呈现了大量的金、木、水、火、土自然元素。中国古代哲学家用五行理论来说明世界万物的形成及相互关系，认为五行是构成宇

---

① David Williams, *Peter Brook: A Theatrical Casebook (Revised and Update)*, London: Methuen Publisher, 1991, p. 370.

宙万物的基本物质。五行是气的五种运行状态，强调世间万物的整齐划一，如同佛教达摩的律法统一。五行构成了东方传统文化的生命元素。剧中五行元素的有序或乱序，代表了宇宙的和谐或混沌状态，同样寄寓着印度佛教达摩的统一或混乱。金是指一切金属，般度五子在德罗纳统率下练习弓箭，弓箭也是东方古代打仗重要的军械之一。水的元素当属于恒河，它是婆罗门族的生命之河，人类的繁衍生息与爱恨情仇都将在这里发生。毗耶娑为了考验坚战的品质，对他进行一系列的提问。

> 声音：给我举个空间的例子。
>
> 坚战：双手合十。
>
> …………
>
> 声音：世界的起因什么？
>
> 坚战：爱。
>
> …………①

毗耶娑继续追问，如果有一个机会，让你死去的兄弟中的一人复活，你会选择谁。坚战认为仁慈是最高正法，就让诺矩罗复活，如此他的后娘马德里便不至于绝后，这样才公平。这个场面不仅表现了东方禅宗美学与仪式精神，而且揭示了坚战才是人民心之所向、众望所归的王中王，因为他具备人类最宝贵的文化品质之一：仁慈的人文情怀。

（2）戏曲舞台假定性的运用

在俱卢之战中，两个家族的斗争进入白热化阶段。德罗纳驾驭着战车，并碎碎念着咒语。一排排士兵吹响号角，战鼓雷鸣。全军呐喊，排列队形，时而方形，时而圆形，可谓变化多端，令般度族望而却步。这时，激昂拿着一把剑来破阵。最终，德罗纳指挥着迦尔纳折断了激昂的刀。迦尔纳粉碎了激昂的盾牌，砍断他的弓箭，并摧毁了他的战车。随着激昂一声呐喊——“父亲”，他的胸口被群戟刺进，然后死去。我们试想以德罗纳为首

① Jean-Claude Carrière, *The Mahabharata: A Play*, Peter Brook, trans., London: Methuen Drama, 1988, pp. 104-105.

的一群长辈围攻一个还未成年的激昂这样的孩子，这是一个多么非人性的行为。在《摩诃婆罗多》中“最有意义和最普遍的画面，是真实的人物面对他们的心中的‘达摩’，而它（达摩）存在的本质是从京剧中取材并由多国演员完美地展现出来的”[①]。除了剧中这个“激昂之死”的场面，还有很多的群舞场面，大量借鉴我国戏曲武场中的程式化表演元素。它不仅赤裸裸地再现这种非人性的场面，还揭示了战争中扭曲的亲情关系。因此，不论是现在，还是过往和未来，我们会发现东方表演艺术始终在世界舞台上有一席之地。

（3）东方美学精神的运用及意义

除了东方文化元素的运用，我们更要谈谈东方美学与文化在剧中的体现与表达。在整剧下部第十一场——最后的幻觉中，坚战和他带着的一条狗，欲爬上天梯，使者和毗耶娑告诉他：首先你要放弃狗，因为狗是一种物质形式，而不属于精神范畴。最终，坚战终于登上天国之时，看到了持国获得光明、甘陀利摘下她的眼布；看到了他的兄弟、他的妻子等剧中所有的人物。最后，他们一起慢慢走向天光之中。他们走向了人与自我、人与内心、人与人、人与自然和谐的世界。这就是我们东方人认为的最深邃的精神境界之一——“天人合一”，属于中国传统美学的最高范畴之一。西方人的人性论认为，在他们发生了不应该发生的战争而导致人性毁灭以后，在走向天国之时，他们的人性得到了救赎。因此，本剧的最后一个场面是东西方文化交织融合，也展现了东西方共同的美学追求和文化信仰。归根结底，这属于一种全人类的精神范畴。

（六）跨文化舞台的创作意义

在这部剧中，布鲁克不仅描述叔侄及兄弟手足之间相互残杀的这场战争，还描述战争发生的本质、过程、结果及其中人性毁灭与救赎的过程。布鲁克在本剧中，不是单一地描写战争，而是把古希腊命运论置入战争中，要么顺从发展，要么与之反抗，因而加深了整剧的残酷色彩。因此，该剧

---

① Peter Brook & Jean-Claude Carrière, *The Mahabharata: The Great History of Mankind*, New York: The Edwin Mellen Press, 1988, p. 14.

重复呈现了命运如期而至、不可抗拒的意象。早前，古希腊戏剧家索福克勒斯所认为的命运论，不再指具体的神，而是一种抽象概念。抽象意味着神秘性，这种神秘性导致人类无法找到具体解决方案，也根本无法控制命运。

该剧中婆罗多族后裔的两个家族之间由一场赌博游戏开始，发生了一系列战争，最终以整个家族灭亡收场。黑天以为自己可以操纵婆罗多命运的指挥棒，最终却无法控制婆罗多家族的命运，而自己种族的命运就像婆罗多种族的命运一样悲惨。在结尾处，当黑天快死之时，男孩冲上去问他为什么这样操纵战争，而黑天最终未能答复他，便离开了这个已经让他遍体鳞伤的现实世界。这是黑天的深刻悲剧性。《摩诃婆罗多》揭示了“三千年前的一个年轻人如何穿越一个最黑暗、最痛苦的，可以说整个人类最痛苦的时期，找到他要走的路的过程”[①]。布鲁克说的这个“年轻人”，可以寓意黑天，或男孩，或我们现实生活的人，或共同经历和观察整个家族如何被毁灭的过程的观众。黑天临死之前，告诉男孩的毁灭整个家族的这种“可怕的力量”，来自战争宿命论的无解性。这是站在黑天的视角，告诫人们不仅要对所处的现实世界产生一种居安思危的情怀，更要在这种“危机情境”中做出选择，也即要为之担当责任与承担后果。

在人类发展的历程中，看不到又摸不到的命运到底是什么？当命运如期而至时，我们是逃避还是接受，是反抗还是顺从？命运最终促进人类命运发展了吗？这些都是《摩诃婆罗多》带给我们的新思考，需要我们重新评估命运的存在意义。我们一直用这些戏剧文学作品探索人类的命运，可命运到底在哪里？这不仅是一个需要人类思考的永恒问题，恐怕还是人类一直说不清楚的问题。“命运就是我们的真理。我们越接近真相，我们就越能看到命运。”[②] 人类为了完善自身的发展，需要不断接近真理。哪怕为了接近真理或真相，被命运夺走了生命，人类依然努力追求真理，而这种拼

---

① Margaret Croyden, *Conversations with Peter Brook(1970–2000)*, New York: Faber and Faber, Inc., 2003, p. 217.

② Jonathon Cott, *A Forest Without End: Peter Brook on The Mahabharata*, Parabola, Ⅻ, 3, p. 90. 转引自 David Adam-Leeming, *The Mahabharata: The Great History of Mankind*, New York: The Edwin Mellen Press, 1998, p. 53。

搏精神也一直活在世上。这就是人类历史所具有的生生不息精神的伟大之处。

总之，我们从婆罗多族的命运看到“特殊民族和特殊精神的命运和行为是这些精神的有限性的现象辩证法。从这种辩证法中产生普遍精神，即无限的世界精神”①。《摩诃婆罗多》中婆罗多族的毁灭与重生，不仅体现了其具有的特殊而又普遍的意义，而且传递出人类的世界文化精神，还揭示人类精神文化都能在《摩诃婆罗多》中找到溯源。婆罗多种族之间的宿命永恒性和战争无解性的特征交织在一起，导致了俱卢之战爆发的不可抗拒性，它观照着世界历史发展到今天的一个侧面。到今天，欧洲还继续发生战争。而人类在取得所谓战争的胜利以后，回首这场战争夺走了多少人的生命，损失了多少人力、财力与物力，则这种胜利又到底意味着什么呢？这引起了我们思考。为什么战争一直都发生在我们身边？人类的未来命运何去何从？它们既是人类发展本质的问题，恐怕又是人类无法解释清楚的问题。《摩诃婆罗多》为人类战争的起源与本质和人类历史发展，提供了新的答案。这就是布鲁克这部作品所具有的现实意义。

（七）褒贬不一的“跨文化现象”及价值

布鲁克认为，对东方传统表演艺术形式了解得越多，就越能意识到，“掌握这些艺术形式至少需要一生的时间，而外国人只能欣赏它们，不能模仿它们”②。布鲁克承认他与西方观众一样。当他们观看东方传统戏剧时，如果没有认识到这样的戏剧样式的审美价值，他们只能被这些程式化动作所吸引，并不理解这些动作是如何表达人类情感的。当布鲁克看到印度演员脱掉了华丽的服装，擦去了浓妆的扮相，穿着普通的牛仔裤与衬衫，在布鲁克面前再次重复程式化舞蹈动作之时，他意识到他更喜欢这样的表演风格，因为“令人费解的形象已经让位于一个普通的、更容易理解的形

① 〔德〕卡西尔：《人论：人类文化哲学导引》，甘阳译，上海译文出版社，2013，第 177 页。

② Jean-Claude Carrière, *The Mahabharata: A Play*, Peter Brook, trans., London: Methuen Drama, 1988, p. xv.

象"[①]。布鲁克的这种转变，不是简单的视角转变，而是主体思维主动的转变，更重要的是演员表演创造的这种跨文化样式，促使他的审美思维从西方文化审美自然过渡到跨文化审美，从而使他得到愉悦的认同体验。

环境戏剧创始人理查德·谢克纳（Richard Schechner）认为《摩诃婆罗多》"是他见过的有意义的跨文化作品中，把东西方文化真正融合的最好例子"[②]。当然布鲁克也遇到了质疑的声音，印度学者高塔姆·达斯古普塔（Gautam Dasgupta）赞美布鲁克本剧的"舞台设计优雅"[③]，但也认为其个别地方的"表演拙劣"[④]，大多场面的"各种语言口音大杂烩，戏剧节奏不连贯"[⑤]。他还认为"布鲁克的《摩诃婆罗多》缺乏印度史诗的印度特色，因为它主要讲述了其中的重大事件，没有充分强调其相关的哲学戒律。因此，毫不含糊地说，在人类遇到核浩劫之时，它确实创造了一个幽灵，在等待着我们的命运"[⑥]。印度导演鲁斯特姆·巴如查（Rustom Bharucha）质疑20世纪阿尔托、格洛托夫斯基与彼得·布鲁克导演的跨文化戏剧实践与理念。他认为布鲁克的《摩诃婆罗多》是一种"文化沙拉"[⑦]（cultural salad），使其原著神话故事过于"拼贴"，主观强势地把它引领至欧洲文化中心，脱离了其史诗性和东方文化语境。

---

① Jean-Claude Carrière, *The Mahabharata: A Play*, Peter Brook, trans., London: Methuen Drama, 1988, p. xiii.

② Rustom Bharucha, "A View from India," *London Review of Books*, 1985. 转引自 David Williams ed., *Peter Brook and The Mahabharata*: *Critical Perspectives*, London: Routlege, 1991, p. 246。

③ Gautam Dasgupta, "Peter Brook's 'Orientalism'," *Performing Arts Journal*, 30. 10(1987). 转引自 David Williams ed., *Peter Brook and The Mahabharata: Critical Perspectives*, London: Routlege, 1991, p. 266。

④ Gautam Dasgupta, "Peter Brook's 'Orientalism'," *Performing Arts Journal*, 30. 10(1987). 转引自 David Williams ed., *Peter Brook and The Mahabharata: Critical Perspectives*, London: Routlege, 1991, p. 266。

⑤ Gautam Dasgupta, "Peter Brook's 'Orientalism'," *Performing Arts Journal*, 30. 10(1987). 转引自 David Williams ed., *Peter Brook and The Mahabharata: Critical Perspectives*, London: Routlege, 1991, p. 266。

⑥ Gautam Dasgupta, "Peter Brook's 'Orientalism'," *Performing Arts Journal*, 30. 10(1987). 转引自 David Williams ed., *Peter Brook and The Mahabharata: Critical Perspectives*, London: Routlege, 1991, p. 266。

⑦ Rustom Bharucha, "A View from India," Originally published in *London Review of Books*, 1985. 转引自 David Williams ed., *Peter Brook and The Mahabharata*: *Critical Perspectives*, London: Routlege, 1991, p. 246。

虽然布鲁克的《摩诃婆罗多》争议颇多，至少布鲁克为印度史诗《摩诃婆罗多》成为世界戏剧走出了重要的一步。其实，谢克纳、达斯古普塔和巴如查对布鲁克的跨文化作品进行尖锐锋利的评论，不得不引起我们对当今跨文化戏剧创作的现实思考——前者站在西方文化视角上，后两者站在东方文化的保守思想的视角上。我们通过这些评论清晰地看到西方人如何认知《摩诃婆罗多》的内容及精神表达，还有需要世界跨文化实践者考虑清楚两种文化之间跨什么、怎么跨、为什么跨的问题，同时要降低两种文化之间的排他性与差异性的程度，使其尽可能融合一些。

因此，布鲁克只有尽可能地利用自身的生命感知、文化经验与素养，才能在东方故事基础上和西方戏剧样式中，找到一个跨文化融合的舞台意象，它是东西方观众都能识别的一种文化符号。此时，观众如果只是囿于某一种文化的僵化概念与文化经验，则无法识别这样的跨文化演出。布鲁克通过这样的跨文化方法，把西方文化不理解的东方文化意象及其精神以跨文化戏剧形式分享给西方观众，并在世界文化中得到了一种认同。这是布鲁克创作这部戏剧最有价值的地方之一。所以，跨文化戏剧的创作就是不断地探索世界文化的真理，我们要以丰富而全面的视角看待这个世界，看待这个世界的文化在自我完善之路上的发展。

结　语

1993 年，彼得·布鲁克改编英国奥利弗·萨克斯的神经心理学小说《那个错把妻子当帽子的男人》[①]（*The Man Who Mistook His Life for A Hat*），这是在他长达 51 年的导演艺术生涯中进行的跨文化转向——跨学科，他把神经心理学科带入戏剧文化领域中。他再次拓展了戏剧新的文化领域，引发了新的文化现象，创造了戏剧更多的可能性。布鲁克导演艺术中的跨文化实践成果，在国内外褒贬不一。他的导演艺术跨文化价值不在于作品本

① 田嘉辉：《彼得·布鲁克与跨文化戏剧〈那个错把妻子当成帽子的男人〉》，《中国比较文学》2022 年第 3 期，第 194 页。这篇论文详细阐述了布鲁克执导的《那个错把妻子当成帽子的男人》的跨文化戏剧创作观。

身，而在于再现这个作品的过程。这个过程或多或少地引发了文化现象，带来了戏剧发展中新的现象或效应。这些现象或效应及其存在意义，给予我们更多的是对人类文化本身的思考。这才是布鲁克的跨文化戏剧创作及作品上演最有价值的地方之一。由此，笔者联想到1907年2月，我国春柳社在日本东京中华基督教青年会礼堂的赈灾游艺会上，演出了话剧《茶花女》片段。曾孝谷在剧中饰演阿忙的父亲，李叔同“女扮男装”饰演的茶花女玛格丽特，包含着跨文化戏剧元素。这是春柳社的首次演出。它跨越了地理、跨越了语境、跨越了性别、跨越了艺术样式。它可以被称为中国话剧的第一次正式演出，引发了中国戏剧发展中新的文化现象。它同样标志着中国话剧的诞生，创造了中国戏剧发展中新的戏剧样式。

无论是彼得·布鲁克导演艺术中的跨文化现象，还是人类的跨文化美术、舞蹈、戏剧、电影等艺术种类在创造新的艺术样式过程中产生的新的文化现象，乃至东西方文化之间的对话中产生的新的文化现象，无论认同与肯定、争议与质疑，甚至否定这些文化现象及其存在意义，都是人类文化发展中无法避免的、不可缺少的一面，促使我们重新思考人类文化本身，更可以满足人类不断更新的内心诉求和更优质的文化品格需求，促使人类不断完善自身，从而形成更好、更优质的文化人格。

【Abstract】 British director Peter Brook, of Russian Jewish descent, famous for directing cross-cultural plays. After he settled in Paris in 1970, he has engaged in a series of cross-cultural theatrical practices. This paper starts with the cross-cultural phenomenon in Brook's directing art, and studies the cross-cultural creation phenomenon and its significance. In his performance of *Orghast* in Iran, he combines various ancient languages with modern English to create a new language. From African *Ik*, he discovered the drama value of forgotten indigenous cultures, questioned the truth of anthropology. He found the modern significance of traditional African culture and the world cultural value from the book of ancient poetry *The Conference of Birds*. His *Mahabharata* not only brought together all his cross-cultural methods and theatrical contents, but constituted a new style of drama. In his course of cross-cultural aesthetics, Brook crosses languages, disciplines, contexts, races and cultures, and finally forms a new dramatic style. This is the unique cross-cultural creation value of Brooke's cross-cultural drama. He expanded the new cultural field of drama, triggered a new cultural phenomenon, and created more possibilities for drama. This study provides methods and content possibilities for drama creators at home and abroad. It is hoped to provide the possibility of reference for researchers engaged in cross-cultural drama theory at home and abroad.

【**Keywords**】 Peter Brook; cross-cultural phenomenon; cross-cultural drama; travel drama; *The Mahabharata*

作为批评家的格非*

孙雅楠

（内蒙古师范大学文学院 呼和浩特 010022）

【内容提要】 集作家、教师、学者于一身的格非，其小说创作、知识教育与文学研究堪称三位一体。学者型作家格非的文学批评别具一格。他通过汲取中外文学理论的营养，指导自己的创作。反之，在大学授课和小说写作的过程中，格非也在实践并印证其批评理念。他的理论观点主要集中在《塞壬的歌声》《文学的邀约》《文明的边界》《小说叙事研究》内，散见于学术讲座、散文随笔和访谈之中，勾勒出以“时间的内核”“批评家的批评”“文学的真知”为主题的叙事理论。格非的文学批评呈现出独特的创作体悟，蕴含着教学与科研的真知灼见，还体现了他寸积铢累的学术素养和出类拔萃的思辨能力，为中国当代文学批评带来可资借鉴的范式。

【关 键 词】 学者型作家　格非　作家批评　文学创作

格非身为“先锋五虎将”之一，以构建“叙事迷宫”而闻名。毫无疑问，当我们谈论格非时，总是免不了提到“先锋”。正因为如此，在某种程度上，阐释格非的其他可能性被遮蔽了。集作家、教师、学者于一身的格非，在中国当代文坛独树一帜。评论界常聚焦于格非文本形式的革新，充分肯定其转化西方后现代写作经验的能力。在现有的研究中，从格非的批评家身份出发，将格非的小说观念和文学批评实践融为一体，是一个薄弱

* 本文系2023年度内蒙古自治区直属高校基本科研业务费项目“格非小说创作转型的‘中国化’策略研究”的阶段性研究成果（2023JBYJ008）。

环节。事实上，当代作家格非对批评领域的介入，为建构文学批评话语体系提供了新思路。本文试图通过剖析格非的学术思想和理论著作，将视域延伸到格非的文学批评层面，为阐释格非寻找一些新路径。

格非思维缜密，笔调冷峻，洞察力敏锐，其批评文本深邃，辞藻雅致，文章极富哲理性。格非既拥有作家“笔下生花”的兴奋，又因为教师“授人以渔”而欣慰。职业和身份的多元化，赋予格非得天独厚的优势与资源。他的学养、才情、经历造就了他与众不同的气质和无可取代的地位。难能可贵的是，格非能够将理性思辨与感性创作结合起来，在阐释经典文本的同时关注社会现实，为文学批评提供一种全新的话语范式。《小说艺术面面观》《塞壬的歌声》《卡夫卡的钟摆》《小说叙事研究》《博尔赫斯的面孔》《雪隐鹭鸶——〈金瓶梅〉的声色与虚无》《文学的邀约》《文明的边界》都是格非在文学批评领域的代表性成果。他对文学现象的理性阐释、对小说叙事技巧的理论分析，以及深具美学风貌的批评话语，均有利于推动传统学院派批评的转型。不仅如此，格非还自觉反省创作经验，以学者型作家的身份和驻校的方式，对文学创作产生深远的影响。

一　驻校作家与“第四种批评”

20 世纪 90 年代以来，随着社会主义市场经济的发展、西方创意写作理念的影响，高校开始调整文学院系的学科结构和学生的培养方式，完善引进人才制度，逐步扩大著名作家和诗人的“驻校”规模。

1994 年，王安忆应陈思和之邀，到复旦大学开设小说研究课程。2000 年，格非由华东师范大学调入清华大学任教，讲授“小说叙事研究”课程。同年，马原调入同济大学中文系工作。2002 年，梁晓声调入北京语言大学任教。2003 年，贾平凹先后担任西安建筑科技大学人文学院院长和文学院院长。2013 年，毕飞宇受聘南京大学，成为该校特聘教授。2018 年，麦家成为浙江大学首位驻校作家，受聘出任浙大求是讲座教授。阎连科、刘震云分别于 2019 年和 2011 年，先后供职于中国人民大学文学院。北京师范大学国际写作中心在京揭牌后，莫言担任中心主席、主任，于 2019 年被聘为

“京师杰出教授”。继贾平凹、余华、严歌苓、欧阳江河、苏童、西川、迟子建、翟永明、格非、韩少功、阿来、张炜、毕飞宇加盟教师队伍后，李洱、东西、艾伟于2020年成为北京师大珠海校区的驻校作家。其中，余华、苏童、欧阳江河、西川已调入北京师范大学，成为专职教授。他们或以固定的课程讲授形式，或以专题讲座的形式，推动了文学批评的大众化运动。这显然成为中国文坛的一个重要事件。①

不仅如此，高校越来越成为文学家创作的沃土和作家成长的摇篮。2023年4月8日，“中国大学创意写作联盟”在华东师范大学正式成立，旨在整合全国高校创意写作资源，拓展写作人才的培养模式与创意写作学科发展的前进路径。② 这是中国高校首次成立“创意写作”联盟，由北京大学、北京师范大学、复旦大学、华东师范大学等9所高校的创意写作机构组成，是中国文科教育发展史上的一个重要里程碑。如今的文学创作丰富多彩，极具活力，同时还提高了对专业性方面的要求。大学成熟的办学经验和系统的理论与实践，对于写作者而言意义非凡。正如格非在成立大会上所言，当今新媒体的盛行让资讯的获取看似容易，实则更加封闭。这个联盟促进了写作者在不同层次上开展多彩的文学活动，这对文学非常重要。

事实上，作家、诗人进入高校文学院/中文系任教，并不是前所未有的现象。复旦大学就有着悠久的作家教学传统。余上沅、方令孺、贾植芳、靳以、洪深都曾在复旦大学任教和写作，这一传统对邹荻帆、绿原、王火、曾卓等人产生了很大影响。回望中国现代文学史，例如鲁迅、郭沫若、叶圣陶、郁达夫、沈雁冰、徐志摩、朱自清、闻一多、沈从文，同样具有多重身份。他们是作家、学者、文学批评家、社会活动家，为中国现代文学的发展做出了巨大贡献。直到新中国成立后，随着中国作家协会等组织规模的扩大，作家与教师的职业分野才变得愈加明显。实践证明，作家以教师的角色参与文学教育，可以开阔学生的视野，丰富教学方法。作家的阅读体悟和创作经验，通常更容易成为文学批评的灵感来源。课堂教学这一特殊批评场域的存在，在一定程度上有利于规避学院派批评的理论化倾向，

① 叶立文：《作家驻校制与作家批评的兴起》，《小说评论》2018年第5期，第70页。

② 行超：《新时代 新文学 新人才》，《文艺报》2023年4月14日，第1版。

弥合文学理论与写作实践之间的鸿沟。显而易见，作家“驻校”模式的独特之处在于，它将学术研究、文学创作和作家培养融为一体。对于高校的建设和发展而言，大学教师身份的多元化，是高校自身改革的需要，为学校营造了浓厚的人文氛围；对于作家来说，身份转换、授课实践和师生互动，成为一种全新的文学艺术实践方式，便于解决他们固有思维中存在的问题；对于学生而言，驻校作家既是有形的可贵资源，更是无声的精神激励。作家的所见所闻是鲜活的教科书，有助于学生深入阅读，培养写作兴趣，提升文学教育的多样性，促使写作者和读者的对话成为可能。

这不禁令人深思，驻校作家的文学批评到底该如何归类？20 世纪 20 年代，法国批评家蒂博代基于批评主体的身份，提出了颇具影响力的“三种批评”（媒体批评、学者批评、作家批评）。[①] 仔细甄辨，它们彼此具有互补性。媒体批评侧重表达时髦的趣味，是易于流向派别的批评。学者批评由于重视知识的体系化，往往会限制想象力和创造力。作家批评存在主观性较强的可能。媒体批评的煽动性、学者批评的学理性，以及作家批评的感悟性，都与身份成规所形成的文体风格有关。[②] 读者应该将其视为三种倾向，不能割裂开来，看作固定模式。

在此基础上，刘晓南提出“第四种批评”，即兼具作家、学者双重身份的作家学者批评。[③] 在西方文学史上，这种批评形态早已颇具规模。例如米兰·昆德拉（Milan Kundera）、弗拉基米尔·纳博科夫（Vladimir Vladimirovich Nabokov）、爱德华·摩根·福斯特（Edward Morgan Forster）、托马斯·斯特尔那斯·艾略特（Thomas Stearns Eliot）、奥斯卡·王尔德（Oscar Wilde），他们不仅写作出色的文学作品，还创作出成绩斐然的学术成果，分别有《小说的艺术》《文学讲稿》《小说面面观》《批评批评家》《作为艺术家的批评家》。在当代文学领域，作家群体充分发挥艺术创作能力，课堂讲稿便是他们杰出的理论结晶。比如格非的《小说艺术面面观》

---

① 〔法〕蒂博代：《六说文学批评》，赵坚译，生活·读书·新知三联书店，2002，第 46 页。

② 刘晓南：《第四种批评——以格非、曹文轩、张大春为例》，博士学位论文，北京大学，2006，第 18 页。

③ 刘晓南：《第四种批评——以格非、曹文轩、张大春为例》，博士学位论文，北京大学，2006，第 24 页。

《小说叙事研究》《文明的边界》，王安忆的《心灵世界》《小说课堂》《小说六讲》，毕飞宇的《小说课》，马原的《阅读大师》《模仿上帝的小说家》，张大春的《小说稗类》等。上述课堂笔记既是研究批评对象的重要文本，也是闪耀着作家智慧和魅力的学术著作。这些批评文字为读者敞开经典文本的内部空间，是一种回到文学本身的批评范式。①

批评主体的不同身份，导致了批评立场和方法的迥异。身为创作者和研究者，格非在文学批评的写作方面有着天然优势。首先，驻校作家不会囿于市场和体制，他们比职业作家拥有更大的自由空间，呈现出疏离商业化和政治化的特征。其次，“第四种批评”的多样视角使文学批评避免了大师批评的随意性，同时减少了职业批评的僵化性。最后，作家经验和学院知识的双重学术资源，使得格非除了从艺术层面分析文学的构成，还能从学理层面参照文学谱系对作品进行评价。茨维坦·托多洛夫（Tzvetan Todorov）曾说，“批评是对话，是关系平等的作家与批评家两种声音的交汇”②。从某种意义上说，学者型作家格非的文学批评，正是从不同的批评主体和理论视角出发，与托多洛夫的批评理想不谋而合。

显然，格非的文学批评有别于纯粹的职业批评，比传统意义上的“创作谈”，更具有“量身定做”的属性：格非融合了多种批评视野和知识生产方式，在引入西方叙事理论的同时，增加了小说作品研究的比重。格非致力于重构和归返中国叙事之路，他坦言“想从整个的小说理论、小说史，尤其是作品来切入”③。即便是在批评内部进行比较，作家们的批评风格也是各有千秋。格非语言典雅精致，王安忆笔调从容细腻，而毕飞宇则逻辑绵密细致。格非将内部批评和外部批评融会贯通，不仅揭示了文学作品的深刻内涵，而且以高超的艺术鉴赏力陶冶人心。需要指出的是，“作家学者”这一批评主体的独特性，使得“第四种批评”很难成为批评界的主流。事实上，这种批评需要长期的科研积累和学术训练才能形成，并不是符合

① 刘艳：《文学批评的“远”与“近”》，《人民日报》2018年3月27日，第14版。

② 〔法〕茨维坦·托多洛夫：《批评的批评——教育小说》，王东亮、王晨阳译，生活·读书·新知三联书店，2002，第185页。

③ 刘晓南：《第四种批评——以格非、曹文轩、张大春为例》，博士学位论文，北京大学，2006，第108页。

在高校写作这个条件，就可以将其称为“第四种批评”。部分被高校邀请来授课/开展讲座的作家，是游离于大学体制之外的群体，尚未被高校“职业化”。学校对他们的考核较为灵活，通常允许其以文学作品代替学术研究成果。比如，余华、苏童、贾平凹等作家的批评，显然没有呈现出太多学院派批评的痕迹。他们的文笔活泼灵动，语言优美通俗，不以学术体系、话语体系和论证逻辑为写作重心，而倾向于“创作谈”或写作感受。这也是笔者将这些作家归类为驻校作家，而不纳入“第四种批评”范畴的原因。

作为一个具有多重文化身份的批评者，格非的文学批评突破了理论和文本、阅读和写作、创作和实践、作家和读者、现代和传统的樊篱，对社会现实进行了鞭辟入里、细致入微的分析。他的理论观点主要集中在《塞壬的歌声》《文学的邀约》《文明的边界》《小说叙事研究》内，散见于学术讲座、散文随笔和访谈之中，勾勒出以“时间的内核”“批评家的批评”“文学的真知”为主题的叙事理论。

二　学者型作家格非的文学批评

（一）“时间”的内核

1. 时间的有限性

细心的读者不难发现，格非不止一次地提及“时间”命题，他将文学的时空观视为文学创作和文学研究的核心。[①] 在文学专题栏目《文学大家说》中，格非提到闲暇对于培育自己的写作极为重要，正是“孤独”开始了他的文学启蒙。他在孩童时期有过一段农村生活经历，那时的他时常为了打发百无聊赖的寂寞时光，而思考“时间”和人生。2016 年 1 月 10 日，格非以“重返时间的河流”为题，探讨文学时空观的演变及意义，为清华学子带来一场思想盛宴。格非的演讲内容，源自他对时空关系失衡的直观感受：在当下的现实生活中，现代人的“时间”被“空间”切割得支离破

① 格非：《没有对时间的沉思，空间不过是绚丽的荒芜》，《文汇报》2016 年 1 月 15 日，第 10 版。

碎，生活的意义就此荡然无存。在文学叙事中，时空观同样发生畸变，导致了永恒的消失和意义的匮乏。因而，从某种意义上说，格非将文学视为对时间的沉思。①

众所周知，“时间”和“死亡”是人类面临的唯一终极性话题，古往今来，伤春悲秋的名诗佳句不胜枚举。唐代诗人刘希夷用“年年岁岁花相似，岁岁年年人不同”（《代悲白头翁》）来形容时光流逝，人世多变；孟浩然以“江山留胜迹，我辈复登临”（《与诸子登岘山》）借古抒怀，表达他对万物更迭、人事代谢的无奈；苏轼的“哀吾生之须臾，羡长江之无穷”（《赤壁赋》）表达了作者感叹生命之短暂，人类之渺小。《红楼梦》中“三春去后诸芳尽，各自须寻各自门”是秦可卿去世前给凤姐的托梦赠言，告诫世人万物均为瞬息繁华，和前文的“盛筵必散”一脉相承。格非除了信手拈来经典诗句警示读者惜时，还经常谈到唐君毅的“古庙游思”——他将亲人的情分，比喻为四面八方的人同来赴会，把时间的残酷性描述为“暂时于开会时，相与欢笑，然会场一散，则又各乘车登船，往八方而驰”②。“酒阑人散”总是令人唏嘘。我们不得不思索，如何才能赋予生活经得住推敲的意义？孔尚任用“眼看他起高楼，眼看他宴宾客，眼看他楼塌了”（《桃花扇·续四十出·余韵》）形容荣华富贵终是过眼云烟。格非认为这三个“眼看”，完美地概括了人的一生。它是点睛之笔，同时又是令人痛彻心扉的哀婉之辞。③ 时光匆匆，好比“逝者如斯夫，不舍昼夜”（《论语·子罕》），又如切斯瓦夫·米沃什的短诗《窗》：

> 黎明时分我望出窗外，看见一株幼小的苹果树在光亮中变得透明。
> 而当我又一次向窗外望去，一棵苹果树正硕果累累地站在那里。
> 许多年月或许已经流逝，但我记不清在我的睡梦中发生了什么。

格非在《文学的邀约》中提到列夫·托尔斯泰同样喜欢思考时间的有

① 格非：《时间与绵延》，《文艺报》2019年3月1日，第2版。
② 唐君毅：《我所感之人生问题》，见《人生三书》，中国社会科学出版社，2005，第15~16页。
③ 格非：《文学的邀约》，上海文艺出版社，2016，第178页。

限性。“这也是每个人都曾经无数次思考并试图回答的问题。或者说，死亡和时间的有限性问题，也是世界上一切宗教和哲学思考的起点。”[①] 一丝不苟的读者，会同格非一样注意到托尔斯泰的写作习惯：他并不喜欢在章节之中添加小标题。然而出人意料的是，《安娜·卡列尼娜》中列文目睹兄长离世的那节标题，使用了“死”这个字眼。这个标题在全书之中显得格外醒目，如同它暗示了“死亡”是托尔斯泰在思考中难以逾越的障碍。他没有简单地描述自然死亡的过程，而是对“死亡”的概念进行了哲学反思。这也正是托尔斯泰在作品中想要表达的主题：既然人皆有一死，“筵席”终将散场，那么生前的荣华富贵和功名利禄，又有何意义呢？豪情壮志和碌碌无为又有何区别呢？

中国传统文化和哲学，在对时间的沉思方面，留下了宝贵的文化遗产。儒家的“入世情怀”，道教的“超世境界”以及佛教的“出世之心”，为我们提供了思考时间和生命意义的思想源泉。[②] 传统的儒家思想衡量“时间”，并不是丈量生命的长度，而是比较道德的强弱。这与西方文化中的“超级时间”截然不同，后者习惯为死亡设定具有宗教色彩的“彼岸”世界。中国人将生命的意义视为实现价值的过程，正如“君子曰终，小人曰死”（《礼记·檀弓》）。如此便不难理解古人“杀身成仁”和“舍生取义”的精神。格非认为，中国古代哲学将“时间”的有限性，也就是生死问题，看作不可逆转的自然规律，是每个人必须经历的过程。正所谓“有生者必有死，有始者必有终”（扬雄《法言·君子卷第十二》）。只要预先产生接受的心理，将生与死视为正常现象，在一定程度上可以消减对死亡和未知的恐惧，最终还可以将之转化为哀伤和审美的对象。[③] 直至近现代文学家鲁迅，以超凡的道德水准，提出“绝望之为虚妄，正与希望相同”[④]，为未来保留了想象的空间，催生出强烈的现实关怀和极高的行动意志。人们不能

---

① 格非：《文学的邀约》，上海文艺出版社，2016，第 179 页。

② 格非：《时间与绵延》，《文艺报》2019 年 3 月 1 日，第 2 版。

③ 格非：《文学的邀约》，上海文艺出版社，2016，第 193 页。

④ 1925 年元旦，鲁迅（1881 ~ 1936）作散文诗《希望》（收入《野草》集内），两次引用匈牙利诗人裴多菲（Petöfi Sándor，1823 ~ 1849）的一句话：“绝望之为虚妄，正与希望相同。”参见林万菁《试释鲁迅“绝望之为虚妄，正与希望相同”（摘录）》，《鲁迅研究动态》1988 年第 5 期，第 51 页。

留住岁月，但可以在有限的时间内充分发挥主观能动性，做到“勤靡余劳，心有常闲”（陶渊明《自祭文》）或者“坐对当窗木，看移三面阴”（段成式《闲中好》）。泰然处之，随遇而安，也是一种智慧之道。

由此可见，古今中外的作家重视“时间”的体悟是一脉相通的。“时间”是文学世界里历久弥新的命题。通常而言，“时间”被众人理解为一个“线性过程”，即它具有“一去不复返”的不可逆特性。因此，时间的有限性，决定了它的本质：“时间”代表着死亡的根本刻度，李敬泽将其比喻为“定时炸弹”。古人很早就体察到人生苦短，生命短暂，因而感叹“昼短苦夜长，何不秉烛游”（佚名《生年不满百》）。然而，在现代人的经验中，时间感却面临逐步被压缩、被悬置的处境。随着社会经济的高速发展、全球信息化进程的加快、现代交通工具的多样化，“时间”已经被高度空间化。如今，清晨在香港吃早餐，中午去巴黎喝咖啡，傍晚到纽约赴宴的梦想已然不难实现，因此我们说真正意义上的“远方”不复存在。从位移的角度来说，这显然是完成了一趟旅行。但是，过于日常化的个人经验，很难在记忆中留痕。“空间”对于“时间”的解构，在一定程度上模糊了现代人对于“时间”的生命体验。

2. 时间的“均质”与“非均质”

除了关注时间的有限性，格非还多次强调时间的“均质”与“非均质”问题。他认为传统社会的时间是“非均质”的。① 日暮晨昏，春去秋来，时间因而存在不同的意义和价值。比如农民恰逢大雨天，被迫更换时间收割麦子；居民因为临时停电无法做事，只好早点上床休息；作家迟子建的故乡位于漠河北极村，在冬季实属苦寒之地，人们唯有居家静候春暖花开……值得注意的是，在基督教文化中，礼拜天的意义和周内的其他时间全然不同。格非指出，到了现代社会，时间观念发生了翻天覆地的变化。直到 1884 年，国际子午线会议在华盛顿召开，标志着地理经度和时间测量的精细管理。“时区”的确立，使得时间被视为“均质”的、可分割的、可量化的。② 因此，我们习惯用“年、月、日、时、分、秒”来描述时间的长

① 格非：《时间与绵延》，《文艺报》2019 年 3 月 1 日，第 2 版。
② 格非：《时间与绵延》，《文艺报》2019 年 3 月 1 日，第 2 版。

短，并将其彼此相互转换或叠加。此外，人们往往还通过空间来理解它。

时间被“科学化”之后，自然为生活带去了许多便利。在这种可测量的条件下，出现了两个有趣的现象：其一，“时间”被定义为钟表指针的转动以及太阳的东升西落。其二，随着科学技术的发展，人类可以充分发挥主观能动性，比如说利用客观规律创造有利条件，在任意地点、任意时间段开展工作就会变得轻而易举。如此，时间便具有了统一性，在任何时间段都可以被利用，无论黑夜白天，无论严寒酷暑。通常而言，两小时的会议在时间轴上是一小时用餐时间的两倍。但是，无聊冗长的会议和享受美味佳肴，两者时间流逝的体验感实为迥异，无法相提并论。格非援引亨利·柏格森（Henri Bergson）的“绵延”理论来阐释上述感受。“绵延”又被称为“心理时间”或“体验时间”。“绵延”就像一条没有堤岸的河流，[①] 过去、现在、未来在其中浑然一体。因此，格非在谈到“时间”和“空间”是构成叙事文学的基本要素时，使用了一个类似的比喻：“我们如果把时间比喻为一条河流的话，那么这个空间就是河流上的漂浮物，或者说河两岸的风景。这两个相映成趣，相得益彰。”[②] 格非认为，在过去的传统文学中，空间是时间化的，空间的意义附属于时间的意义，二者水乳交融。而在如今的文学作品里，“时间”则是空间化和碎片化的。在他看来，造成时空观巨变的因素诸多，最重要的一点是社会本身的变化，因为文学是对社会现实的模仿和反映。

“均质”时间对人的全方位管控，也意味着时间焦虑的产生。在现代社会，“现在”已经成为一个没有意义的点，在不知不觉中被越过，格非将其称为“科学图点”[③]。过去、未来和现在呈现分裂状态，过去的种种因果，导致现在的境遇，而现在又孕育着未来。因此，“时间”的分裂，使得人类无法处在圆融的时空中。未来总是比过去更具有不确定性，因此人类永远在为不确定的未来未雨绸缪，“现在”则成为一个无法驻留的点。当下，“时间”变成了一种催促我们步履不停的压迫性力量。日常生活中的“时

① 〔法〕亨利·柏格森：《形而上学导言》，刘放桐译，商务印书馆，1963，第5页。

② 格非：《重返时间的河流》，《法治日报》2016年1月27日，第10版。

③ 格非：《文明的边界》，译林出版社，2021，“作者序”第6页。

间”，被划分为诸多微小的单元。人们利用日期人为地分割时间，使今天与昨天产生差别。这些变化被数字记录下来，推动着人类文明的发展，塑造着人类的思维。由于现代“时间”是可以被计算、被衡量的，也可以产生效益，人类主动或者被动地沦为时间的奴隶。同时，“均质”时间的可测量性也带来了人类的异化问题。

因为时间焦虑的存在，现代人不可避免地产生了“存在焦虑”，即自我意识使人类意识到自身存在的有限性，一旦联想到危及生存的因素（如疾病、死亡、灾难等）就会产生的焦虑感。这种焦虑是现代社会的特有产物。歌德曾经说过：“存在是我们生存的使命，哪怕是短短的一瞬。”足以见得，“存在”是我们的“任务”和意义。“存在”同“活着”的区别在于，“存在”的人的生命，是由无数个实实在在的“现在”组成。“时间”允许人类在场，当我们对自身的“现在”进行反思时，便可以确认“存在”，也就是笛卡尔著名的哲学命题——“我思故我在”。不言自明，格非十分重视“时间”与“存在”的关系。他认为“没有对时间的沉思，没有对意义的思考，所有的空间性的事物，不过是一堆绚丽的虚无，一堆绚丽的荒芜”①。虚无缥缈的时间，无迹可寻却又切实存在，如同鱼在水中却不知水。我们身处时间之河，却也总被其迷惑。只有呼吁人们重返时间的河流，重建时空的平衡，才能复现文学初始的生命活力和意义。

有趣的是，格非还发现了过去和未来二者的矛盾运动。历史学热衷于回溯过去，重返“黄金时代”，而“现代时间”与传统的时间观念则截然相反，后者通常指向未来。在资本主义商品经济中，滋生出商品拜物教，人类开始出现对金钱的崇拜，“过去”反而成为一种负资产。究其原因，企业家更热衷于投资理财，以实现“延迟消费”，消费目标显然是指向未来的。

3. 作家对时间的“改造”

格非相信，自现代主义文学产生以来，作家们总是有一个共同的愿望，那便是重新整合“时间”的分裂——企图将过去、未来和当下融为一体。这在文学世界是可能实现的。尤其是在写作之前，读者和作者通常会达成某种心照不宣的默契：读者给予作者讲述故事的空间和自由，包括夸张和

① 格非：《重返时间的河流——在“人文清华”讲坛的演讲》，《山花》2016年第5期。

虚构的权力。20世纪以来，不少作家试图通过空间图像的拼贴，实现由传统的线性叙事模式到流动性的转变。他们认为，这种全新的叙事方式，能带来更多的真实感。虽然传统的故事模式具有一定的自由度，但由于时间的延续性以及因果关系的牵制，这种“自由”在故事的大致走向上非常有限。

柏格森关于“时间绵延”的论述，启迪了法国马塞尔·普鲁斯特(Marcel Proust)。普鲁斯特试图凭借文学重建“非均质”时间，通过压缩和延展时空来重现自由。[①] 倘若我们生活在一个永恒不变的世界中，人类不会衰老死亡，那么过去的经验、现在的感知和未来的欲望便会高度统一。在普鲁斯特看来，时间是一种“看不见的形式”，生活是回忆的总和，写作是回忆的重现。“我们所说的现实，就是同时存在于我们周围的那些感觉和记忆之间的一种关系。”[②] 显然，他将现实理解为两部分，一部分是外界事物带来的感觉，另一部分是人们对这些事物的记忆。二者相辅相成，但通常后者是普鲁斯特强调的“心理真实”。“（记忆）感受才构成我们的思想、我们的生活和对我们而言的现实。”[③] 回忆、通感、心灵的深层活动、意识领域的细微变化，都是心理真实的描写重点。因此，在他的笔下，“时间”具备了空间上的意义，不再仅仅代表着日历上被翻动的一页，也不止意味着钟表上的一个停摆，甚至也不单单是指春去秋来、花谢花开。相反，它可能是指一个芳香四溢的花瓶，同时容纳着瞬间和永恒。他的小说《追忆似水年华》以回溯的方式，对过去进行提纯，表现了主人公复杂而真实的内心世界，试图追寻逝去的时间，捕捉沉睡于记忆之中的事物，以三种具体的方式，实现对线性时间的改造：①现时的自我；②保留本质的过去的对象物；③再度寻求本质的未来的对象物。[④] 这很容易让读者联想到福克纳的小说《喧哗与骚动》。该书通过主人公白痴班吉没有时空焦距的含混呓语，

① 格非：《时间与绵延》，《文艺报》2019年3月1日，第2版。

② 〔法〕马塞尔·普鲁斯特：《复得的时间》，崔道怡等编《“冰山”理论：对话与潜对话》，工人出版社，1987，第427页。

③ 《外国文学》编写组编《外国文学史》（下册），高等教育出版社，2018，第99页。

④ 〔法〕马塞尔·普鲁斯特：《复得的时间》，崔道怡等编《“冰山”理论：对话与潜对话》，工人出版社，1987，第424页。

强行将过去、现在和未来统一起来。班吉的叙述随其意识的流动随时切换，格非认为它是较为极端地书写现代性的时间焦虑的代表作。除了普鲁斯特和福克纳，格非还经常援引乔伊斯的短篇小说《伊芙琳》和卡夫卡的小说《乡村医生》，来探讨现代小说中的“时间”问题。此外，夏尔·波德莱尔（Charles Baudelaire）和瓦尔特·本雅明（Walter Benjamin）塑造的“闲逛者”或“游荡者”，成为抗衡资本主义时间功利性的最佳人选。

格非不忘将普鲁斯特的时间观和中国传统文学历史叙事的共时性加以对比。不难发现，二者的共同点依然是通过对现实时间的改造和否定，达成“追忆”的目的。正如“小说的重要功能之一就是反抗遗忘”[①]，人类无法在物理层面上留存时间，唯有从意识、精神、心灵层面缅怀过去。两者的区别主要在于，普鲁斯特更倾向于书写心理时间和意识时间。进行“追忆”的中介物可以是伴着清风的一缕花香，可以是萦绕在齿间的点心的清香，也可以是重复敲响的教堂钟声，还可以是夜深人静时花园里的窃窃私语。我们在阅读普鲁斯特的著作时，气味、触感、听觉交织于“时间”之中，所有的神经都被唤醒。相比之下，中国传统叙事主要是通过典故、意象、历史故事中的文化符号和过去连接。比如说，文人墨客最爱将“月亮”作为联想和记忆的枢纽。在历代的歌谣和吟唱中，“月亮”被寄托了无数情感，具有浓厚的象征意味。苏轼的“但愿人长久，千里共婵娟”（《水调歌头·明月几时有》）表达了与所念之人相隔千里，唯以赏月寄托相思之情和祝福之愿。张九龄的“海上生明月，天涯共此时”（《望月怀远》）承载了作者对远方亲人的思念，与谢庄的“隔千里兮共明月”（《月赋》）同一机杼，意蕴深沉，气象高古而雄浑。张若虚的“人生代代无穷已，江月年年望相似[②]”（《春江花月夜》）抒写了对年华似水的喟叹，对宇宙人生的无限遐想。他通过“月亮”这个小小的物象，构建了一个时间和空间的视图。人类总会面临衰老和死亡，月亮却亘古不变。通过“月亮”这个空间性的意象，每个人都可以窥探时间的存在。因此，在传统文学中，时空关系是水乳交融的。

---

① 格非：《守护记忆，反抗遗忘》，《当代作家评论》2005 年第 3 期。

② 又作“只相似”。

“时间”，是格非小说创作和文学研究的核心问题。对此，笔者深信不疑。格非认为，小说艺术最根本的魅力在于通过语言激活我们的记忆和想象力。[①] 于是，他“有预谋”地重组了思想和语言的碎片。《褐色鸟群》就是由无数离奇古怪的人物与事件的回忆碎片拼贴而成的故事篇章。其中反复出现的“鸟群”，是时间往复和循环论的象征，有意无意地穿插着作者对于真实与虚幻、永恒与瞬间的现实思考。虽然小说发表于1988年，而“我”却在“回忆”发生在1992年的故事，开篇“我”与棋的相遇更是越过1992年的未来之事，《褐色鸟群》直接建构了莫比乌斯环式的时间结构，令人回味无穷。

（二）批评家的批评

1.“塞壬的歌声”

作家与学者兼备的身份，既赋予格非以求真知为目标的批评家特质，又赋予他以真善美为价值理想的作家诉求。这两套话语机制，在其首部散文随笔集《塞壬的歌声》中体现得淋漓尽致，其中随处可见格非对他推崇的卡夫卡、福楼拜、马尔克斯和托尔斯泰等文学大师经典作品的解读。格非表明，卡夫卡一语道破“塞壬们”的秘密，“歌声是一个权宜之计，一个微不足道的、幼稚的，但却是可解燃眉之急的幌子，在他的小说《塞壬的沉默》中，歌声是塞壬们的隐身衣”[②]。真实的塞壬静默不语，是因为沉默比发声更为强劲有力。

关于塞壬，在古希腊神话中版本不一，较早可以追溯到荷马史诗《奥德修纪》第十二卷。女神刻尔吉叮嘱奥德修斯航海旅途万分艰险，赛仑鸟[③]（塞壬）的栖息地是必经之路，塞壬的歌声是迷惑海员的撒手锏，曲调清亮，婉转悠扬。群鸟栖息草茵、白骨堆垒遍地的场景令人毛骨悚然。女神告诫奥德修斯用蜜蜡塞住耳朵不失为良策，倘若想聆听诱人的歌声，务必让伙伴们将自己捆绑于桅杆上。自荷马史诗后，歌德、海涅、卡夫卡、布

---

① 格非：《塞壬的歌声》，上海文艺出版社，2001，第13页。
② 格非：《塞壬的歌声》，上海文艺出版社，2001，第185页。
③ 〔古希腊〕荷马：《奥德修纪》，杨宪益译，上海译文出版社，1979，第150页。

莱希特、里尔克等西方学者，对“塞壬”的形象，分别以不同的形式进行文学演绎和哲学阐释，他们多以“塞壬”为母题，进行广义的互文借用和文学变异。

格非关于“塞壬”的解读不容小觑。“塞壬是恐怖与美丽的复合体。”[①]它既代表着诱惑和希望，也暗含着毁灭。同时，他将这古老的传说视为一则寓言，寄托在散文集《塞壬的歌声》里，去思考“真实、平凡的世界是如何被巧妙地加以装饰，而这种饰物又是如何为希望提供了保证”[②]。独具慧眼，其味无穷。在某种程度上，格非同样以他耐人寻味的“叙事迷宫”“叙事空缺”以及迷离梦境，为自己量身定做了一套更为精湛的“隐身衣”，寄附在《迷舟》的萧、《褐色鸟群》中穿栗树色靴子的女人、《傻瓜的诗篇》和《敌人》里扑朔迷离的“傻瓜”和“敌人”上。这些如同“塞壬”一样暧昧的形象，呈现出世界或者命运的本相。格非巧妙地借小说主人公诡谲的姿态，通过奇特的艺术表现方式，表达他对历史和现实的看法。由是，人物披着西方现代派的外衣，“寄居”在魔幻的想象空间，挣脱了现实主义的枷锁。作者在语言和结构上“费尽心机”，只是为了能在历史压力和阴郁的现实中“苟延残喘”。从这一层面上讲，格非的“隐身衣”，岂不犹如塞壬的“歌声”，实为一种保护色？

写作固属不易，阅读何尝轻松？受过正规学校教育和学术训练的格非，很难不去思考如何将学术素养和写作批评话语融会贯通。就批评理论的适应性而言，叶立文曾以“艺术为体，理论为用”[③]来形容格非的文学批评。格非深谙艺术源于生活。他取材于现实图景之外，徜徉于书海，同古今中外的文学巨匠对话，以他的自身经验以及对命运的感知，向读者证明：或许那些悬而未决的丰富可能性，才是构成文学作品真实质感的材料——而那些对象既不是凭借思维逻辑分类的生活经验，也不是完成后等待作家描述的某种现象。[④]格非身怀绝技，拥有像“塞壬的歌声”一样的“隐身

① 格非：《博尔赫斯的面孔》，译林出版社，2014，第9页。

② 格非：《塞壬的歌声》，上海文艺出版社，2001，第185页。

③ 叶立文：《批评如何“小说”——以格非〈塞壬的歌声〉为例》，《天津社会科学》2014年第2期，第114~119页。

④ 格非：《文学的邀约》，上海文艺出版社，2016，第42页。

衣"，自由自在地探寻写作的诸多可能性。阅读实则产生了两种关系：一种为作者与文本，另一种便是文本与读者。文学作品的意义同样在于与读者合作，作者与读者无形中形成了一种"契约"和"共谋"的关系。格非在早期的"先锋"写作中，擅长布"迷宫"设悬念，安置戏剧性的故事转折。但是高明的他在与读者进行智商较量的同时，又十分懂得节制。格非转型后的创作，呈现给读者的不单单有精巧的结构、引人入胜的情节和雅致的语言，更重要的是作品回归现实本真，重新审视当下知识分子的精神困境，探讨其人生价值。其通过回溯现实主义和现代主义的关系，体现出质朴深远的叙事意义。正如波德莱尔所言，"杰作犹如大动物，它通常具有宁静的外貌"①。格非在小说创作的变与不变中，向读者发出了文学的邀约。显然，唯有在读者欣然赴会，并能完美领会作者及文本想要表达的旨意时，这种邀约才能被称为"宴席"②。

《塞壬的歌声》收录了格非早期写作的深刻见解以及妙趣横生的散文随笔。这些文章精细入微，沉博绝丽，体现出格非身为一个"先锋派"代表人物和学者型作家，对于小说写作细节、故事核心、创作方向等方面的独特感悟。此外，该作品汇集了关于音乐和电影艺术的灵动文字，显示出格非高雅丰富的艺术旨趣。

2. "文明的边界"

《文明的边界》这本文集是格非近年创作的学术研究成果。他从未停止对个人与现实、文化与生存困境之间关系的思考。评论集聚焦于 19 世纪中期的三位小说家——罗伯特·穆齐尔（Robert Musil）、赫尔曼·麦尔维尔（Herman Melville）、志贺直哉（しが なおや）。他们分别来自欧洲、美洲、亚洲。显然，上述作家居于不同的社会和时空关系中，却形成了匪夷所思的相似之处。格非带领读者翻越迷宫般的文学森林，以《没有个性的人》《白鲸》《暗夜行路》为例，探索从传统自然过渡到现代文明的旅程。格非将三位小说家的共同点概括如下。

---

① 格非：《小说叙事研究》，清华大学出版社，2002，第 24 页。

② 格非：《文学的邀约》，上海文艺出版社，2016，第 32 页。

其一，现代隐士或离群索居者是他们的共同身份。[①] 三位作家不谋而合，无论是他们的亲身经历，还是故事里的人物遭遇，面对生存时都采取了一种逃离的态度。疏离意味着对生存的本能反应，是一种极度的不安和对生活意义的缺乏。在积极的意义上，疏离意味着在现实和文化中，为了寻找理想之地而进行的艰辛斗争。但是这种疏离/寻找被悲剧所掩盖。例如穆齐尔的隐遁之梦，被第二次世界大战的炮火惊扰至灭。他被迫流亡瑞士，在自己憎恶的“另一个地方”离开人世。麦尔维尔总是纠结于海洋与陆地之间，徘徊在城市的喧嚣和孤岛的寂静之中。志贺直哉一生中频繁搬家，而他的搬家之举，就是动荡不安的心理状态的最佳写照。[②]

其二，他们都在为重构现代性的时空关系而做出某些尝试。由于对现状的不安，三位作家被迫审视人类文明的传统和过去，同时展望不确定的未来。在某种意义上，现代性的危机可以被看作“时间性经验”的危机。正如前文所述，按照亨利·柏格森的说法，现在总是带着过去的印迹前进，并与指向未来的意图密切相连。现代文明的发展，使得“现在”/“当下”不断被越过，现在、过去和未来便同时处于一种危险的关系中。[③] 因此，三位作家不约而同地求助于孤独的冥思、静观的直觉和超凡的悟道，来拯救“当下性”，期望回到人类时间永恒的绵延之中。[④]

其三，这三位作家的创作主题，皆是刻画自然与现代文明的冲突。根据穆齐尔的观点，自然是以“演绎法”为基本逻辑，包含了统一人类目标和价值的传统社会。[⑤] 现代文明是基于“归纳法”的异己的、任意性的随机运动（城市街道的无节制扩张）。麦尔维尔认为，大自然是人类尚未开发的“蛮荒之地”。在某种程度上，现代文明如同吞噬同类的捕鲸船，是攻击自我和他人的无情机器。志贺直哉笔下的自然是羡煞旁人的山林和村落，袅袅炊烟，鸟语花香，可谓世外桃源。相比而言，空洞、无意义、令人疲惫

① 格非：《文明的边界》，译林出版社，2021，“作者序”第3页。

② 格非：《文明的边界》，译林出版社，2021，“作者序”第4页。

③ 〔英〕蒂姆·阿姆斯特朗：《现代主义：一部文化史》，孙生茂译，南京大学出版社，2014，第15~22页。

④ 格非：《文明的边界》，译林出版社，2021，“作者序”第4页。

⑤ 格非：《文明的边界》，译林出版社，2021，“作者序”第4页。

的人际关系，则是现代文明的体现。

其四，这三位作家都为自己设定了一个思考与观察的参照点——“最后之人”。以麦尔维尔作品的主人公以实玛利（Ishmael）为例，他是捕鲸船沉没后唯一的幸存者，这是人与自然和谐共生的结局。《白鲸》的悲剧，在于以亚哈船长为代表的神秘的文明意志：他明知追逐白鲸终将走向覆灭，却仍然不因复仇而后悔。人类若要偏执地战胜自然，通常意味着趋于毁灭。这和志贺直哉的观点不谋而合。志贺直哉认为，自然的衰落、人类的退化，甚至最终的灭绝，都是不可逆转的现象，因为这根植于人类贪心不足的发展意愿。[①]《暗夜行路》的主人公时任谦作将自己视为人类的唯一代表，在日记中书写着“最后之人”的顿悟，从整体上思考人类的命运。穆齐尔将现代社会中的个体比作海洋中的孤岛。每个孤岛的形成，来自繁杂的信息交流造成的无所适从，周围是由无数的文字、话语、信息所组成的知识海洋。[②] 因此，读者很容易理解穆齐尔的良苦用心：他安排地球上仅存的一位科学家，在世界毁灭的片刻，仍在撰写关于蚁酸的学术论文。

格非向来关注传统与现代、自然与文明之间的冲突，他遴选穆齐尔、麦尔维尔和志贺直哉，来讨论一百年来社会、历史和文化观念的变革不无道理。这三位从传统自然过渡到现代文明的作家，都曾在试探文明的边界之路上踽踽独行。他们凭借别具神采的作品，对人类和文明的危机发出警示。对比三位作家在意识形态上的关联，有助于我们重新思考自动化时代的生存问题，并为个体应对当今文化和生存困境提供启示。

3. “文学的邀约”

人所共知，“文学”这个概念，是一切文学写作和作品的总称。现代意义上的“文学”概念，最早产生于18世纪末。格非对此作了详细阐释：

> 现代意义上的“文学”，不是什么自古以来传统文学的自然延伸，而是被人为制造出来的一种特殊意识形态，是伴随着工业革命、资本主义的发展和壮大、现代民族国家的形成而出现的一种文化策略。由

① 格非：《文明的边界》，译林出版社，2021，“作者序”第6页。
② 格非：《文明的边界》，译林出版社，2021，“作者序”第7页。

于这种策略对传统的文学强行征用，同时更重要的，是将文学作为弥合资本主义社会秩序所导致的僵化和分裂，作为治愈资本主义精神危机的灵丹妙药，因此它一开始就是作为对传统文学的一种颠倒而出现的。[①]

正是由于全新的“文学”概念的出现，才产生了19世纪“黄金时代”的文学景观。文学的危殆并不是当下才发生，事实上它蛰伏于现代文学内部。既然“文学”被强行征用，它的误用现象就不可避免。

瓦尔特·本雅明认为文学从远古时代到如今，历经了三个阶段。首先，在第一个阶段，口口相传的经验是获取故事的源泉。通常而言，航行远方的水手和安居耕种的农夫是过去讲故事的大师。[②] 格非提到在他的乡居经验中，周游全国的“采购员”，是见多识广的代名词。对足不出户的村民而言，这类群体类似于早期小说或民间见闻的讲述者。他们的优势在于垄断了奇闻异事的解释权和讲述权。[③] 除了扮演远方经验的拥有者，采购员同时还扮演“信使”的角色，就像上述《白鲸》中唯一的幸存者以实玛利。[④] 第二个阶段是“小说时代”，产生在松散无虑的状况中，所谓“百无聊赖是孵化经验之卵的梦幻之鸟”[⑤]。可惜的是，绝对的经验在大幅度贬值：在忙碌的都市生活中，这些独占的经验早已销声匿迹，而它们在乡村中也变得面目全非。第三个阶段是“信息”时期。资产阶级的兴起推动长篇小说的盛行，出版业的崛起导致新闻业的扩张。如今我们不得不面对电视、互联网、报纸裹挟着庞杂信息的冲击。现代技术促使新闻传播的同时，传递着价值观，对小说而言会构成一定的威胁。新闻消息将传统的讲故事艺术驱逐了，成了这个时代的“超级叙事者”[⑥]。格非注意到真正的文学作品通常

---

① 格非：《文学的邀约》，上海文艺出版社，2016，第3页。

② 〔德〕汉娜·阿伦特编《启迪：本雅明文选》，张旭东、王斑译，生活·读书·新知三联书店，2008，第97页。

③ 格非：《文学的邀约》，上海文艺出版社，2016，第44页。

④ 〔美〕赫尔曼·麦尔维尔：《白鲸》，曹庸译，上海译文出版社，1990。

⑤ 〔德〕汉娜·阿伦特编《启迪：本雅明文选》，张旭东、王斑译，生活·读书·新知三联书店，2008，第102页。

⑥ 格非：《文学的邀约》，上海文艺出版社，2016，第46页。

不能被阅读所穷尽，这一点和新闻消息的短时效性全然不同。他还发现新闻写作吸收了大量的文学表达方式，比如倒叙、插叙、重复叙事等。事实上，尤其是小说创作，也开始吸收新闻事件的纪实风格，以此来稀释作品的虚拟性。

格非不仅将这些写作经验汇集到理论著作《文学的邀约》中，还将其运用于自己的小说《月落荒寺》中。为了增强现实感和可信度，作家采用了拟真的艺术手法，为小说人物安装了“GPS 定位系统”，这是作品的匠心独具之处。小说里出现的地点，包括中关村北大街、五道口、三里屯、朝阳区蓝色港湾国际商区、南锣鼓巷、东直门、虎坊桥、菜户营桥、小羊坊桥、“单向街”书店、美联众合动物医院、积水潭的精神康复中心、西二旗“领秀硅谷”、肖家河、国贸、物美超市、八宝山、百子湾、大觉寺、正觉寺、雍和宫、香山等，都是北京城实实在在的场所。由此可以看出，格非用自己的文学理论印证了文本范式和创作实践。

格非发现，虽然 20 世纪的文学研究具有一系列的规范、方法和模式，但也存在偏见、悖论和谬误等问题。在《文学的邀约》中，格非不仅审视了作为文学体裁的小说，并从总体上阐述了文学现象，特别是文学的历史演变及功能，还和读者分享了小说和文学的独特魅力，这正是格非所提及的微不足道的愿望。①

（三）文学的真知

1. 写作的恩惠

促使格非走上写作之路的两点因素通常密不可分：一是幼年复杂激烈的内心历程，二是对某种理想生活方式的向往。格非曾提到，交流对于他来说是一种负担，当他企图与外界沟通并建立联系时，他本能地想逃避。于是，成为作家的梦不时地受到鼓舞，“写作意味着个人的独立工作，它是不与人合作而生存的合法手段”②。“沟通”便成了格非致力于写作的潜在动机。

---

① 格非：《文学的邀约》，上海文艺出版社，2016，“自序”。
② 格非：《塞壬的歌声》，上海文艺出版社，2016，第 6 页。

对于格非这一代作家而言，从中学开始，鲁迅就构成了他们最熟悉的成长经验。从鲁迅早期的小说里，我们能够领会到作者把握社会现实的意愿，《阿Q正传》作为这时期的代表作，具有超越文学范畴的社会学意义。而在鲁迅创作的中后期，作者将目光投向了探索本我的存在。格非谈及鲁迅的《野草》，一种全新的阅读感受给了他慰藉。热衷于生活的文学家、思想家和教育家鲁迅步入中年时，会和格非有同样的困惑，为一种不可思议的虚无感所纠缠。他们所面对的不再是特定历史条件下的中国现实，而是存在本身（一片虚无的实在）。这部作品使鲁迅的内心冲动得以显现，当外部世界成为障碍时，作家仍能通过写作找寻生命鲜活的意义，那就是“唯一的现实就是内心的现实，唯一的真实就是灵魂感知的真实”①。鲁迅中年的思考，为中国文学提供了全新的思想维度，将作者的思想注入20世纪人类探寻自身存在问题的洪流之中。不仅如此，他还提供给我们一条影影绰绰的出路。格非隐约意识到，人类可以通过现实的灵魂感知，来实现内心的平和。交流时所遇到的进退维谷，不仅提供了写作的必要性，还意味着这本身就是一种资源。文学的核心功能，始终是承载真理、信仰以及精神寄托，而写作则可以让人更好地认识自己并了解世界。

格非历来对卡夫卡、博尔赫斯、福克纳、陀思妥耶夫斯基等世界文学巨匠心存敬意。除了分析他们的思想要义，欣赏其美学韵味，格非更好奇这些文学大师的叙述方法和叙述功能。卡夫卡的写作同样始于本人存在的难以逾越的障碍，即他同现实生活构成的紧张关系。② 不同的是，他笔下的这种障碍，同时具备喜剧色彩和宿命意味。卡夫卡的叙事结构是对真实焦虑的转喻或仿制，这种焦虑源于个体面对繁杂世界所产生的困惑和迷惘，挣脱形式的罗网，便可尝试抵达焦虑。③ 博尔赫斯和卡夫卡、普鲁斯特、霍桑同属一个类型：喜欢冥想，有着相对封闭的活动半径，个人经验都局限于此。七岁就用英文改写希腊神话的博尔赫斯，自由穿行在迷宫般的图书馆。书籍成就了他的创作，博尔赫斯同样喜欢将时间的谜底，藏于宛如枝

① 格非：《塞壬的歌声》，上海文艺出版社，2001，第6页。

② 格非：《博尔赫斯的面孔》，译林出版社，2014，第278页。

③ 格非：《博尔赫斯的面孔》，译林出版社，2014，第278页。

藤蔓延的名作《小径分岔的花园》中。在陀思妥耶夫斯基的作品中，监狱的高墙成为隔断其社会生活的外部力量。环境的阴暗、囚徒的欺辱、狱警的残酷、病痛的折磨，无不成为他难以逾越的障碍。陀思妥耶夫斯基不仅是苦难的承受者，还是苦难的记录者。他将所有的不幸化为一个苦役犯的实录——《死屋手记》。生活的千锤百炼造就了一名不可多得的俄国文豪。瑞典导演英格玛·伯格曼（Ernst Ingmar Bergman）在将个人的逆境、个人同现实紧张的关系转化为艺术资源方面，可谓天赋异禀。早在他拍摄的第一部电影中，就区分了物理的现实和心灵的现实，而后者显然成为伯格曼一生创作的源泉。

格非性格内敛，热爱冥思，同上述作家和导演一样，有着难以克服的个人障碍，所以他恍然大悟，试图将交流劣势转化为写作优势。通过写作寻求与外部世界的交流，这是写作的意义，也是生活的恩赐。同伯格曼声称远离物理现实一样，福克纳表示对公众生活感到厌倦，博尔赫斯在晚年时期将失明当作财富，但他们的心灵和感觉始终是敞开的。作家们通过观察和记录自己的内心世界，去更好地感知社会现实。米兰·昆德拉认为卡夫卡式的“梦的召唤”唤醒了19世纪沉睡的想象力。如果说卡夫卡的梦着眼于指向现实，那么，博尔赫斯的梦和现实世界则相距甚远，但毋庸置疑的是，他们都十分接近“真实”①。格非以他独有的才华气质，对文学大师们给予了最好的回应。正如哲学家面对存在的现实，艺术敏锐的人会面向梦境中的现实。他们会专注于写作，希望透过梦想的视野揭示生命的真谛和生活的真义。②

2. 经典的力量

我们可以轻而易举地窥见格非对小说结构的把握、文字的斟酌、人物命运的设计、情节的安排，都是缜密布局的结果，犹如数学推演。格非多次向初学写作者推荐福楼拜的著作，有以下几点原因。第一，福楼拜写作的分寸感，令人心悦诚服。他非常注重作品结构内在的统一性，特别是小说中对每个人物的描写都十分均衡，因此所有的人物会构成一个整体。第

① 吴义勤主编《格非研究资料》，百花洲文艺出版社，2018，第185页。

② 〔德〕尼采：《悲剧的诞生》，周国平编译，北岳文艺出版社，2004，第4页。

二，格非称赞福楼拜行文讲究，妙喻层出不穷。福楼拜格外擅长把控叙事节奏，他对语言的雕刻的完美程度和诗歌创作并驾齐驱。例如，除了《包法利夫人》是现代小说修辞的奠基之作外，《情感教育》中的比喻手法堪称精妙绝伦。第三，福楼拜开阔的视野，让格非赞叹不已。格非形容他是一位既现代又保守的作家。从“现代”的意义上讲，福楼拜对法国文学产生了重要的影响。① 安德烈·纪德（André Gide）、普鲁斯特都是福楼拜的信徒。从保守的那一面来说，福楼拜的创新实践是渐进式的，因此也是保守的。福楼拜晚年写出了令读者意想不到的《布法与白居榭》。这部小说是对传统小说写作方式的回归，将复杂的描写对象、艰涩的哲学思辨结合在一起，构成了奇妙的统一体。它更像是一部实验之作，小说中充斥着一种悖论式的实践，是对“现代”的质疑和批判。福楼拜的创新，始终根植于大众知识论辩的框架之中，而过去的交流模式未曾改变。格非将福楼拜视为继巴尔扎克之后最杰出的法国作家。在文学史上，福楼拜的创作，通常被当作欧洲现代主义的重要起点。

时间是“裁决”不朽之作的“终审法官”。经典之作是阅读书目里的“奢侈品”。构成文学“经典”的因素有很多，往往与社会意识形态、大众审美趣味、日常生活的时尚程度、作者个人的文化背景和心理结构等密不可分。作家能否深刻地反映特定时代的现实，他的作品能否展现记忆的内核，是文学经典的衡量重点。正如当今很少有人记得伊沃·安德里奇（Ivo Andric）的作品，但这并不影响他作品的经典性。再比如，卡夫卡在20世纪文学史上占有显赫的地位，其中一个重要原因，就是他的作品恰如其分地“复活”了那个时代。

有趣的是，格非提出一个时髦的话题：“作家的‘不朽’取决于作品自身的‘可阐释性’。”塞万提斯·萨维德拉（Miguel de Cervantes Saavedra）、詹姆斯·乔伊斯、福楼拜、普鲁斯特等世界文学巨匠的作品在不断地阐释中迸发出不朽的生命力。这自然使相同的作品与不同的时代联系在一起，从而使作品成为“经典”。

格非相信，当一个人投身于自己热爱的事情而不被人关注时，他会呈

① 格非：《文学的邀约》，上海文艺出版社，2016，第4页。

现出最佳状态。因此他强调，作家群体最好不要过分关心作品在未来的“经典性”。“不要担心你的读者怎么看，要不断提醒自己有勇气改变，也不断提醒自己不要在乎过去的东西。”[①] 一部作品之所以能够成为经典，不单单是因为作家的个人能力，更重要的是作品承载的能量和力量。它不会随着时间的流逝而消失，反而会历久弥香，这并非作家能够稳操胜券的。

3. 文学的回声

文学是对社会现象的描摹，能够为读者还原一个真实且完整的世界。理论的价值在于对作品的解读，或者说文学作品的经典化阐释，构成了一套完整的知识谱系。文学的意义在于提供一个蓝本，一个鲜活的社会记录，通过文学来还原社会现实本真。人类拥有许多高尚的品德、助人为乐的行为、饱满而复杂的情感。世界往往丑恶与美好并存，既充满了尔虞我诈和功利主义，同时又具备忘我性和利他性。优秀的文学作品要提供意义，要有道德训诫，能够给心灵带去慰藉。“文学之于现实社会，从来都不是附庸风雅的点缀。”[②] 除了“文以载道”的功能和社会效应，就国民性格和文化心理的形成而言，文学在道德伦理层面可以教育众生，影响人心。作为一项特殊的精神活动，文学可以塑造人类的价值观念，给予他们奋发向上的力量。读者可以将这股力量内化为实践的动力，用以规范自身的行为，并且通过言谈举止去影响他人。但是，阅读不是为了模仿，读者需要了解作品的真知，理解写作者的生活态度，从而获得精神慰藉，与作者进行“对话”。阅读和写作一样，当我们沉浸在文学殿堂时，会暂时忘记现实生活的苦痛、黑暗、挣扎和倾轧。文学在现实社会生活中有一个重要的功能，那就是通过“追忆”，来整合碎片化的社会。阅读不仅为读者提供知识，还可以使我们从知识的“奴役”中解放出来，是帮助读者建立分析能力的一种方式。从这个角度来看，无论是阅读还是创作，文学都能以独特的力量不知不觉地影响我们的生活。

格非认为如今写作的意义，在于对时代的叩问。首先，作家需要不断

① 舒晋瑜：《格非：好作家一定对世界有独到的看法》，《中华读书报》2011 年 12 月 21 日，第 18 版。

② 叶立文：《作家批评与文学生活的重建》，《中国社会科学报》2019 年 7 月 23 日。

地接近生活的奥妙，时时刻刻保持警醒，向所处的时代和生活处境发问，才能承担起自身的责任，贴近生活的真实。其次，作家群体在通过语言形式来描述社会现实方面具有独特的优势，“精通魔法”可谓他们的看家本领。作品的可读性不光在于作家将基本的生活经验和情感状态直接呈现在读者面前，“文学创作里最迷人的或者说最好的东西，实际上是你试图改变、试图开辟新天地时的一种神秘感，那种创造性能够让你把所有的情感都投入其中，让你忘记衰老和病痛”。

三　格非的文学批评与建构本土化批评范式的可能性

追溯历史，作家介入批评是以不同的形态表现出来，这种现象不足为怪。中国古代很少有职业批评家，文学批评通常是由精通某种文体的作家完成的。[①] 例如李白、杜甫、苏轼、李渔、欧阳修等，他们都是古代的文学批评家和作家。根据罗根泽的说法，在中国没有特别多的批评专家，文学批评大多是作家的反串。[②] 现代文学流行一种“作家论”，即作家写同行的文章，例如巴金写鲁迅和胡风，茅盾写徐志摩和鲁迅，李健吾写巴金和萧军……在当代文学界，同行互评的现象无处不在。因此，作家批评是当代文学领域中值得关注和深入研究的对象。

20 世纪以来，文学批评在学术研究中一直呈现出欣欣向荣的景象。令人遗憾的是，部分文学批评不太注重文本的精细分析，逐渐出现脱离文学的情况，存在内容僵化、自说自话的现象。如何提升文学批评对当代中国文学经验的有效性阐释，是学界亟待解决的问题。学者型作家的文学批评，无疑给文学研究注入了一股甘洌的清泉，也为批评话语的多元化发展提供了有益的经验。那么，格非的文学批评，对当代文学本土化批评范式的建构有何启示？

朱光潜认为文艺创作者自然会成为出色的文艺批评家，因为他们具备丰富的实践经验。例如歌德的诗歌和戏剧、达 · 芬奇的绘画、奥古斯特 ·

---

① 罗立桂：《作家批评与本土化文学批评范式建构的可能性》，《文艺评论》2020 年第 5 期。

② 罗根泽：《中国文学批评史》第 1 卷，上海古籍出版社，1984，第 14 页。

罗丹的雕刻、巴尔扎克的小说，都是享誉中外的艺术成就。除此之外，他们还在各自的谈话录、回忆录、书信集和专著中留下了宝贵的文艺评论——这些文学批评都是立足于亲身实践经验。[①] 不难发现，格非同上述文艺创作者一样，身上具备特别多的叠影和丰富的思想及写作层次。教授、批评家、作家和读者的多彩体会和丰富的实践经验，构成了一种耐人寻味的多重性：格非本人既敦厚，又犀利；既谦逊，又审慎；既“先锋”，又古典。格非的多重身份，使他的学术研究更飘逸灵动，其文学创作更具有文化内蕴。他的“先锋”小说，讲究西方现代主义的叙事策略，而作品和批评文本的美学意蕴出于中国传统的滋养。中国传统文论强调“知人论世”的重要性，西方美学传统中流传着“生活是写作的导师”的箴言。因此，格非独特的经历和遭遇，促使他的批评文本独具特色，既有审美价值判断，又有深度阐释功能，呈现出理论与实际相结合，感性与理性相交织的特点。以理性逻辑和知识体系为内核，辅以文学情感体验，是格非在文学批评中个性和独创性的表现。他恰到好处地允许文学化的体验和感悟参与到思维过程中，将研究本身变成理论与实践、自我与世界、批评主体与客体、传统与现代的多重对话。

格非的文学批评是在尊重“定体则无，大体须有”的前提下，重视文本的内部构成和文体间的相互作用。这种观察视角并非要瓦解现有的现代文学知识体系，而是有助于创新文学研究的维度，回应文学创作的现状，以一种全新的思维方式和方法进入文学创作和理论批评的实践中。格非将从西方文学中汲取的叙事营养，运用到日常教学中，时常与学生碰撞出思想的火花。他始终认为，文学批评应该承担起对优秀文学作品内核的探索、感知与评论的功能。卡夫卡、博尔赫斯、普鲁斯特、福楼拜、威廉·福克纳、雷蒙德·卡佛是他心怀敬意的文学巨匠。格非对他们的创作思想、文学观念和作品意蕴的阐发，能够使读者了解以时代的横断面为基础，描摹各种人物的精神面貌的叙述方法，以及他对于感觉的多层次开掘。[②] 随着年

---

① 朱光潜：《西方美学史》上卷，人民文学出版社，1979，第5页。

② 贺与诤：《知识范式的“双重维度”——论格非的小说创作与学术思想》，《当代作家评论》2022年第6期，第156页。

龄、经历、阅读的积累和写作进程的深入，格非在重述经典作品的情节时，穿插着客观求实的理论思考。此外，他逐渐意识到中国故事的独特魅力，并产生了寻找汉语叙事新可能的愿望。这便是我们很容易从格非的文学批评中，看出他重视小说叙事方法的原因之一。接受过正规学术训练，拥有深厚理论素养的格非，同时会思考批评的理论适应性问题。格非对文本细腻的体验、深中肯綮的分析，使读者能够感受引人入胜的文学魅力，透彻理解文学大师的艺术世界。正如奥斯卡·王尔德所言，“批评是创造中的创造”。格非的批评观、对文本细读的批评实践以及他卓越的批评成果，对中国当代文学产生了深远的影响。

格非是一个不断生长出可能性的作家，拥有不可预期的创作空间。2021年，格非当选中国作家协会第十届全国委员会副主席。他真正践行了高校学术研究系统和作家协会系统有机结合的文学培养模式，既承担起育人写作的教学任务，为学生提供大量的文学经验；同时在互教互学的过程中，成为学生的文学知音。学者型作家格非紧扣创作经验和文学文本，以迥异于职业批评家的气质，传达自己在文本阅读中的个人感受与审美体验。格非相信感性评述中同样包含许多真知灼见，自己喜爱的本雅明的写作风格，就是很好的例证。此外，格非强调语句的优美不应该成为追求的目标，语言的力量更为重要。我们可以看得出，格非具备了理想批评家的要素，如敏锐的艺术直觉、多样的实践体验、广博的知识储备、丰富的阅读视野、优秀的思辨能力、缜密的逻辑思维。格非的文学批评不受文体或者理论话语的限制。比如说，他在文学批评中灵活运用文学技巧，通过比喻和联想进行具象表达。这种文学批评具有内在的统一性，充满灵性，又十分丰腴。格非将写作比喻为建造房屋的过程，首先需要确定地基的位置，即根据地势来规划房屋的具体朝向和每个房间的功能分区。小说创作通常也是先构思，后动笔，同样需要仔细考虑情节的设置、人物的设定、故事的走向，最终做到统揽全局。这让人很容易联想起毕飞宇曾将小说创作比作打羽毛球：运动员每次打完球都必须返回场地中心，否则无法全面统筹，难以应付被打到球场偏远角落的球。小说创作也是如此，作者必须认真谋篇布局、统筹时间和空间的关系，从而避免时空混乱的弊病，使小说脉络清晰、通顺易读。这种精辟的分析与阐发在小说课堂上随处可见。

笔者以为，当代文学批评家要担负起文学教育的责任，关注当前高校的教育现状，主动介入当下的文学批评实践，与时代发展同频共振，与人民需求息息相关，鉴赏、品评、甄选当代文学经典，让更多读者阅读到优秀的文学作品，品尝到美好的文学佳酿。这可以为当前的文学教育提供源源不断的活水，同时也为中国现当代文学学科注入新的活力。近日，文学界深入学习了习近平总书记在文化传承发展座谈会上的重要讲话。格非提到“中国文明、文化和文学的发展，始终是一个生生不息的动态过程，在这个过程中，传承、融合与创新是其生命力长盛不衰的重要保证”[①]。可见，中国文学批评的发展，同样需要重返出发之地，也需要在“建设中华民族现代文明”的视野下，面对新问题，创造新形式。

事实上，格非是极具内省和反思精神的作家，他对20世纪以来中国的历史文化、当代世界的政治格局、全球化的矛盾、现代性与未来进行了大量的沉思。格非敏锐地把握住现代知识分子和中国传统农业文明之间的矛盾关系，并深入体察了乡土文明的变化和变异。正如王鸿生所说，“中国作家语言的成熟，表现在他的叙事已经能够进入存在的界面，比如理想与现实、社会与历史、他人与自我之间的幽暗地带，他们已经通过自己的语言找到了通路”[②]。格非的小说兼具哲思意味和智性风格，感时伤逝的同时披露现实。他的文学批评可谓躄金结绣，自觉地在知识、审美、叙事等多个维度上，建立起对传统文化的认同关系。格非以现代意识对中国文学传统的创新发展，尤其是小说与批评这两种文体的自由转换，为当代文学批评的新生提供了许多可能性。毕飞宇称格非是“生命恒定感异于常人的作家”[③]，他何尝又不是固守初心、特立独行的批评家呢？

---

① 欣闻：《在生生不息的传承发展中建设中华民族现代文明》，《文艺报》2023年6月19日，第1版。

② 何晶：《格非的“存在与变奏”，是传统与日常经验的双向审视》，《文学报》2021年6月3日，第3版。

③ 何晶：《格非的“存在与变奏”，是传统与日常经验的双向审视》，《文学报》2021年6月3日，第3版。

【Abstract】 Ge Fei plays three roles: a writer, a teacher, and a scholar. This trinity seamlessly encompasses his fiction writing, intellectual education, and literary studies. As a scholarly writer, Ge Fei's literary criticism stands out distinctly. He consistently draws upon both Chinese and foreign literary theories to guide his creative work. This relationship is reciprocal, as he also puts his critical philosophy into practice during his lectures and fiction writing. Ge Fei's theoretical viewpoints find their main expressions in works such as *The Song of Siren*, *The Invitation of Literature*, *The Borders of Civilization*, and *Studies in Novel Narrative*. These viewpoints are not merely confined to his academic lectures, critical essays, and interviews, but also run throughout his formulation of narrative theories. These theories are rooted in concepts like "the kernel of time," "criticism of the critic," and "the true knowledge of literature." His literary criticism unveils a distinct and unique creative insight. It not only emerges from his teaching and research experiences, but also reflects his accumulated academic knowledge and exceptional discernment. In this way, Ge Fei provides a model for contemporary Chinese literary criticism to follow and embrace.

【Keywords】 scholarly writer; Ge Fei; criticism of writers; literary creation

全盘西化作为伪命题

——以冯至对诺瓦利斯的接受为中心

汪静波

（上海大学文学院 上海 200444）

【内容提要】 相较其他德语诗人，诺瓦利斯与冯至的关系甚少得到前人研究。冯至虽以诺瓦利斯为题撰写了博士学位论文，但对其的喜爱远不及里尔克和荷尔德林，他只是因时局所迫，不得不换题。之后的冯至较深入地“懂得”了诺瓦利斯，但并未对之加以揄扬，反因自己各方面的主张皆与之相异而将之摒弃，出于自身与中国的实际情况服膺于歌德和里尔克。不过，“正面”的诺瓦利斯并未在冯至那里完全消失，他对诺瓦利斯留下的创作实绩确实钦佩，早年也曾对诺瓦利斯有过喜爱之情，但那时的判定更多源于海涅和勃兰兑斯的二手论断，并非真正浸淫于诺瓦利斯作品与浪漫派哲学并从中受益。总的来说，冯至在自己为人为文的方方面面，终未渗透多少来自诺瓦利斯的气息，在此个案之中，或许可见任何“接受”实践本身自带接受主体的择取属性，“全盘”西化在某种意义上是个伪命题。

【关 键 词】 冯至　诺瓦利斯　全盘西化　接受实践

有关歌德、杜甫、里尔克等中外名家对冯至所产生的影响，前人的研究已颇为深入。相较而言，早期德国浪漫派的代表人物如诺瓦利斯、施莱格尔兄弟等，在冯至为文与为人的塑造之中，究竟发挥了作用几何，却似少有学人求问。不过值得注意的是，冯至在20世纪30年代曾以诺瓦利斯为题，花费一年工夫在德国撰写了博士学位论文，在留学生涯之外，冯至一生前后也颇不乏涉及诺瓦利斯的文本，但二人之间的联系却缺乏系统的梳理。

就某种意义而言，此种情况或为意料之外，情理之中——通览冯至的译著、诗作、杂文等，诺瓦利斯之名，出现的频次相较歌德、里尔克等远远不及，除博士学位论文之外更无任何专文。冯至在近百年的人生岁月中，未曾译介任何诺瓦利斯之作以入中土视域，在述及其人其事之时，除在《德国文学简史》中大加批判之外，也多显得轻描淡写，不过旁及随口一提。这位“博论对象”之于冯至人生的分量，有如乍现后迅疾闪逝的流星。但有趣的是，在冯至的夫人、女儿及当时的导师有关冯至求取博士学位这一过程的记叙中，无不推重诺瓦利斯之于冯至的重要性。姚可崑在忆及德国留学的场景时，称“诺瓦利斯和里尔克一样，都是冯至最感兴趣的诗人”[①]；冯姚平在为父亲作传时写道，“浪漫派在他心中的地位虽然后来逐步为歌德和里尔克所取代，但是荷尔德林、诺瓦利斯仍是他很喜欢的作家”[②]；导师布克在为冯至的博士学位论文写评阅意见时，更是评价道：“一个中国人能对诺瓦利斯的思想发展历程有如此深刻的把握……作者在这篇论文表现的不仅是勤奋和刻苦，更有热烈的爱与十分的投入。”[③] 三位身在近旁之人的言语，若与冯至本人在同一时期写给友人的信件相互比对，却可见出信中显露的冯至对于诺瓦利斯的态度，与三人所言大相径庭。由此看来，重返冯至的德国留学生涯，兼及钩沉冯至在漫长的人生岁月之中，所留下的有关诺瓦利斯的笔墨痕迹，尝试做出更为恰如其分的评价，或许有助于稍许深入地探讨中国的冯至作为“接受主体”虽极少刻意宣之于口，但颇为坚定的“潜在选择”——即便在无可选择的境遇之下，主体也仍在坚持“选择”自己对身受遭际的应对状态——这一有趣问题。

---

① 姚可昆：《从相识到结婚》，《新文学史料》1992 年第 1 期，第 94 页。

② 冯姚平：《给我狭窄的心，一个大的宇宙：冯至画传》，百花洲文艺出版社，2015，第 46～47 页。

③ 参见叶隽《另一种西学：中国现代留德学人及其对德国文化的接受》，北京大学出版社，2005，第 254 页注释 3。叶隽标明此语出处为：参见 Gutachten der Dissertation von Herrn Feng Zhi（冯至博士学位论文的评语），Archiv der Universität Heidelberg：Akten über Feng Zhi（海德堡大学的冯至档案）。

一　冯至为何选择诺瓦利斯作博士学位论文？

> 在大量创作抒情诗的岁月里，在北京大学学习期间以及后来的某个时候，不管他自己如何声言，冯至一直处在德国浪漫主义，尤其是诺瓦利斯①和其后以盖欧尔格为首的诗人群的决定性的、异常强有力的影响之下。留学德国期间，如前所述，冯至把他的博士论文献给诺瓦利斯。
>
> ——高利克②

“决定性的、异常强有力的影响”之言，其形容的程度似略嫌过火，而璀璨的“浪漫主义星群”对冯至发挥影响之时，是否以诺瓦利斯和盖欧尔格为首，则更加值得商榷。毕竟，返观20世纪30年代冯至与友人的书信往来，可见其人并非出于在诺瓦利斯长久影响下的喜爱之情，主动将博士学位论文“献给”③诺瓦利斯，这实为留学时因德国紧张的政治局势，不得不更换导师，并由此换题的无可奈何之举。

1931年，已在德修习各门课程一年有余的冯至，在写给杨晦的信中表明了自己初步拟定的研究计划。除必须研究歌德以外，还要研习克莱希特、荷尔德林、诺瓦利斯、格奥尔格、霍夫曼斯塔尔、里尔克、尼采、陀思妥耶夫斯基和克尔凯郭尔。④要钻研众多文学大家难度极高，因此计划的完成程度也就大打折扣，诺瓦利斯虽被列于这份名单，在之后的两年中却并未

---

① 在英文原版中，此句在“诺瓦利斯”后多了一句补充（penname of F. L. von Hardenberg，意即哈顿柏格的笔名），此处所引中译版内未译出。原文见于 Marián Gálik, *Milestones in Sino-Western Literary Confrontation（1898-1979）*，Wiesbaden：Harrassowitz，1986，pp. 183-184。

② 高利克：《中西文学关系的里程碑》，伍晓明、张文定译，北京大学出版社，1990，第235页。

③ “献给”一句，英文原文为“Feng Chih dedicated his Ph. D. dissertation to Novalis”，dedicate to 在英文中为中性表述，有献给、投身于、致力于之意，此处中文译作“献给”，给人以出于主体意愿主动选择之感，或译作“致力于有关诺瓦利斯的博士学位论文写作”更为恰切。原文见于 Marián Gálik, *Milestones in Sino-Western Literary Confrontation（1898-1979）*，Wiesbaden：Harrassowitz，1986，p. 184。

④ 《冯至全集》第12卷，河北教育出版社，1999，第131页。

得到冯至的格外注意，1931 年底的冯至只在拟计划时，略谈了诺瓦利斯“于三十岁左右病丧”，代表了一种“优美的精神生活”[①]，计划拟完，冯至便似已暂时将诺瓦利斯抛在脑后，这一阶段的冯至在完成学业的同时，正致力于将里尔克译介回国，翻译了《给一个青年诗人的十封信》《布里格随笔》《论山水》等诸多作品，刊载于国内的《沉钟》。诺瓦利斯仅在冯至于 1932 年时写下的一份课题报告中略微“显形”，尽管冯姚平在谈及“父亲很喜欢的作家”时，曾将荷尔德林与诺瓦利斯并提，但阅读这一时期冯至致鲍尔的信件，或可得见，当时冯至对诺瓦利斯的喜爱程度莫说可与里尔克相提并论，甚至还要远逊于荷尔德林，他不太可能主动将之列入博士学位论文选题的考量范畴。

1931 年 12 月 9 日，即拟完研究计划的同一天，冯至在写信给德国友人鲍尔时，便已谈及“我现在在读荷尔德林。在这颗纯洁的灵魂面前，我常感到自己不纯洁”[②]。五个月后，冯至再度告知鲍尔自己的近况，说自己“在安静的小房间里天天研读诺瓦利斯和荷尔德林，因为我在为研究班的课题报告写一篇题为《诺瓦利斯的〈夜颂〉和荷尔德林的〈面包与酒〉》的文章”[③]。冯至早年的这篇课堂习作已不可见，但通览相关信件，可见冯至为写这篇文章，其用功之处全在荷尔德林的作品，诺瓦利斯及其《夜颂》不过类似“渡海之舟筏”，乃为用以借力，好到达荷尔德林这一“彼岸”的一个把手。青年诗人冯至正为能亲手抚触荷尔德林这样一位纯洁的德语诗人的灵魂，不断地发出赞咏——在 4 月时，他说：“我在这两部作品中[④]发现了许多很有意思的东西。我想把这篇文章尽可能写得好些。荷尔德林的作品中，《艾培多克雷斯》虽然尚未完成，但是我对它却比对《徐培利昂》更加喜爱”[⑤]；同年春夏，他再论及：“这学期……除此之外我就努力研究荷尔德林和学法语。关于荷尔德林的文章以前我以为很容易，现在我越往深

① 《冯至全集》第 12 卷，河北教育出版社，1999，第 131 页。
② 《冯至全集》第 12 卷，河北教育出版社，1999，第 152 页。
③ 《冯至全集》第 12 卷，河北教育出版社，1999，第 157 页。
④ 指诺瓦利斯的《夜颂》和荷尔德林的《面包与酒》。
⑤ 《冯至全集》第 12 卷，河北教育出版社，1999，第 157 页。

里钻，就越觉得难。但是，我必须努力克服困难，尽可能正确地理解这位诗人"[①]；此年暑假之前，他又一次向鲍尔述说近况："前几天我完成了关于荷尔德林的文章。我对这篇文章并不满意。这篇文章我宁肯称之为论文习作而不是作家研究……对荷尔德林我是十分敬仰的，他那不可企及的纯净，他那不可触摸的美有时甚至使我感到羞愧"[②]；到了 8 月，他向朋友做关于这篇文章的总结报告："我把我关于荷尔德林的论文寄给您……论文得到了好评，但我对这篇文章并不满意"[③]。直至 1979 年重返德国作交流访问之时，年事已高的冯至"坐在图宾根涅卡河畔"，"不能不想起"的仍是"四十五年前我在海岱山时常常诵读的荷尔德林"[④] 而非诺瓦利斯。完成相关作业后，冯至直到晚年回忆之时也反反复复提起荷尔德林，对诺瓦利斯却一字不提，可见诺瓦利斯在冯至心头占据的分量较诸荷尔德林都远远不及，更不必提里尔克。

除了在 1932 年译介了诸多里尔克的作品回国之外，冯至原本已在 1933 年与时任自己导师的阿莱文教授"商定博士论文题目为里尔克的《布里格随笔》，并做大量准备，写出论文提纲"[⑤]，但 1933 年春夏，面对德国日益高涨的种族主义情绪，"阿莱文教授以犹太出身被撤职"[⑥]，对冯至来说，便必须因导师解职，赶快考虑三件大事——选定新的导师；选定新的求学城市及学府；相应继续、调整甚至更换新的博士学位论文题目。给杨晦及鲍尔的信件中，颇为清晰地展露了冯至的整个考量及决断的过程：

> 阿莱文退休了，我今天早上才知道。现在我又站在十字路口了。我要么攻雅斯贝斯，现在我正在读他的三卷本《哲学》，越往下读，越喜欢。可是我很缺乏哲学基本知识；要么……到您和张教授这儿

---

① 《冯至全集》第 12 卷，河北教育出版社，1999，第 159 页。此信冯至本人未写具体年份，但据信件内容推断，当写于 1932 年春夏。

② 《冯至全集》第 12 卷，河北教育出版社，1999，第 160、162 页。

③ 《冯至全集》第 12 卷，河北教育出版社，1999，第 163 页。

④ 《冯至全集》第 4 卷，河北教育出版社，1999，第 155 页。此文写于 1981 年，但记叙的是 1979 年作者访问时的情景。

⑤ 《附录 冯至年谱》，《冯至全集》第 12 卷，河北教育出版社，1999，第 639 页。

⑥ 《附录 冯至年谱》，《冯至全集》第 12 卷，河北教育出版社，1999，第 639 页。

来；——或者——您了解些关于苏黎世大学和巴塞尔大学的情况吗？[1]

既然不能继续跟随阿莱文读书，那冯至的应对方案之一，便是投向同在海德堡，深受自己喜爱并敬仰的雅思贝斯门下，但为难之处在于必须改变修习的学科门类，就此转向“哲学”；方案之二，是先到巴黎与信赖的朋友鲍尔及老师张凤举碰面，会谈后再做下一步的打算；方案之三，干脆离开政治风波不断、纳粹学生横冲直撞的德国，前往瑞士的高等学府，安顿下来之后继续求学。但冯至显然并不愿意自己原定关于里尔克的博士学位论文就此作废，过了十余天，冯至在 9 月 14 日再度写信给鲍尔：

> 我现在一切还是未知数，不知道该往哪儿去（下个冬天）。就此问题，我请教过阿莱文（他非常友好）。为了使我已经动手的论文不致中断，他很乐意给我介绍一位他的同事（不是在瑞士就是在法兰克福）。但是绝大部分讲座题目和日程尚未公布，当然就不好做出决定。为了研究里尔克，我以极大的耐心读了许多作品：托尔斯泰，雅科森，波德莱尔，克尔恺郭尔。[2]

到了 1933 年底，冯至终于做出决定，“经过长时间很不痛快的犹豫不决”，“还是决定留在这里”，之所以仍然愿意继续待在海德堡，“是因雅斯贝斯而留下的：这学期他讲授尼采，并主持康德研究班”，但“很多事只好认了”。[3] 面临紧张的时局，能够选择的研究对象范围开始收缩，只能研究德国纳粹所接受的课题。他在 12 月 13 日写给鲍尔，以及 12 月 15 日写给杨晦的信件中，两次提到留在海德堡后，要将博士学位论文题目从里尔克改为诺瓦利斯时，均用了对原来的题目“不得不放弃……另定一个（关于诺瓦利斯）”[4]，“不能不改（现改为关于浪漫派诗人 Novalis 的）”[5] 等显得

① 《冯至全集》第 12 卷，河北教育出版社，1999，第 172 页。
② 《冯至全集》第 12 卷，河北教育出版社，1999，第 173 页。
③ 《冯至全集》第 12 卷，河北教育出版社，1999，第 174~175 页。
④ 《冯至全集》第 12 卷，河北教育出版社，1999，第 175 页。
⑤ 《冯至全集》第 12 卷，河北教育出版社，1999，第 143 页。

极为无可奈何的表述。

如姚可崑的追忆所言，新的选题是继阿莱文之后，冯至的新导师“布克不同意原定的论文题目”，“几经商讨”[①] 之后方才定下的，换言之，这是来自导师的强力要求，并非出于冯至本人的意愿。他对这位新的导师也无甚好评，尽管二人私交不坏，1934 年 11 月时，冯至在给鲍尔的信中还曾提及旅途中的布克教授“从莫尔科特给我寄来一张明信片”[②]，但一旦涉及与导师的“学术交流”，冯至表达的却显然是另一种颇为负面的意见，认为“他确是属于那种不能为我们说出多少东西的人”[③]，直到晚年回忆起当年在德国听过的“著名教授的讲课”时，想起的只是“雅斯贝斯、斯佩朗格、宫多尔夫、佩特森”[④]，并无导师布克。

不得已地换了不喜爱的导师，并且要研究这个不甚令人佩服的导师塞给自己的不喜爱的题目，即便在如此境况下，冯至仍然振作了起来，决定以积极认真的态度投入自己有关诺瓦利斯的博士学位论文写作。早在 1933 年 10 月，他以为自己博士学位论文研究的题目便是“最喜欢的那本书：《马尔特·劳利得·布里格随笔》”，并且“在这里边得到许多的趣味”，幻想着，要“尽我的能力把它弄个明白，将来把整部没有一点疑难地译成中文，抄得好好地送给你[⑤]同如稷、翔鹤读，这该是我的无上的快乐”[⑥]，只过了半年，便转为“天天在啃诺瓦利斯以及弗里德里希·施莱格尔晦涩而浪漫主义的断片，真是费劲儿极了，仿佛我的血也因此而变暗、变黑了”[⑦]。尽管当时的冯至表示，他对于博士学位论文的写作是“把这项工作只看做是我对派我来留学的政府所尽的义务”[⑧]，但出于其人性情和现实需要等原因，还是坚持“得认真负责”[⑨]，“付出最大努力”[⑩] 来写，以至这份工作在一年的时间中

① 姚可昆：《从相识到结婚》，《新文学史料》1992 年第 1 期，第 94 页。
② 《冯至全集》第 12 卷，河北教育出版社，1999，第 186~187 页。
③ 《冯至全集》第 12 卷，河北教育出版社，1999，第 179 页。
④ 《冯至全集》第 5 卷，河北教育出版社，1999，第 192~193 页。
⑤ 指杨晦。
⑥ 《冯至全集》第 12 卷，河北教育出版社，1999，第 141 页。
⑦ 《冯至全集》第 12 卷，河北教育出版社，1999，第 180 页。
⑧ 《冯至全集》第 12 卷，河北教育出版社，1999，第 181~182 页。
⑨ 《冯至全集》第 12 卷，河北教育出版社，1999，第 180 页。
⑩ 《冯至全集》第 12 卷，河北教育出版社，1999，第 180 页。

几乎“时时刻刻都在”① 进行。在求取学位的过程中虽有诸多不得已处，但冯至仍有某种自我坚持的孤高，在他看来，“写博士论文，其意义并不完全在于（像中国现在口头上常说的）‘拿来’一个博士头衔，更重要的是通过写论文能进一步丰富知识，锻炼写作”②，因此他反感中国的留学生在德国留学，却写“某某作家在中国的影响”“某某作品与中国某作品的比较”一类的论文，③ 尽管无法依原定计划选择心仪的里尔克进行研究，但仍要“专门找地地道道的德国的题目”，“以不负学了几年德国文学”。④

这篇关于诺瓦利斯，冯至自己感到“索然无味的论文”⑤，却大获导师布克好评，1935 年中，冯至得知“我的论文将获得通过”，“布克教授对论文很满意”⑥，却未必知晓导师盛赞其表现得“勤奋和刻苦”——这应当是名副其实的褒扬；以及“热烈的爱与十分的投入”——这大概就属于布克对冯至的误解。⑦ 勤奋、刻苦、投入当均属实，但“热爱”却极难看出，在其 20 世纪 90 年代方由弟子转译回国的博士学位论文《自然与精神的类比——诺瓦利斯的文体原则》中，冯至在末尾小心翼翼地对诺瓦利斯总结道：

> 他怀着热烈渴求，伸手向四方八面攫取。他拥有类比的魔杖，故而相信一切问题均可迎刃而解。他缺乏“哲学家探求未知的谦逊态度”，也不知极限意识为何物。⑧

这显然与冯至本人的创作、处世、为人的精神迥然相异，诺瓦利斯也

① 《冯至全集》第 12 卷，河北教育出版社，1999，第 190 页。
② 《冯至全集》第 12 卷，河北教育出版社，1999，第 411 页。
③ 《冯至全集》第 12 卷，河北教育出版社，1999，第 411 页。
④ 《冯至全集》第 12 卷，河北教育出版社，1999，第 283~284 页。
⑤ 《冯至全集》第 12 卷，河北教育出版社，1999，第 190 页。
⑥ 《冯至全集》第 12 卷，河北教育出版社，1999，第 190 页。鲍尔在信的右上角写了大概是 1935 年中，据信件内容推断，收信人所记的时间当属无误。
⑦ 参见叶隽《另一种西学：中国现代留德学人及其对德国文化的接受》，北京大学出版社，2005，第 254 页。在第 254 页注释 3 中，叶隽标明此语出处为：参见 Gutachten der Dissertation von Herrn Feng Zhi（冯至博士学位论文的评语），Archiv der Universität Heidelberg：Akten über Feng Zhi（海德堡大学的冯至档案）。
⑧ 《冯至全集》第 7 卷，河北教育出版社，1999，第 138 页。

许能凭其两三年间迅速迸发的创作成绩得到冯至的尊敬，却极难借其作品中所表露的“无限”之精神得到冯至的认同，更遑论使冯至诚心遵循此道——即当时的冯至所理解的浪漫派哲学——并加以身体力行。早在这篇20世纪30年代的博士学位论文中，冯至就已在所引的注释——歌德谈论“类比”——之中，暗暗藏下了自己对此并不赞同的态度：“如果过分追求类比，一切就会叠合为同一；如果避免它们，一切又会分散成无限。在两种情况下，观察都会停滞，或者衰朽不堪，或者已经死去。”① 冯至所选择的道路，是如歌德一般“认真地在现实中探索”②，并真心服膺其“在限制中方能显出自由”③ 之语。而诺瓦利斯这样“不知极限”的“游戏诗人”，尽管其“游戏是严肃认真的”④，却始终无法得到冯至真正的追随。虽然冯至为写这部博士学位论文，悉心研读了诺瓦利斯在莱比锡出版的四卷本《全集》，并撰写了一份译成中文后将近一百五十页的研究成果，但终其一生，都无法让诺瓦利斯的“虔敬”“圣爱”“死之夜颂”“自我之无限宇宙”真正化入自己的血脉。这是来自中国的冯至下意识的“选择”，它不似更换导师那般，是外力所致的情非得已，而是与其“积极认真”“不懈努力”的选择如出一辙，实为即便在“不得已”的境况之下，仍然顽固地发挥着作用的先验主体之“灵”。

二　冯至为何对诺瓦利斯少“扬”多“弃”？

一般而言，学者的博士学位论文是其一生之漫长研究的起点，其人总

① 《冯至全集》第7卷，河北教育出版社，1999，第140页。

② 《冯至全集》第7卷，河北教育出版社，1999，第140页。

③ 单在《冯至全集》中，提到歌德此语便至少有如下三处，加上集外佚文该当更多。（1）“我很钦佩歌德的两句诗：‘在限制中才显出能手，只有法则能给我们自由。’”（《漫谈新诗努力的方向》，《冯至全集》第6卷，河北教育出版社，1999，第330页）（2）“歌德在一首十四行诗里写过：谁要做出大事，必须聚精会神，在限制中才显露出来能手，只有法则能够给我们自由。”（《冯至全集》第7卷，河北教育出版社，1999，第299页）（3）“1800年，歌德开始写十四行诗，有一首题名《自然与艺术》，诗的最后两行是：‘在限制中才显出名手，只有法则能给我们自由。’”（《冯至全集》第8卷，河北教育出版社，1999，第394页）

④ 《冯至全集》第7卷，河北教育出版社，1999，第138页。

会时时回溯并感念从中汲取的精神资源，但冯至对诺瓦利斯却并非如此，在他这一生对诺瓦利斯的“扬”与“弃”中，揄扬寥寥，“摒弃”却几乎触目可及。尽管为博士学位论文花费了一整年的工夫，冯至却从未动念要将正在研读并撰写博士学位论文的诺瓦利斯译介部分《花粉》《断片》之类，如译介里尔克般寄回故土《沉钟》。内中缘由或有如下两点：

> 除了敬畏外，没有亲切之感，所以有时想译一点他的东西，却总不能弄得下去。[①]
>
> 对于中国人没有多大意义，值不得译成中文。[②]

前言为1932年的冯至，在告知杨晦自己当时难以翻译歌德作品的原因；后语则为1992年在致信陆耀东时，告知自己当年的博士学位论文是有关“德文的文体”，因此对中国人意义不大，不值得翻译。两句话的背后，暗藏了冯至认为可将德语作品译介回国背后的两个要素：第一，是要对于译者来说“亲切”，能够有所共鸣，如此译者才能有所会心地觅得汉语中表达类似意义的对应语句；第二，是要对中国人来说“有意义”，若不能与友人共同品味并从中受益，也不能对中国的文艺事业、民族精神等发挥作用，那任是何种绝佳杰构，也并无译介必要。在冯至一生的译介活动中，似乎始终贯彻着这两点原则，其1991年底致鲍尔的信中，便倾诉本人“始终把自己看做是古老、衰落的中国的上一代的儿子”[③]，作为“中国的儿子”只身远赴异国他乡，绝非只为谋求一个博士学位，而是与《沉钟》同人有着共同践行的宗旨，便是鲁迅那句“向外，在摄取异域的营养，向内，在挖掘自己的魂灵，要发见心里的眼睛和喉舌，来凝视这世界，将真和美歌唱给寂寞的人们”[④]。在冯至看来，诺瓦利斯似乎既不适于自己，也不适于中

① 《冯至全集》第12卷，河北教育出版社，1999，第132页。

② 《冯至全集》第12卷，河北教育出版社，1999，第283页。

③ 《冯至全集》第12卷，河北教育出版社，1999，第153页。

④ 《冯至全集》第4卷，河北教育出版社，1999，第208页。此言为冯至本人引用，原为鲁迅在《中国新文学大系·小说二集·序》中论及浅草社时所言，但冯至在文中认为它“更适合沉钟社的实情”。

国。相对应地，他对里尔克却是如获至宝。1936 年，学成归国的冯至为里尔克的十周年祭日写下一篇纪念文章，内中道：

> 在诺瓦利斯（Novalis）死去、荷尔德林（Hölderlin）渐趋于疯狂的年龄，也就是在从青春走入中年的路程中，里尔克却有一种新的意志产生。[①]

对冯至本人来说，同样是正在从青春步入中年——博士读完之后，势必要从对旁人旧知的汲取与吸收，转为本人知识的播撒与传授——也即几乎完全转为上述引文篇目中所言的“工匠般地工作”[②]。并且在他看来，整体的“人类发展到现在，好像是一个中年以后的人”[③]，“中年”之感属于现代的人类整体，尤其属于正在经历苦难的中国。早在 1933 年，冯至想将里尔克的《马尔特·劳利得·布里格随笔》译给杨晦等友人看时，便是因为感到这是被国人所需要的，“读它的时候”，“我们会觉得我们四围更是虚伪，我们现在的中国人更是没有生活”[④]。虽说他在晚年感到，20 世纪 30 年代在德国正“认真读几年书”的自己是“严重脱离中国社会的实际”[⑤]，但这指的是并未亲身投入各种“运动”，其心中对于“中国”始终未能忘情。即便在西德接受诸多异域佳作之时，他也还是抛不开早自先天便已浸淫身心的“中国”质素。尽管在新中国成立前，冯至从不与形形色色的政党发生瓜葛，也极少参与外界风起云涌的各类社会活动，但植入其血脉深处的民族意识，却不能单纯以“建构”视之，即便称之为“建构”，也早已成为某种先在的精神实体，对这位黑瞳黄肤的少年切身地发挥着作用。冯至早年同时偏爱浪漫派的“梦幻”与深喜“晚唐”诗词，实为借助西方对“文学作品”的定义，加之对异国佳作的梳理，来发现和认识本国内部还有着

① 《冯至全集》第 4 卷，河北教育出版社，1999，第 84 页。
② 《冯至全集》第 4 卷，河北教育出版社，1999，第 84 页。
③ 冯至：《新诗蠡测》，《当代评论》第 1 卷第 2 期，1941 年，第 14 页。
④ 《冯至全集》第 12 卷，河北教育出版社，1999，第 141 页。
⑤ 《冯至全集》第 4 卷，河北教育出版社，1999，第 286 页。

如宋词、元曲等的“文学优良传统”①，在1923年的创作与1926年的书信之中，他又表露出对于自己“中国人”的身份有颇多痛切认知：

> 伊哪里想到，我是要买那与现在的中国一样，当时日耳曼的一位常在病中奋斗的诗人的血泪呢？②
>
> 中国人、朝鲜人，更不能不听从民族的运命。③

信中所言“听从民族的运命”，指在哈尔滨目睹诸多丑恶，于失意时向最亲密的友人杨晦直抒胸臆；而那尽管囊中羞涩，却仍倾尽资财要买下与中国相同的“日耳曼病中奋斗诗人”的诗作的少年，虽为微型小说《质铺门前》的主人公，其经历与心绪却显然来自冯至的亲历亲受。从北平到哈尔滨，再从西德学成回国，目睹抗战爆发，一家三口不得不颠沛流离往赴昆明的冯至，就更加感到自己正与中国同呼吸、共命运：

> 人需要什么，就会感到什么是亲切的。里尔克的世界使我感到亲切，正因为苦难的中国需要那种精神。④

如同此时由于自己和中国的需要，服膺于里尔克的世界一般，在诺瓦利斯与伏尔泰有关形容词和名词的讨论之中，冯至同样表明由于自己所身处的时代与环境，要坚定地选择的是伏尔泰而非诺瓦利斯——此意在1944年表述过一次之后，到了1948年再度重复了一次：

---

① 冯至：《不要套用西方现成的文学术语》，载马良春等编，《中国现代文学思潮流派讨论集》，人民文学出版社，1984，第360~362页。这是冯至在1983年1月的“中国现代文学思潮流派问题学术交流会”上的发言，此文曾以《要慎重地使用西方的文学术语》为题收入《冯至全集》第8卷，但省略了此处所引的回应“侯敏泽同志的发言”的前半部分（有3~4页的篇幅），直接从“谈谈所准备的题目”之后开始收录。

② 《冯至全集》第3卷，河北教育出版社，1999，第154页。

③ 《冯至全集》第12卷，河北教育出版社，1999，第78页。

④ 《冯至全集》第4卷，河北教育出版社，1999，第95~96页。

启明时代法国的思想家和文体家服尔德（Voltaire）[①] 说：“形容词是名词的敌人。”

德国浪漫派的代表诗人诺瓦利斯（Novalis）说：“形容词是诗的名词。”[②]

这两句话说得都很极端，里边却都含有一些真理。但是在一个空疏的，不真实的时代里我宁愿推崇服尔德的话。

——编者[③]

1983年，冯至在论及20世纪40年代上引的“我自己写的片断”时，第三次引用和强调，并深入阐明，自己“主要是希望诗要写得朴素，不要装模作样，反对用过多的形容词”[④]，究其诗学主张，与诺瓦利斯极力张扬形容词的重要性截然不同。抗战时期的冯至不但在有关“诗”的意见上与诺瓦利斯迥异，对其“浪漫派哲学”也几乎好感全无，他认为德国的浪漫派人士“打破一切界限，把政治、社会、哲学都扯入它的范围，包罗万象，有时蔓延到了不可收拾的地步；第一次世界大战前后的表现主义在德国得到最适宜的发展；就是最近政治上种种非理性自蹈悲剧的残暴的举动，谁又能说不有一部分是在受着这种民族性的支配呢？”[⑤] 此时的冯至已精研过浪漫派代表人物诺瓦利斯的著述，但并不认为浪漫派的核心在于“有限与无限的交替”，而是认定他们因过分地推崇无限而不足为取。他感到：“他们多半为了反抗社会而不屑忍耐，为了崇尚情感而不肯沉潜，为了无限制的追求而否认现实；其实，他们所忽略的，恰恰是现代一个文学修养者所

① 即伏尔泰，冯至当时译作服尔德。

② 在冯至20世纪30年代所作的博士学位论文中，对诺瓦利斯此句的翻译又略有不同，原文为：我们觉得他使用的修饰语更具启发性。他有一句名言，“修饰词是诗的主要语汇”（第2卷，334页），从这里便可知道，诺瓦利斯对修饰语是何等重视。见《冯至全集》第7卷，河北教育出版社，1999，第35页。

③ 编者即冯至，此段引文见《冯至全集》第5卷，河北教育出版社，1999，第296页；另见《冯至全集》第11卷，河北教育出版社，1999，第545页。两处引文字词略有出入。

④ 《冯至全集》第2卷，河北教育出版社，1999，第175页。

⑤ 《冯至全集》第8卷，河北教育出版社，1999，第87~88页。

应有的条件或道德。"① 此时的冯至对诺瓦利斯及浪漫派的"掉头而去"，是出于自身内置于抗战的"绝对的真实，绝对的需要"②，如其20世纪40年代笔下的伍子胥那般，"脱去了浪漫的衣裳，而成为一个在现实中真实地被磨炼着的人"③。他已旗帜鲜明地站定在歌德及其对浪漫派的批判那里，认定在"情感泛滥得不可收拾时，歌德也有人感到需要"④，并且引歌德所言，对诺瓦利斯在代表诗作《认识你自己》中，撩开赛斯女神的面纱后所见"奇迹中的奇迹"为"他自己"⑤ 表示怀疑。冯至引歌德对这句古希腊格言的意见道，"他觉得这是祭师们的诡计，他们想把人们从对于外界的努力引到一种内心的虚假的冥想里"⑥。尽管冯至即便在全民抗战这一战火纷飞的时段，也从未放弃过"认识自己"与"向内省思"，但他将诺瓦利斯所指出的沉浸于童真、单纯、向内观照的认知之路⑦，理解为一种与不断地自我复制和原地踏步难以脱开干系的"不可行之路"，其所心悦诚服地选择了的，也是病痛不断的家庭⑧、四处动荡的中国与根本"放不下一张平静的书桌"的外界令其不得不选择的，是一条由歌德指明的道路，也是符合于中国熟惯的阳明心学"事上练"的道路。这条路要先行向外历练，转而向内观照，在借助"外"而更新"内"后再度向外转而又转回，如此不断更替交迭，令主体在认识外在世界之时，"每个新的对象都在我们身内启发一个新的器官"⑨。换言之，在这两部远在西德打擂台的作品——歌德的《威廉·迈斯

---

① 《冯至全集》第5卷，河北教育出版社，1999，第315页。

② 《冯至全集》第5卷，河北教育出版社，1999，第288页。

③ 《冯至全集》第3卷，河北教育出版社，1999，第426页。

④ 《冯至全集》第4卷，河北教育出版社，1999，第106~107页。

⑤ 〔德〕诺瓦利斯：《夜颂中的革命和宗教：诺瓦利斯选集卷一》，林克等译，华夏出版社，2007，第12页。

⑥ 《冯至全集》第8卷，河北教育出版社，1999，第58页。

⑦ 〔德〕诺瓦利斯：《大革命与诗化小说：诺瓦利斯选集卷二》，林克等译，华夏出版社，2008，第44~45页。

⑧ 参见冯姚平《给我狭窄的心，一个大的宇宙：冯至画传》，百花洲文艺出版社，2015，第58页。原文为："初到昆明，母亲还带着赣州大病的后遗症；父亲又先后得了回归热、恶性疟疾、斑疹伤寒、背上疽痈几种病；我也是大小病不断，7岁时还被大兵打破了头，差一点要了我的命。"

⑨ 《冯至全集》第8卷，河北教育出版社，1999，第58页。

特》与诺瓦利斯的《奥夫特尔丁根》[①] 之间，中国的冯至所选择的正是威廉·迈斯特的路——他已由自己在战火纷飞的20世纪40年代，仍与姚可崑潜心合译数百页的《威廉·迈斯特的学习时代》，来无言自证地说明了这一点，并在50年代的《德国文学简史》中盛赞歌德的“《学习时代》是德国文学史上第一部最杰出的教育小说”[②]。

尽管冯至本人在90年代，对这部产生于“大跃进”时期的《德国文学简史》耻于提及，感到这“是我生平最引以为憾的一件事”[③]，并在子女为其著述拍下合集照片之时，虽病重住院，仍叮嘱冯姚平“不要把《德国文学简史》拿出来”[④]，但细读此著，仍会感到由于冯至本人一贯“认真负责”的性情，亲手操持的项目工作仍然具备一定的学术价值及潜在的“学术史”价值——内中有关诺瓦利斯的论述，也仍值得参照同时期的冯至为歌德、里尔克所写下的评论细品。

有关《德国文学简史》，从“开始到1848年是由冯至编写的”，相关章节“未经李淑参加工作并补充”[⑤]，换言之，这部作品中有关歌德及诺瓦利斯的部分均为冯至本人所写，定稿未经旁人之手。范劲针对这部作品这样论道，“他在可能范围内尽力地捍卫了歌德的尊严，甚至指出恩格斯的著名评论……也是有局限性的，仅适合于歌德中年时期”[⑥]。事实上，冯至为歌德的“尽力”远不止于此，同年“北大在‘要用党校标准办大学’的口号蛊惑下，在西语系掀起了一股‘批判西方资产阶级文学’的热潮。各个专业都忙着拟定自己的‘重点批判对象’”。德语系的百余位师生一致提出要

① “打擂台”参见林克《译后记》，载〔德〕诺瓦利斯《夜颂》，林克译，四川人民出版社，2018，第276页。原文为：“诺瓦利斯当年写长篇小说《奥夫特尔丁根》，摆明了是要跟歌德的《威廉·迈斯特》对着干，因为在诺氏看来，作为教育小说，或教化即塑造人的心灵的小说，《威廉·迈斯特》未免太偏重经世致用，人情练达，格调不高，说白了有些俗气。”

② 《冯至全集》第7卷，河北教育出版社，1999，第310页。

③ 《冯至全集》第12卷，河北教育出版社，1999，第502页。

④ 冯姚平：《给我狭窄的心，一个大的宇宙：冯至画传》，百花洲文艺出版社，2015，第130页。

⑤ 《冯至全集》第7卷，河北教育出版社，1999，第147页。

⑥ 范劲：《德语文学符码和现代中国作家的自我问题》，华东师范大学出版社，2008，第194页。

以歌德为重点，但冯至却坚持这样的行为，是“会伤害德国人的民族感情的”，令这场大批判动员大会不了了之，以致当时在英语、法语专业均有“重点批判对象”，但德语系却并无。① 这维护的或许不只是德国人的民族感情，也是冯至自己的“知音”之情，无论处在怎样的政治高压之下，一个曾深切投入相关阅读、翻译和研究的学人，对自己真心认同并喜爱的作家作品，总是情不自禁地会在“可能的范围内”略加回护。无独有偶，同样在20世纪50年代，即便必须批判里尔克最终“堕落为残酷的剥削者手下的一个小卒”，冯至也忍不住要先写几句这位诗人“对于社会中种种病态是锐敏地感到了”，“本来有过许多机会，可能走上进步的道路”，只是无论“感觉多么锐敏，处世多么清高，写诗多么费力”，但他不能“走上为人民服务的道路”，总归这样的堕落是“不免”的。② 即便对里尔克所下的结论必须贬抑，却按捺不住要先赞扬几句，如此情难自已的“照顾”与“护惜”，歌德和里尔克均能从冯至那里得到，可诺瓦利斯却是分毫也无。

20世纪30年代的冯至在撰写博士学位论文时，明知诺瓦利斯这位游戏诗人的“游戏是严肃认真的”③，在20世纪40年代也曾区分过严肃的“游戏”和随意的“玩弄”，认为游戏有时是“最严肃的工作态度”，而玩弄却是“诗歌的堕落”④。但在《德国文学简史》中，他却直接判其为将“极端的主观主义体现在幻想游戏上边，宇宙都成为他们随心所欲抛来抛去的幻想的玩具”⑤。冯至明知诺瓦利斯曾经从《威廉·迈斯特》中“学到很多东西”⑥，但在《德国文学简史》之中，仍直接写“诺瓦利斯更是自觉地和歌德为敌……而他写的小说则是要‘反对《维廉·麦斯特》’”⑦。较诸50年代对里尔克下笔之时内含的“处置”而言，冯至对“蓝花诗人”诺瓦利斯这位“反动浪漫主义”的典型基本毫不容情，说他“这种唯心主义使人

① 参见叶廷芳《缅怀冯至先生》，《新华文摘》2005年第24期，第106~107页。
② 《冯至全集》第3卷，河北教育出版社，1999，第130~131页。
③ 《冯至全集》第7卷，河北教育出版社，1999，第138页。
④ 《诗的还原》，载《打夯歌》，《诗生活丛刊》第3期，1948年，第23页。
⑤ 《冯至全集》第7卷，河北教育出版社，1999，第330页。
⑥ 《冯至全集》第7卷，河北教育出版社，1999，第20页。
⑦ 《冯至全集》第7卷，河北教育出版社，1999，第330页。

嗅到一种不能容忍的腐朽气味”①，用“梦里的蓝花”“一方面把已经腐朽不堪而仍作垂死挣扎的封建制度加以美化，一方面则散布毒素，麻醉读者”②。如此偏激的论断，在很大程度上源于当时的客观环境。冯至在特殊的年代历任人民文学出版社副总编、北大西语系系主任、社科院外文所所长等学术文化机构领导职位，只在“文革”时被错定为“犯有执行修正主义路线错误”③，相对来说还是得到了党的信任。但担任领导职务之人自然更须慎重，对于诺瓦利斯这样偏于“颓废”“反动”的浪漫主义诗人，特别需要回避和划清界限。不过，与歌德和里尔克相较，冯至即便在主观层面，对诺瓦利斯似也并无惺惺相惜的回护情谊。

到了20世纪80年代，尽管与时代高压终于告别，冯至也仍然无法赞同诺瓦利斯的“自我创造”。1982年，他引歌德的《格言与感想》道，“所谓‘自我创造’通常是产生虚伪的独创者和装腔作势的人”④。对于诺瓦利斯的浪漫派哲学及某些“断片”的言论，晚年的冯至早已记得不甚清楚，远不及歌德、里尔克等打下的深深烙痕。在1984年8月22日冯至为《威廉·迈斯特的学习时代》修改的《译本序》中，他就不小心将诺瓦利斯的意见错派到了施莱格尔（史勒格尔）兄弟身上：

> 浪漫派的理论家和诗人们对这部小说也热烈欢迎。史勒格尔（Schlegel）兄弟因此奉歌德为“诗的精神真实的总督”。⑤

尽管浪漫派多有彼此混杂的集体创作，但他们对歌德此作的意见却不同。此语原本出自诺瓦利斯的《花粉》第106条，即“歌德——现为地球上诗歌精神的真正总督”⑥，而这一称颂，正由歌德“《威廉·迈斯特》的

---

① 《冯至全集》第7卷，河北教育出版社，1999，第334页。

② 《冯至全集》第7卷，河北教育出版社，1999，第350~351页。

③ 参见《中国社会科学院清理冤错假案成绩显著 许多著名的哲学社会科学家恢复了名誉》，《解放日报》1979年7月14日，第3版。

④ 《冯至全集》第8卷，河北教育出版社，1999，第133页。

⑤ 《冯至全集》第10卷，河北教育出版社，1999，第18页。

⑥ 〔德〕诺瓦利斯：《夜颂中的革命和宗教：诺瓦利斯选集卷一》，林克等译，华夏出版社，2007，第100页。

诗学给他留下了极深的印象"[①]而来，尽管在后期诺瓦利斯的态度有所转变，对于这部《威廉·迈斯特的学习时代》十分反对，但早年对歌德为"诗歌精神的真正总督"这一尊奉之语，却确是出自此人之口，此事被冯至所错记。八九十年代的冯至写了不少回忆文章及关于歌德的研究文章，但对诺瓦利斯，除了在怀念早逝的老友梁遇春时，连带提及诺瓦利斯同样在短暂的一生"春花怒放"[②]，在评述德国有关歌德《威廉·迈斯特》的意见时谈其"反对"[③]——内中还稍有错讹，在回忆自己早年的求学时谈及"钻研诺瓦利斯的'片断'"[④]"通过一篇关于诺瓦利斯的论文获得博士学位"[⑤]之外，再没什么涉及诺瓦利斯的地方。他在回忆起自己从德国文学的"创作里吸取了可贵的精神营养，得到过不少启发"时，想起的诗人是"歌德、荷尔德林、海涅、里尔克"这四位，并无诺瓦利斯的踪影。[⑥]尽管曾倾尽全力花费了整年的工夫，以诺瓦利斯为题写了一部博士学位论文，但诺瓦利斯既不如姚可崑所言，是"和里尔克一样"令冯至"最感兴趣的诗人"，也不似冯姚平所撰，"喜欢"的程度竟能与荷尔德林相提并论，更不必提冯至为之致力了大半生的歌德。诺瓦利斯留给冯至的影响实则甚是轻微，在人生历程、精神追求、人格境界等方面，都未能真正渗入冯至的身心与言行。

三　"正面"的诺瓦利斯是否在冯至处完全消失?

尽管诺瓦利斯对冯至的影响不大，但其创作成就仍然得到了冯至的认可。虽然冯至已判定诺瓦利斯与自己的诗学观念、哲学主张、人生道路等均不甚相干，却并不影响他对诺瓦利斯的尊重。这位诗作属于"纯洁和美的王国"的诗人英年早逝，20 世纪 80 年代的冯至在下笔时已较为客观公

---

① 〔德〕伍尔灵斯：《〈奥夫特尔丁根〉解析》，载〔德〕诺瓦利斯《夜颂中的革命和宗教：诺瓦利斯选集卷一》，林克等译，华夏出版社，2007，第 190 页。此言出处据作者标明为诺瓦利斯《全集》Ⅱ，466：118。

② 《冯至全集》第 4 卷，河北教育出版社，1999，第 293 页。

③ 《冯至全集》第 10 卷，河北教育出版社，1999，第 18 页。

④ 《冯至全集》第 5 卷，河北教育出版社，1999，第 219 页。

⑤ 《冯至全集》第 5 卷，河北教育出版社，1999，第 186 页。

⑥ 《冯至全集》第 5 卷，河北教育出版社，1999，第 186 页。

允，而非直接打入另册——他敬佩诺瓦利斯“以惊人的才力，呕心沥血，谱写下瑰丽的诗篇”，“思想格外活跃，感触格外锐敏，经历虽然不多，生活却显得格外灿烂，在短暂的时期内真可以说是春花怒放”，“论成绩则抵得住或者超过有些著名诗人几十年努力的成果”[①]。

除了对诺瓦利斯正面的认可与尊重外，年轻的冯至在北大求学之时，也曾有过对诺瓦利斯的喜爱。1991 年时，冯至如此回顾自己的早年生涯，“浪漫主义者中间，有的外向，有的内向。拜伦属于前者，我则更喜欢后者，如德国的诺瓦利斯”，并对佐藤普美子评价自己的那句“跟那时大多数作家信奉的浪漫主义不一样”表示同意。[②] 但这一“喜爱”或许甚是浮泛，在《答词》之中，冯至提及自己在北大求学时的感受：

> 同时由于学习德语，读到德国浪漫派的文学作品……更重要的是其中的内容和情调能丰富我空洞的幻想。例如诺瓦利斯小说中的“蓝花”象征着无休止的渴望，蒂克童话中“森林的寂寞”给树林涂上一层淡淡的神秘色彩，不少叙事谣曲（包括歌德从民歌里加工改写的《魔王》和《渔夫》）蕴蓄着自然界不可抗拒的“魔力”，海涅让罗累莱在莱茵河畔的山岩上唱诱惑船夫的歌曲，莱瑙提出“世界悲苦”的惊人口号。我在唐宋诗词和德国浪漫主义的影响下开始新诗的习作。[③]

可见，当时的冯至将诺瓦利斯、蒂克、歌德（部分作品）、海涅、莱瑙等诸多内存明显分歧的德语诗人诗作，一律划归进了“浪漫派”的范畴。然而，促使其走上这条求学于德语系，并在早年颇为心醉于德国浪漫主义的道路的，却并非真正的浪漫派，而是当时郭沫若等译介至中国的“二手浪漫”，如歌德的小说《少年维特之烦恼》等。1982 年，冯至致信日本友人佐藤普美子时，便言自己“是受了郭沫若的影响，郭沫若把 Goethe 和 Heine 介绍给中国，引起我很大的兴趣”[④]。20 世纪 20 年代初，甫至北大求

① 《冯至全集》第 4 卷，河北教育出版社，1999，第 293 页。
② 《冯至全集》第 12 卷，河北教育出版社，1999，第 274 页。
③ 《冯至全集》第 5 卷，河北教育出版社，1999，第 196 页。
④ 《冯至全集》第 12 卷，河北教育出版社，1999，第 250 页。

学的冯至未过二十，尚还稚嫩，所做无非努力汲取课堂上所授的知识，课下则温习、阅读、译作……仍限于本科课堂德语及文学“打基础”式的修习，对浪漫派与诺瓦利斯的认知尚浅。这一时期的冯至在处理接触到的浪漫派时，主要沉溺于相对表层的传奇情节、浪漫素质与气氛营造，只将浪漫派用以自我表现的表面“布景”作为终极鹄的，无视其中内蕴的伦理诉求与整体哲学诉求，当时“一天总要看一两点钟浪漫派的小说”[①]，认为“什么森林呀，吉布塞呀，骑士呀，总比那现实心理分析作品引我的力量大!”[②] 到了晚年追忆之时，冯至的语气显得更为冷静克制，在与为自己写文章及做评传的研究者的信件往来中，他一再表明自己就浪漫派而言，所摄取的只是“部分”，对产生的“影响”未可言过其实：

> 我在留学以前读过德国浪漫派诗歌，读的不多。他们沉缅于梦幻，对我有一定的影响。但他们的哲学，我那时没有接触。[③]
>
> 关于德国浪漫派文学影响，文中一再提及，我觉得有些过分了。[④]

晚年的冯至在回忆时，并不认为浪漫派对自己真的产生了多少实质性的影响，此言该当属实。冯至早年对浪漫派及诺瓦利斯的认知与评价，基本不脱出课上所学勃兰兑斯在《十九世纪文学主潮》中的判言，以及海涅在《论浪漫派》中的论断。年轻的冯至在为《沉钟》所写的介绍文章《谈E. T. A. 霍夫曼》中，曾数次在比对两位德语诗人的过程中提及诺瓦利斯，认为霍夫曼：

> 这种自我分裂，勃兰兑斯在他的《十九世纪文学主潮》上说，正是自我意识的觉醒。[⑤]
>
> 从这里看，他是立在现实里；海涅早已说过了，他是一个更大的

① 《冯至全集》第12卷，河北教育出版社，1999，第37页。
② 《冯至全集》第12卷，河北教育出版社，1999，第54页。
③ 《冯至全集》第12卷，河北教育出版社，1999，第273页。
④ 《冯至全集》第12卷，河北教育出版社，1999，第363页。
⑤ 《冯至全集》第8卷，河北教育出版社，1999，第277页。

> 诗人，比起那位更有诗才的诺瓦利斯。……艺术与生活，理想与实际是永久的对照，永久生动地结合。①
>
> 他在浪漫派的作家中是惟一的爱着生活的人，他不曾去追逐“蓝花”(Eine blaue Blume) ……他在真实的后面发现了伟大的惊奇的阴影。②

如此评判，显然脱胎于海涅所言，即“霍夫曼作为诗人要比诺伐里斯重要得多。因为诺伐里斯连同他笔下的那些虚幻的人物，一直飘浮在蓝色的太空之中，而霍夫曼跟他描写的那些千奇百怪的鬼脸，却始终牢牢地依附着人间的现实”③，以及遵循的是勃兰兑斯在《十九世纪文学主潮》中所持守的价值立场，即“文学创作的任务永远是用凝练的形式表现一个民族或一个时代的整体生活”④——这之所以在当时的中国风靡一时，被冯至所尊崇的鲁迅等在课堂讲义中多所征引，正是因为其适用于当时中国实际。但无论如何，正如选择就读于北大德语系，是由于被郭沫若译介的“二手浪漫”引起兴趣，此时冯至对诺瓦利斯的接受，也多源于吸收并依从海涅及勃兰兑斯的“二手论断”。在 1924 年 10 月致友人杨晦的信中，冯至便道，“我们下礼拜一就上课，我们都拟同读 Brandes”⑤，1947 年再度回顾当时北大国文系学生在课堂所学的内容时，又提及要“听一听当时正在流行的勃兰兑斯、法朗士等人的批评理论”⑥，1990 年，更称“勃兰兑斯的《十九世纪文学主流》可以说是一部曾经引导中国学生深入了解欧洲 19 世纪文学的教科书”⑦。1925 年致信杨晦时，冯至自诉“我爱的还是那几位少见的薄命诗人 Hölderlin，Lenau，Heine……”⑧，在这冯至开列的所爱“薄命诗人”的名录之中，虽有海涅，却并无诺瓦利斯；同年所作《记克莱思特

---

① 《冯至全集》第 8 卷，河北教育出版社，1999，第 279 页。

② 《冯至全集》第 8 卷，河北教育出版社，1999，第 280 页。

③ 〔德〕亨利希·海涅：《论浪漫派》，张玉书译，人民文学出版社，1979，第 109 页。

④ 〔丹麦〕勃兰兑斯：《十九世纪文学主流（第二分册）：德国的浪漫派》，刘半九译，人民文学出版社，2018，第 213 页。

⑤ 《冯至全集》第 12 卷，河北教育出版社，1999，第 26 页。

⑥ 《冯至全集》第 4 卷，河北教育出版社，1999，第 117 页。

⑦ 《冯至全集》第 5 卷，河北教育出版社，1999，第 134~135 页。

⑧ 《冯至全集》第 12 卷，河北教育出版社，1999，第 57 页。

(H. Kleist) 的死》中，提及爱慕的德语文人之时，“一百年前的德国……产生海涅的病，而产生 Hölderlin 同 Lenau 的疯狂，尤其爱慕的是，而产生克莱思特 (H. Kleist) 的自杀!”[①] 中同样未涉及早逝的诺瓦利斯。

给予年轻的冯至深刻印象者中，海涅的分量颇重，勃兰兑斯也未能小觑，但诺瓦利斯却颇为相形见绌。当时冯至对诺瓦利斯的喜爱虽高过拜伦，却仍较为有限，对其“定调”式的评判基本来自海涅及勃兰兑斯二人的提炼与论述，而究其所了解的诺瓦利斯之“实质”，基本只摄取了作为渴望之象征的“蓝花”以宣青年之情思泛滥；与己身性情暗合的“内向”以作异代之同调；以及诺瓦利斯“视康健为疾病”之意，来为自己少年时期的“多愁多病身”聊作慰藉：

> 身体坏得很。总没有勇气说：强壮起来！到底是任着这样子弱下去好呢？还是……？但是强壮真不是一件容易的事，在这样苦闷的境界中，有时想到 Novalis 的话：真理是完全的错误；康健是完全的病。[②] 心地里也觉得有一些释然了。[③]

度过了这一青少年时期的冯至，除了诺瓦利斯“种子”“萌芽”等修辞的皮毛或为冯至所时常袭用[④]外，诺瓦利斯再未为他留下什么较为正面与显

---

① 《冯至全集》第3卷，河北教育出版社，1999，第202页。

② 冯至在其1935年的博士学位论文中所译，用以论证“诺瓦利斯认为，人的一切关系在根本上都是相对的”时，译文相较此处（1926年所写）有少许出入，为“真理完全是谬误，健康完全是疾病”（〔德〕诺瓦利斯:《全集》第3卷，莱比锡，1928，第37页），译文见《冯至全集》第7卷，河北教育出版社，1999，第7页。

③ 《冯至全集》第12卷，河北教育出版社，1999，第80页。

④ 冯至在20世纪40年代甚喜用“种子”“发芽”等来做潜藏着的未来无限发展之类比，如“每每化为潜流，或是种子似的埋在地里”；“一粒种子似的种在我的身内了：有的仿佛发了芽，有的则长久地沉埋着，静默无形”；“不过是小小的萌芽，里边包含的东西还很单纯，但它已经能预示从这萌芽里会发展成一棵坚强的、健壮的树木了”。这极易令人联想起诺瓦利斯那句著名的表述：“写书的艺术尚未发明出来，但是可望在这一点上有所发明：这种断片就是文学种子。其中难免有些空壳：但只要有几粒发芽!”见〔德〕诺瓦利斯《夜颂中的革命和宗教：诺瓦利斯选集卷一》，林克等译，华夏出版社，2007，第102页。但很难说冯至的“种子”“发芽”便一定来自诺瓦利斯，即便外表类同，其内在精神也显然迥异。

出共鸣的接受印迹。早年的冯至对诺瓦利斯的喜爱之情，原本便流于表面，当年的他既不能真正懂得诺瓦利斯的诗与虔敬，也不能真正懂得诺瓦利斯及浪漫派的一整套哲学，只一味耽于“蓝花”“梦幻”的文学造景。到了为写博士学位论文精研过诺瓦利斯之后，他虽也认可诺瓦利斯取得的惊人成绩，但仅止步于怀有敬意，对于浪漫派无所不包的“整全”“无限”之理念所造成的“不可收拾”的现世后果，则堪称痛心疾首。逐步成熟了的中国诗人冯至，有了与诺瓦利斯截然不同的诗学、哲学与处世主张，诺瓦利斯与冯至除了年少时由于冯至的“不知”，反得一场短暂结缘之后，再未能真正产生什么“共振”乃至“和弦”的佳音。

结　语

> 我不迷信，我却相信人世上，尤其在文艺方面常常存在着一种因缘。这因缘并不神秘，它可能是必然与偶然的巧妙遇合。[①] ……接触外国文学作品，类似人际间的交往，有的很快就建立了友情，有的纵使经常见面，仍然陌生。[②]
>
> ——冯至

在冯至与诺瓦利斯之间，即便有过持续整年不曾间断的“见面”，诺瓦利最终留给冯至的，仿佛也只是略显陌生的面容与浅尝辄止的交集，不过是“年少的一场梦幻”而已。整体看来，诺瓦利斯之于冯至，这相交数十年仍“白首如新”的结局，倒似正应了诺瓦利斯那句有关先验之“萌芽”的名言：

> 如果一个人在自身之中没有某个东西的萌芽，他怎么可能对它有知觉。我应该理解的必须在我身体内有机地发展。我要学习的好像只

① 《冯至全集》第5卷，河北教育出版社，1999，第98页。
② 《冯至全集》第5卷，河北教育出版社，1999，第246~247页。

是培育它：有机体的催生素（Inzitament）。[①]

——诺瓦利斯

对于冯至来说，正因他早就欠缺这潜藏于自身之中的萌芽，以至从始至终无法对诺瓦利斯真正有所知觉。在诺瓦利斯看来，“启示是不能强求的”[②]，“信仰需要一种真正的天赋”[③]，这位虔诚的信徒，早已将来自上帝的启示深植于心，并在诗作之中对这一“最高的爱”反复表露，意欲依靠吟诵上帝之名，引领自己脱离一切困境。在诺瓦利斯看来，由于哲学能够提供上帝、自由和不朽，以至反比经济学更为实际。[④] 但此类论调对冯至而言却极为隔膜，因其一生“和基督教没有关系，没有受过洗礼”[⑤]，而为诺瓦利斯提供了“上帝、自由、不朽”的哲学，竟然要比“烤面包”[⑥] 的经济学更加实际，这样的价值判断，对于冯至乃至任何一个曾身处频仍战火，经历过难耐饥饿的20世纪中国人来说，想必都无法不感到隔膜。如此“必然与偶然的巧妙遇合”之下，或许诺瓦利斯难以对冯至和中国产生什么深层影响，此事早已由“冯至”“中国”这一先在的整体系统注定，无关诺瓦利斯这一外来因素的本身功绩。在曾同在德国留学的徐梵澄眼中，冯至“一贯是传统儒家精神”，且“其言行中，绝无任何佛教，道教，或耶教，或道学家的点染”，[⑦] 柳鸣九曾亲观冯至在外文所的言行，看到这位大学者一直以来“兢兢业业地坐办公室，处理各种繁琐的事务，任劳任怨”，认定“这位恩师是圣徒”[⑧]。儒家千年来作为中国的文化主体已难于否认，而其

① 〔德〕诺瓦利斯：《夜颂中的革命和宗教：诺瓦利斯选集卷一》，林克等译，华夏出版社，2007，第80页。

② 〔德〕诺瓦利斯：《夜颂中的革命和宗教：诺瓦利斯选集卷一》，林克等译，华夏出版社，2007，第153页。

③ 〔德〕诺瓦利斯：《夜颂中的革命和宗教：诺瓦利斯选集卷一》，林克等译，华夏出版社，2007，第191页。

④ 〔德〕诺瓦利斯：《夜颂中的革命和宗教：诺瓦利斯选集卷一》，林克等译，华夏出版社，2007，第164页。

⑤ 《冯至全集》第12卷，河北教育出版社，1999，第246页。

⑥ 《冯至全集》第12卷，河北教育出版社，1999，第246页。

⑦ 《徐梵澄文集》第4卷，上海三联书店、华东师范大学出版社，2006，第425页。

⑧ 柳鸣九：《名士风流：二十世纪中国两代西学名家群像（增订本）》，中央编译出版社，2017，第195页。

“承担”“忍耐”“事功”的君子精神，又确与冯至的性情暗合。新中国成立后任职系主任、外文所所长的冯至，在繁忙又耗时的事务之中未尝不想洒脱，但无论外界环境、个体性情还是处世认同，都使其无法选择“不为五斗米折腰”般的归去来兮。他在面上是无人能及地尽职尽责打点琐事，但真实心绪偶在开无数次的会时，口吟打油诗“春花秋月何时了，开会知多少?”[①] 方才略微泄露一二——这一鲜活的细节颇显其“儒家”精神，也即冯至历来所称道的，源于歌德的“断念”与“忍耐”。身在中国的冯至，承受着多少独属于“中晚”岁月的沉重负担、现实迫压与无可奈何，绝非诺瓦利斯这样英年早逝，诗学创作“狂飙突进”的天才诗人，只凭借冯至心头从来未曾有过的“上帝”，便能令之得到救赎的。晚年的冯至曾为歌德的《浮士德》与《威廉·迈斯特》总结了共同的主题——“只要他永远自强不息，最后总会从迷途中‘得救’”[②]。此语恰和古老中国的那句格言对应——天行健，君子以自强不息。这既是冯至本人基于主体性情所践行的选择，也是在当时中国的时代要求之下势所必然，不得不如此的选择，唯有靠此“自救”，而非倚靠从未在心中化作精神实体的“上帝”，方能在心中形成以供反复体认，深信终能“得救”的精神慰藉并赋予意义。即便致力于深研泰西，但冯至早以这样的诗句，为属于中国的自己做出总结：

> 我曾喝过海外的水，
> 总像是一条鱼陷入沙泥；
> 我曾踏过异国的土地，
> 总像是断线的风筝，
> 飘浮在空际。
> 好也罢，不肖也罢，
> 只有一句话——
> “我离不开你。”[③]

---

① 参见《季羡林全集》第2卷，外语教学与研究出版社，2009，第189页。

② 《冯至全集》第5卷，河北教育出版社，1999，第203页。

③ 《冯至全集》第2卷，河北教育出版社，1999，第260页。

在冯至对诺瓦利斯的接受这一个案之中，所谓“全盘西化”仿佛成了伪命题。“全盘西化”作为一种在总体态度上的趋向性描述或许可以成立，但在实际的接受实践过程中不可能真的做到。冯至以其大音希声的“选择”告诉后来者，对于一个真正的学人而言，即便目光逡巡于璀璨的西土群星，但要想“全盘”拿来几乎并无可能。对于具体的接受实践来说，只会存在中国的主体究竟想要撷取“西”中的哪些有用符码，借之以作自我更新的问题，不会存在“全盘西化”的问题，即便想要全盘移植，但西学如许广博，其中早已内置诸多异质与分歧，对于那些根本不适于解决主体问题的质素，主体由于在根本上缺乏“求教”于此的内在驱动力，便会有意无意地对之忽视，甚至主观上再如何努力想要重视，也终究难以深会于心。譬如诺瓦利斯，即便作为天才诗人创作实绩有目共睹，冯至也曾在导师的要求下撰写了一整部深研其人其作的博士学位论文，高度认可他取得的卓越成就，但即便以诺瓦利斯的天赋异禀，以冯至的研究能力，诺瓦利斯也终究对冯至及中国发生不了什么深切的影响，较诸在某种程度上已被中国“孔子化”了的歌德远远不及。窥一斑而知全豹，或许“主体性”无论小到冯至还是大到中国，无论宣之于口还是深藏于心，早已作为横亘在前的“先验”磨灭不去，在此基础上，所有的“西化”都是有限度的西化，达不到“全盘”的境地。

【Abstract】 Compared his relations with other German poets, the relationship between Novalis and Feng Zhi has seldom been studied. Although Feng Zhi wrote his doctoral dissertation on the topic of Novalis, he liked Novalis much less than Rilke and Hölderlin, just having to change the topic due to the situation then. Feng Zhi later "knew" Novalis quite well after that, but he did not glorify Novalis, but rather rejected Novalis because his own opinions were quite different from those of Novalis and was convinced by Goethe and Rilke due to the actual situation in China. However, the positive aspects of Novalis did not completely disappear in Feng Zhi's life. Feng Zhi really admired the creative achievements made by Novalis. At his early age he even loved Novalis. But at that time, his judgement was indirect from Heine and Brandes, which was not really absorbed in Novalis' poetics and romantic philosophy and got benefit from it. In general, Feng Zhi did not penetrate much of Novalis' flavor in all aspects of his writing. In this case, it may be seen that any "receptioin" itself has the selective attribute of the subject, and the so-called "overall Westernization" is just a false proposition in a sense.

【Keywords】 Feng Zhi; Novalis; overall Westernization; the practice of reception

世界文论研究

“后殖民忧郁症”、“共生文化”和“地球人道主义”：论保罗·吉尔罗伊的后殖民思想*

沈若然

（华东师范大学中国语言文学系 上海 200241）

【内容提要】保罗·吉尔罗伊是英国著名的黑人种族理论家，他的后殖民理论因对种族问题的关注而独树一帜。吉尔罗伊一方面对英国的殖民历史及其对当下的影响进行了反思，用“后殖民忧郁症”的概念描述大英帝国解体后英国人病态的心理状态；另一方面坚定地捍卫了多元文化社会的理念，用“共生文化”的概念指代后殖民都市中日常的、草根的多元文化。吉尔罗伊认为要更新已有的世界主义和人道主义的理念，提出超越种族界限的“地球人道主义”的概念。总体而言，吉尔罗伊的后殖民思想产生于全球化的时代背景下，体现出批判性和伦理性，具有一定的现实意义。

【关 键 词】保罗·吉尔罗伊　后殖民忧郁症　共生文化　世界主义　地球人道主义

保罗·吉尔罗伊（Paul Gilroy）是英国著名的黑人种族理论家，现为伦敦大学学院教授、种族主义与种族化研究中心创始主任，被公认为是斯图亚特·霍尔之后英国最重要的种族理论家之一，其主要著作有《大英帝国

* 本文系中国博士后科学基金面上资助项目“保罗·吉尔罗伊的种族思想研究”（2022M711179）、国家社科基金重大项目“美国族裔文学中的文化共同体思想研究”（21&ZD281）、北京市社科基金重点项目“后殖民主义、世界主义与中国文学的世界性研究”（18WXA002）的阶段性研究成果。

没有黑人》(1987)、《黑色大西洋:现代性与双重意识》(1993)、《阵营之间:国家、文化和种族的诱惑》(2000)、《帝国之后:忧郁症或共生文化?》(2004)等,在后殖民研究、文化研究等领域内影响巨大。不过,相较于爱德华·萨义德、佳亚特里·斯皮瓦克和霍米·巴巴等后殖民理论家在国内的知名度,吉尔罗伊作为西方后殖民理论的后起之秀和重要思想家长期被学界忽视,这影响了我们对后殖民理论的全面理解和把握。实际上,吉尔罗伊的所有著作都是在后殖民的语境中创作的,他长期关注西方黑人的生存处境与文化和政治表达,并不断反思殖民历史与当下状况的关系,试图通过书写记录和改变社会现实。吉尔罗伊不仅同意把自己定位为后殖民思想家,而且明确提出后殖民研究的目的是讲述不同于正统历史的另一种现代历史。① 在种族和文化冲突频发的当下,探讨吉尔罗伊的后殖民思想,有助于我们更好地理解和面对当前西方存在的现实问题。

不同于那些偏好抽象概念的理论家,保罗·吉尔罗伊的学术研究与他的个人经历密不可分,体现出强烈的现实色彩,因此我们有必要对他的生平做一简略介绍。吉尔罗伊 1956 年出生在英国伦敦,父亲是一名英国白人,母亲是来自圭亚那的黑人移民,二人的婚姻是战后英国最早的跨种族婚姻之一。尽管是个地地道道的英国人,但吉尔罗伊童年时却曾因为黑皮肤而饱受种族歧视之苦,在街头被一些白人攻击辱骂,让他“滚回自己的国家”。这样的经历使得吉尔罗伊始终难以自然地接受英国人的身份,而对这个国家有着矛盾的情感。可以说,吉尔罗伊自幼就生活在黑人和白人两种文化中,二者的冲突既为他带来了困惑和痛苦,也塑造了他的思想。吉尔罗伊从 1978 年开始在伯明翰大学当代文化研究中心读博,是斯图亚特·霍尔的学生,并逐步走上了研究种族问题的学术之路。由于吉尔罗伊深受英国文化研究的影响,他主要从文化的角度切入以研究种族和后殖民问题,这也呼应了西方近期的社会变化。

众所周知,自 20 世纪 60 年代开始,随着欧美国家外来移民人数的不断增加,不同文化如何共存便成了一个关键的问题,此时多元文化主义的理

① Katy Sian, ed., *Conversations in Postcolonial Thought*, New York: Palgrave Macmillan, 2014, p. 179.

论应运而生，并深刻地影响了不少国家的文化政策。但随着相关政策的负面效应逐步显现，各种对多元文化主义的批判也蔚然成风，曾经风靡西方的多元文化主义似乎在不断衰落。英国由于在二战后吸纳了大量的前殖民地移民，多元文化的问题极为突出，不少文化研究学者都曾参与相关的讨论，吉尔罗伊也对此展开了深刻的思考。2004 年出版的《帝国之后：忧郁症或共生文化?》（下文简称《帝国之后》，该书在美国出版时书名为《后殖民忧郁症》），充分体现了吉尔罗伊的后殖民思想，被认为是后殖民研究领域的经典著作。在这本书中，吉尔罗伊一方面对英国的殖民历史及其对当下的影响进行了反思，用“后殖民忧郁症”（postcolonial melancholia）的概念描述大英帝国解体后英国人病态的心理状态；另一方面他坚定地捍卫了多元文化社会的理念，用“共生文化”（convivial culture）的概念指代后殖民都市中日常的、草根的多元文化。吉尔罗伊还认为要更新已有的世界主义和人道主义的理念，提出超越种族界限的“地球人道主义”（planetary humanism）概念。在对这些概念进行论述和分析前，本文首先对多元文化主义在西方产生和发展的情况做一介绍，以更好地阐释吉尔罗伊提出这些概念的意义，深化对其后殖民思想的认识。

一　文明主义：西方多元文化主义的衰败

二战后欧洲由于经济复苏的需要接纳了大量从殖民地迁徙而来的移民群体。比如英国有名的“疾风世代”（windrush generation）指的是 1948 年至 1971 年从英属加勒比海地区移居英国的人群，它得名于第一艘搭载着殖民地移民驶入英国的客轮的名字——“帝国疾风号”（HMT Empire Windrush），大量加勒比海地区和西印度群岛的黑人移民因此来到英国。移民的到来一方面极大地缓解了欧洲劳动力短缺的问题，另一方面也带来了他们独特的文化。经过几代人的繁衍生息，欧洲的移民不仅人口极大地增加，其文化相对于西方主流文化的“异质性”也更加明显，种族和文化冲突的问题日益突出。

于是多元文化主义的观念和政策适时出现，简单而言它是欧美各国在自由主义和后殖民主义的时代背景下，关于弱势群体在族群冲突和社会抗争中要求平等权利、获得承认并保障差异权利的理论和措施。多元文化主义政策在西方各国实施以后，在一段时间内颇具成效，较好地处理了少数族群在国内与主流社会的关系，同时缓解了不同族群间的紧张关系，有效地实现了某种社会整合。但是好景不长，它的负面效应也开始显现。由于多元文化主义往往把文化差异绝对化，忽视了不同文化间的“共性”，从而强化了少数群体作为永恒“他者”的刻板印象，无形中鼓励了不同族群间的隔绝。换言之，多元文化主义的文化观似乎是本质主义的，未能理解不同文化是如何不停地相互影响与交融混杂的。[①] 它所鼓励的身份政治（identity politics），使得被不同的社会结构（资本主义、殖民体制、父权体制、异性恋体制等）压迫的弱势群体，只看得到处于对立位置的强势者的存在，而忽视了不同压迫体制之间的结盟关系，从而难以与其他弱势者联合起来反抗压迫，这也是吉尔罗伊在2000年的《阵营之间：国家、文化和种族的诱惑》（下文简称《阵营之间》）一书中批判多元文化主义的原因之一。此外，“多元文化主义”这个术语多重、模糊的含义以及新自由主义背景下商业企业对其的利用，也增加了吉尔罗伊对此的不满。更进一步，吉尔罗伊认为当前的多元文化主义强调种族差异，将这些差异描述成自然产生的，从而忽视了造成种族差异的权力和暴力因素。[②]

自20世纪80年代开始，欧美国家掀起了批判多元文化主义之风。阿兰·布鲁姆（Allan Bloom）于1987年出版的《美国精神的封闭》是一个重要标志。保守派政治学家塞缪尔·P. 亨廷顿（Samuel P. Huntington）“文明冲突论”的预言以及体现对美国国家认同的忧虑的畅销书，更是助长了对多元文化主义的攻击。在亨廷顿看来，如今国际冲突的根源是相异文明之间的冲突，他早在20世纪90年代便提出未来的世界将由七种到八种文明认同所塑造——西方、儒家、日本、伊斯兰、印度、斯拉夫—东正教、拉美，以及可能的非洲文明，不同文明无法和谐共存。从布鲁姆到亨廷顿，对西

---

① 胡谱忠：《多元文化主义》，《外国文学》2015年第1期，第102~110页。

② Paul Gilroy, *Between Camps: Nations, Cultures and the Allure of Race*, London: Routledge, 2004, pp. 241-254.

方核心文化受到多元文化主义破坏的焦虑是一致的。与此同时，欧洲各国种族冲突的增加，加剧了人们对异族的恐惧和戒备心理，多元文化主义的政策和观念难以为继，不少国家元首纷纷宣布“多元文化主义已死”。

在削弱多元文化主义发展的事件中，2001 年美国纽约发生的“9·11”恐怖袭击事件意义重大，它深刻地改变了美国乃至全球政治。当日恐怖分子劫持了几架民航客机并撞向纽约的世贸中心和五角大楼，导致数千人死亡，举国哗然。美国很快宣布开始一场以消灭国际恐怖主义为目标的反恐战争（war on terrorism），同年即带领北约国家对阿富汗发起战争。时任美国总统布什在发言中说道：“你要么站在我们这边，要么站在恐怖分子那边。”这种截然对立的导向，呼应了当时美国国内舆论空前单一化的趋势——几乎所有试图对这场事件进行理性分析的观点都受到蔑视，反恐成了压倒一切的主题。“安全”迅速成为美国等西方国家的首要关注对象和决策依据，吉尔罗伊后来称这种新的政治体制为“安全政体”（securitocracy）。① 它打着维护国内安全的旗号，要求民众无条件地支持处于战争状态的国家，与此同时其他一切诉求变得不重要，更不用说保护少数族裔和移民的权益了。这场反恐战争不同于之前的任何战争，因为它没有确定的敌人，时间无限持续。它将阿甘本提出的“例外状态”发挥到了极致。如阿甘本所写，“布什总统的命令的新颖之处在于它根本地消除了这些个人的法律地位，因而创造出了法律上无法命名和无法归类的存在”。② 在此背景下，西方的人权概念受到了根本性的挑战和质疑。

与此同时，西方的政治家们把反恐战争描述为两种互不相容的文明之间的战争，即伊斯兰文明与西方文明的冲突。其代表性的论述自然就是亨廷顿的“文明冲突论”，相关论述在“9·11”事件后甚嚣尘上，吉尔罗伊称这些表述为“文明主义”（civilizationism）。“文明主义”的话语将如今全球政治的现实问题描述为文化冲突的问题，它不仅将不同族群的文化（尤其是伊斯兰文化）看作固定不变和本质化的，而且将种族差异与文化差异

---

① Paul Gilroy, *Darker Than Blue: On the Moral Economics of Black Atlantic Cultures*, Cambridge: The Belknap Press of Harvard University Press, 2010, p. 156.

② Giorgio Agamben, *The State of Exception*, Kevin Attell, trans., Chicago: University of Chicago Press, 2005, p. 3.

联系起来，隐隐体现出19世纪种族理论的歧视色彩。[①] 正是在这样的背景下，吉尔罗伊写作了《帝国之后》一书，他一方面基于后帝国时期英国的具体情形进行分析，指出殖民主义情结在当代依然存在；另一方面思考整个西方所处的困境，重新捍卫多元文化、世界主义的价值观念。

二 后殖民忧郁症：后帝国时期英国人的病症

众所周知，英国曾经是世界上最大的殖民帝国，其殖民地遍布全球各地。尽管大英帝国早已解体，但其殖民历史的阴影始终挥之不去。在写作《帝国之后》时，吉尔罗伊发现英国出现了新一轮的对移民的排斥以及对二战的缅怀等现象，他在感到愤怒和痛心之余，试图用“后殖民忧郁症”的概念来解释这背后的深层原因。

吉尔罗伊所用的忧郁症概念源自弗洛伊德的精神分析学。弗洛伊德在《哀悼和忧郁症》一文中，说明了人们对失去所爱之人或某种抽象物（如国家、自由、理想等）的两种反应。哀悼是面对失去的健康可取的反应，个人（主体）放弃了对失去的爱的客体的依恋。这个过程常常伴随反抗，哀悼的主体会逃避现实并以一种满怀希望的幻觉性精神症为中介从而继续依附原来的对象，但最终主体会承认并接受现实。当哀悼工作完成之后，自我再次变得自由无拘。相反，忧郁症者则始终不能接受失去所爱客体的现实，不能从意识上察觉他所丧失之物或不知道他究竟丧失了什么，并出现病态的反应。[②] 德国心理分析学家亚历山大·米兹谢里奇（Alexander Mitscherlich）和玛格丽特·米兹谢里奇（Margarete Mitscherlich）夫妇曾用弗洛伊德的忧郁症概念，解释二战后德国人为什么难以直面纳粹的历史。1945年德国战败后，许多德国人发现自己很难接受从优等的雅利安民族到臭名昭著的纳粹政权同盟者的身份转变，因此否认对希特勒的爱曾是他们

① Paul Gilroy, *After Empire: Melancholia or Convivial Culture?*, London: Routledge, 2004, p. 25.

② 〔奥地利〕西格蒙德·弗洛伊德：《哀悼与忧郁》，马云龙译，汪民安、郭晓彦编《生产》（第8辑），江苏人民出版社，2012，第3~13页。

生活的一部分，并且他们把自己看作法西斯主义的受害者。[①]

类似地，吉尔罗伊认为英国人当前的忧郁症源自大英帝国不复存在的事实——大英帝国曾是英国人的骄傲感和身份认同的源头，在它成为失去的爱的客体后，英国人必须遗忘帝国的历史、否认曾经对帝国的爱，这样才能顺利地接受殖民帝国解体的事实。但实际上英国人没有真正做到这一点，而是选择用对二战的记忆代替对帝国的记忆。之所以是二战，既是因为二战是英国历史上光辉的一页——面对法西斯主义的侵略，英国人民展现出空前的斗志和团结，并凭借自己的力量最终击败了强大的敌人，在这场战争中英国代表了正义和胜利的一方；同时也是因为那时英国没有如今各种各样的移民问题，回到二战也是回到“英国性”仍保持其纯洁性的时刻。由此我们不难理解为什么对二战的纪念会体现在当下英国人生活的诸多方面。在文化领域，近年来二战的主题频频出现在各种英国电影、电视节目、新闻报道等中，获得了类似民族神话的地位。即便在英国皇室的重要活动中，二战的符号也是不可或缺的。比如 2002 年 4 月 9 日在英国女王母亲的葬礼上，英国皇家空军两架曾参加过二战的轰炸机飞过伦敦上空，以表示敬意。吉尔罗伊犀利地问道，“为什么这些军事符号如今依旧不断出现？为什么它们的力量没有因为时间的流逝而减弱，以及为什么单单是它们提供了衡量何谓理想的团结民众的形式的标准?”他认为这是症候性和病理性的，是英国人对失去了确定的国民身份认同的焦虑回应。[②] 颇有意味的是，极右派政党英国国家党（BNP）在宣传中也常常使用战斗机、首相丘吉尔的形象，来宣传民族主义和反对移民的主张。尽管不能说大英帝国有单一的人格化身，但温斯顿·丘吉尔可以说是最能代表其历史的：丘吉尔在二战时期曾坚定不移地为捍卫大英帝国而抗争，他的名字所指涉的殖民统治如今仍能给英国人带来极大的安全感和骄傲感。

此外，吉尔罗伊认为英国人的后殖民忧郁症还体现在对自身殖民历史

---

① Paul Gilroy, *After Empire: Melancholia or Convivial Culture?*, London: Routledge, 2004, pp. 107-108.

② Paul Gilroy, *After Empire: Melancholia or Convivial Culture?*, London: Routledge, 2004, pp. 95-97.

的否定和忽视中，他们不愿真正面对并反思大英帝国在殖民地犯下的罪行。这导致了不完整的国家和个人记忆，也使得英国人不能把过去的殖民历史和当下的移民问题联系起来，本着对历史负责的态度包容来自前殖民地的移民，建立起一个真正文化多元的国家。恰恰相反，移民的存在唤醒了英国人对大英帝国的记忆，更加深了他们对移民的仇恨和敌意。许多英国自身的社会问题——如经济衰退、工作机会减少、社会福利下降等——都被归咎于移民的到来，其中来自前殖民地的有色人种受到的歧视尤为严重。换言之，移民成了英国社会问题的“替罪羊”，他们的到来被认为是造成英国陷入种种危机的根本原因。持这种观点的英国人不仅刻意忽视移民的贡献，而且不愿意回顾大英帝国的野蛮历史。这种“历史失忆”无疑阻碍了当前英国社会的良性发展和种族融合。①

长此以往，后殖民忧郁症成了维持英国人日渐空洞的民族身份的机制，它进一步体现在那些赋予英国人归属感和身份认同的日常生活实践中。酗酒就是其中之一。英国的酗酒问题极其严重，这不仅是因为英国人爱喝酒，更重要的是因为他们热衷于通过喝酒展现自己的能力，从中获得一种骄傲感。年轻人会称赞那些喝酒最多的人是“传奇”（legend），媒体的报道则有时会把酗酒和英雄主义、男性气概联系在一起，从而加剧了酗酒的问题。②另外一种活动则是体育。体育之所以重要，既是因为它以公共和直接的方式展现了种族、国家、文化和身份认同之间复杂的相互作用，也是因为它在英国人形成现代民族和国家身份的过程中起到了重要的作用。在许多体育比赛中，英国观众常常会唱这样一句歌词：“两次世界大战和一次世界杯。”1966年英格兰队在世界杯夺冠，这是英国唯一一次夺得世界杯冠军，它和两次世界大战的胜利一起成了球迷们永远的骄傲和回忆。这种对辉煌的过往的追忆和赞美，在后帝国时期可以给忧郁的英国人带来一种安全感和自信，让他们忘却当下国力衰退的现状和棘手的移民问题。同时，这句歌词对战争和足球的并置无疑也是充满意味的，这说明二者在英国人形成

① Paul Gilroy, *After Empire: Melancholia or Convivial Culture?*, London: Routledge, 2004, pp. 97-104.

② Paul Williams, *Paul Gilroy*, London: Routledge, 2012, p. 66.

国家、民族意识的过程中起到了类似的作用。战争似乎不过是另一种体育活动，其中蕴含的军事主义、爱国主义和男性主义倾向不言而喻，这在无形中将那些外国移民（特别是黑人）排除在外。"两次世界大战和一次世界杯"，和"大英帝国没有黑人"（"There Ain't no Black in the Union Jack"）这句常在足球比赛上唱起的歌词一样，显示出英国的体育文化和仇外主义、种族主义之间的密切关系，是后帝国时期英国人病症的表现。[①]

笔者认为，可以将吉尔罗伊提出"后殖民忧郁症"的概念理解为是在大英帝国内部去帝国化的努力。爱德华·W. 萨义德等人早已说明，在帝国主义形成、扩张的过程中，文化起到了重要的作用。[②] 殖民帝国不仅通过将自我认知投射在殖民地来界定被殖民者的文化，也借由与殖民地的关系来自我定义，可以说帝国主体性的建构就是通过其与殖民地之间的关系完成的。一如殖民主义并不因为曾经的殖民地独立为新的国家就寿终正寝，殖民历史带来的帝国心态也并未随着帝国解体就彻底消失，相反它以各种形式存在于人们的日常生活中。吉尔罗伊的黑人身份，使得他对英国帝国主义的残余影响十分敏感和关注，并试图通过自己的学术工作促进它的消除。

三　共生文化：另一种多元文化的可能

相对于后帝国时期西方的后殖民忧郁症，吉尔罗伊提出了"共生文化"的概念。他认为英国都市（特别是伦敦）及其他后殖民城市曾经和当前出现的情形，指向了另一种多元文化、世界主义的可能。

这种思考受到吉尔罗伊的童年经历的影响。吉尔罗伊在伦敦长大，他的成长环境具有极强的多元文化特征。据吉尔罗伊自述，他的住处附近有许多来自其他种族、国家和文化的人：他家楼上住着牙买加人和印度人，对门是犹太人，他童年时最好的朋友则来自一个混血家庭——父亲是阿尔

① Paul Gilroy, *After Empire: Melancholia or Convivial Culture?*, London: Routledge, 2004, pp. 116-125.

② 〔美〕爱德华·W. 萨义德：《文化与帝国主义》，李琨译，生活·读书·新知三联书店，2003，第2~5页。

及利亚人，母亲是法国人。[①] 吉尔罗伊后来曾多次在访谈中强调这样的成长经历对其思想形成的影响，这不仅让他坚定地反对各种狭隘的民族主义，支持和提倡世界主义的理念，而且让他很早就认识到多元文化不一定是精英式的，而可以是草根式、自下而上的。

所谓共生文化，指的是日常生活中不同文化和谐并存、交融混合的状态。共生性（conviviality）一词从词源上来讲意味着“共同生活”，吉尔罗伊用它指代一种草根的多元文化主义。与此对立的则是跨国公司式的多元文化主义（corporate multiculturalism），如大企业在广告中运用黑人模特的形象来增加品牌和商品的吸引力，以突出不同种族的人都能平等消费的观念。跨国公司式的多元文化主义看似美好，但实际上是自上而下、精英主义和商业导向的，它并不真正关注文化的融合。相反，共生文化是自下而上发展出的，它产生自人们每天接触不同语言、文化、宗教和种族群体的经历，因此它不能被提前规划和安排，充满了自发性和可变性，体现出极大的活力和生命力。在共生文化中，不同种族群体和谐共处、相互理解，这不是因为种族主义消失了，而是因为人们头脑中已不存在种族的概念。[②] 吉尔罗伊认为现实中共生文化的存在说明了不同文明之间看似不可逾越的鸿沟是可以被跨越的，这个概念的提出与他一直以来对本质化的身份、文化、种族的概念的反对是一脉相承的。

在阐释理想的共生文化时，吉尔罗伊以阿里·G（Ali G）的形象为例说明。阿里·G是英国白人男演员萨沙·拜伦·科恩（Sacha Baron Cohen）创造并扮演的一个虚构角色。阿里的人物设定是出生在英国的黑人，他住在伦敦西南的一个小镇上，是当地黑帮群体的老大。阿里的外表和语言都明显受到了黑人文化的强烈影响，他戴着金项链和黄色镜片的眼镜，穿着颜色夸张的衣服，说着融合了牙买加土语的英语（比如把“The”说成“Da”），口头禅是“保持真实”（keep it real）。这个角色最早出现在1998

---

① Paul Gilroy, Tony Sandset, Sindre Bangstad, et al., “A Diagnosis of Contemporary Forms of Racism, Race and Nationalism: A Conversation with Professor Paul Gilroy,” *Cultural Studies* 33.2 (2019): 173-197.

② Paul Gilroy, *After Empire: Melancholia or Convivial Culture?*, London: Routledge, 2004, p. xi.

年的一档电视节目中，走红后科恩开始主持自己的节目《阿里·G个人秀》，在其中他采访了许多英国公众人物，但总是通过粗俗的提问使受访对象尴尬，从而达到某种喜剧效果。许多人批评白人科恩扮演黑人阿里的行为是在丑化黑人文化，通过表现黑人的低俗和滑稽来获取利益。但在吉尔罗伊看来，这体现了不少人把黑人文化看作黑人的独有资产，从而无法理解身份和文化的可变性。吉尔罗伊认为，阿里这一虚构角色的出现象征着一种新的文化，在其中相异的种族不再隔绝对立，而是可以轻易地相互影响。尽管阿里有许多缺点，但他并不仇外和歧视异族，相反他的存在和引发的争议展现出英国文化狭隘排外的一面。[①] 阿里的例子看似粗俗，但或许吉尔罗伊正是试图通过这样源自流行文化的鲜活事例，促使人们直面和思考文化的融合性。

吉尔罗伊"共生文化"的概念一经提出，便产生了很大的影响，不少人认为这个概念准确地描述了存在于后殖民都市中文化交融汇合的情形，颇具价值。不过，也有一些学者提出了批评意见。如有人指出，不同文化的共存不一定带来和谐、理解，相反很有可能引起分歧、对抗，"共生文化"的概念过于乌托邦。[②] 笔者认为，必须结合吉尔罗伊提出这个概念的背景来分析它的意义。如前所述，吉尔罗伊的《帝国之后》写于后"9·11"和反恐战争的时代背景下，此时西方社会对移民的敌意大大增加，不同文明之间的冲突加剧，多元文化主义被认为已寿终正寝，相反"文明冲突论"的话语甚嚣尘上。因而，吉尔罗伊提出"共生文化"的概念必然带有捍卫多元文化的社会的意图。他指出对多元文化的社会业已消失的宣告是一种政治企图，意在把多元性变为社会的一种危险特征，从而减少人们对多元性的渴望。[③]

然而多元文化在实际上真的无法共存吗？在笔者对吉尔罗伊的访谈中，他再次强调共生文化在现实中的真实存在，它指涉的就是正在我们身边发生的事情。无论是伦敦格雷厄姆公园（Grahame Park）的寻常景象，还是

---

① Paul Gilroy, *After Empire: Melancholia or Convivial Culture?*, London: Routledge, 2004, pp. 144-149.

② Paul Williams, *Paul Gilroy*, London: Routledge, 2012, pp. 50-51.

③ Paul Gilroy, *After Empire: Melancholia or Convivial Culture?*, London: Routledge, 2004, p. 1.

AFTV 上 Troopz 用的文化和语言元素，都让我们看到了日常的种族融合现实。[①] 他还举了另外两个例子：一个是每个月的 14 号在伦敦格伦菲尔塔大楼周围进行静默游行的混杂人群；[②] 另一个是当时“黑命攸关”运动中的示威者的人种的混合构成。[③] 这些都是共生文化的可见标志，是我们必须珍视的生机勃勃的混杂。在笔者看来，“共生文化”的概念是吉尔罗伊试图指认和保护日常生活中出现的文化融合的努力，在当下恶化的政治形势下这种努力显得尤为珍贵，有助于扩展我们对多元文化主义的思考和想象，捍卫平等自由等基本价值。事实上，共生的概念近年来得到了更多的应用。如在 2013 年一群法国知识分子联合签署了《共生主义宣言》（*A Convivialist Manifesto*），呼吁建立一个基于“人类互相合作和尊重、追求最大多元性”的社会。[④] 2020 年数百名来自不同国家的知识分子又共同签署了《第二份共生主义宣言》，由此也可见多元文化问题在当下的重要性及共生概念的吸引力。

四 反对阵营心态：走向一种新的世界主义

在《帝国之后》中，吉尔罗伊批判了世界主义的概念，但并没有反对世界主义的理念，从某种程度上说他提出的共生性概念指代的就是他心目中理想的世界主义。在吉尔罗伊看来，当前我们所需要的世界主义必须是批判性、伦理性的，既能够深刻反思西方的殖民历史，正视种族主义带来

---

① AFTV（Arsenal Fan TV）是一个面向阿森纳足球队支持者的 YouTube 频道和网站。Troopz 是 AFTV 上的知名球迷，以用伦敦混杂的英语而出名。

② 2017 年 6 月 14 日，英国伦敦的格伦菲尔塔大楼（Grenfell Tower）发生火灾，造成 71 人死亡。

③ 2020 年 5 月，美国明尼苏达州的黑人乔治 · 弗洛伊德（George Floyd）因涉嫌使用 20 美元假钞而被数名警察逮捕，其中一名白人警察单膝跪在他的脖颈处长达八分钟，致其窒息而死。这段视频在网络上传播开后，引发了美国及世界许多国家的大规模反种族主义示威，“黑命攸关”（Black Lives Matter）运动成为一场全球性的重要运动。访谈见〔英〕保罗 · 吉尔罗伊、沈若然《“必须珍视那种生机勃勃的混杂”——访保罗 · 吉尔罗伊教授》，《美学与艺术评论》2022 年第 1 期，第 263~273 页。

④ 参见 https://www.gcr21.org/fileadmin/website/daten/pdf/Publications/Convivialist_Manifesto_2198-0403-GD-3.pdf。

的危害，又能够解释现今世界的后殖民处境，将边缘群体包括在内。

所谓世界主义，简单而言就是相信人人平等、世界大同的普遍主义理念。在西方，世界主义的思想源远流长，它可以追溯到古希腊的斯多葛学派，该学派认为每个人都是人类共同体的一员，主张四海之内皆兄弟。此后，大量思想家都曾对此进行过论述，启蒙时期的康德的《永久和平论》为世界主义概念的成型做出了奠基性的贡献，19 世纪马克思和恩格斯的理论与实践也极大地促进了世界主义理论的推广。进入 20 世纪以来，全球化的发展使得世界主义再度成为理论界的一个热门话题，并在新时代的背景下被赋予了新的意义。①

那么吉尔罗伊为何对世界主义的概念不满呢？这主要有两方面的原因。一方面，近年来（特别是在反恐战争中）美国等西方国家在世界主义和民主的人道主义的旗帜下，宣称自己是文明、民主和进步的化身，不断进行并合理化对那些它认为"落后"的国家的政治干预——哪怕这些行为违背了当地人民的利益、侵犯了他们的人权。这使得世界主义的话语蒙上了帝国主义的阴影，不再具有原先的进步意义。另一方面，吉尔罗伊认为世界主义的概念基于有关民族国家的固定范畴，无法说明身份的流动性和变化性。② 与此相比，共生性的概念显示出对种族、国家等界限的超越，因而在吉尔罗伊看来更为理想。不过，吉尔罗伊并不反对世界主义的理念。相反，他极力批判知识分子抛弃世界主义理念的行为，认为这可以被归因为政治想象的缺乏——既与左派及追求国际主义的社会运动的失败有关，也与人文科学的自满封闭有关，然而最根本的问题是知识分子拒绝思考种族政治，即没有充分考察种族化的思考和种族等级制的毁灭性后果。③ 在吉尔罗伊看来，殖民历史的影响在今天依然存在，种族的概念曾经并且现在依然起着重要的作用，需要对此进行反思并重新阐释世界主义的理念。

实际上，作为一个长期致力于反对种族主义的后殖民理论家，吉尔罗伊的著作中一直体现出对世界主义的追求，并且他的世界主义理念因对种

① 王宁：《西方文论关键词 世界主义》，《外国文学》2014 年第 1 期，第 96~105 页。

② Paul Gilroy, *After Empire: Melancholia or Convivial Culture?*, London: Routledge, 2004, pp. 66-67.

③ Paul Gilroy, *After Empire: Melancholia or Convivial Culture?*, London: Routledge, 2004, pp. 4-6.

族和黑人问题的关注而独树一帜。比如，吉尔罗伊在《黑色大西洋》一书中通过对 W. E. B. 杜波依斯、理查德 · 赖特等人的经历和著作的分析，揭示了散居在西方的黑人与西方文化之间双向交流、相互塑造的关系，强调应该用路径（routes）而非根源（roots）的概念来研究黑人知识分子的身份形成过程。可以说西方黑人在迁移、旅行、移居等的持续过程中表现出一种别样的世界主义，他们不断自发选择新的路径，改变自己的身份认同，同时受到白人和黑人、西方和非洲文化等多方面的影响，其作品和思想中体现出深刻的矛盾性和混杂性。由此吉尔罗伊反对本质化的种族和民族身份的概念，说明了西方离散黑人的文化处在不断变化、交融的过程中，黑人的经历也是西方现代性的一部分。[1]

在《阵营之间》一书中，吉尔罗伊提出要反对阵营心态（camp mentalities），这可以说是一种试图打破人与人之间的区隔、追求普遍主义的尝试。吉尔罗伊是在讨论种族问题时提出阵营心态的，他认为这种心态不仅存在于白人至上主义者身上，也出现在那些反对种族主义、试图保护黑人种族纯洁性的人身上。换句话说，黑人也可能成为族群绝对主义（ethnic absolutism）[2] 的支持者，甚至法西斯主义者。吉尔罗伊将种族化的思维方式和阵营心态、法西斯主义联系起来，同时反对白人至上主义和黑人至上主义这两种立场，寻求在不同阵营之间的位置，试图超越种族、文化等的界限。除了种族外，吉尔罗伊还指出对阶级、国家和族群差异的倾向都可能造成阵营心态。任何对纯洁性和同一性的追求都可能导致狭隘的排外主义，并带来危险的后果。比如，黑人民族主义者对文化的理解是固化和贫乏的，他们相信黑人文化应该延续非洲文化的优良传统，不应有任何新的变化，并十分排斥西方文化。实际上，如《黑色大西洋》所论述的，在西方的离散群体形成的文化是混杂多变的，融合了来源地和所在地的不同文化，不属于已有阵营的任何一方。此外，值得指出的是，吉尔罗伊所说的“阵营”不仅是一种抽象的隐喻，也是历史上实际存在甚至如今依然存在的实体，

① 参见〔英〕保罗 · 吉尔罗伊《黑色大西洋：现代性与双重意识》，沈若然译，上海书店出版社，2022。

② 吉尔罗伊用“族群绝对主义”指将不同族群看作截然不同且无法融合的本质化观点。Paul Gilroy, “Nationalism, History and Ethnic Absolutism,” *History Workshop* 30（1990）：114-120。

它包括各种各样的集中营、难民营、死亡营、劳动营等。这些营地构成了一种例外的空间，正常的法律条例和人道主义原则在这里均不起作用。实体的营地与阵营心态共同发挥作用，在历史上曾经造成了可怕的后果，如种族大屠杀。[①] 吉尔罗伊基于黑人文化和历史的具体情形，结合20世纪法西斯主义的历史，提出反对阵营心态的观念，这使得他的世界主义理念有了具体的现实和政治意义。

《一种新的世界主义》是吉尔罗伊在南非做的演讲，在文中他提出希望后殖民的世界能产生"一种对世界未来的另类意识，一种基于全球南方的新世界主义"。吉尔罗伊认为南非推翻种族隔离制度、建立民主体制的历史，有助于建立一种新的人道主义和世界主义——它承认种族主义的有害后果，承认文化、身份的多元性。他还认为，南亚、非洲等地的反殖民斗争阐明了一种不同于康德设想的世界公民的概念，其所产生的对抗性的世界主义意识在当下会有助于多元文化社会的建立。很明显，这种新世界主义区别于西方传统的世界主义，它是反种族主义、反帝国主义的。同时，这种新的世界主义还体现出对人与人、人与地球之间关系的反思，在当下它表现在全球性的反对自然资源私有化、终结艾滋病和保障免费水资源等运动中。[②]

无疑，吉尔罗伊的思考并不特殊，许多后殖民主义思想家都曾对世界主义的概念进行过反思，批判其西方中心主义和种族中心主义。比如霍米·巴巴认为战后世界范围内人口流动和分布的巨大变化，使稳固的民族认同和地域认同变得不可能，这不可避免地导向混杂和一种激进的世界主义的形成，并颠覆民族主义或地方主义。巴巴认为在当今全球化话语中存在两种世界主义政治思想，一种是全球世界主义，它把这个行星变成一个由民族国家延展到地球村的同心圆世界，与新自由主义的统治方式和自由市场竞争力量形成共谋，具有广泛的影响力。此类全球化世界主义一方面赞美"世界文化"和"世界市场"；另一方面却忽视难民、流亡者和穷人，无视不平等

① Paul Gilroy, *Between Camps: Nations, Cultures and the Allure of Race*, London: Routledge, 2004, pp. 83-85.

② Paul Gilroy, "A New Cosmopolitanism," *Interventions* 7. 3(2005): 287-292.

和不均衡发展。另一种则是本土世界主义（vernacular cosmopolitanism），它认为全球化始于本土，强调位置及地方性经验的重要性，可以在少数民族和流散民族的居所中被看到。巴巴提倡的是本土世界主义，其精神核心是用少数派的眼光来衡量全球发展，致力于保护少数族群的权益。[①] 在巴巴看来，世界主义应该被思考为多元的、复数的，它不是一个从中心向外部辐射的文化圈，相反，中心处处都是。巴巴还进一步指出当代世界主义的起点在于对少数族裔或者“第四世界”叙述权的尊重与保障，要将公民权或者少数族裔化当作理解和认识全球化的一种途径，如此才能有效地面对全球化生活的复杂性和断裂状态。[②] 可以说巴巴与吉尔罗伊的世界主义观念是十分相似的，二人都试图提出一种新的自下而上的世界主义，将来自后殖民世界的边缘群体考虑在内，反对资本主义体制下精英式的世界主义观。二人的区别或许在于巴巴关注的重心是少数族群，吉尔罗伊则从种族和黑人问题出发展开讨论。然而，这种进步的世界主义理念要在现实中真正落实却困难重重，因为国家、种族这些所谓的“阵营”及资本主义体系仍牢不可摧。

五　地球人道主义：超越种族界限的追求

在2000年的《阵营之间》一书中，吉尔罗伊试图建构一种新的、世界主义的思考种族的方式，提出超越种族界限的“地球人道主义”的概念。在2004年的《帝国之后》中，吉尔罗伊重申多元文化的伦理和政治可以基于一种对抗性的地球人道主义。可以说地球人道主义是吉尔罗伊后殖民思想的最终追求。

吉尔罗伊的地球人道主义思想有其独特的理论渊源，受到了黑人思想家弗朗兹·法农的深刻影响，同时又带有强烈的时代意识，因而显示出独树一帜的特征。弗朗兹·法农1925年出生于法属殖民地马提尼克岛，二战

① 〔印度〕霍米·巴巴：《向后看，向前走：对本土世界主义的注解》，载张颂仁、陈光兴、高士明主编《全球化与纠结：霍米·巴巴读本》，上海人民出版社，2013，第1~22页。

② 生安锋：《霍米·巴巴的后殖民理论研究》，北京大学出版社，2011，第138~154页。

中他自愿入伍加入法国军队抵抗纳粹的侵略。战争结束后，法农到法国学习精神病学，在此遭遇的种族主义使他写出了1952年出版的《黑皮肤，白面具》，对被压迫的黑人的心理做了透彻的分析。1953年法农前往北非阿尔及利亚担任精神病医生，在这里的所见所闻使他对阿尔及利亚人民反抗法国殖民的斗争产生了同情并积极参与其中，完成了《全世界受苦的人》等经典著述。法农的思想在20世纪80年代成了西方后殖民理论的滥觞，影响巨大，但学院派的理论家对他的阐释往往是去历史化和去政治化的，有理论深度而无思想力量。与此相对，吉尔罗伊着重挖掘和阐明的是法农的人道主义思想，这种解读具有较强的政治性和现实色彩。总体而言，吉尔罗伊的地球人道主义思想有如下几个特征：反对种族主义、尊重身份的可变性、强调后殖民的混合性、具有策略性和未来导向。

第一，吉尔罗伊的地球人道主义思想，明确地将黑人等“次人类”（infrahuman）包括进来，反对种族歧视。历史上黑人长期被看作次人类——低于人类的物种。他们不只是白人的奴隶，要在种植园中辛勤劳作，甚至连做人的资格也不被白人承认。即便在奴隶制废除后，白人对黑人的歧视仍然根深蒂固地存在，这很明显地体现在肤色被赋予的象征意义中。白人殖民者的优势权力位置使得他们把黑人化约到肤色的生物层次上来对待，身体的差异性成为标示白人主体的边界。白人和黑人构成了典型的“摩尼教机制”：善与恶、优与劣、文明与野蛮、理性与感性、主体与客体。白人不考虑黑人的真实个性，而是自动地将黑人等同于邪恶、低等，并将此作为掠夺和歧视的借口。黑人在白人长期的歧视和异样目光下，甚至形成了独特的身体经验。法农曾在《黑皮肤，白面具》中这样描述道，“在白人社会中，有色人在对其身体图式的阐明中遇到了困难。单单对于身体的意识这点，就已经是一种否定的活动。这是一种第三人称意识。肉体被某种不确定的氛围笼罩着”①。透过白人的眼睛，黑人永远是不完整的主体，只有成为白人才能变成人。如萨特在为法农的《全世界受苦的人》所写序言中说的，“没有什么比种族主义的人道主义更具有一贯性了，因为只有通

① 〔法〕弗朗兹·法农：《黑皮肤，白面具》，胡燕、姚峰译，东方出版中心，2022，第111页。

过制造出奴隶和怪物，欧洲人才能成为人”①。

在西方，人道主义的思想是随着殖民扩张的过程一同发展出的，不少启蒙思想家的著作都带有种族主义的色彩。尽管人道主义的概念强调人与人之间的相似性，主张相互承认和尊重，在历史上有其进步意义，但它并未将黑人等有色人种纳入，因而是偏狭性的，需要被大幅度地修正。换言之，种族主义与现代性之间的密切关系要求我们重新反思西方传统的人道主义，后者内在地包含了“次等人”这样的概念，因而实际上是白人和欧洲中心主义的，助长了种族不平等的产生。有鉴于此，吉尔罗伊提出“地球人道主义”的概念，描述去种族化的、后种族时代的人道主义，它试图恢复曾被种族化的思考剥夺的人的尊严，彰显有色人种的平等人性。

第二，吉尔罗伊的地球人道主义思想，强调尊重人的差异性，承认身份的可变性。在吉尔罗伊看来，对人的认可应当是在承认他的差异的基础上，人的身份认同并非固定不变的，种族和族群差异也不是绝对化的。在这一点上吉尔罗伊也受到法农的启发。法农超前于时代、深刻地指出，种族主义和殖民主义的受害者既包括黑人也包括白人，二者都被束缚在自己的种族身份中。黑人被他的自卑感奴役，白人被他的优越感奴役，两者都表现出神经质的倾向。② 尽管法农支持黑人通过暴力获得白人对其人性的承认，但他把暴力看作手段而非目的，认为殖民抗争最终追求的目标不是本质化的黑人身份或黑人至上主义，而是所有人之间平等的相互认可。法农反对他曾经的老师艾梅·赛泽尔（Aimé Césaire）提出的“黑人性”（negritude）概念，因为“黑人性”强调以黑人本质与白人抗衡。法农认为维持黑白种族的对立不能实现真正的去殖民化，他早在20世纪60年代就提出为了实现真正的去殖民化要发展一种新的人道主义，其中黑人和白人不再是被压迫者与压迫者、奴隶与主人的关系。黑人最终要获得一种新的自我意识，作为普遍的人而存在——既要摆脱殖民主义形成的种族对立，也要摆脱文化民族主义的本质主义。

---

① 〔法〕弗朗兹·法农：《全世界受苦的人》，万冰译，译林出版社，2005，第27页。

② 〔法〕弗朗兹·法农：《黑皮肤，白面具》，胡燕、姚峰译，东方出版中心，2022，第55~56页。

在法农思想的基础上，吉尔罗伊提出为了实现地球人道主义，要摒弃种族概念和种族化的思考方式。他指出，种族概念本身并没有意义，只是因为种族主义的持续才获得了意义。种族主义产生了种族概念，而不是相反。[①] 如前所述，种族是吉尔罗伊所说的阵营中的一种重要类型，它在历史上长期起到了区分乃至区隔不同人群的作用。在吉尔罗伊看来，种族概念之所以根深蒂固，正是因为它构成了理解自然化的等级制度的基础，而这些等级制度在历史上造成了许多社会和政治冲突。因此，吉尔罗伊认为应当反对使用种族概念对人类进行区分、将种族概念自然化等，他所提出的地球人道主义最终要超越种族的界限。

第三，吉尔罗伊认为这种新的人道主义会建立在欧洲后殖民的文化混合的叙事和诗学的基础上。在《全世界受苦的人》中，法农呼吁由去殖民化的第三世界开创一部新的人类历史。他写道，"对于第三世界，问题在于重新开始人的历史，这历史既考虑到那些有时被欧洲肯定的、罕见的好议题，也考虑到欧洲的罪行，其中最可憎的是在人的内部，造成功能的分裂和统一性的瓦解……同志们，为了欧洲，为了我们自己，为了全人类，我们必须脱胎换骨，发展新的思想，创造全新的人"[②]。自主、自觉、解放的个体是法农提出的新人道主义的核心，在他看来黑人必须建立起自己的主体性才能实现真正的去殖民化。吉尔罗伊的人道主义思想与法农的基本相似，不过吉尔罗伊认为，这种新的人道主义并不是单由第三世界开启，而是也会建立在已然存在于欧洲后殖民的文化混合的叙事和诗学的基础上。[③] 前殖民地和宗主国的历史早已交织缠绕在一起，不可分离；来自前殖民地的移民也已经进入了曾经的殖民帝国的中心，并对后者的文化产生了巨大的影响。吉尔罗伊自己就是最好的例子，他是出生在英国的黑人，一直关注黑人文化在西方的发展，并对其融合混杂的特征进行了精彩的阐释，产生了很大的影响。如此看来，新的世界历史必然在这种后殖民的文化混合

---

① 参见沈若然《文化研究视域下保罗·吉尔罗伊的种族思想研究》，《上海文化》2021年第8期，第30~38页。

② 〔法〕弗朗兹·法农：《全世界受苦的人》，万冰译，译林出版社，2005，第238页。

③ Paul Gilroy, *Between Camps: Nations, Cultures and the Allure of Race*, London: Routledge, 2004, p. 253.

的基础上展开。

第四，吉尔罗伊提出地球人道主义是一种策略性的普遍主义。吉尔罗伊一向对现代性等宏大叙事充满警惕，因此他自然清楚地知道重提“人”和人道主义的概念可能会陷入普遍主义的陷阱中，但他认为可以将普遍主义作为一种策略来使用。这里他受到了斯皮瓦克提出的“策略性的本质主义”理论的启发，试图在后现代的背景下重新思考人的问题。① 斯皮瓦克在女性主义研究中曾提出在女权主义的实践中可以实行一种策略性的本质主义，这仍是反本质主义的，但是不完全抛弃本质主义，而是把它当成在具体情境下为了达到斗争目的而采用的策略。“策略”意味着不是长期的、永久的。本质主义可以被用作动员、号召和斗争的口号，如“女性”的概念就是一种口号。斯皮瓦克认为根本不存在绝对的社会性别本质，给女性下定义实际上是不可能的，因为一旦下定义就是创造出一个严格的二元对立，将女性本质化。但是从价值立场出发，她认为可以说女性历史的、具体的本质还是存在的，并且可以将这种本质作为斗争的武器，把“女性”作为一种号召的口号，不过在女性内部要承认女性之间的差异。本质主义的口号不能够被历史化，因为一旦僵化就有了局限性，就会抹杀内部成员之间的差异，给斗争带来负面的效应。在后现代理论对同一性的消解威胁到女性主义赖以存在的基础时，策略性的本质主义使后现代女性主义成功地走出困境。②

吉尔罗伊将这种思想运用到思考人的问题上，提出“策略性的普遍主义”，即将普遍主义作为一种策略来使用。他认为一方面要承认每个人的特殊性，另一方面则可以在斗争中将“人”的概念、人性的普遍性作为争取政治权益的手段和口号。两者相辅相成，并不矛盾。吉尔罗伊还指出，实行这种策略性的普遍主义的关键之一，是把人类曾经经历过的惨痛历史看作所有人共有的而非某些群体独有的，这些历史包括犹太人大屠杀、黑人奴隶制等。一方面我们要认识到这些历史的特殊性，另一方面我们也要认

---

① Paul Gilroy, *Between Camps: Nations, Cultures and the Allure of Race*, London: Routledge, 2004, p. 96.

② 李平：《策略本质主义述评——后现代女性主义的“阿里阿德涅之线”》，《中国人民大学学报》2008 年第 1 期，第 145~151 页。

识到它们可能具有的普遍性及教育效果——如唤起超越国家、种族和文化差异的普遍人性。吉尔罗伊写道，"不同的受难故事属于所有敢于拥有它们，并真诚地将它们作为解释工具来阐明我们自我的限度、团结的根基与价值观念的意义的人"①。吉尔罗伊认为，借由策略性的普遍主义，人道主义思想或许可以在当代重新获得生命力，将大众团结起来为了共同的目标而努力。

第五，这种新的人道主义还是未来导向的，包含对地球的想象尺度的变化，体现出去人类中心化的后人类主义（posthumanism）特征。吉尔罗伊自述，在词语选择上之所以用 planetary（行星的）而不是更常见的 global（全球的），是因为二者强调的重点不同。planetary 直接让人联想到地球这颗行星，突出偶然性和变化，global 则让人联想到无往而不胜的帝国主义式的扩张，突出全球化和普遍性。② 吉尔罗伊提到，这种行星意识（planetary consciousness）最好地体现在 1972 年阿波罗号飞船的宇航员从月球为地球拍摄的一张照片中，图中的地球就像是一颗很小的蓝色弹珠，显示出孤立、脆弱、无中心等特征。这张照片后来被多次用于环保运动，因而颇具意义。地球人道主义的思想呼吁人们将地球想象为一个有边界、资源有限且不均等分布的集合体，形成对自然和其他物种的新意识。换言之，人类要意识到自己不是地球的主宰者，自然是人类赖以生存的必要条件，资本主义无限发展的逻辑会带来毁灭性的后果。③ 很明显，吉尔罗伊的地球人道主义与当下愈演愈烈的生态危机也有一定的联系，它强调要尊重地球上所有的人和生物，反对人类中心主义和资本扩张的逻辑，追求真正的可持续发展。

由于全球政治形势的严峻、环境危机的加重、文明冲突的加剧等问题，如今谈论人权、人道主义等陈旧的观念似乎非常过时。在这样的背景下，我们要如何理解吉尔罗伊在法农等人的思想基础上提出的地球人道主义呢？

---

① Paul Gilroy, *Between Camps: Nations, Cultures and the Allure of Race*, London: Routledge, 2004, p. 230.

② Paul Gilroy, *After Empire: Melancholia or Convivial Culture?*, London: Routledge, 2004, pp. xi-xii.

③ Paul Gilroy, *After Empire: Melancholia or Convivial Culture?*, London: Routledge, 2004, pp. 81-84.

这一概念又有哪些缺陷和优势呢？

首先，有学者认为吉尔罗伊的人道主义思想仍是西方中心主义的，需要像马克思主义这样的理论的补充来包括非西方的现代性形式，以及处理其自身伦理、人道主义的关注与政治经济的物质问题之间的关系。[①] 针对这个问题，笔者认为吉尔罗伊试图通过纳入前殖民地人民的思想和经验来改变人道主义思想的西方中心主义，增加其普遍性。吉尔罗伊之所以看重法农的思想，正是因为在他看来法农的人道主义是在反殖民斗争的过程中产生的，不同于西方旧有的、欧洲中心主义的人道主义，因而能够跨越民族、国家和文化的界限，反对本质主义的身份概念。此外，吉尔罗伊还曾提出"离岸人道主义"（offshore humanism）的概念，鼓励研究海洋而非陆地上的历史。因为在海上来自不同国家、种族的人早已相遇，比如据估计 18 世纪末的英国海军的 1/4 是由非洲人组成的，因此这样的研究必然是跨国、跨文化的，而不具有某个固定的中心。[②] 与此相比，更重要的反对意见有两方面。第一，西方的人道主义思想自身充满问题，无法在当下被用于完成反帝国主义、反种族主义的任务。我们知道在西方启蒙思想的脉络中，休谟、康德、黑格尔等都是绕不开的人物，但他们的著作和思想都体现出种族主义的色彩，可以说"种族"的神话一直内在于标榜理性客观的启蒙思想中。因而，如何重构人道主义思想以消除内在于其中的种族主义的确是个问题。换言之，是否应该彻底抛弃人道主义的概念？很明显，吉尔罗伊的答案是否定的。正如他在《黑色大西洋》一书中反思现代性理论时并未彻底放弃启蒙计划，而是试图从黑人文化和历史的角度对此进行重构，以修正现代性的种族中心主义。类似地，他认为人道主义的概念在当代仍有其价值，可以在被修正后策略性地运用，只不过新的人道主义概念必须能够将黑人等曾被排除在外的次等人包括在内，承认和认可他们的人性。吉尔罗伊提出的地球人道主义，其所侧重的思想资源是法农、W. E. B. 杜波依斯这样的黑人理论家的人道主义思想，他试图在此基础上重建一种新的人道主义。

① Brett St Louis, "The Fall of 'Race' and the Cosmopolitan Challenge," *New Formations* 45(2001): 189-199.

② Paul Gilroy, "Offshore Humanism: Human Rights and Hydrarchy," in Tom Trevor, ed., *Port City: On Mobility and Exchange*, Bristol: Arnolfini, 2007, pp. 18-24.

从这个意义上说，吉尔罗伊是个坚定的人道主义者。第二，不少学者都对吉尔罗伊提出的摒弃种族概念的可行性提出了质疑——没有种族概念，如何揭示和反对种族主义的行为？特别是在像美国这样的国家，平权法案和政治正确的要求使得许多白人不愿意公开谈论种族差异的存在、面对现实的种族不平等问题，却在实际行为中总是拒绝种族融合，因而放弃种族概念会使得黑人群体无法以种族之名为自己争取利益，这无疑只会让那些处于社会底层的黑人的境况更加糟糕。“种族特殊主义”在现实中能够为少数群体带来一定的优势和保护，这是吉尔罗伊的思考中忽视的。换言之，“地球人道主义”的概念或许过于乌托邦，不太符合种族分化日益严重的现实，从而难以应用于实际。

不过，换个角度来说，这种未来导向性也是“地球人道主义”概念的优势。一些学者提出，“非种族化的人道主义”不应被看作异想天开，而应被理解为通过将反种族主义的思考和行动作为当前批评的出发点，促成去种族化的未来的一种策略。[①] 这种解释有一定的意义，也揭示出吉尔罗伊长期学术工作的目标所在。或许，作为一种策略的“地球人道主义”概念，其价值正在于其伦理性为一个更加美好的未来指明了方向。同时，在笔者看来，这个概念也体现了吉尔罗伊试图超越黑人的身份，用普遍性的“人”的概念追求所有种族的平等和解放，在全球层面思考和追求人道主义，这在后“9.11”的时代是有现实意义的，也是应当肯定的。

六　对吉尔罗伊后殖民思想的评价

后殖民主义作为一种西方学术思潮，兴起于20世纪70年代末。一般认为，1978年爱德华·萨义德的《东方学》的出版为欧美世界后殖民理论的产生奠定了基础。由于后殖民研究的思想来源极为丰富，具有强烈的跨学科特征，因此它是个颇难定义的范畴。总的来说，后殖民主义主要的研究内容，是直接的殖民统治时期结束后，宗主国与殖民地之间的文化话语权

① Rebecka Rutledge Fisher & Jay Garcia, eds., *Retrieving the Human: Reading Paul Gilroy*, New York: State University of New York Press, 2014, p. x.

力关系以及民族文化、种族主义、帝国主义等有关问题。回顾后殖民思想的演变历史，我们可以大致界定出其发展的三个关键时期。它源于20世纪50年代的反殖民主义论述，弗朗兹·法农、艾梅·赛泽尔和利奥波德·赛达尔·桑戈尔（Léopold Sédar Senghor）等在这一时期写出了有影响力的著作。1980年前后，随着西方大学中来自前殖民地和第三世界的学者数目的增多，后殖民理论在学院内蓬勃发展。这一阶段的代表人物是萨义德、斯皮瓦克和霍米·巴巴，他们被称为西方后殖民理论的“圣三位一体”，也是国内学界研究的重心。在21世纪的全球化时代，后殖民思想又呈现出新的发展面貌，开始关注新形势下的帝国主义文化侵略、宗主国与殖民地的关系、关于种族/文化/历史的“他者”的表述等。吉尔罗伊的后殖民论述主要对应的是后殖民思想发展的第三个时期，回应了全球化、多元文化、移民等时代问题。

不同于当代流行的多元文化主义已死的观点，吉尔罗伊坚定地捍卫多元文化社会的观念，认为它是20世纪关于宽容、和平和互相尊重的乌托邦，并指出只有理解了帝国主义和殖民主义的历史，才会对多元文化社会中的政治冲突有彻底的认识。① 吉尔罗伊批判已有的世界主义和人道主义的概念，提倡自下而上的世界主义理念和超越种族界限的地球人道主义。具体到英国的情形，吉尔罗伊认为尽管大英帝国早已不复存在，但英国人仍未真正摆脱对帝国的记忆和怀念，只不过他们找到了一种替代的方式，这体现在英国人对纪念两次世界大战和世界杯的胜利的热衷中。吉尔罗伊称这种病症为后殖民忧郁症，它出现在许多曾经是帝国的国家，并体现在大量日常的文化现象中。与此相对的则是出现在后殖民都市中的平民化、日常的多元文化，吉尔罗伊将其命名为共生文化，它是一种生机勃勃的混杂，与后殖民忧郁症同时存在，并且似乎可以解决后者带来的问题。尽管本文的论述或许并不全面，但通过上文的分析，可以归纳出吉尔罗伊的后殖民思想的三个特征。

一是强调文化的交融混合、异质共生。尽管种族研究、文化研究和后殖民研究的侧重点各有不同，但在吉尔罗伊的著作中这三者在很大程度上

① Paul Gilroy, *After Empire: Melancholia or Convivial Culture?*, London: Routledge, 2004, p. 2.

是重合的，因为他一直是从文化的角度对种族和后殖民的问题展开分析。在吉尔罗伊看来，散居到西方的黑人形成的杂糅文化超越了国家、种族等界限，对此的分析有助于反对族群绝对主义和种族主义的看法。不过，吉尔罗伊对后殖民理论中流行的混杂性、克里奥尔化等关键术语并不满意，认为它们未能充分描述出文化杂糅的状态。他曾经提出要用混合（syncretism）代替混杂的概念，因为混杂预设存在两种先前是纯种的文化，实际上没有文化是纯种的，有的是不同的混合（mixes）。文化生产并不像搅拌鸡尾酒，混合才是常态。[①] 吉尔罗伊还提出了黑色大西洋的重要概念，指涉离散黑人自大西洋奴隶制开始形成的独特文化结构。由此可见吉尔罗伊对文化他异性的强调和对同一性的反对。

在斯图亚特·霍尔看来，后殖民理论重新解读了“殖民化”的过程，将其看作一个本质上跨国和跨文化的“全球化”过程的一部分，并且对之前以国家为中心的帝国宏大叙事进行了去中心化、离散性或“全球性”的重写。后殖民思想的理论价值在于它拒绝将“这里”和“那里”、“此时”和“那时”、“国内”和“国外”分离的视角。[②] 这正是吉尔罗伊通过“共生文化”等概念试图说明的，不同民族、种族和文化的相遇打破了以往看似固定的界限，要求我们用跨国家和跨种族的视角进行分析。或许后殖民理论家的责任之一，正是去发现、记录和宣扬日常生活中的共生文化。

二是强调殖民历史和种族问题的重要性。在吉尔罗伊看来，殖民历史和种族主义的影响在今天依然存在并起着重要的作用，世界主义、人道主义等概念的缺陷正在于其没有对此进行深刻反思，因而在现实中没有说服力和号召力。如众多后殖民理论家一样，吉尔罗伊认为西方必须正视其殖民罪行，知识分子需要通过重新发现和激活被压迫者受苦、反叛和异议的历史，书写另一种现代史，修正已有现代性概念的西方中心主义。可以说吉尔罗伊的后殖民思想一方面强调伦理性，另一方面又试图将伦理再政治

---

① Paul Gilroy, “Black Cultural Politics: An Interview with Paul Gilroy by Timmy Lott,” *Found Object* 4(1994): 46-81.

② Stuart Hall, “When Was ‘The Post-colonial’? Thinking at the Limit,” in Iain Chambers & Lidia Curti, eds., *The Post-colonial Question: Common Skies, Divided Horizons*, London: Routledge, 1996, p. 247.

化，以实现反种族主义的目标。

对种族问题的突出关注，明确体现在吉尔罗伊的所有著作中，这使得他与其他后殖民理论家区分开来。吉尔罗伊一直把种族看作建构的产物，认为其意义随着社会形势不断改变，试图在具体的历史语境下考察其不同的表现。他坚持一种唯物主义、历史化的分析种族问题的方式，关注种族问题与其他经济、政治、性别等社会问题的接合，同时认为种族维度有其相对独立性，不断彰显讨论种族问题的重要性。尽管吉尔罗伊后期强调放弃种族概念，但他对西方种族研究领域的贡献是无可否认的。正是在他的推动下，种族在文化研究中才最终成为与阶级、性别一样重要的范畴。

三是强调对共同人性的追求。人道主义的观念在西方随着现代意识的产生而出现，曾经备受追捧，但随着当代恐怖袭击和种族冲突的加剧，它在现实中变得越来越不受欢迎，如同多元文化主义的观念一样被抛弃。吉尔罗伊认为造成这种情形的因素有很多，但最为根本的是拒绝思考种族政治。他提出的地球人道主义正是要突出种族主义的危害，将那些曾被排除在外的次人类包括在内，彰显普遍人性。

吉尔罗伊反对某些后殖民研究中过分强调差异性的趋势，批判当前十分流行的身份政治，认为对“同”而非“异”的追求更加重要。在2000年后的著作中，吉尔罗伊强调要超越种族、文化、国家等界限，突出不同人种之间的相似性和共同人性。这种观点看似老套，但其实有着极强的现实针对性。在一个许多人因其肤色、种族、性征而受到不平等甚至暴力对待的世界，我们亟须恢复最基本的对他者人性的承认和尊重。正如吉尔罗伊在2019年接受霍尔贝格奖的演讲中所说的，“需要从不断增加的残骸中拯救的是我们的人性。现在还有时间来进行这项工作，但时间不太多了”[①]。

当然，吉尔罗伊的后殖民思想也存在不足，主要有以下三点。

一是未能看到民族主义的益处。吉尔罗伊一直极力反对民族主义，提倡用世界主义替代民族主义。他认为民族主义与种族主义之间有着复杂深刻的关联，二者在对种族和族群概念的本质化理解上可能是一致的，因而

① 〔英〕保罗·吉尔罗伊：《永不再来：拒绝种族和救赎人类——在接受霍尔贝格奖时的演讲》，沈若然译，《美学与艺术评论》2022年第1期，第250~262页。

民族主义具有潜在的危险，或许会带来狭隘的排外主义。这也已被许多第三世界的国家独立后不断重演的历史悲剧——"从国族主义到极端民族主义，到沙文主义，最终到种族主义"①——所证明。然而，吉尔罗伊忽视了民族主义可能的积极意义，如团结民众进行反殖民斗争追求独立、反对帝国主义等，他对民族主义的看法过于负面。同时，在可预见的未来，民族国家仍是不可动摇且不可或缺的存在，因此吉尔罗伊一味强调要反对和超越民族主义，并没有太大的现实意义。

二是放弃种族概念的理念脱离实际。在2000年的《阵营之间》中，吉尔罗伊提出要摒弃种族概念和种族化的思维方式，以避免阵营心态的产生、本质化种族身份和排斥其他族群等危险。这一观点无疑具有理论上的价值，但在当前的现实中明显难以实现。如果不使用种族的概念，如何分析种族主义的危害，团结大众参与反种族主义的运动？事实上，吉尔罗伊本人也仍需借助种族概念继续进行分析。这或许也体现出吉尔罗伊思想的某种悖论：一方面他反对身份政治，强调超越种族的界限；另一方面他最关注的总是黑人问题和黑人文化，似乎又无法超越自己的黑人身份。而近年来"黑命攸关"和"停止仇恨亚裔"等运动的爆发，也显示出吉尔罗伊对一个没有种族区分的世界的想象过于乌托邦了。

三是过于强调文化而忽视政治经济因素。这是后殖民理论常常被批判的一点，吉尔罗伊也不例外。他本身接受的是英国文化研究的训练，自然倾向于从文化的角度出发探讨种族和殖民的问题。同时，吉尔罗伊一贯批判正统马克思主义的种族中心主义，认为单用阶级概念不能全面分析西方黑人的问题。然而，不可否认的是政治经济因素在现实的种族问题的产生中起到了极为关键的作用，在这方面吉尔罗伊的论述有所欠缺，从而减弱了他的分析的有效性。

总结而言，作为后殖民理论家的保罗·吉尔罗伊的独特之处正在于他对种族问题的持续关注和思考，他关注黑人种族的命运但并不局限于自己的黑人身份，而是致力于追求一种超越种族界限的地球人道主义。同时，吉尔罗伊拓宽了后殖民研究的领域，将之与文化研究、种族研究进一步结

① 〔法〕弗朗兹·法农：《全世界受苦的人》，万冰译，译林出版社，2005，第100页。

合起来。吉尔罗伊通过对西方殖民历史、黑人文化和种族融合现状的交叉性讨论，展现出后殖民问题的历史性和多面性，并从共生文化的角度提出了解决文明主义、后殖民忧郁症等问题的一种可能。可以说吉尔罗伊的后殖民思想既有历史的纵深感，又有强烈的现实意识，在种族和文化冲突依然频发的当下具有重要意义。

【**Abstract**】Paul Gilroy is a well-known British race theorist, whose postcolonial thinking shows unique features due to his concern for race problems. On the one hand, Gilroy reflects on the colonial history of the British empire and its present influences, he uses the concept of "postcolonial melancholia" to describe the mental illness of British people after the collapse of the empire. On the other hand, Gilroy defends the idea of a multicultural society, he creates the concept of "convivial culture" to refer to ordinary multiculture in postcolonial metropolitan cities. Gilroy believes that the existing concepts of cosmopolitanism and humanism should be refreshed, so he puts forward the idea of "planetary humanism" which transcends race divisions. Overall, Gilroy's postcolonial thinking emerges from the era of globalization, but it shows critical and ethical spirits, thus it can be said to have realistic significance.

【**Keywords**】Paul Gilroy; postcolonial melancholia; convivial culture; cosmopolitanism; planetary humanism

从生态批评到环境文学：日本环境文学理论演变

徐嘉熠

（清华大学人文学院 北京 100084）

【内容提要】 日本是最早接受生态批评理论的国家之一，并且继美国之后，于1994年成立了世界上第二个文学与环境研究会（ASLE-Japan）。如今，日本环境文学研究走过了近30年的历程，经历了四个发展阶段：英美文学研究者以自然写作为研究重心的第一阶段，尝试生态批评日本化的第二阶段，多领域、多学科协同助力发展"日本的"环境文学研究的第三阶段，以及现在仍在进行当中的探索新的环境人文学研究的第四阶段。日本环境文学研究在积极引进西方前沿生态批评理论的同时，立足于本国的文学特点，发展出日本的研究视角与方法，如自然他者论、"第二自然"、"里山"学等。本文将梳理和考察日本环境文学研究各个阶段的历史发展过程以及理论接受的特色，对未来研究做出展望，以期为我国生态批评发展和生态文明建设提供借鉴。

【关 键 词】 生态批评　环境文学　交感　自然他者化　环境人文学

引　言

生态学是德国生物学家恩斯特·海克尔（E. H. Hackel）于1866年提出的生物、生命系统与环境科学的概念，其与人文社会科学的结合却是开始于20世纪六七十年代。生态批评是由威廉·鲁克特（William Rueckert）于1978年最先提出的，他主张"将生态学与生态学的概念应用于文学研究，因为生态学（作为一种自然科学、一个学科、以及人类视野的基础）在我近年的研究中与我们生活世界的现在和未来有着最强的关联”①。如今，关于生态批评的定义，被学界最为广泛接受和引证的是来自彻丽尔·格罗特费尔蒂（Cheryll Glotfelty）：“生态批评是探讨文学与物质环境之关系的研究。”②

1992年，美国生态批评的主要倡导者之一的斯科特·斯洛维克（Scott Slovic）创立文学与环境学会（ASLE：Association for the Study of Literature and Environment），开始进行有组织的生态批评研究，并于1995年创办了ASLE的学术期刊 *ISLE：Interdisciplinary Studies in Literature and Environment*。生态批评理论在全世界旅行的伊始，就进入了日本，并在日本的土地上生根发芽。斯科特·斯洛维克在1993~1994年因富布莱特项目访问日本期间，将生态批评首先引入日本，协助以野田研一（Noda Kenichi）为代表的日本学者于1994年成立了日本环境文学学会（ASLE-Japan），彼时，学会成员大部分是英美文学研究者，以日本英文学会为基础。日本学者最早在翻译“ecocriticism”一词时，直接保留了英文发音的片假名，或是使用汉字“环境文学研究”。野田认为，“考虑到‘ecological’本意指的是‘生态学的’，很难融入人文学研究，且自然科学的生态学也无法直接适用于文学研究，笔者（指野田）当时曾提议将该词翻译为‘环境文学研究’。也有学者将其翻译为‘生态学的文学批判’，更多考虑的是采用直译方式。实际上，英文使用‘ecological’，也有不能否定其微妙感觉的考虑。最终决定使用片假名表示的外来语形式（エコクリティシズム），可以说和翻译‘nature writing’的初衷一样，主要还是为了强调新词语的新鲜感，而且能够保留其暧昧性”③。可以看出，日本在对“环境”与“生态”用词做界定时，更强调“环境”所具有的人文要素。与此相对，中国学界在接受生态批评时则倾向

① Cheryll Glotfelty & Harold Fromm, eds., *The Ecocriticism Reader: Landmark in Literary Ecology*, Athens: The University of Georgia Press, 1996, p. 107.

② Cheryll Glotfelty & Harold Fromm, eds., *The Ecocriticism Reader: Landmark in Literary Ecology*, Athens: The University of Georgia Press, 1996, p. xviii.

③ 〔日〕野田研一：《日本环境文学研究的历史发展脉络》，陈祥译，《日本文论》2019年第1辑，第198~212页。

于使用“生态”，从摆脱人类中心主义的角度，强调生态整体论的批评视角。[①] 理论接受上出现的差异恰恰构成了中日两国相互交流、互通有无的基础。因此本文在使用“ecocriticism”时不做统一化处理，在日文语境中将之翻译为“环境文学研究”，在中英文语境中则保持“生态批评”。

日本环境文学研究走过了近30年的历程，结城正美（Yuki Masami）曾于2014年总结回顾了日本环境文学研究的发展历程，按照研究方法的不同将其大致分为三个阶段。第一阶段（1990~2000年）主要集中在翻译英美生态批评理论，并关注文学运动的介绍。第二阶段（2000年前后）发展了比较研究法，主要由英美文学背景的学者进行实践，尝试将生态批评方法应用于日本文学。第三阶段与前一阶段有所重叠（2000~2010年），特点是日本文学研究与环境文学研究的结合。[②] 如今距离这篇总结已过去将近10年，是时候对日本第四阶段的生态批评研究成果做出总结。从目前国内外的研究状况来看，日本方面，结城作为日本环境文学研究的亲历者，同时也是推动者，对于前三个阶段的总结准确而有说服力，但不得不说缺乏批判性的视角，比如在生态批评的视角下将美国文学与日本文学做对比时，对日本文学造成了哪些遮蔽？另外，ASLE-Japan成员泽田由纪子（Sawada Yukiko）在对于未来日本近代文学研究中的环境文学研究做出展望时，认为结城总结的第三阶段以后的研究“以全球化的形式发展，提倡‘去国家化的（transnational）环境文学研究’，如今被吸收进‘环境人文学’的一部分，即跨领域地研究‘人与自然的关系，以及文化、哲学的框架下形成的自然观，环境相关的价值观、伦理观等’”[③]。摆脱以国家为单位划分环境文学的做法，一方面有利于各国环境文学进行平等交流，另一方面需要警惕的是回避了各国的社会、历史、政治语境的研究本身也是某种形式的国家论。比如，当发达国家对第三世界国家进行工业殖民造成的环境污染转嫁问题反映在文学中时，如果将这种殖民结构简化为人与自然的关系问题，

---

① 党圣元、刘瑞弘选编《生态批评与生态美学》，中国社会科学出版社，2011，第7页。

② Yuki Masami, “Ecocriticism in Japan,” *The Oxford Handbook of ECOCRITICISM*, Britain: Oxford University Press, 2014, pp. 519-526.

③ 澤田由紀子：「これからの日本近代文学研究における『エコクリティシズム』」『昭和文学研究』第82巻、2021年、第145頁。

从第三世界的立场上来看，这无疑是一种以偏概全的做法。因此，有必要以一种日本以外的批判眼光来梳理迄今为止的日本环境文学研究。

国内方面，将日本环境文学引入中国的一个重要契机是2008年中国外国文学学会等单位联合举办的“文学与环境国际学术研讨会”。该会议汇集了来自中、英、美、日和韩等国的学者。[①] 其中，结城正美在介绍日本生态文学的同时，探讨了“如何在与全球化和环境主义的相互关系中获得一条可持续发展的文明道路”[②]。之后，2010年《世界文学》杂志刊登了藤井淑祯（Fujii Hidetada）著、王成译的《现代日本的环境文学（文论）》，其中介绍了不同主题的日本现代环境文学，包括原爆问题和公害问题等，结语部分还提出不应将环境文学限定为“批判、追究环境破坏的文学”[③]，从而打开了日本环境文学的研究视野。同年在立教大学，王成以“国木田独步文学中的自然描写”（国木田独歩における自然描写）为题，重点报告了《武藏野》中自然描写体现出的人与自然一体化的自然观，这是中国的日本文学研究者首次尝试以环境文学研究的视角重新审视日本文学经典。2013年，杨晓辉发表了博士学位论文《日本当代生态文学研究》，这被视为中国第一个系统的关于日本生态文学研究的成果，后出版为著作《日本文学的生态关照》。其中，作者在辨析生态、环境、生态批评、生态文学等重要概念的基础上，以生态批评的视角研究了石牟礼道子（Ishimure Michiko）、有吉佐和子等作家的生态文学，还涉及了推理小说、随笔等不同文学体裁，[④] 为中国的日本生态文学研究奠定了基础。之后虽然偶有日本生态批评研究现状的总结出现，但整体来看，国内对于日本环境文学的研究关注较少，日本文学专业方向的研究者参与度不高，中国的日本环境文学研究仍处于初期阶段。然而，日本作为最早接受生态批评理论的国家之一，又与中国在文化、社会、历史等各个方面联系紧密，其发展状况与关注问题亟待我

① 杨革新、陈晞、郭海平等：《文学与环境国际学术研讨会综述》，《外国文学研究》2008年第6期，第161～162页。

② 〔日〕结城正美：《池泽夏树生态小说中的可持续性发展逻辑（英文）》，《外国文学研究》2008年第5期，第1～9页。

③ 〔日〕藤井淑祯：《现代日本的环境文学（文论）》，王成译，《世界文学》2010年第2期，第102～113页。

④ 杨晓辉：《日本文学的生态关照》，上海外语教育出版社，2017。

们认识、学习，相关研究成果有望给中国的生态批评发展、生态文明建设注入新的能量。

鉴于日本环境研究重要的学术意义和社会意义，本文拟在结城正美提出的日本环境研究三阶段的基础上，结合当下研究现状，以批判性的眼光详细考察生态批评在日本的发展谱系，引介各个发展阶段日本环境文学研究关注的重点问题，总结不同时期的日本环境文学研究特征，从而厘清生态批评在日本语境下的独特之处，以期为今后中国的生态批评研究提供有效的借鉴。

一　英美文学领域的自然写作研究

日本的环境文学研究与中国的生态批评一样，是由英美文学专业的研究者首先引入并开始进行的。在生态批评的概念传入日本之前，日本英语文学的研究者就开始进行自然写作（nature writing）研究。20 世纪 80 年代末期，美国文学研究领域的“伦理转向”思潮致力于破除种族、性别、性向等方面存在的二元对立，继而引起人们对于人与自然关系的反思；在文学批评实践方面则开始兴起重新审视文学经典（canon），关注小众文学体裁的新动向，于是自然写作便进入了文学批评家的视野。自然写作的基本定义是与自然相关的非虚构散文（nonfiction essay on nature），具有博物志相关信息（natural history information）、作者对于自然的个人反应（personal reaction）以及自然相关的哲学解释（philosophical interpretation）三要素。[①] 生态批评能够在美国文学研究中顺利展开也是得益于对于这一文学体裁的重新认识。另外，90 年代初期是日本社会的环境思想发生转变的时期，这一时期，日本国家和地方政府的“公害研究所”相继改名为“环境研究所”或“环境科学研究所”，它们开始将目光从日本国内的公害问题转向地球环境问题。在此背景下，1993 年，野田研一主持编纂的杂志《特集〈自然〉的范式/美国自然写作（American nature writing）》出版，最早将美国的自

① 小谷一明等（编）:『文学から環境を考える エコクリティシズムガイドブック』勉誠出版、2014、第 307 頁。

然写作介绍到日本，堪称日本环境文学研究的前哨站。之后，日本环境文学研究者以英美文学中的自然写作为中心展开介绍与研究，出版了多部日美合作研究、日美文学比较研究的成果，介绍翻译生态批评理论，并积极译介英美文学中的生态文学作品。

通过上述梳理可知，日本环境文学研究脱胎于英美文学研究者的自然写作研究，并且在与美国生态批评的密切交流中展开。这一阶段并未完全忽视日本文学，比如《特集〈自然〉的范式 2/日本自然写作（Japanese nature writing）》杂志、《快乐阅读自然写作：120 部作品导读》（たのしく読めるネイチャーライティング—作品ガイド120）均涉及日本文学作品，但研究视角集中在发掘日本的自然写作，考察美国的自然写作概念能否应用于日本文学，而忽略了不符合美国自然写作概念的日本环境文学。此外，生态批评第一次浪潮中所体现出的“对生态文学的界定和研究对象都较为狭窄，忽视了环境问题的复杂性和交错性，以及其间所隐含的政治、经济和社会的相互作用”[①] 局限，同样出现在日本环境文学研究之中。虽然自然写作的研究视角挖掘出许多原先较少受关注的日本文学，还对经典文学做出了新的解读，但依然存在简化作品复杂性的倾向。比如，生田省悟（Ikuta Shogo）在编选日本自然写作作品时，节选了石牟礼道子的《苦海净土——我们的水俣病》（以下简称《苦海净土》）部分内容并介绍道：“说起水俣病，人们立刻就能想到《苦海净土》，说明这部作品在揭露水银中毒悲惨事件中举世闻名。……该作品中包含了‘地方’与‘在此成长起来的人’之间的联系，这用自然写作的语言来说就是‘地方感’。”[②] 然而，水俣病问题所包含的复杂的政治性、水俣地区存在的多层歧视结构，以及《苦海净土》的文学虚构性，显然无法用自然写作这一体裁涵盖。

在理论方面，自然写作同样奠定了这一阶段日本环境文学研究的基本问题。野田研一认为“区分自然写作和自然博物志这两个概念的要素之一是‘我’的存在。……自然博物志尽可能地缩小观察主体，追求观察对象

① 马军红：《生态批评的第四波浪潮》，《文学理论前沿》第 22 辑，社会科学文献出版社，2020，第 16~44 页。

② スタッフNO2（编）：「特集・『自然』というジャンル 2/ジャパニーズ・ネイチャーライティング」『フォリオα』第 5 期、1999 年、第 81~84 頁。

自身的记述（客观化），与此相对，自然写作追求观察对象与观察主体的相互关系、自然与人类的交感关系的记述”[①]。正是源于自然写作这一文学体裁的特点，野田进一步提出“交感”（correspondence）的原理，指出“只要人与自然关系的存在方式成为问题，‘交感’就是非常中心且强力的意匠”[②]，并将“交感”定义为“探寻人类与自然之间某种对应关系的感觉或思考。其内容有感觉层面、心理层面乃至民俗、宗教层面等多种，但根本上是有关探寻人与自然之间连续性与关系性的宇宙论”[③]。

需要说明的是，野田主张的“交感”与18~19世纪浪漫主义主张的“交感”的概念不同，野田按照自然他者性与外部性程度由低到高划分出了拉尔夫·华尔多·爱默生（Ralph Waldo Emerson）、大卫·亨利·梭罗（Henry David Thoreau）和现代自然写作作家安妮·狄勒德（Annie Dillard）的谱系，如果说唯心主义者爱默生作品中的自然是作为表象的自然，接近人的精神或是神性，那么，梭罗的作品中则可以看到对于自然的他者性/外部性的认识，而到了狄勒德，自然的他者性/外部性已然成为作家的写作动机。[④] 野田在环境文学研究中重提交感的概念时，解构了浪漫主义时期超验论的部分，使自然重新成为自然本身，而不是任何精神的替代，自然在此时是具有主体性的、人类经验之外的他者。这一时期日本的环境文学研究是一种后浪漫主义，因此相比英国的浪漫主义诗作，美国的自然写作更受到日本环境文学研究者的推崇。究其原因，或许与日本第二次世界大战战败后的社会思想状态有关，一批有良知的知识分子开始反思文学学者的战争责任。浪漫主义时期的交感概念结合当时美国的时代背景来看，不可避免地带有国家主义的色彩。19世纪正值美国建国初期，大部分移民对于美国人的身份认同（American identity）还不够牢固。因此，“自然”成为国民与国家情感的连接点，其连接方式则为“交感”。例如，1837年爱默生发表

① 野田研一：『交感と表象/ネイチャーライティングとは何か』松柏社、2003、第9~10頁。
② 野田研一：『交感と表象/ネイチャーライティングとは何か』松柏社、2003、第19~21頁。
③ 野田研一：『自然を感じるこころーネイチャーライティング入門』筑摩書房、2007。
④ 野田研一：『交感と表象/ネイチャーライティングとは何か』松柏社、2003、第19~31頁。

的著名演讲《美国学者》，宣告美国文学已脱离英国文学独立，可谓一种时代背景的响应。日本环境文学研究中的“交感”则剥离了概念中的国家主义成分，重构成新时代下人与自然的交流方式。野田研一所理解的自然写作“与既往的自然散文或户外散文中乐观的自然认识相差甚远，它不断叙述着自然的不合理性、认识自然的不可能性，打碎了我们认为走进自然就会获得‘精彩的户外活动’的幻想。这才是现代需要的自然写作吧”[①]。可见，日本作为二战时期的侵略国，在涉及日本自然、环境与政治的文学处理上显得格外谨慎而敏感。结城正美曾回忆，在20世纪90年代后期，美国生态批评开始将研究范围由自然写作扩展到包含更多文学类型的环境文学，“但在日本有更倾向于用‘自然写作’的趋势。可能‘环境’这个词非常容易受到政治的指责，以至于学者和作家都有意无意地绕过这个词”[②]。

日本环境文学研究中的另一个中心研究问题是自然的他者性（alterity）。“他者”（the other）是西方文论的关键词之一。从柏拉图谈及同者与他者的关系到17世纪笛卡尔提出“我思故我在”将主体与客体二元对立，再到黑格尔将“他者”概念主题化以来，这个关键词就是一个不断被探讨的哲学根本问题。“在文学批评中，各种后现代的‘他者诗学’都旨在分析和揭露同者在身体、性别、语言、文化、意识形态方面对他者实施的暴力，分析他者的属下地位，分析他者对霸权的反抗，以及这种反抗所采用的各种各样的策略”[③]，但他者论的范畴一直停留在人类内部，并没有扩展到自然。野田研一正是看到了他者论中存在的人类中心主义倾向，于是提出应该将自然也纳入他者论的范畴。[④] 并且，不只要在政治和伦理层面主张自然的他者性，比如罗德里克·纳什（Roderick Nash）在《大自然的权利：环境伦理学史》（*The Rights of Nature*: *A History of Environmental Ethics*）中提出要将民主的范围扩大到自然，自然作为他者可以描述人类对于自然资源过度索

① 野田研一：『交感と表象/ネイチャーライティングとは何か』松柏社、2003、第12頁。

② Yuki Masami, “Ecocriticism in Japan,” *The Oxford Handbook of ECOCRITICISM*, Britain: Oxford University Press, 2014, p. 526.

③ 张剑：《西方文论关键词　他者》，《外国文学》2011年第1期，第127页。

④ 渡辺憲司・野田研一・小峯和明・ハルオ・シラネ（编）：『環境という視座——日本文学とエコクリティシズム』勉誠出版、2011、第8頁。

取、剥削的这种不平等关系，野田进一步提出，环境文学研究则是要在思想层面将自然定位为有“声音和主体”的存在。他者的概念作为二元关系的一端，本身并无绝对的强弱，日本环境文学研究中主张的自然他者性，更多的是从自然具有超越人类认知理解和既有经验的他者性及与人类一样具有主体性的角度出发，强调人与自然之间的交流（communication）关系。自然写作中，人类往往通过与自然相遇得到新的经验与认知，证明自然同样可以具有他者性。尽管随着环境文学研究在日本的不断发展，研究对象已从自然写作扩展到包括各种文学类型的环境文学，但自然他者性的问题一直延续下来，成为去人类中心主义的重要议题。

二 生态批评日本化的多种尝试

21 世纪后，经过第一阶段日本环境文学者对英文自然写作、生态批评理论的译介和研究，日本国内已具有展开环境文学研究的基础。野田研一对于第一阶段的日本环境文学研究做出总结，认识到现阶段研究相较于美国的生态批评还处于初级阶段，提出第二阶段的研究目标“具体来讲首先要把无论是作为体裁论还是作为文学理论都没有脱离舶来品范围的诸多要素，真正作为日本的文学体裁和文学研究的方法论固定下来。其次是寻找（或者说创造出）能够享受被称为自然文学或者是环境文学这个领域的作品的真正意义上的读者群，从而使之作为固定的体裁达到日本化的成熟”[①]。这一目标驱使日本环境文学研究者使用比较文学的方法，尝试挖掘出日本的环境文学以及适应其研究的方法论。比如，山里胜己（Yamazato Katsunori）比较了宫泽贤治（Miyazawa Kenji）与加里·斯耐德的诗作，提出二者世界观的核心都是生态和佛教的思想，它们也是二者作品的基础，而这两个要素同样连接了亚洲和北美的科学和宗教，并且相互影响。[②] 结城正美将特丽·坦皮斯特·威廉姆斯（Terry Tempest Williams）与石牟礼道子

① 野田研一・結城正美（编）：『越境するトポス——環境文学論序説』彩流社、2004、第 2 頁。

② 野田研一・結城正美（编）：『越境するトポス——環境文学論序説』彩流社、2004、第 113~142 頁。

进行对比，提出将故事作为环境行为主义参照的可能性，通过解读石牟礼的《天湖》，结城发现了斯科特·斯洛维克提出的“自然赞美”式的修辞与“耶利米式悲叹”式的修辞区域之外，还存在新的可对环境意识施加作用的语言表达模式，即作品中构建了一个通过听觉（倾听他者）进入生态学世界的入口，即声音风景（sound scape）。[①] 这两篇研究论文的重要意义在于，它们不仅证明了生态批评方法在日本文学中的适用性，还从文化越境的角度消解了美国生态批评的中心地位。在美国学者提出的生态批评框架之外，重视亚洲文化的影响以及日本文学的独特性，这也正是在全球各地展开生态批评的意义。

相较于以上两位研究者积极挖掘日本环境文学产生或可能产生的影响性，野田在《越境之地》中探讨了藤原新也文学中的野性表象问题，并没有急于将之和欧美文学进行比较。野田在著作《交感与表象》中设立一节尝试讨论日本的自然写作（Japanese nature writing），将藤原新也的《乳之海》（乳の海，1986）与安妮·狄勒德的散文《像黄鼠狼一样活着》（“Living Like Weasels”）对比，认为两篇作品有着同样的展现自然和文化冲突、不可逾越的文学结构，[②] 总结出日、美两国自然写作中的共同性。然而，野田对于这两部作品并没有进一步进行差异性的比较，相反，对于自然写作是否能够冠以“日本的”（Japanese）名称还有很大的犹豫：“我们同样在‘近代’的正中间，在这里用东洋、亚洲、非基督教等草率的区分都无法完全概括。”[③] 野田的犹豫根本上还是在于对环境文学研究政治化的警惕，“日本的”说法容易与国家主义联系到一起，而现实是每个国家在近代化、全球化的过程中都不可能独善其身。在这一阶段的比较文学与环境文学研究结合的实践中，日本环境文学研究者呈现出求同、求异、关注相互影响等不同的研究倾向。

在研究主题方面，日本环境文学研究反思第一阶段中集中关注野生

---

① 野田研一・結城正美（编）：『越境するトポス——環境文学論序説』彩流社、2004、第183~200頁。

② 野田研一：『交感と表象/ネイチャーライティングとは何か』松柏社、2003、第192~197頁。

③ 野田研一：『交感と表象/ネイチャーライティングとは何か』松柏社、2003、第203頁。

（原生态）自然、文化与自然二元论的局限性，开始将文化、文学表象中的自然和城市自然（urban nature）纳入研究视野之内。“地方”（place）和“地方感”（sense of place）是日本环境文学研究第二阶段的重要研究问题。正如生田省悟所指出的那样：“我们生活在东亚，对于美国传来的理论和方法并不是毫无批判地接受。我们一直格外留意的是人与自然的关系性，然后是地方的问题，这些问题可以说是环境文学的立脚点。”① 第一阶段的研究主要是译介“地方感”的概念，到了研究的第二阶段，将生态批评进行日本化的目标促使研究者关注日本与美国在“地方”上的根本差异，关于“地方”问题的研究正式在日本展开并成为主流。

“地方”的概念历史悠久且有诸多含义，日本环境文学研究在使用这一概念时主要参照的是20世纪70年代以来以段义孚（Yifu Tuan）的定义为代表的人文地理学概念：“根据段的定义，‘空间’意味着‘自由性’，在各种经验的作用之下产生具有‘安全性’的‘地方’（段，11）。”② 在将“地方”概念应用于环境文学研究时，野田研一进一步将人类经验具体化为关于自然的话语，从而连接人文地理学与文学，即使用希腊语的“topos”，其意思“不仅是物理学的空间，在亚里士多德之后还意味着修辞论上的地方，即议论时最基本的论述形式，或者是具有论题的地方”③，野田明确了“topos”这一概念使用在环境文学研究中的意义：“我们尝试着把关于自然的话语冠以topos之名，它一方面具有作为修辞学意义上的‘表现样态’的意义，同时设定它深刻包含着place的问题，这也是topos的原本的意义。……（topos）扎根于作为‘环界’（milieu）的place=自然，附着并生长，最终形成一个‘文化’表象。然而，这样的话语=topos在现代社会中，迅速超越文化的界限，‘越境’并且扩散。”④ 根据“topos”这一扎根于地方的表现样态的概念，日本环境研究者重点考察了环境文学中的topos所具

① 生田省悟等（编）：『「場所」の詩学——環境文学とは何か』藤原書店、2008、第10頁。

② 参见“場所の感覚”条目，转引自イーフー・トゥアン著、山本浩译『空間の経験』筑摩書房、1993（原著：1977），https://www.asle-japan.org/projects/ecocritical-keywords，最后访问日期：2023年2月28日。

③ 参见ブリタニカ国際大百科事典・小項目事典「トポス」的解说。

④ 野田研一・結城正美（编）：『越境するトポス——環境文学論序説』彩流社、2004、序言第3頁。

有的越境性，不仅关注作家的身体越境即经历旅行后完成的作品，还解读出文学思想、地域文化的精神越境。可见，这一时期的日本环境文学研究在吸收人文地理学的同时，意识到了固定的“地方”概念可能造成的排外和不关注外部世界的缺陷，强调话语的“越境性”。斯科特·斯洛维克总结的生态批评第三波浪潮中，厄休拉·海斯（Ursula K. Heise）提出生态世界主义（Eco-Cosmopolitanism）即“理解自然和文化的地方与过程是如何在世界范围内彼此联结和相互塑造的，以及人类如何影响和改变这种联系”①，野田关注的 topos 问题与生态世界主义的理论有共通之处，二者都关注自然和文化的互动以及文化越境性。

另一个有代表性的“地方”研究来自山里胜己，相比野田研一关注的“地方”的话语、表象与越境性，山里结合加里·斯奈德文学的特点，具体研究了生态地域主义与后殖民主义视角下的“地方”。山里认为，生态地域主义是“并不是指的被政治分割的、用网格覆盖住的美利坚合众国，而是以生态系为基础划定界线的地域，也就是提倡生态地域占据生活的中心，生态地域是由草地、河流、树木等分割包括的”②。生态地域主义包含后殖民主义的要素，因此可以通过解读“地方”来构建一个新的美国形象。山里还将 20 世纪解读为“视觉的世纪”，从视觉主体变化的角度来看，20 世纪经历了由“自我的屹立”思想到“相互依存”思想的转变。同时，山里认为这种改变超越了国家主义和人类与非人类的框架，而走向生态学的、后殖民主义的视角，进而指出“地方”的文学在现代的意义。

除了上述两个主要研究方向之外，还有生态主体性（ecological identity）、环境正义（environmental justice）、内宇宙、环境教育等视角下的研究，③ 以及关注动物文学、海洋自然写作等小众的文学种类的尝试，④ 但这些研究方向只在单篇论文中讨论过，并未形成完整的著作。总的来说，这一阶段的

---

① 马军红：《生态批评的第四波浪潮》，《文学理论前沿》第 22 辑，社会科学文献出版社，2020，第 11 页。

② 山里勝己：『場所を生きる一ゲーリー・スナイダーの世界』山と渓谷社、2006。

③ 生田省悟等（编）：『「場所」の詩学——環境文学とは何か』藤原書店、2008。山里勝己等（编）：『自然と文学のダイアローグ』彩流社、2004。

④ 野田研一・結城正美（编）：『越境するトポス——環境文学論序説』彩流社、2004。

日本环境文学将研究视野扩展到日本文学，采用比较文学的方法，分析出日本与英美文学之间相似、相异或相互影响的关系，并以“地方”为主要研究问题，展开了地方话语、文化越境性、生态地域主义等多样化的环境文学研究。

日本环境文学研究第二阶段多样性的展开，一方面，吸收了诸如生态批评第二波浪潮中的环境正义、城市生态批评，第三波浪潮中的全球视角、后国家视野的研究方向；另一方面，生态批评的理论很难说真正在日本文学研究中固定下来。比如，山里胜己将后殖民批评与生态地域主义结合的研究方法克服了以往自然写作研究偏好“纯净叙事”的弊端，但这一研究方法并没有被应用于日本文学的研究。山城新（Yamashiro Shin）曾提出从环境正义的角度构建冲绳环境文学的尝试，分析冲绳当地环境问题的不平等结构，介绍了多部表现冲绳环境问题的优秀文学作品，① 可以看出冲绳文学是日本环境文学研究的巨大宝藏，有着深刻的历史、文化底蕴。但山城后续没有详细展开作品分析，形成冲绳环境文学的框架，也鲜有其他研究者继续进行相关研究。日本环境文学研究在考虑话语越境性的同时，警惕当今的环境文学研究落入政治运动和国家主义宣传的陷阱，反面效果则是对生态殖民等政治相关问题的忽视。因此，日本环境文学研究的发展仍然需要更多的日本文学研究者参与进来，克服生态批评的“西方中心主义”缺陷，结合日本的文学特色，更加清楚地认识环境问题、生态危机的各个复杂的侧面。

三　跨领域的“日本的”环境文学研究

2008 年，日本近现代文学会“‘环境’中的表象与心——近代文学再考”（「環境」のなかの表象と心——近代文学再考）研讨会吸引了跨学科研究者的加入，这标志着以日本英文文学研究者为基础的日本环境文学研

① 山里勝己等（编）：『自然と文学のダイアローグ』彩流社、2004、第 231~244 頁。

究开始进入日本文学研究领域,[①] 第三阶段的日本环境文学研究正式展开。这一阶段中，不同领域、不同学科的研究者的加入极大地丰富了环境文学研究的内容。如果说前两个阶段更倾向于对某几个生态批评概念的介绍与集中讨论，第三阶段则更注重借鉴不同学科的视角以发现新的研究课题。其中，有三个代表性的研究成果不容忽视：其一是《水声通信》杂志2010年出版的环境文学研究特集；其二是2010年日本立教大学和美国哥伦比亚大学合办的国际学术会议“日本环境文学研究与日本文学研究——自然环境与城市”，后出版论文集《环境的视角：日本文学和环境文学研究》；其三是ASLE-Japan成立20周年的纪念著作《从文学思考环境——环境文学研究指南》，如今已成为日本环境文学入门的必读书目。这一部分笔者将逐一介绍、梳理三部著作的重点研究成果，以呈现第三阶段的研究图景。

1.《水声通信》环境文学研究特集

结城正美借用劳伦斯·布伊尔（Lawrence Buell）提出的生态批评的两波浪潮，总结出现阶段环境文学研究的特点，“第一波环境文学研究的最大特征是对于自然写作有着强烈的关心。……第二波环境文学研究的到来超越了自然写作，环境概念从自然环境扩大到了社会环境”[②]，并且指出前两波浪潮均以美国的生态批评为中心展开，但人种、民族问题也与环境问题息息相关，因此环境文学研究有必要倾听来自不同文化的声音。这部论文集试图克服“西方中心主义”以及以往去政治化的研究倾向等不足，在吸收第二波生态批评浪潮中理论（如生态世界主义、生态女性主义等）的基础上，结合日本文化进行多样化实践。

在理论方面，美籍日裔教授白根治夫（Haruo Shirane）立足于11世纪

---

① 在此之前，美国的日本文学研究者更早地接受生态批评理论用于日本文学研究。2003年，在美国洛杉矶南加州大学举办了题为“森林、水、都市——面向日本的环境的方法和国际化语境”（森、水、都市——日本の環境へのアプローチとグローバルなコンテクスト）的研讨会，有十名左右居住在美国的环境文学、历史、宗教专业的研究者做了报告。参照小谷一明等（编）『文学から環境を考える　エコクリティシズムガイドブック』勉誠出版、2014、第xi頁。

② 結城正美：「エコクリティシズムをマップする」『水声通信』第33号、2010年、第94~95頁。

初期的日本贵族女性的生活状况以及日本古典文学的特点，提出了“第二自然”[①] 概念：“《源氏物语》和11世纪的贵族女性生活中，自然无处不在，但大部分都是（在庭院中）精心布置的再现，（在绘画、家具、日常器具、衣服、诗歌等之中）通过视觉、文本表现出来的东西。我把这样的自然称为第二自然，与其说它与人类世界对立，不如将它看作人类世界的延长”[②]。需要注意的是，白根提出的“第二自然”的概念虽然强调了自然的文学、文化表象，但它的前提是野生自然（wilderness）的存在，即自然与文化的二元对立，“第二自然”是文化与自然之间的中间项，用于考察野生自然（一次自然）、“第二自然”、文化这三者之间的相互关系。正如野田指出的，“‘第二自然’部分是文化、部分是自然，条件是二者相互浸润和共在，包含二义性或复合性”[③]。在此篇论文的基础上，2012年白根进一步将“第二自然”概念进行理论化，将“第二自然”的适用范围从古典文学扩展到庭园、绘画、服饰设计、诗歌、演剧等诸多类型的日本文化现象，并将“第二自然”按照都市和乡村分为两种：“日本文化中存在两种‘第二自然’。一种是贵族在奈良和京都发展出的，另一种我称之为‘里山范式’，是平安中期到后期出现在地区上的庄园中的。……里山的自然是‘第二自然’的一种，它从水田和周围的山中获得收成，实行循环处理和再利用。这与在首都见到的优雅小巧的‘第二自然’有着根本的不同。”[④] 白根将文化研究的方法与环境文学研究结合，打破了以往日本环境文学研究仅将目光停留在近现代文学的局限，提供了一套可以用于分析日本古典文学的研究框架。除了“第二自然”的文化表象之外，论文集中还出现了关注藤原定家的和歌、能剧舞台空间，以及日本民俗学与环境相关的研究，虽然不及“第二自然”体系完整，但极大地拓宽了环境文学研究方法可能适用的范围。

---

① 翻译参考秘秋桐《“第二自然”：古典文学研究的新方法》，《外国文学动态研究》2021年第2期，第150~156页。

② 結城正美:「エコクリティシズムをマップする」『水声通信』第33号、2010年、第99-100頁。

③ 渡辺憲司・野田研一・小峯和明・ハルオ・シラネ（编）:『環境という視座——日本文学とエコクリティシズム』勉誠出版、2011、第35頁。

④ ハルオ・シラネ:『四季の創造 日本文化と自然観の系譜』KADOKAWA、2020。

2.《环境的视角：日本文学和环境文学研究》

这部论文集是首部研究对象均为日本文学、文化、思想的环境文学研究著作，从编辑于8世纪中期、现存最早的诗歌集《万叶集》到11世纪的日本经典古典作品《源氏物语》，再到芭蕉、马琴等江户时代作家的文学作品，昭和初期的民谣、电影，最后一直到当代作家大江健三郎（Oe Kenzaburo）、日野启三（Hino Keizo）、加藤幸子（Kato Yukiko）等作家的著作，研究范围十分广泛。这部论文集还呈现出日本环境文学研究中的几个有代表性的研究框架："第二自然"和野生自然，自然描写的近代与前近代，作为文化表象的环境、中央和周边。从研究框架可以看出，研究者所关注的更多是日本文学研究语境中的问题，他们并没有直接套用西方生态批评的理论，同样完成了对于人、自然环境、文化之间关系的探讨。比如，小峰和明（Komine Kazuaki）关注的日本民俗学家南方熊楠和其研究的熊野世界，指出传承、传说、说话文学所形成的文化记忆使熊野的"第一自然"和"第二自然"密不可分，呈现出"多层化"的自然环境，野田认为"如果置换成环境文学研究的语境的话就是'地方感'和'物语'交织而成的巴里·佩罗兹的风景问题"[①]。又如自然描写的近代与前近代的框架中，新保邦宽（Shimbo Kunihiro）通过对比研究日本的近代与前近代文学，看到了日本近代化之后，西方自然观的流入导致文学中自然表现方式的变化，进而呈现出日本文学文体观的改变，[②] 在提供了一种新的日本文体论研究路径的同时，也呈现出不同时空中文学自然表象的复杂性。而从非虚构的自然写作中发展而来的西方生态批评理论概念，能否直接用于日本前近代文学的分析还有待更加具体的考察。

由此可见，在日本文学研究接受环境文学研究方法的初期，其更多借鉴的是环境文学研究的视角，将以往忽视的文学中的自然、环境要素纳入研究视野，而在生态批评理论上的吸收、借鉴和对话尚显不足。然而，比理论发展更重要的是，日本环境文学研究向日本文学研究领域乃至日本社

① 渡辺憲司・野田研一・小峯和明・ハルオ・シラネ（编）：『環境という視座——日本文学とエコクリティシズム』勉誠出版、2011、第35頁。

② 渡辺憲司・野田研一・小峯和明・ハルオ・シラネ（编）：『環境という視座——日本文学とエコクリティシズム』勉誠出版、2011、第97頁。

会传达了人与自然关系、自然观对于社会塑造的重要性。

3.《从文学思考环境——环境文学研究指南》

这部著作是对日本环境研究发展20年历程的总结、回顾以及未来展望。第一部分“环境文学研究的射程”包含日本国内外环境文学作家的作品翻译、访谈，以及首次将生态批评用于研究日本文学的美国研究者卡伦·考利根·泰勒（Karen Colligan Taylor）对宫泽贤治文学的生态批评研究现状的叙述。第二部分“从‘文学’角度重新审视环境”则是由5篇环境文学研究论文组成，研究对象涉及法国现代文学、日本现代文学、19世纪美国文学等，运用的理论有城市生态批评、政治学、自然观研究、接受研究等，野田评价“这5篇论文都是以破坏、灾害、死亡、神话和怪物等为主题的，但是并没有对这一共同点解释得过深”[①]。第三部分“用‘环境文学’连接世界”直接翻译了著名生态批评学者劳伦斯·布伊尔、厄休拉·海斯和唐丽园（Karen L. Thornber）对于生态批评发展过程的梳理，以及他们重点阐述的6个研究领域——“（一）地方以及关于地方依恋的想象力；（二）文学、艺术研究中科学研究模型的使用以及批判；（三）性别的差异与环境表象的重要性的相关考察；（四）从初期关注的美国盎格鲁-撒克逊人的想象力离开，生态批评在开疆拓土的过程中产生的生态批评与后殖民主义之间的学术交流；（五）生态批评中对于原住民艺术、思想的兴趣提高；（六）人与动物之间关系相关的艺术表象以及伦理，生态批评学者抱有非常复杂且浓厚的兴趣”[②]，并且在最后提出了今后进一步强化各国的比较研究、共同研究，关注多种艺术表现形态，挖掘更多不同主题的环境文学等研究课题。第四部分“关键词30+1：给想要进一步了解的你”是紧接着第三部分的梳理，总结出环境文学研究中常用的31个关键词，每个关键词部分还列出了相关的参考文献，展现出环境文学领域研究丰富的延展性。

2011年日本经历了“3.11”日本大地震，引发了福岛第一核电站核污水泄漏，对人类和自然环境造成了不可忘却的重大灾难，日本环境文学者

---

① 杨晓辉：《日本文学的生态关照》，上海外语教育出版社，2017，第30页。

② 小谷一明等（编）：『文学から環境を考える　エコクリティシズムガイドブック』勉誠出版、2014、第194頁。

对此的反思也体现在研究指南中，比如更加关注灾难、破坏主题的文学，关键词介绍部分包括了“乌托邦/反乌托邦”“生态灭绝文学”等词条，反映出环境文学研究不被局限于书斋，更重视实践的理论特色。关键词中对于“环境人文学”的介绍，为下一阶段的日本环境文学研究发展打下基础，因此本研究可谓日本环境文学研究承上启下的里程碑。

四　走向环境人文学研究

2010年以来，澳洲、北美、北欧、西欧等世界各地兴起环境人文学（Environmental Humanities）的学术动向，日本也开始了环境人文学的尝试。环境人文学是指“从人文科学领域探讨人与环境的关系，以及形成自然观、环境相关的价值观、伦理观的文化、哲学框架的研究总称”①，其产生一方面有地球范围内的环境问题依然严峻的现实原因，另一方面，21世纪初，荷兰大气化学家、诺贝尔化学奖得主保罗·克鲁岑（Paul Crutzen）提出了“人新世”（Anthropocene）的概念，指出人类已经到达一个人类活动能够影响全球环境变化的时代。在人新世的概念之下，人类史与自然史不再能够完全区分，而交汇成为同一部历史，因此，它“从根本上动摇了将人类（文化）和自然（野生）二元对立认识的近代西方世界观，给自然科学和人文学的学术世界都带来了巨大冲击”②。人们越发意识到，环境问题不单单是自然科学的问题，寻求解决环境问题的办法同样需要人文学科的参与。

日本方面，最早开始环境人文学尝试的契机是生态学领域的里山（Satoyama）研究。“里山”在日本有着近400年的历史，这个词的含义经历了从农用薪炭到临近村落的山林的变化，战后又扩展到林业政策领域，在1987年正式被定义为村落周边与人类生活相关联的山及森林。③ 2001年开

① 小谷一明等（编）:『文学から環境を考える　エコクリティシズムガイドブック』勉誠出版、2014、第275頁。

② 結城正美・黒田智（编）:『里山という物語：環境人文学の対話』勉誠出版、2017、「序言」第9頁。

③ 杨晓辉:《日本里山的环境伦理及其生态批评意义》,《鄱阳湖学刊》2021年第4期，第95页。

始，日本环境省开始组织调查日本的里山，金泽大学是当时里山研究的据点之一。经过研究者的不懈努力，2011 年，“能登的里山和里海”被认定为日本首个世界农业遗产（GIAHS）。[①] 日本环境文学研究的领军人物之一结城正美当时任职于金泽大学，她推动了环境人文学和生态学的共同研究，于 2013 年在金泽大学举办题为“里山×里海×文学”的跨学科公共研讨会。参与研讨会的报告人员的研究背景横跨生态学、日本古典文学、环境思想、环境史、环境文学、美国文学等。在此次研讨会的基础上，2017 年日本第一部环境人文学的著作《里山物语：环境人文学的对话》（以下简称《里山物语》）出版。

结城正美总结《里山物语》的总体目标“与其说是探讨里山的‘保全’‘可持续性’‘生态系服务’等具体的事项，不如说是将里山相关的问题域划分成实体（在那里的里山）和幻想（意象）两个参照点进行多角度考察”。里山研究的重要之处一方面在于它的地理属性，里山约占日本陆地的 40%[②]，它虽然远离城市但实际上与每个在日本居住的人都息息相关；另一方面在于它还是日本核电站发电所的理想选址地。生态学者和环境人文学者的共同研究呈现出里山怎样被话语、照片等文化表象塑造成现在人们价值观中美丽的“风景”，或是人与自然共生的“地方”，这背后又蕴藏着怎样的政治目的。小谷一明通过分析水上勉（Mizukami Tsutomu）《故乡》中的里山，发现在当地人的经验中，里山既是被美化的“故乡”，同时又是被核电站剥夺了声音的空间。[③] 文学研究弥补了生态学研究中缺失的人类经验部分，显示出文学具有的记录历史细节、反映人的价值观的作用。里山实体与幻想的错位，正是通过跨学科的环境人文学研究发现的。2023 年 8 月 24 日，日本开始将福岛核污染水排入太平洋，这何尝不是建立在对于污染的政治美化的话语之上？因此，里山主题和由此延伸出的对于全球各地环

---

① 結城正美・黑田智（编）：『里山という物語：環境人文学の対話』勉誠出版、2017、第 317 頁。

② 結城正美・黑田智（编）：『里山という物語：環境人文学の対話』勉誠出版、2017、「序言」第 16 頁。

③ 結城正美・黑田智（编）：『里山という物語：環境人文学の対話』勉誠出版、2017、第 67~95 頁。

境表象的探讨在今天依然有着深刻的社会意义。

2017 年，日本另有两部环境人文学的重要成果出版，它们分别是《环境人文学Ⅰ文化中的自然》和《环境人文学Ⅱ作为他者的自然》。相比《里山物语》，这两部论文集有着更加多样的研究主题，包括“地方与记忆之间”部分对于日本的水俣、冲绳、长崎等地方的特殊性与文学想象力之间关系的关注，“文化与语言之间”中大众文化和环境人文学关联的探讨，“自然与生物之间”人与动物、植物以及自然表象之间复杂性的考察等，呈现出现阶段环境文学研究的跨学科特色。除了学术论文之外，论文集中还收录了文学创作者的演讲、对谈和访谈，力图在打破人文学科边界的同时，促进作家与研究者之间的交流互动，进而开拓出具有发展性的环境人文学研究视野。在论文集的内部，各篇论文之间也形成了对话关系。比如，奥野克巳（Okuno Katsumi）从文化人类学的角度关注多物种民族志，试图超越以往人与动物、自我与他者的二元对立，提倡“多物种文学”①。同时海斯认为，多物种民族志可以克服人类世概念中人类之间的不平等被遮蔽的缺陷。可见，二者从不同角度定位多物种民族志，意味着不同人文学科的交流不仅是互通有无，而且是通过交流发现学科内部的限制，从而找到新的发展路径，这也给人们对于人的理解、对于环境的理解带来多角度的思考。

结语：日本环境文学研究的现状、趋势与启示

生态批评著名学者布伊尔和斯洛维克都曾对生态批评的发展以“浪潮”为划分做出清晰的总结，但同时他们也对这种清晰有所警惕。布伊尔补充生态批评实际的发展与其说是浪潮，不如说是一种羊皮纸复写的状态，不同时期的问题层层叠加又同时存在。斯洛维克提醒四次浪潮的划分不代表只有新的浪潮才有意义，而是每一次浪潮涉及的都是重要的问题。日本环境文学研究同样如此，在环境人文学研究逐渐发展的当下，依然能够看到

① 野田研一等（编）：『環境人文学Ⅱ 他者としての自然』勉誠出版、2017、第 35~53 頁。

诸如文学研究中的“地方”问题的研究，[①] 说明各个阶段的研究问题仍然处于开放的状态，有待研究者继续挖掘。

经过近 30 年的研究积累，日本环境文学研究有着丰富的研究实践成果。其中具有代表性的是水声社出版的“环境文学研究”丛书（Ecocriticism Collection），截至 2023 年，丛书共出版 11 册。这套丛书从一个侧面体现了日本环境文学研究的发展史，其研究内容从关注美国自然写作，扩展到欧美生态文学，再到日本近现代文学、日本古典文学、世界各国的文学，以及能剧、照片、电影等多种艺术形式的研究；研究方法从理论与外国文学的译介，到比较文学研究、跨国合作研究，再到生态批评的跨学科研究，包括历史、哲学、社会学、语言学、人类学、生态学等；研究视角从自然他者论、交感论，到城市生态批评、生态世界主义、“第二自然”、后殖民生态批评、“里山”学、多物种民族志研究等。这些研究范式转变的底流中蕴含着文学观的转变，例如，重新审视浪漫主义的文学经典，将非虚构写作、随笔散文都纳入文学研究的视野范围，并进一步扩展到文化表象研究；另外是对人与自然关系认识论的不断转变，由“西方中心主义”的人与自然的二元对立，到日本古典文学发现的“第二自然”所体现的自然观，再到“人新世”概念下人类史与自然史的交融，这些都使得日本环境文学研究不断审视、反思现阶段发展的限制，不断打破研究的边界，展现出向全世界、全学科开放的姿态。当然，现阶段的日本环境文学研究也存在诸多不足之处，例如，相比欧美文学作家，能够称得上日本环境文学作家的人还很有限，这在日本文学研究领域尚未引起足够的重视，从环境文学研究的视角重构日本文学史的讨论还在进展之中。

基于生态批评理论和日本环境文学研究的发展现状，可以看出未来日本环境文学研究的发展趋势与潜力。首先是后殖民主义与生态批评的结合，正如罗布·尼克松（Rob Nixon）所指出的，奴隶制和帝国主义是短时间的剥削，而环境问题则是对社会弱者的长时间榨取，从这个意义上说，环境

① 岡村民夫，赤坂憲雄（编）：『イーハトーブ風景学　宮沢賢治の「場所」』七月社、2022。

问题是新的帝国主义。[①] 这提示我们一方面应该关注帝国主义殖民之下产生的环境问题，如冲绳问题的生态批评维度；另一方面应该关注日本内部同样存在对于社会弱者、边缘地区民众的剥削结构，而环境问题就是重要表现之一。比如水上勉的《故乡》、石牟礼道子的《苦海净土》等作品的研究，都需要借鉴后殖民生态批评等生态批评与政治学、社会学跨学科的理论成果。其次是日本文学中的动物研究，中国学者王宁认为“目前兴盛于欧美的动物研究（animals studies）是对早期的仅关注人与自然生态环境之关系的生态批评的一个超越”[②]。近年来有关日本文学中的动物表象研究方兴未艾，比如，村上克尚（Murakami Katsunao）从日本战后文学中的动物表象的角度，解读出日本战后文学中强调恢复人性和主体性与战争暴力性的关系，重新审视人与动物之间的伦理判断。[③] 江口真规（Eguchi Maki）运用动物研究理论，在梳理日本的“羊”（sheep）的历史的基础上，考察了近现代文学中有关羊的表象，反映出日本社会背景和西欧文化之间的纠葛等。[④] 但动物表象研究和环境文学研究最大的区别在于是否具有批判人类中心主义的思想前提，因此，寻找动物、自然表象研究与环境研究的结合点仍然是目前的研究难点。最后是东亚自然观研究，与西方的人与自然二元对立的自然观相异，中国古代哲学中的自然观蕴含着丰富的生态思想资源，这些思想传统越境后形成东亚自然观。因此，其对日本乃至其他东亚国家的环境文学产生的影响研究，甚至在东亚自然观下挖掘出更多环境文学文本，是各国生态批评研究者的共同课题。

纵观日本环境文学研究的发展历程，可以发现由最初主要引介美国生态批评理论和生态文学作品，到如今生态批评作为一种理论方法广泛应用于日本文学、文化研究实践，并呈现出多种可能的研究前景，日本环境文学研究者对于生态批评的接受与理论方法值得总结和借鉴。日本环境文学研究与美国生态批评有着很深的渊源，二者有着诸多相同之处：在发展的伊始都重点

① Rob Nixon, “Environmentalism and Postcolonialism,” in Ania Loomba & Suvir Kaul, eds., *Postolonial Studies and Beyond*, Duke University Press, 2005, p. 235.

② 王宁：《当代生态批评的“动物转向”》，《外国文学研究》2020年第1期，第39页。

③ 村上克尚：『動物の声、他者の声　日本戦後文学の倫理』新曜社、2017。

④ 江口真規：『日本近現代文学における羊の表象：漱石から春樹まで』彩流社、2018。

关注自然写作，将自然与人类社会二分，探讨野生自然（wilderness）的现代价值与意义；发展的潮流基本吻合，日美学者合作研究的经历，使得日本能够第一时间吸收美国生态批评最前沿的研究成果。日本和美国所处的历史发展阶段相似，两国同为发达资本主义国家，在生态批评兴起时工业化发展相对成熟，城市化程度高，因此日美生态批评都从对于野生自然的向往开始，发展到关注城市生态，再到反思对于第三世界国家的生态殖民，这些相似的问题意识折射出的是现代资本主义国家的发展模式。

然而，日美生态批评也存在诸多不同，二者的相异之处可以归纳为以下四点。第一，与政治的距离不同。日本环境文学研究在第一阶段强调自然写作研究的时期，就格外注意不将自然与国家情感联系在一起，强调自然的不合理性和他者性。在第二阶段，对于同时期美国生态批评中兴起的环境正义研究视角，重视边缘化的少数族群相关的文本，日本虽有接受，尝试以此来分析冲绳文学，但并未形成研究主流。并且对于生态批评冠以“日本的”形容始终有所犹豫，更倾向于使用“生态批评在日本”（Ecocriticism in Japan）这样的说法。[①] 张旭春曾从关心政治伦理的角度比较了英国的绿色研究（Green Studies）和美国生态批评的区别，认为美国生态批评“最终回答的是文学问题。而英国的绿色研究则现实感更强，它的核心问题是社会正义而非文学表征”[②]，那么日本环境文学研究则比美国生态批评更加地回避政治，更倾向于探讨文学想象力的问题。然而，笔者认为环境问题不仅仅关乎环境污染，它同样反映出当下和历史中的社会问题。研究者坚持反人类中心主义与反国家主义并不意味着要拒绝关注环境文学中的社会性要素，相反，其恰恰是需要透过环境问题的表象，去反思国家、社会与思想方面的顽疾，从而使环境文学能够在美学、诗学价值之外，发挥出社会影响力。无论从现实还是理论意义来看，这都是目前日本环境文学研究亟待解决的课题。第二，日本环境文学研究强调亚洲的视角与影响。如通过比较研究探讨日本俳句所体现出的自然观对于美国垮掉派文学的影

① Hisaaki Wake, Keijiro Suga & Yuki Masami, eds., *Ecocriticism in Japan*, Lexington Books, 2018.

② 张旭春：《生态法西斯主义：生态批评的尴尬》，《外国文学研究》2007 年第 2 期，第 65 页。

响、声音风景研究，以及立足于日本“地方”特点的里山研究、反思日本环境问题的水俣病研究等。大卫·拜劳克（David T. Bialock）和厄休拉·海斯曾将日本环境文学研究的特色主题总结为三类：与自然亲近和谐相处（如描绘自然环境以及当地传统的居住和耕种方式），回应环境危机（如广岛、长崎核爆后的生态破坏），以及关注不明显的缓慢展开的环境危机（如水俣湾的长期汞中毒）。① 从以上总结可以看出，一方面日本环境文学研究对于本国文学与环境的特点的挖掘成果显著，另一方面这种强调来自欧美外部的视角在生态批评向更多样化发展的过程中不可或缺。第三，日本环境文学研究不仅关注近现代文学作品，同样重视本国的古典文学和传统艺术。如日裔美国学者白根治夫提出的“第二自然”概念用于分析古代日本的自然文化表象，以及其他关注日本和歌、能剧舞台空间、民俗学与环境的研究。需要注意的是，这些研究与其说是为了证明生态思想在日本古已有之，不如说是通过古今的对比，去反思日本自古至今热爱自然的话语是如何构建出来的，现代的风景如何产生，对人与自然之间的关系有何影响等问题。为何日本古典文学中不缺乏对于自然的赞美，而仍然出现了骇人听闻的四大公害事件，以及向海洋倾倒核污染水等环境污染事件？这是日本研究者难以回避的问题。第四，重视比较研究和跨学科的合作研究。从某种意义上说，日本环境文学的影响不断扩大，正是得益于不同国家、不同区域的比较文学研究、跨学科、跨领域研究者的合作研究。从第二阶段的日美比较文学的研究视点，到日本文学领域研究者的加入，如今，日本环境文学研究者更是积极与文化人类学、教育学、社会学、经济学、历史学等领域的研究者合作，保持学科之间相互影响的关系。

对于中国的生态批评研究来说，日本环境文学研究也具有借鉴意义，首先，在吸收欧美生态批评理论的同时，重视本国“地方”特点、本国环境问题能够为理论带来怎样的补充或批判。中国同样有具有本国特色的“地方”，诸如乡村、草原等，可以通过挖掘相关的生态文学，从中解读出欧美生态批评理论未曾关注的问题，进而尝试构建新的理论。这种研究路

---

① David T. Bialock & Ursula K. Heise, “Japan and Ecocriticism: An Introduction,” *A Special Issue on Japan and Ecocriticism*, *Poetica* 80(2013): i-xi.

径既有助于解决国内生态批评“重‘生态’、轻‘文学’”[①] 的不足，又是构建中国生态文学史的必经之路。其次，在环境文学研究中，如何处理古典文学、文化方面，在考虑传统生态观念的普适性之前，不妨先辨析清楚古代与现代的根本性不同在何处，而非粗暴地将古代思想嵌套在现代的概念之中，再立足于中国文学、文化的特点与现有的生态批评理论形成对话关系。最后，采用比较研究、跨学科研究的方法，在吸收各个领域的研究成果和思想的同时，扩大生态批评的影响力。中国的生态文明能够长远地发展，离不开各个领域研究者的通力合作，日本环境文学研究亦有待发挥出更加积极的作用。

【Abstract】 Japan was one of the earliest to receive the theory of ecocriticism, and it established the world's second Association for the Study of Literature and Environment (ASLE-Japan) in 1994 after the United States. Today, the study of Japanese environmental literature with about a history of 30 years' research has gone through four stages of development, which are stage Ⅰ—focusing on nature writing by researchers of Anglo-American literature, stage Ⅱ—trying to Japanize eco-criticism, stage Ⅲ—in which multiple fields and disciplines collaborated to develop "Japanese" environmental literary studies, and the ongoing stage Ⅳ—exploring new environmental humanities research. While actively introducing western cutting-edge ecocritical theories, Japanese environmental literature studies have developed unique research perspectives and approaches based on their literary characteristics, such as the theory of the alterity of nature, "secondary nature", and "Satoyama" studies. This article discusses and analyzes the development of each stage of Japanese environmental literature research as well as the characteristics of theoretical acceptance and gives perspectives on future studies. This work provides not only a valuable insight towards Japanese environmental literature but also an important reference for the development of ecocriticism and the construction of ecological civilization in China.

【Keywords】 ecocriticism; environmental literature; correspondence; the alterity of nature; Environmental Humanities

---

① 党圣元、刘瑞弘选编《生态批评与生态美学》，中国社会科学出版社，2011，第 11 页。

图书在版编目(CIP)数据

文学理论前沿. 第二十八辑 / 王宁, 何成洲主编.

北京: 社会科学文献出版社, 2024.11. -- ISBN 978-7
-5228-4140-3

Ⅰ. I0-53

中国国家版本馆 CIP 数据核字第 2024GM7328 号

文学理论前沿(第二十八辑)

主　　编 / 王　宁　何成洲

出 版 人 / 冀祥德
责任编辑 / 罗卫平
文稿编辑 / 张静阳
责任印制 / 王京美

出　　版 / 社会科学文献出版社 (010) 59367125
　　　　　地址: 北京市北三环中路甲 29 号院华龙大厦　邮编: 100029
　　　　　网址: www.ssap.com.cn
发　　行 / 社会科学文献出版社 (010) 59367028
印　　装 / 三河市龙林印务有限公司

规　　格 / 开 本: 787mm×1092mm　1/16
　　　　　印 张: 19　字 数: 288 千字
版　　次 / 2024 年 11 月第 1 版　2024 年 11 月第 1 次印刷
书　　号 / ISBN 978-7-5228-4140-3
定　　价 / 98.00 元

读者服务电话: 4008918866